说好的 幸福
Shuo hao de xingfu

易嫚 著

重庆出版集团 重庆出版社

图书在版编目(CIP)数据

说好的幸福/易嫚著. —重庆: 重庆出版社, 2010.5
ISBN 978-7-229-01946-4

Ⅰ.①说… Ⅱ.①易… Ⅲ.①长篇小说—中国—当代
Ⅳ.①I247.5

中国版本图书馆CIP数据核字(2010)第041634号

说好的幸福
SHUOHAO DE XINGFU
易嫚 著

出 版 人: 罗小卫
责任编辑: 陶志宏　袁　宁
责任校对: 谭荷芳
版式设计: 重庆出版集团艺术设计有限公司·蒋忠智

重庆出版集团
重庆出版社　　出版

重庆长江二路205号　邮政编码:400016　http://www.cqph.com
重庆出版集团艺术设计有限公司制版
重庆华林天美印务有限公司印刷
重庆出版集团图书发行有限公司发行
E-MAIL:fxchu@cqph.com　邮购电话:023-68809452
全国新华书店经销

开本:787mm×1 092mm　1/16　印张:18　字数:263千
2010年5月第1版　2010年5月第1次印刷
ISBN 978-7-229-01946-4
定价:25.00元

如有印装质量问题,请向本集团图书发行有限公司调换:023-68706683

版权所有　侵权必究

Contents
目录

第一章　就是爱你...001
第二章　同心同德...013
第三章　酸甜苦辣...026
第四章　闲妻凉母...035
第五章　同舟共济...042
第六章　忐忑不安...060
第七章　相依为命...066
第八章　欢喜冤家...074
第九章　爱情备胎...087
第十章　天降横祸...092

第十一章　一切为你...100
第十二章　欲罢不能...113
第十三章　红粉佳人...119
第十四章　梦里梦外...133
第十五章　分道扬镳...141
第十六章　大梦初醒...151
第十七章　心乱如麻...165
第十八章　为爱坚守...183
第十九章　幸福标准...196
第二十章　一地鸡毛...204
第二十一章　巧言令色...218
第二十二章　奋斗目标...227
第二十三章　女儿受虐...234
第二十四章　藕断丝连...247
第二十五章　缘尽人散...257
第二十六章　风经雨过...272

第一章
就是爱你

男女间的事,一旦开了头,谁又能预料到结局呢?

贫寒家庭出身的柳青与同校的富家子弟秦杰出人意料地走到了一起。在大多数人的眼里,她和他的爱情没有未来,柳青和秦杰却不以为然。男女间的事,一旦开了头,谁又能预料到结局呢?

快乐的日子总是过得很快,转眼要毕业了,柳青和闺密肖乔去了很多的招聘会,和不同的公司洽谈。大多数公司见面就问有没有工作经验,一听是刚出校门的应届生便把工资压得很低。她们发现,现实与想象距离很远。

肖乔,美而多刺。肖乔说过人不能在一棵树上吊死,要在附近的几棵树上多死几次试试,不然怎么知道哪棵树更适合自己?最后,肖乔在众多的追求者中选定了周斌。周斌比肖乔高两届,软件测试部主管,有一份稳定而不错的收入。

周末,肖乔和周斌路过一家婚纱店时,肖乔盯着橱窗里的婚纱,晃了神。

周斌笑着对肖乔说:"要不我吃点亏,娶了你?"

"呸!"肖乔啐了一口,"我一如花似玉的女人要是就这么嫁给你,我才亏呢。"

"好好,你吃亏,我占便宜。"周斌笑了笑,继而正色道,"肖乔,咱们结婚吧。"

"我现在没心情结婚。"肖乔叹了一口气,"工作不好找,我去了好多趟也没找到合适的。"

"不如嫁给我!工作你爱干就干,不爱干就在家当全职太太。"

"当全职太太?我没钱用怎么办?"

"你找我要呀。你嫁给我后,我就是你信用卡无限期的还款人,也是你免费的出气筒!"

肖乔有些心动,老话也说干得好,不如嫁得好。找工作高不成低不就的,不如嫁人算了,也用不着辛苦上班,看老板脸色。

肖乔手机响了,是柳青打来的。

"你在哪儿?我弄了一桌子的饭菜,要不你过来和我们一起吃?"柳青笑问。

"我和周斌在看婚纱呢,要不你也过来看看?"

"再说吧。哎,你到底过来不?"

"来呀,有好吃的我干吗不来吃?不吃白不吃。"肖乔笑道。

半个小时后,肖乔、周斌来到秦杰租住房,四人边吃边聊。

秦杰问:"周斌,听柳青说你们去看婚纱了?怎么着,你们要结婚了?"

"有这个打算。"周斌说。

"你少来,我还没答应你呢。"肖乔笑着说,"给我个理由先。"

"你想不想一失足成千古恨?机会来了。"周斌严肃地说。

"不想。"肖乔回答得很干脆。

"想死后葬进我家祖坟吗?"周斌更严肃了。

"我呸!"肖乔说,"不想!"

"那我们分手吧!"周斌越发地严肃,一张脸板得紧紧的。

"……"肖乔一脸愕然。

"不说话?我当你不同意分手。那好,我们离婚!!!"周斌说。

肖乔无语,提醒道:"我弱弱地提醒你一句,我们还没有结婚呢!"

"那好,我俩先办结婚手续。"周斌绷不住,笑了。

"美得你。"肖乔这才回过神来,笑着说,"不过,你要是好好求我呢,我倒可以考虑考虑。"

"我被我妈想媳妇想得快唠叨死了,我宁愿娶你也不愿意被我妈唠叨得半死。美女,求你救救我,嫁给我吧。"周斌一本正经地说。

柳青、秦杰笑得前仰后合。秦杰笑道:"肖乔,你还不救救周斌,难不成你真忍心看他被唠叨死?"

"嗯,嗯,"肖乔清了清嗓子,"本姑娘做件好事,嫁给你得了。"

柳青边笑边说:"我真是服了你们了!求婚都这么搞笑。"

"绝配!你俩真是天生的一对!"秦杰大笑,"来,为你俩的幸福干一杯!"

"错!"肖乔媚笑道,"是我们的幸福。我和周斌是天生的一对,你和柳青是地造的一双。来,为我们的幸福干杯!"话音刚落,四只酒杯碰在了一起,肖乔、周斌、柳青、秦杰大喊:"干杯,为我们的幸福干杯!"

闹腾了一阵后,肖乔、周斌告辞走了,屋里一下子就静了下来。秦杰把柳青紧紧地搂在怀里,轻声说:"我俩也结婚吧。"

"你呀,见风就是雨。我俩和他们能一样吗?他俩已经见过双方父母了,结婚自然是早晚的事。我们呢,你妈连我是谁都不知道。你说说,我俩怎么结婚?"

"这还不简单,这周我们就回家,我介绍你给我妈认识,我妈一定会喜欢你的。"

"会吗?"柳青很是担忧,"你妈不会嫌弃我,嫌弃我家吧。"

"不会的,你别担心了。"秦杰不以为然,"我喜欢的,我妈一定会喜欢。"

柳青沉默了一会儿,说:"我怕去你家,怕见你妈。要是她不喜欢我,她不同意我们继续交往,更不同意我们结婚,怎么办?"

"你看你,净乱想。"秦杰凑到柳青耳边说,"怎么,丑媳妇见婆婆没有信心?"

"讨厌,你才丑呢。"柳青故作生气地挣脱了秦杰的拥抱。

柳青明白若要走进婚姻就必须先进秦杰家的门,接受未来婆婆的审查。柳青的心是忐忑的,充满了疑问和不安。秦杰妈会喜欢她吗?会同意她和秦杰的婚事吗?倘若秦杰妈不同意他俩继续交往,她和他的爱情还有未来吗?是分手还是执意走进婚姻?"穷富恋"的婚姻会幸福吗?

一个月后,秦杰带柳青回了家。秦杰家是一栋精巧别致的三层小楼,北美建筑风格,洋溢着田园风情。柳青看着眼前的这一切,暗自咂舌。

秦杰妈四十多岁,身着一套浅蓝色的职业女装,头发朝后梳着,绾成一个高雅的发髻。开门看到儿子身后垂着头、低着眉的柳青,秦杰妈暗自狐疑,这女孩是儿子的同学,还是他的女朋友?

秦杰妈笑着说:"你终于回来了,妈想死你了。你说说,你有多久没回家了?平时让你回家,你总是推说你忙,难道你比妈妈还要忙?"

秦杰笑道:"等我毕业了,以后有的是时间在家里陪您。"

"好,好!妈就盼这一天早点到来。等你熟悉公司的流程后,妈就慢慢退下来,把一切都交给你打理。"秦杰妈很是高兴。

"妈,给您介绍一下,她是柳青,我女朋友。"秦杰笑着说。

"阿姨,您好!这是送给您的蝴蝶兰,希望您喜欢。"柳青赶快将蝴蝶兰递上,心慌得上下乱蹦。

秦杰妈仔细地打量着柳青,高而瘦,皮肤白皙,长发垂肩,上穿一件白色棉质衬衣,下着一条蓝色牛仔裤。秦杰妈断定柳青不过是小户人家的女儿,接过花后便随手搁在了一旁,嘴上说着:"欢迎你来我们家玩。"

柳青局促地坐在秦杰家宽大而柔软的沙发上,一颗心七上八下的。

"妈,这几年都是柳青在照顾我。她很能干,洗衣、做饭的什么都难不倒她。"秦杰握着柳青的手,微笑着说。

秦杰妈心里嘀咕:家里又不差保姆,秦家需要的可不是保姆型的女人!

秦杰妈强作笑容,问柳青:"柳小姐是哪里的人?家里还有些什么人?你爸你妈在哪里高就?"

该来的还是来了,该面对的总是躲不了。敏感的柳青挺直了脊背,礼貌地答道:"我从小生活在农村,我妈死得早,家里还有父亲和弟弟。"

秦杰妈的脸略微变色,柳青家的境况比她想象中的要糟许多。好在儿子现在只是和她交往,她还来得及阻止。秦杰妈一下子没了继续聊天的兴趣,起身对儿子说:"我有事要出去一趟,晚上不回家吃饭。你想吃什么自己出去吃,若是累了不想出去,就让张妈给你做。"

"妈,我知道了,您有事就去忙,不用管我。"秦杰觉得有柳青陪着,他没有必要再像以前那样在乎老妈因忙碌疏乎自己而生气。他笑着对柳青说:"你想吃什么,待会儿我带你出去吃。"

"不想吃。"柳青一脸的不高兴。柳青清楚地看到秦杰妈脸上稍纵即逝的惊讶和不快,秦杰妈说有事要出去,分明就是对她不感兴趣。柳青有种不好的预感,秦杰妈看不上她的家庭,也不喜欢她。

"是不是累了不想出去?"秦杰轻轻地抚摸了下柳青的脸,关心地说,"也好,刚回来不出去也罢。一会儿我让张妈做点可口的菜,咱俩就在家里吃。等你休息好了,明天我再带你出去逛。"

"我不想去。"

"刚才还好好的,这会儿怎么就不高兴了?"

"你妈不喜欢我。"

"我妈怎么不喜欢你了?"

"自从我进门后,你妈就没和我说上三句话。"

"我妈她不是忙吗?"秦杰满脸赔笑地说,"这你就不高兴了,小心眼!"

"谁小心眼了?"柳青生气了,"你妈问过我的家庭情况后就再没和我说一句话,这正常吗?"

"有什么不正常的,我妈她不是急着要出门吗?这次咱们要待好几天,有的是时间和她聊天。别胡思乱想了,傻丫头。"说完,秦杰一把搂住柳青的腰。

柳青撅着嘴不再说话,心想:秦杰的话似乎也有些道理,只能走一步看一步了。

"走,我带你看看,让你熟悉熟悉咱们的家。"秦杰特意将"咱们"二字说得很重,柳青听了却很是郁闷。咱们的家?想到秦杰妈刚才的态度,她的心里一点底都没有。柳青觉得秦杰在广州的租住房更像是她和秦杰的家,这里虽然豪华,但一切却与她格格不入。

秦杰拉着柳青的手,带着她参观着别墅。秦杰兴致勃勃地介绍着,而柳青却心不在焉地听着。

进了自己的卧室,秦杰拉柳青坐下,问:"你喜欢吗?"

"喜欢什么呀?"柳青茫然地问。

"傻丫头,我问你喜不喜欢我家?"秦杰用手指点了点柳青的鼻尖,笑道。

"不喜欢。"

"为什么啊?"秦杰瞪大了眼睛。

"不为什么。"柳青闷闷地说。

"哎,傻丫头,你总要说说你为什么不喜欢啊!"秦杰不解地问,"你喜欢什么样的装修风格,你说给我听。我俩结婚时,就把我这房间按你喜欢的风格装修成新房。"

"不是装修风格的问题。"柳青咬了咬唇。

"那是为什么?"秦杰现在是一头雾水。

"这里再好也和我没有一毛钱关系。"柳青说,"和这里相比,我更喜欢你的租住房。"

"叫你傻丫头,你还真傻呀?"秦杰松了一口气,笑道,"租住房再好,那也是别人的房子。况且租住房和这里相比,不是简陋许多?"

"这里是什么都有,什么都不缺,这里是你和你妈的家。"柳青轻声说,"与我有什么关系?"

"是我的家,也是你的家。"秦杰笑道,"你是刚来这里,觉得一切还都很陌生,等你待的时间长了,你会喜欢这里的。傻丫头,饿了没?你喜欢吃什么,我让张妈给你做。以前都是你做给我吃,今天我让张妈做你最喜欢吃的,好好地犒劳犒劳你。"

柳青心不在焉地说:"随便吧。"

"随便?"秦杰轻叫,"这世上哪有'随便'这道菜?张妈手艺虽好,可就是做不出'随便'这道菜。"

"随便就是无所谓,什么都行。"柳青的心情糟到了极点。

"哎,你这人怎么怪怪的?"一直强压着怒气的秦杰终于按捺不住想要发脾气了,"我又没有得罪你,你怎么老是阴阳怪气的?你要再这样,我可要生气了。"

"好!我就点几个菜,看看张妈会不会做。"柳青见秦杰生气了,只得赔着笑说。

"好,你说。只要你说得出来,张妈便会做。"秦杰得意地说。

"'爆炒秦杰'、'红烧秦杰'、'鱼香秦杰'、'麻辣秦杰',"柳青强忍住笑,一本正经地说,"我也不挑剔,就这四样吧。"

"这些菜我怎么都没听说过?"秦杰挠了挠头,突然醒悟过来,"好啊,原来你在拿我开涮!好你个傻丫头,看我怎么收拾你。"

秦杰扑过去,把手伸进柳青的腋下,挠她的痒痒。

柳青怕痒,被秦杰挠得在床上翻来覆去地笑。秦杰趁势搂住柳青,柳青挣扎了几下便不再挣扎,静静地依偎在秦杰怀里。

秦杰轻轻地在柳青身边说:"别闹了,好吗?"

"嗯。"柳青乖巧地点了点头,被秦杰妈冷落的心渐渐回暖。她对自己说,秦杰爱她,她爱秦杰,她不能太在乎秦杰妈对自己的态度。

为了爱,柳青决定抛弃敏感的自尊,把身段放低,在日后几天与秦杰妈的相处中尽量获得她的好感。柳青不敢再奢望秦杰妈会喜欢她,待她如座上宾客,只盼望秦杰妈看在儿子的分上,不为难她、奚落她,默认她与秦杰的婚事。

一连几天,秦杰妈总说自己很忙,避免与柳青碰面。柳青与她除了最初见面的简单寒暄后再没有过正式的谈话或闲聊。柳青的心很慌,她知道这是秦杰妈的无声抗议,她这么做无非是想让自己知难而退。柳青越想越慌,想了半天的心事才勉强入睡。睡得迷糊时,却听到争吵声。柳青凝神细听,是秦杰的声音。她翻身下床,开了房门,蹑手蹑脚地走出,听到秦杰妈的声音:"我坚决不同意你俩继续交往,更不会同意你和她结婚。"

"您为什么不同意?您总要说个理由让我信服!"秦杰激动地说。

"她和你不合适。"

"为什么不合适?"秦杰的声音陡然变大,"我没觉得她不适合我。相反,我觉得她很适合我,我俩在一起能互补。"

"互补?傻儿子,你知道什么叫互补?"

"我俩的性格互补,生活上也是如此。"秦杰说。

"性格互补?生活上也如此?那妈给你分析分析你们的互补。你所说的互补无非是在生活中你不会做的,比如说扫地、洗衣、做饭等方面她能照顾你。"

"就是这样,您说得一点都没错。"

"傻儿子,你还小,难道你以为生活中这样互补就行了?"

"那还要怎样?"秦杰有些愤怒了。

"扫地、洗衣这类杂活用得着你操心吗?只要你愿意,妈可以多找几个人照顾你。"秦杰妈柔声劝道,"傻儿子,互补不应该是这些。"

"那您认为什么样才算互补?"秦杰的声音由愤怒转为茫然。

"在生活中能够给你爱,在事业上对你有帮助,家庭条件和咱们差不多,这样的女孩才是你该找的,这样的女孩才是妈眼中的理想儿媳妇。以咱家的条件,要想找这样的女孩子不难。"秦杰妈说,"柳青家一穷二白,你要和她结婚,她家能给她什么嫁妆?她能带给你什么好处?她的家庭和她本人根本就不能帮助你,相反却会拖累你。"

"我爱她,不在乎她家有多少钱,不在乎她家穷或是富。柳青她温柔、体贴、懂事、能干,这些就是她最好的嫁妆。我喜欢她,她也喜欢我,这就足够了。"

"她什么地方能干?操持家务?我不需要一个只会操持家务的儿媳,你也不需要一个只会做家务的女人,我看不出她能对你有什么帮助。"秦杰妈冷漠地说道,"你别傻了,她对你好,还不是因为咱家有钱。她这样的女孩子,做梦都希望能嫁进有钱人家当媳妇,彻底脱离穷困的生活。我告诉你,你必须马上和她断了。"

"我不!"秦杰叫道,"妈,您太武断了。您都没有和柳青好好接触,您怎能断言她是一个爱钱的女人?她不是!"

"你怎么知道她不是?"秦杰妈说。

"我当然知道。当初在学校时,我看不惯她的清高,就用钱诱惑她,让她当我的保姆,准备好好羞辱她。后来,我才知道她不是那种爱钱的女人。"

"她没接受你的钱?"

"最初,她没有答应,而且还让我滚。"

"后来呢?"

"后来,后来她找到我说她愿意。可是,妈,她不是那种爱钱的女孩子。她是因为家里太穷,她家需要钱,她才答应我的。"

"家里太穷?你还知道她家里穷呀。"秦杰妈冷笑一声,"我真不明白,以你的条件,找个什么样的女孩不行,为什么偏偏喜欢上一个给你做过保姆的女孩子?她除了穷,除了她家里的负担,她还能给你什么?"

"妈,她是给我做过保姆。可是我俩好上以后,她就再也不要我给她工资了,她说要用平等的身份和我相处。我给她买衣服、买鞋子、买女孩子喜欢的首饰,可是她不要,就算我生气她也不要。您也看到的,柳青她衣着朴素,并没有因为和我交往而改变自己,更没有向我索求过什么。妈,柳青并不是没有选择的余地,学校有很多人追求她。"

"有很多人追求她,她还是选择了你,那是因为你比其他人都富有。你要是没有钱,她能选择你?"秦杰妈的语气越发地尖酸,"你别傻了,现实一点,没有钱怎么过日子?"

"我和她马上就要毕业了,我们能挣钱。"秦杰激动地拔高了音量。

"你们能挣钱?你们能挣什么钱?就算有人肯用你们,你们挣的那点工资也叫钱?你平时吃的、穿的哪样不是名牌?你们挣的钱是够你买件衣服还是买条裤子?是够你吃还是够你穿?儿子,你别傻了,那样的穷日子你根本没法过下去。"

"您怎么知道我过不下去?只要能和她在一起,我什么都不在乎。"秦杰的态度变得强硬起来,"我喜欢柳青,我以为您会和我一样喜欢她。妈,我不明白,您为什么不喜欢她?"

"我不喜欢她是因为她和你不配。"秦杰妈妈冷冷地说。

"现在都什么年代了,您还说什么配不配的?"秦杰绝望地叫道,"要说不配,也是我不配。"

"你不配?我看你是糊涂了吧。以你的条件、以咱家的条件,配她柳青一万个都绰绰有余。"

黑暗中的柳青听到秦杰妈如此说,再也按捺不住,冲上二楼,大声叫道:"是的,秦杰他是糊涂了,他忘记了他还有您这么个显赫而富有的妈。您说得没错,配我一万个都绰绰有余。但我要提醒您,请您记住:是您的家庭配我柳青的家庭一万个都绰绰有余。和您的家庭比起来,我的家庭是很寒酸。但我从来没有对秦杰隐瞒过我的家庭，我带他去看过我的家，看过我的父亲和弟弟。好在你的儿子不像您这么势利、这么刻薄，所以我们相爱了。我承认，您是很富有，但我想问您，您的财富是天上掉下来的吗？"

"你，你这么说是什么意思？"秦杰妈看到冲上楼的柳青，听到她这样问，很是气愤，"你真是没家教！怎么能偷听我们说话？"

"您错了，我没有刻意要听你们说话，是你们的声音太大传进了我的耳朵。你们谈话中提到我的名字，难道我不可以听吗？"柳青反驳道，"您还没有回答我的问题，您的财富是天上掉下来的吗？"

"好个牙尖嘴利、没有教养的丫头，有你这么跟长辈说话的吗？"秦杰妈生气地说，"我告诉你，我的财富不是天上掉下来的，是我和秦杰他爸辛辛苦苦挣下来的。你不用打秦杰的主意，他听话，这些财产自然是他的，若是他不听我的话，我一毛钱都不会给他！"

"好！您承认这钱是您和秦杰爸爸挣下来的就好。我也要告诉您，您会挣，我也会挣！"柳青豁出去了，毫不示弱，"我和秦杰好，根本就没打算要您一毛钱。我和秦杰好是我俩的事，告诉您、征得您的同意是因为您是生他、养他的母亲，我们有义务要告诉您，您也有权利知道。您同意最好，不同意我们仍然要好下去！"

"你，你！太放肆了，你没资格在这里说话。"秦杰妈气得发抖，用手指着柳青，"你给我滚！马上给我滚出去！我再也不想看到你！"

"您又错了，是走出去，而不是滚出去！"柳青的身子微微地颤抖着，她在心里暗暗叫道：我不能哭！绝不能在她面前哭！

柳青强忍住泪，转身下了楼。

秦杰目瞪口呆地看着这一切，妈妈和柳青的反应都太激烈了，他来不及消化。看到转身下楼的柳青，秦杰猛然醒悟过来，匆匆追下楼。

"你别走！"秦杰拉住柳青收拾衣服的手，说，"你俩刚刚都太激动了，等我妈冷静下来，我再和她好好说说。"

"你还不明白吗？"柳青停止收拾，悲愤地说，"无论我们怎么好好说，就算我低三下四地给你妈跪着，你妈也绝不会同意我们的婚事！"

"你说对了,我坚决不会同意你们的婚事,而且也不同意你们继续交往下去!你趁早死了心,立马给我走人。"秦杰妈追儿子下楼,听到柳青的这句话冷冷回应道,"跪着没用,只会让我更看不起你。"

"你听见了吗?这下你不会再劝我留下来了吧。"柳青冷冷地看着秦杰,"我要走,你是留还是走?"

"妈,您就再给我们一次机会。"秦杰转过头说,"您再让柳青待几天,您和她接触看看,你俩接触的时间长了,您就知道她的好了。"

"我没时间更没兴趣和她继续接触下去。"秦杰妈一口回绝道,"她的本事我今晚也领教了,她可没你说的那么好,我不但不喜欢她,而且还很讨厌她。"

柳青咬了咬嘴唇,噙着泪快速地将衣服装好,拎起包就要走。秦杰一把拉住她,说:"你别走!"

"妈,您就再考虑考虑吧。"秦杰哀求道,"我求您了。"

"没什么可考虑的!"秦杰妈说,"她要走就让她走!你拉着她干吗?真是没出息的东西,一个保姆也值得你这样?"

"妈,她不是保姆!她是我喜欢的女人!"秦杰疯了似的大叫,"您非要让她走,我也走!"

秦杰拉起柳青正欲出门,秦杰妈大声呵斥道:"好,好你个不争气的东西!你今晚要是跟她踏出这个门,妈就不认你这个儿子,妈只当没生过你!"

"妈,您别逼我!"秦杰的眼眶红了,哽咽着说,"您忙,总是没有时间陪我,是柳青她让我感到了温暖。"

"温暖?她给你什么了,让你觉得温暖?"秦杰妈更是生气,"你总是抱怨妈没有时间陪你,妈要是陪你,谁来打理公司?你爸走得早,这个家还不得妈支撑着?妈给你买吃的、买穿的,什么都让你用最好的,你还有什么不知足的?"

"不错,您是什么都让我用最好的,可是我的心总是空落落的,您知道吗?"秦杰说,"去学校报到那天,别人都有父母陪着,可您呢?"

"我怎么了?妈不是派公司的人把什么都给你安排好了吗?"秦杰妈很是委屈,"妈怕你在学校住不惯,还特意给你在外面租了房子。妈怕你不爱打扫房间,

011 第一章/就是爱你

就让你请钟点工。你说,妈什么时候让你受委屈了?钱,妈从来都没有管过你,你喜欢的东西,刷卡就可以买到。"

"刷卡?"秦杰的眼里有泪,"刷卡什么都能买到吗?"

"是呀,现在这个社会只要有钱,什么不能买到?"秦杰妈更是不解。

"亲情,我渴望的亲情,我缺失的那些关爱能买到吗?"秦杰叫道,"爸爸死得早,您又忙,你们的关爱,我用钱能买到吗?"

"这,这……"秦杰妈支吾道,"这能怪我们吗?"

"我知道您很忙,我不能怪您,可我就是想有个人能真正地关心我、照顾我,这过分吗?"秦杰说,"柳青真心关心我,我喜欢和她在一起,我要和她在一起。"

"我不同意你们在一起。"秦杰妈说,"傻儿子,听妈的话,天下好女孩多的是。妈帮你挑,挑一个妈满意、你也满意的女孩,她一样会关心你的。"

"够了,我不要!"秦杰说,"我走了,等您冷静下来我们再谈。"

"你给我站住!"秦杰妈气急败坏、声嘶力竭地喊道,"你要是走出这道门,妈就和你断绝关系!"

秦杰拉着柳青头也不回地出了门。

秦杰妈气得发抖,决定给儿子点厉害瞧瞧。瞧今晚上这阵势,若不来点真格的,只怕是阻止不了儿子与柳青继续交往。

回到广州的秦杰接到妈妈的最后通牒:如果他执意要与柳青交往下去,她就当没生他这个儿子,不会再给他一毛钱!

第二章
同心同德

我就是趴在玻璃上的苍蝇,前途一片光明,但又找不到出路。

距离毕业典礼还有一个星期,周末的晚上,大四的男生们聚集到女生宿舍楼下,有的吹着口哨,有的手持吉他。男生们唱起了《对面的女孩看过来》,引得楼上女生们阵阵尖叫。一阵疯狂的互喊、对歌过后,肖乔端着酒杯,站在宿舍的凳子上大声地吼:"姐妹们,'男靠家,女靠嫁'。咱们做女人的干得好,不如嫁得好!我们要现货,不要期货。来,为嫁得好干杯!"

"干杯!"几个女生高喊着,相互碰杯,结束了她们的大学生活。

七月,秦杰妈接到儿子打来的电话,说他准备和柳青结婚,希望她能同意。若是同意,他便带柳青回家举行婚礼;若是不同意,他和柳青就在广州结婚。

秦杰妈一听大怒,在电话里恶狠狠地说:"你个小兔崽子,妈好说歹说你都不听,非要和她在一起,难道她比你妈还重要?"

"妈,您重要,她也重要,你们两个我都要。"秦杰笑嘻嘻地说。

"妈坚决不同意你们结婚!妈今天把话给你挑明了说,有她没我,有我没她。"秦杰妈坚决地说,"你要是不听妈的话,非要和她结婚,从今天起,妈就当没有你这个儿子!"

秦杰嬉皮笑脸地说:"妈,您别这样!我知道您是'刀子嘴,豆腐心',您就是吓吓我罢了。"

见儿子嬉皮笑脸地把自己的威胁不当回事,秦杰妈一怒之下威胁道:"你小子少嬉皮笑脸的,这次妈绝不会再往你的卡上打一分钱!她柳青不是有骨气吗?她不是给妈说她也会挣吗?妈倒要看看你俩一穷二白的怎样生活?你没有钱了,她柳青是不是也一样爱你?"

"妈,您翻来覆去地就是这几句话,您烦不烦呀?"秦杰不耐烦地说,"您要是不同意,我就不回来了。钱,您爱给不给!"

秦杰妈啪的一声挂断了电话,心里暗骂:小兔崽子,不动真格的,你不晓得锅是铁造的。老娘的话你不听,没有钱,我看你喝西北风!

接下来的几天,秦杰背着柳青又给妈妈打了好几个电话,可是秦杰妈就是不接。自从上次回家和妈闹翻之后,秦杰妈虽然没有停掉给儿子的卡,但也没有再往卡上打一分钱。秦杰查了卡里的余额,只有七千多元。租住的房子租约马上到期,要想继续住下去,就得交房租。交了下个月的房租,剩下的钱,能办场什么样的婚礼呢?从来没为钱发愁过的秦杰有些着急了,用起钱来再不敢大手大脚。

7月中旬,阳光格外的好,20多辆扎着粉红色气球的自行车车队穿街过巷,引得路人纷纷驻足观看。帅气的新郎秦杰戴着头盔、穿着红色骑行服和身着白色婚纱的柳青骑着玫瑰环绕的双人自行车,带领这支由大学同学组成的奇特迎亲队伍来到公园。

在用自行车摆出的"心"里,秦杰单膝跪地,向柳青请求:"嫁给我吧!"

不待柳青回答,肖乔领着一帮女同学大声叫道:"嫁给你行,先说说为什么?"

一帮男同学笑着大吼:"就是爱你,嫁给我吧!"

女同学们齐声叫道:"《就是爱你》,来一个。"

"我一直都想对你说,你给我想不到的快乐。一路有多少风雨,就是爱你,爱着你。放在你手心,灿烂的幸福全给你……"秦杰和男同学笑着齐唱。

柳青看着笑着唱歌的秦杰很是感慨,没有秦杰妈的坚决反对也就没有今天这场虽简单却幸福的婚礼。秦杰,这个帅气而乖戾的男人从今天起就真正属于她了。

肖乔笑着将柳青送进"心"内,秦杰和柳青在同学们的欢笑声中喝下了交杯酒。

跟踪而至的秦杰妈躲在树后,看着这一切恨得牙直痒痒,暗道:"我看你们没有钱能笑多久?"

秦杰妈虽然很生儿子的气,不接他的电话,但还是悄悄赶到了广州,只是她一直躲着不露面。家庭负担太重的柳青是不被秦母看好的。在秦杰妈看来,柳青的漂亮根本不值得一提,凭着自家的条件和儿子的相貌,世上的姑娘那还不是随便挑。

看着笑得一脸灿烂的柳青,躲在树后的秦母咬咬牙决定:从今以后再不给儿子秦杰半毛钱,除非他离开柳青。秦母坚信,过惯了舒适生活的儿子吃不了多久的苦,便会乖乖地求饶。

婚结了,付了下个月的房租,秦杰卡上剩下的钱和同学们凑的份子钱加起来也只有五千多。要吃饭、要付房租,挣钱成了当务之急。秦杰、柳青辗转于人才市场,手牵着手一同求职。柳青漂亮,专业成绩好,有不少用人单位看好柳青,可是她的简历却让招聘人员为难。柳青的简历分成左右格式,两边分别打印着她和秦杰的个人求职信息,这分明是在暗示招聘人员,要么同时两个都要,要么两个都拒绝。

这样的求职简历让秦杰、柳青找工作屡屡碰壁,招聘单位要么看好柳青,要么对秦杰有意向,但却没有一个单位愿意同时招聘他俩。

一个月后,肖乔与周斌在双方父母的支持下,举行了浪漫的草坪婚礼。

公园宽阔的草坪上,身着盛装的人群陆续踏入。草坪上铺着长长的红地毯,鲜花扎成的拱门、重重叠叠的香槟塔,让婚礼显得浪漫而隆重。

中午12点,《婚礼进行曲》在草坪上空荡漾。身着婚纱的新娘肖乔和穿白色礼服的新郎周斌牵着手缓缓走过红地毯,迎接他们的是漫天的玫瑰花瓣、百合花瓣。

婚礼舞台上,肖乔、周斌在主持人的安排下,宣读爱的誓言、交换戒指、亲吻,依次向父母和来宾行礼致敬。礼毕,两人走向香槟塔,开启了象征幸福美满的香槟酒。午宴是由西餐厅的大厨精心烹制的自助西餐。美味的西餐、众多祝福的来宾以及满场撒欢的孩子们,让公园成了欢乐的世界。

秦杰看着眼前的这一切,心里五味杂陈。若是母亲同意自己的婚事,自己的婚礼不知比这要热闹、豪华多少倍;因为母亲不同意,因为没有钱,他能给柳青的只是一场简单的婚礼。现在工作没着落,卡上的钱越来越少,若再找不到工作,真要到了弹尽粮绝的地步。

想到这些,秦杰有些愧疚,他拥着柳青,凑到她的耳边说:"别羡慕他们,等我有了钱,我一定给你补办一场比这还要好的婚礼!那时,咱们办一场中式婚礼,你盖上红盖头、坐着八抬大轿,我骑着马把你热热闹闹地接进家中。"

柳青沉默了一阵,说:"我确实羡慕他们,但不是羡慕他们婚礼的排场,是羡慕他们婚礼上有父母的祝福。"

"对不起。"秦杰说。因为秦杰妈不答应参加婚礼,柳青也没有通知父亲来参加婚礼,她怕父亲知道自己是在这样的情况下结的婚而难过。

"我没有怪你的意思。"柳青说,她轻声地重复着刚才周斌父亲在台上的致词,"今天是我儿子和儿媳喜结良缘的大喜日子,作为孩子的父亲,我衷心地感谢各位来宾的光临。我要对儿子、儿媳说,从此以后,你们已经长大成人,在今后漫长的人生路途中,你们要同心同德、同甘共苦、同舟共济。作为父亲,我衷心地祝福你们,我永远地祝福你们。"

"在今后漫长的人生路途中,同心同德、同甘共苦、同舟共济。说得多好呀!"柳青的声音有些哽咽,"我特别喜欢这句:作为家长,我衷心地祝福你们,我永远地祝福你们。"

秦杰一把揽过柳青的肩头,说:"没有家长的祝福,我们也要同心同德、同甘共苦、同舟共济。"

"哎,你们忙了这么久,找到工作没有?"肖乔在厨房一边洗着草莓,一边问柳青。

"哪有这么容易的事?"柳青苦笑道。

"你人又漂亮,专业成绩又好,只要不太挑剔,找份工作应该不难吧。"肖乔说,"先做着再说,有机会再另外找。"

"我倒是不挑剔,而且工资也要求不高,只是……"柳青沉吟着。

"只是什么?你说呀?"肖乔往柳青的嘴里喂了一粒草莓,着急地说,"你要急死我呀?"

"我和秦杰的简历绑在一起的。"柳青说。

"哦?你俩玩'捆绑式应聘'?"肖乔恍然大悟,"我说呢,难怪你们找了这么久,也找不到工作。你们这样,浪漫倒是浪漫,感人也挺感人的,可是应聘单位他不吃这一套呀。万一有人看上你们中间的谁,但一看要聘俩。完了,最后你俩准都没戏。"

"可不是嘛。"柳青说,"快烦死了,这都一个多月了还没找到工作,我和秦杰快要喝西北风了。"

"你还别说,我现在还真佩服你俩。秦杰呢,为了娶你,还真不怕变成穷光蛋。你呢,为了爱,还真不怕嫁给穷光蛋。"肖乔笑,"要换我,我可没这勇气。"

客厅,秦杰对着周斌直叹:"你说我怎么就这么点背,找个破工作找这么久,愣没把自己打发出去。敢情这怀才就像怀孕,时间久了才能让人看出来?"

"你俩都没有找到工作?"周斌有些奇怪,"虽说这工作是难找,可也不至于你俩谁也没有找到吧。"

"真没找到。怎么着,你不信?"秦杰说。

"我信,谁愿拿这事开玩笑?"周斌安慰道,"别着急,只要有毅力,总会找到。"

"我现在每天除了吃饭、睡觉,就是找工作。你说我有没有毅力?"

"柳青呢?我听肖乔说她专业成绩很好,她也没有找到?"

"没有!"秦杰长叹了一口气,"我们把简历绑一块儿了,而且上面还写明了只要同时录用我俩,工资低点没关系。"

"难怪!"周斌笑,"我还奇怪你俩怎么一个都没找到,原来是捆绑'销售'。"

"怎么?"秦杰反问,"这有什么不妥吗?"

"你说呢?假若你是招聘方,你会同时录用这样两个人吗?反正我不会。对招聘方来说,这样的人进入公司后可能会将私事和工作混为一谈。一方在工作和生活中的情绪和委屈会直接影响到另一方,一方遇到挫折时会引起连锁反应,搞不好会一起'飞走',给企业管理带来麻烦,总体来说是弊大于利。"周斌耐心地分析道,"现在找工作的大学生这么多,招聘方当然更愿意选择那些单身前往、条件又好的大学生。"

"哦,难怪!"秦杰若有所悟地拍拍头,"我还认为我俩这样挺好的,若能同时应聘,以后一起上班、下班多美!"

肖乔端着草莓,与柳青出来时正听到这句话,立马说:"你想得美,再这样捆绑下去,只怕没一起上班、下班,你俩倒先饿死了。"

"打住!咱这幸福才刚开始,理想还没实现呢,咱可不能死。"秦杰笑道。

"别、别跟我谈理想,戒了!"肖乔说。

"你别和她胡扯,她能有什么理想?跟我生个孩子就是她最大、最好的理想。"周斌说。

"呸,美得你不知道姓什么了吧。"肖乔故作生气地说,"敢情你娶我就为了生孩子?"

"嘿嘿、爱情、传宗接代咱两不误!"周斌一脸坏笑。

第二天,秦杰和柳青为了能够顺利找到工作,便重新打印了简历,分别奔走于各种招聘会。

卡上的钱越来越少,柳青劝说着秦杰退了之前的租住房,重新找了个租金便宜的租住房。这个小房子地段很差,电器也只有一台21寸的彩色电视机。好在卫生间里有热水器,厨房虽简陋却能做饭。

南方人才市场人头涌动,乱哄哄的。秦杰眉头紧锁,求职的不顺利,经济上的窘迫让他的心情越来越烦。秦杰在招聘会现场看到,一些招聘企业推出了"储备干部"职位,职位要求:本科学历以上、专业不限、对工作经验无要求,因此吸引了不少应届毕业生应聘。

"储备干部具体是干什么的?"秦杰好奇地问。招聘人员解释说,就是从刚毕业的大学生中选择一些优秀的,从基层销售做起,如果表现突出,会优先提拔为主管。秦杰一听动了心,招聘人员对秦杰也很满意。于是,秦杰找到了他的第一份工作。

回到家里,秦杰得知柳青也应聘成功,做了一家大公司的行政前台,试用期3个月,试用期每月工资1800元。秦杰的试用期也是3个月,试用期每月工资1500元。两人没想到将简历分开、分别求职,竟然这么快就找到了工作,很是兴奋。

柳青上班后才明白了"行政前台"其实就是"打杂",打这个公司里别人都不爱打的杂。

秦杰应聘储备干部,以为前途无限。上班第一天才知道自己原来只是营销部的一名"杂务工",就像四川麻将里的"听用",哪里缺人就往哪里放。半个月后,秦杰被分配到一家门市部锻炼,活累且琐碎。从小养尊处优的秦杰很是不习惯这样的工作环境,他由最初找到工作时的兴奋一下子跌到了谷底。

两人的租住房。沮丧的秦杰问柳青:"怎么样?你喜欢那里的工作环境吗?"

"不是很喜欢。"柳青摇摇头。

"为什么?工作很累?"秦杰问。

"累倒不累,只是觉得自己的工作挺无聊的。"柳青说。

"哦,说来听听。"秦杰说,"你嫌无聊,我可是一天被人使唤来、使唤去。"

"我每天坐在一个围成半圆形的桌子里,见访客进入接待厅,便抬头行注目礼,微笑着问,'您好,请问找谁',然后请访客入座,请示后引入相关区域,一分钟内端上茶水,并且负责加水,还得随时注意烟缸不得超过5个烟蒂。等访客走后,3分钟清洗好烟缸、茶杯。"

"呵呵,"秦杰笑了笑,说,"你们公司要求还挺高的嘛。"

"那是,大公司。"柳青说,"电话铃响三声内必须接听,微笑着说'您好'。问清对方何事后转相关部门,传真信息必须在5分钟内送达相关人员;负责收发管理报纸、信函。下班前检查复印机关机,关闭所有电源,负责关好门窗。"

"这些工作内容用得着大学本科生吗?"秦杰郁闷,"一个破前台,既要本科生,还要长得漂亮。"

"是呀,在学校里学的根本没用上。"柳青笑,"哦,倒是有一样能用上,要求用英语和外宾简单交流。"

"你怎么样?还习惯吧。"柳青担心秦杰,一个养尊处优、花钱如流水的公子哥如今要为五斗米折腰,他能习惯吗?

"不习惯,非常不习惯。"秦杰的眉头紧上,"工资又低,还要被人呼来唤去的,我很不开心。"

"慢慢做吧,是金子总要发光的。"柳青打趣道,"到时,你这储备干部一转身就变成真干部了。"

"是金子总要发光,但满地都是金子的时候,我自己也不知道自己是哪颗了。"秦杰苦笑道。

柳青每天看到公司里的其他同事,坐在被高高的隔断围起来的方格子里。电话声此起彼伏,从里面传来的每句话好像都关系着公司的直接利益。圆桌子里的柳青也忙,接电话的内容无非是些外人听起来无关痛痒的对话:"您好,对不起,我们现在不需要,有需要再和您联系。"

"您好,业务部?请稍等。"

"您好,找经理?对不起,请问您是哪位?"

一个月后,秦杰领到的工资比同部门的人少许多,一样的辛苦却是不同的待遇,他一气之下辞掉了工作。

柳青回家后看到秦杰阴沉着脸,喝着啤酒。

"怎么了,昨天不是还高高兴兴地说今天要发工资了?怎么领工资的人是这样的表情呀?"柳青问。

"钱,钱,你就知道钱,给你钱!"秦杰没好气地将钱摔在桌子上。

"你看你,昨天不是你说要发工资,我今天才随口问问嘛。"柳青不解地问,"你怎么了?有什么不开心的事说来听听。"

"没什么。"秦杰转过身去。

"别这样嘛,你这样喝闷酒对身体不好。"柳青撒娇,"说嘛,我要听。"

"他们那帮人招聘的时候说得天花乱坠,说什么储备干部做得好,工资高,还会提主管。"秦杰气愤地说,"今天工资一领到手,我就什么都明白了,狗屁,他们之前说的全是狗屁。工资不仅比他们低,而且根本就没有出头之日。"

"为这生气呀。你不喜欢咱就换份工作,为这气坏了不值得。"柳青笑着劝他,"不喜欢咱可以重新找,总会找到自己喜欢的工作。"

"我已经辞了,我不伺候那帮大爷。"秦杰边喝酒边骂,"老子有钱的时候,别说一千五,就是每月一万五请我,我都不会去。"

"咱们还是现实点吧,少提以前。"柳青沉下脸来,"怎么,你后悔娶了我?要是后悔,你立马就可以走。"

"没,没有。"秦杰看柳青生了气,连忙赔笑道,"我是骂那帮欺负人的王八蛋呢。我怎么会后悔娶了你呢,我这辈子做得最正确的事就是娶了你。"

"这还差不多。"柳青说,"你要是真后悔了,我也不拦你,你可以回你那豪华的大房子里去,但我绝不会随你回去。除非有一天,我能证明我自己的能力,否则,这样去你家只会越发地让你妈看不起!"

毕业即被断奶的两三个月,让秦杰深切感受到了生活的无奈与艰辛。"有钱就是爷爷,没钱就是孙子",秦杰现在非常认同这句话,以前因为有钱,他傲视一切,就像柳青说的那样,一副有钱大爷样,眼睛长在头顶上,什么都可以不放在眼里。可现在离开了妈妈经济上的支持,没有妈妈的集团公司撑腰,在广州,他一个刚毕业的穷小子算什么?秦杰觉得自己现在腰也不直了,说话也不粗声了,别说在有钱人眼里,就是在那帮同样也是受聘于人的招聘人员眼里,他什么也不是!

秦杰有些悲哀,毕业后遭受的种种挫折让他真想回到以前的生活,可是即使他低三下四求妈妈同意他和柳青回去,即使妈妈肯,但柳青也不肯。秦杰知道柳青的脾气,认死理。想到这,秦杰叹了口气,扔下烟头,开始辗转于人才市场,希望能尽快找到一份较为满意的工作。

一个星期后,秦杰应聘到一家小网站做网络编辑。试用期3个月,月薪1600元,每天有6元的餐补。秦杰连忙打电话告诉柳青,柳青听了也很高兴,压低嗓门说:"编辑,网络编辑,真好!你这份工作可比我这个有意思多了。好好干,加油!"

"嗯,你放心,我会好好干!"秦杰一迭声地答应,在心里憧憬着。

放下电话的柳青羡慕地看着公司里的其他同事,在办公室内外穿梭,觉得他们做的事才有意义和价值。柳青也会离开她的圆桌子,将收取的传真递到相关人员的手中;领着造访的客人到休息室;帮某人复印资料等。这些繁琐而重复的劳动,让一向好强的柳青愈来愈失望,她越来越看不到自己的价值。

跳槽?显然不现实。柳青当初如果能找到一个令自己满意的工作,也不会来这个公司做前台了。柳青暗自发誓总有一天,她要成为那些方格子里的一员,而不是一个微笑着、被人看不起、可有可无的花瓶。

秦杰在一个小网站做编辑,每天做得最多的就是复制别的网站的文章,然后粘贴到自己就职的网站,一天的工作量不能低于一百篇文章。最初,秦杰以为一百篇不就是复制粘贴嘛,有什么难的。他有时候在论坛灌水,都有过一天一百多个帖子的纪录。

秦杰干了一段时间,才发现自己想得太过简单。复制粘贴的时候要复制作者出处什么的,还要设置文章TAG。一天下来,还真有些吃不消,刚干了半个多月的秦杰颈子酸痛,眼睛胀痛、干涩。

这天晚上,秦杰下班回来,将自己摔在了床上,再也不想动弹。

"懒猪,起来!"柳青拍打着秦杰的屁股,笑道,"我等你半天了,快去洗手,准备吃饭。"

"不想吃。"秦杰不动。

"干吗不吃?"柳青笑,"人是铁,饭是钢,一顿不吃饿得慌。"

"我不是铁,我就是一只苍蝇。"秦杰说。

"哦,你是一只苍蝇呀?我看看,哪飞来这么大的一只苍蝇。"柳青趴下,扳着秦杰的脸仔细地看,笑道,"这只苍蝇还真漂亮耶,亲亲。"

"我就是趴在玻璃上的苍蝇,前途一片光明,但又找不到出路。"秦杰有气无力地说。

"干吗说这样丧气的话?我觉得当编辑挺好的,起码比我的前台强呀。"

"什么狗屁网站编辑?"秦杰骂道,"我去的是个小网站,又不是什么知名的门户网站。待遇低不说,像我们这些新去的、实习的编辑,每天干的就是些复制粘贴的活,要做一段时间以后,才能做一些策划类工作。"

"那你就好好干呗,慢慢做,等积累了经验后,有机会再跳到门户网站去。"

"像我现在这样'复制粘贴'要干六个月到两年。干的时间长了,资历深了,才可以开始策划主题。"

"到哪儿都这样,我们单位也是如此。新来的都只能干些简单的活,只要我们自己努力,坚持我们的信念,总会有机会的。"柳青调侃道,"信念这玩意儿不是说出来的,是做出来的。光荣在于平淡,艰巨在于漫长。"

"你少跟我提信念。"秦杰说,"我现在累得没信念了。"

"好,好,你累,你辛苦了。咱们家的大功臣,起来吃点饭吧。"柳青将手放在秦杰的腋窝下,笑道,"要不我给你按摩按摩,让你尝尝本小姐的花式按摩。"

秦杰一翻身,将柳青压在身下,坏笑道:"好,我吃,我就先吃了你!"

柳青开始有计划地接近方格子里的同事和部门经理们,为他们做一些跑腿的工作。这样一来,柳青的工作量增加了很多,但她快乐地做着这一切。成为高级白领、成为主管,在这个城市拥有自己的房子、事业,成了柳青的梦想。她相信只要认真做,认真付出,一定会有人看见,会赏识。

秦杰整天机械地按着鼠标和键盘,工作枯燥、生活窘迫磨灭了他毕业时的豪情。他暗自思忖,是自己把工作想得过于精彩,还是自己适应工作、适应环境的能力太差?秦杰很是怀念以前的生活,对这种重复、机械、劳动强度大的工作越来越排斥。

秦杰抱着继续做还是不做的想法挣扎在岗位上,适逢主编发飙。前一分钟,主编说,你从其他的网站上拷贝过来就行了;下一秒,主编铁青着脸对秦杰说,你是白痴呀?怎么连个字都没改就发了,你没自己的想法呀?等秦杰改了之后,以为主编大人就算不表扬,至少也会用赞赏的目光看自己一眼。岂料,主编大人越发地愤怒,大声呵斥道:"你有没有搞错啊,把专有名词给改了,是不是想让同行笑咱们啊?"

秦杰脸涨得通红,长到这么大,他还没有被人这么骂过。他气得站起来说了声"老子不干了",然后在其他同事的注视下,扬长而去。

刚走出门的秦杰觉得很是解气,在街上闲逛了一阵后,冷静下来。要怎么给柳青说呢?秦杰决定先将此事瞒下来,等找到合适的工作再告诉柳青。

秦杰瞒着柳青又去找了几家工作单位,都不满意,相继离开。

他心灰意懒,每天钻进网吧,整天沉迷在电脑上玩游戏不能自拔。只有沉迷在游戏中,秦杰才能忘记现实的痛苦和烦恼。

又到了交房租的时候,柳青找秦杰要工资。一连问了好几声,秦杰眼睛盯着电视也不答应,柳青火了,啪的一下将电视关了。

"我看得好好的,你干吗给我关了,你要干吗?"秦杰大声问道。

"你聋了,叫你你不答应。"柳青怒问。

"你什么时候叫我了,我没听见。"秦杰耍赖。

"好,就当你没听见。"柳青一字一句地说,"那你现在听好了,房东在催房租,你的工资呢?"

"我,我工资丢了。"秦杰撒谎,他低下头,不敢抬眼看柳青。

"丢了?什么时候丢的?"柳青一步冲到秦杰面前,说,"你说,什么时候的事,我怎么没听你说起。"

"今,今天下午不知被偷了还是怎么的,回来就不见了。"秦杰支吾道。

"你看你,这么大个人怎么就会不见了?"柳青很是着急,"那可是一个月的工资呀。"

"我也不知道钱包什么时候不见的。"秦杰心虚地说。

"这可怎么办?"柳青一屁股坐下来,发愁了。秦杰的钱丢了,只能用自己的工资交房租了,卡上剩下的钱还够维持两个人一个月的花销吗?

"不对,你这段时间怎么回来得都比我早?前段时间,你不是说公司经常要加班吗?"柳青突然觉得不对劲,问道,"这段时间你不但回来得早,看起来也不累,每晚上长吁短叹的是为什么?"

秦杰不说话。自己一气之下辞掉了工作,然后又将结算的不多的工资拿来泡网吧,他不好意思向柳青说。

"你,你倒是说话呀?"柳青着急地说,"你要急死我呀。"

"我没在那网站做了,那网站的主编犯一点小错就骂,我受不了。"秦杰无奈说。他不想再瞒下去了,很累。

柳青一下子明白了秦杰每晚的长吁短叹,她以为秦杰是在叹工作的累。原来,秦杰又失去了工作。

柳青叹了一口气,走到秦杰身边,淡淡地说:"丢了就丢了,再找一份工作就是了。"

"再找一份工作?"秦杰绝望地说,"这几个月来我找了很多工作,可是每份工作的薪水都不高。像我这样刚出校门、没有实际工作经验的人能找到什么样的好工作呢?每个月一两千元,累死累活不说,还有受不完的气。"

"刚出来的人都这样,等我们把工作做顺手了,自然就不会挨骂了。"柳青劝道。

"我干吗要受这份窝囊气,我做错了,他们可以说,就是不可以骂我。"毕业之前生活一直过得顺风顺水的秦杰叫道,"你让我再去找份工作?不,我讨厌自己像菜市场里的菜一样,被人挑来拣去。"

看着愤怒而绝望的秦杰,柳青有些心痛:这个曾经眼高于顶、神采飞扬的男子,因为爱她,因为执意要娶她,他放弃了他原来的生活,和她在一起。结婚后,柳青真实地感受到秦杰的挣扎、无奈。

柳青一下子明白了,秦杰不适应现在的生活,工作上的不顺、生活上的窘迫,这一切让他疲乏而无奈。

柳青摸着秦杰的头笑着安慰道:"没事的,我去做饭。你休息吧。"

听到柳青这样说,秦杰如释重负。是夜,忙碌了一天的柳青睡着了,秦杰睁大着眼,无法入睡。

妈妈什么时候才能原谅自己?什么时候才肯答应自己的婚事?秦杰暗想,要是柳青能怀上孩子就好了,等自己和柳青有了孩子,妈妈一高兴说不定就接纳了柳青。秦杰憧憬着被妈妈接受的那一天早点到来,他一定要为柳青重新办一场豪华而隆重的婚礼。

第三章
酸甜苦辣

这双手无论怎样洗,还不都是要每天给不同的尸体化妆吗?手上难闻的味洗掉了,心里的恐惧也能洗掉吗?

不必再对柳青撒谎,秦杰安下心来,柳青却发愁了。少了一个人的薪水,日子难过很多。自己若是撑不了这个家,陷于困窘的秦杰定会向他妈妈求助。柳青能想象到秦杰妈鄙夷的眼神和不屑的表情,或许在秦杰妈看来,她和秦杰的婚姻根本就没有幸福可言。不,没有她的资助,没有她的祝福,她和秦杰也会幸福的。柳青坚信,只要有爱,只要对生活不放弃信心,一切会慢慢好起来的。

柳青放弃了在公司内部寻找机会的想法,她开始留意网上、报上的各种招聘信息。无论如何,她要想法在最短的时间内另找一份薪水较高的工作。

秦杰不再进入网吧,每日里蜷缩在床上,冬眠一般地睡。醒着就要面对一切,一日三餐、工作、生活。没有让柳青过上无忧的生活,却让她独自挑起生活的重担,这些都折磨着秦杰的神经。

柳青见秦杰如此,也不多言。她是了解秦杰的,他不懒,但他需要时间来学会面对。

这天,留意招聘信息的柳青在广州人事网上看到广州市殡仪馆的招聘公告。柳青以前曾听人说过这些单位待遇很高,她之前没有想过要去这些单位工作。柳青相信凭自己的能力和不懈努力也会得到自己想要的,可是现在秦杰没有了工作,租住房的租金、两人的开销仅凭柳青的前台工资显然不够。招聘公告上没有公布薪酬,柳青查阅了以前的招聘材料,得知本科毕业生和一线工作者月薪有七八千元,加上提成、奖金,一年下来竟有一二十万,这样的高薪让柳青心动,第二天,她便瞒着秦杰去广州市天河区燕岭路418号报了名。

殡仪馆的招聘要求很高,除少数职位要求是大专学历外,其余均要求应聘者是本科以上的学历。即便是这样,还是吸引了很多人应聘,应聘场面很是壮观。

柳青通过了笔试、面试,最终被殡仪馆录取。殡仪馆有三个月试用期,试用期也是培训阶段,培训内容包括熟悉法规、熟悉殡葬工艺流程、熟悉殡葬业务、电脑操作等。但不管是业务员、科室工作人员、骨灰管理员还是电脑工程师,都得过最难过的一关,就是尸体关。

柳青被分到了防腐部。走进遗体整容室后,柳青看到从冷冻室门口拉出来的尸体时,不禁毛骨悚然,感觉身上一下子起满了鸡皮疙瘩。柳青闭上眼深呼吸,暗暗地给自己壮胆。

当遗体推到她面前时,站在几位师傅身边的柳青一阵战栗,迅速地闭上眼,把头扭到一边。隔了好一会儿,柳青屏住呼吸,转过脸,慢慢地睁开眼睛,惊恐地看着眼前的逝者:躺在工作台上的是一位四十多岁的中年妇女,脸色蜡黄,颧骨高高耸起,眼窝深陷,嘴唇发紫,面容略略有些变形。

身着白色工作服的吴师傅托起死亡妇女的脸,小心地梳理头发,然后用棉球蘸上酒精,一点一点为她清洗面部。接下来,吴师傅用粉扑蘸上粉,顺着额头一点一点地向下擦拭。随后,吴师傅又拿出腮红,用腮红的刷子轻轻在脸颊上刷了几下,最后为死者涂抹了唇膏。十五分钟过后,原本面色蜡黄的中年妇女变得自然红润,平静安详,看上去就像睡着了一样。

柳青没有在吴师傅的脸上看出一丝厌恶,也看不到丝毫的恐惧,整个过程吴师傅神情肃穆、庄严。

整容化妆间在冷库附近,温度比室外要低许多。不一会儿,柳青开始打喷嚏。

"干咱这一行不能穿厚了也不能穿薄了,薄了容易感冒,厚了做起事来不方便。"忙碌着的吴师傅看了一眼惊恐的柳青,轻声说。

要下班了,忙碌了一天的吴师傅解下口罩、脱掉工作服,走到清洁房,用肥皂反复搓揉双手。

柳青暗想:这双手无论怎样洗,还不都是要每天给不同的尸体化妆吗?手上难闻的味洗掉了,心里的恐惧也能洗掉吗?

吴师傅一边洗手,一边笑着对柳青说:"你的心理素质不错,心理素质弱的第一次进防腐部时不但对遗体害怕,而且还会呕吐。"

柳青想着心事,没有听见吴师傅的话。

吴师傅伸手碰了柳青一下,问:"你在想什么?这么出神?"她的手指触碰到柳青的手,很凉,柳青回过神来,慌不迭地连连后退。吴师傅的手刚刚在尸体的脸上摸来摸去,虽是戴着塑胶手套,但柳青却是惧怕与吴师傅有身体上的接触,仿佛碰上吴师傅,便如同碰上躺在工作台上的尸体。

回到家的柳青面色惨白,吃饭就翻胃,什么也吃不下去。

"你怎么了,哪里不舒服?"秦杰用手摸了摸柳青的额头,关切地说,"要不要去医院检查一下?"

"不用,可能是在外面吃东西吃坏肚子了,我躺躺,过一会儿就好。"柳青摇了摇头说。

秦杰扶柳青躺下,说:"你好好休息,我出去给你买点药。"

秦杰去附近的药店给柳青买药,柳青一闭上眼便看到整容室里的尸体,白天的情景在脑子里一一浮现,她打了一个寒战,睁开了眼睛。秦杰不在家,柳青很害怕。

过了一会儿,秦杰买药回来,柳青哭着说:"你到哪儿去了,把我一人丢在家,我怕。"

"我出去给你买药,出去时不是给你说了吗,你没听见?"秦杰看着带着哭腔的柳青,爱怜地将她搂到怀里说:"我才出去这么一会儿,就怕了?你今天怎么了,怪怪的,你以前没有这么胆小啊?"

柳青也不说话,使劲地抱着秦杰。

秦杰笑着轻拍柳青的后背,说:"傻丫头,我回来了,别怕!"

在秦杰温暖的怀里,柳青悬着的心踏实下来,被抱着的感觉真的很好,她闭上眼慢慢地睡着了。

第二天,柳青以身体不舒服为由请了假。第三天,她仍然没有去殡仪馆。柳青犹疑着,继续还是放弃?

柳青整日地赖在秦杰的怀里,犹如小孩一样蜷缩成一团,她需要秦杰身上温暖的体温来忘记防腐室里那些身体僵硬的逝者。

一周后,柳青终于定下心来,决定继续去殡仪馆上班。

看到柳青,吴师傅笑了,说:"我知道你会来的。"

"你怎么知道我会来?"柳青反问。

"被这个工作吓跑的人太多了,很多人来这里不是因为喜欢这里的工作环境,而是因为高薪。有很多人来了,又都走了。留下的人不但需要这份薪水养家,而且要有极强的心理承受能力和定力才能坚持下去。"吴师傅缓缓地说。

"我看着像心理承受能力强的人吗?"柳青还是不明白。

"我不知道你的心理承受能力强不强,但我知道你来这里工作的目的。"吴师傅说。

"什么目的?"柳青问。

"你遇到难处了,你需要这份工作,需要这份薪水。"吴师傅平静地说,"否则,以你的学历、你的相貌,你不会选择来这工作,更不会在转身离开后又来到这里。"

柳青不说话了,吴师傅的话说中她的心事。柳青暗自思忖,漂亮的吴师傅为什么会干上这一行? 难不成也和自己一样,家里需要钱?

"你来了,就安心跟我学吧。"吴师傅说,"要想坚持,就别把这工作想得太恐怖。我们的工作和美容师差不多,先给人清洗,然后再化妆。遇到尸体变形的时候,我们要像医生那样缝合。你要是害怕,就把自己当成美容师或医生吧。"

"这能一样吗?"柳青在心里嘀咕道。

"也一样也不一样。"吴师傅仿佛能看穿柳青心事似的,缓缓地说,"不一样的是他们给有生命的人化妆或做手术,我们是给没有生命的人化妆或手术。"

柳青不再说话,却在心里将温暖、鲜活的身体和没有温暖、冰冷的尸体作比较。

"你刚来,自然不习惯。时间长了,你也就习惯了。"吴师傅说,"干这一行的大多是男人,可这一行需要女妆容师。有一些年轻的还没有结婚的女孩,因病或者各种意外离开了人世。父母伤心难过之余,自然希望能有位女妆容师为其脱衣、擦洗、穿衣、化妆。即便是已婚的女人身故时,她们的丈夫也不愿意男妆容师为她们擦洗、上妆,这些都是可以理解的。"

柳青不作声,心里却想:要不是实在没有办法,谁愿意上这儿来为她们化妆呢?

"觉得干这个很难是吧?"吴师傅缓缓地说,"这世上哪样事不难呢,不过比起死,一切又都不算什么。我做这一行久了,觉得生命太脆弱了,没有什么比好好活着更重要。"

柳青被吴师傅的话触动着,她承认,吴师傅的话有道理,这些天,她在家除了要克服恐惧,想得最多的也就是要活着,好好活着。

吴师傅先教柳青给逝者穿衣服。因为接触的遗体大部分都是冷冻的,柳青要学穿衣服也不是一件容易的事。

殡仪馆地下的防腐部值班室就在遗体护理室隔壁,为了淡化地下室的压抑气氛,馆里特意在妆容师更衣间的墙上绘上亮丽的风景。每天上下班,柳青和其他的妆容师们进出这扇门,感受着生活与工作两个世界的截然不同。

吴师傅一边给遗体化妆,一边对柳青说:自然逝去或因病而死的逝者面部妆容比较简单,看上去安详红润就行。

洗脸、打粉底、上腮红、描眉、涂口红……这些大多数女孩每天出门前的打扮,现在却要与冰冷的遗体联系在一起。柳青听着吴师傅的话,想着要干的工作,觉得头皮发麻。

"像我们这样的人,被称作特殊妆容师,也叫遗体美容师。"吴师傅说,"有人还给从事这样职业的人取了另一个美丽名字,你知道是什么?"

"不知道。"柳青摇摇头。这样的职业还能有什么好听的名字,她想。

"人生终点美容师。"吴师傅说。

"人生终点美容师?!"柳青重复道。不错,人死了,也就走到了人生的终点。

给遗体化妆,从某种程度来说和美容师干的是一样的活。

人生终点美容师,名字是好听,但工作性质总归是瘆人的,柳青想。

吴师傅用心地教着柳青:对一些遗体要采用特殊的技艺。比如鼻梁塌了,要先用橡皮泥捏起来,遗体若是手脚弯曲就要先按摩,看看能不能弄直,若是实在不行就把关节错开,将骨头恢复原位后再进行缝合,用纱布包裹好。

吴师傅为逝者化妆的美容箱和医生的便携急救箱大小相当,里面装着湿粉、干粉、粉扑、木梳和棉球等。平常要用的整容工具也就是医院缝合用的针、线、止血钳。

柳青想,难怪吴师傅要说把自己当成美容师或医生,这样的想法的确更能让妆容师们接受。

柳青每天看着吴师傅给不同的逝者化妆,心里满是厌恶之情。

"我把工作台上的每一具遗体都当成自己的亲人,这样既能理解那些失去亲人的人的悲痛,也会克服自己的恐惧。即使逝者变形了,身上散发着腐臭,我们也不能用厌恶的心情去为逝者化妆。想想吧,逝者若是我们的亲人,因病、因意外的事故离开了我们,我们原本悲痛的心情再看着他们变形腐臭的身体该多难过啊。要是让逝者就这样离去,逝者不心安,我们也不能心安呀!所以,干我们这一行不但不能厌烦,而且还要带着对生命的敬畏、对逝者的同情,好好地为他们化妆,让他们安静、祥和地走完他们的最后一程。"吴师傅缓缓地说,"让逝者以安详整洁的面容告别亲人,这是对逝者的尊重、对生者的告慰。听到逝者家属感激的话,我会感到满足,忍受的委屈也会因此烟消云散!"

"待在这压抑而冰冷的空间,面对冰冷的遗体能不恐惧吗?给这些没有生命的遗体化妆,就因为逝者家属的几句感谢话就会满足?受到的委屈也不在乎?"柳青听着这些话,很不以为然。

"觉得我说的话可笑吧?要让自己把这些毫不相干、陌生的逝者当成亲人觉得太牵强了,是吗?"吴师傅看到柳青脸上不屑的表情,语重心长地说,"其实,这世上的人不论贫穷的、富贵的、年轻的、年老的,谁能逃一死呢?谁又知道自己什么时候死?怎样死?谁都不知道!可是,不论谁离开了这个人世,都不希望以难看的姿态离开这个世上,即便这是人生的最后一程,也都想好好地走完。想通了这些,再接触他们便不会再厌烦和恐惧了。"

柳青没有将吴师傅的话放在心上。尽管她不喜欢现在所从事的工作,但没有找到更好的工作之前,她只能克服恐惧面对这一切。

吴师傅让柳青先练习缝合一些遗体上的小伤,积累了一定的经验后,掌握了缝合技术,柳青就可以给那些变形的遗体做面部整容了。

一个阴雨绵绵的日子,一位和柳青年龄不相上下的女孩在马路上被车撞死,额头撞破,鼻梁被撞扁,手脚多处折断,全身上下都是血。女孩被送到殡仪馆后,柳青在吴师傅的指导下,开始了第一次"特殊"的美容。

看着这位和自己年龄不相上下的女孩遭此横祸,柳青的心里有些悲伤。对逝去女孩的同情,使她忘记了恐惧。柳青先用酒精清洗女孩的脸,清理嘴角鼻腔、小心翼翼地缝合,然后给女孩梳理头发,上底粉,涂胭脂,再描眉,涂口红。忙碌了三四个小时后,逝去的年轻女孩原本血肉模糊、变形的脸变得生动、美丽起来。

"安息吧!"柳青在心里默默地说,"请一路走好!"

"谢谢,谢谢!我女儿还这么年轻,就这样走了,我又难过又担心,担心她妈妈赶过来看到她被车撞后变形的脸,怎么接受得了?"逝去女孩的爸爸看到化好妆的女儿,非常满意,哭着说,"谢谢你,是你让我女儿这最后的一程走得安详。否则,让她血肉模糊地去另一个世界,她不安心,我们也不安心。"

"不用谢。你的女儿本来就美丽,我只是帮她恢复了原来的容貌。"柳青这样回答,心里却萌生了一种自豪感、成就感,是自己克服胆怯,用学到的技艺帮助这位被撞死的女孩美丽地走完她在世上的最后一程。

女孩父亲拿出一叠钱偷偷地塞给柳青,说:"孩子,这是我的一点心意,收下吧。"

"不,不,我不能要,馆里有规定,不能收。"柳青说,"叔叔,你别这样,这是我应该做的。"

"你和我的女儿年纪差不多,她和你一样漂亮。"女孩父亲哭着说,"早上,她出门前还笑着和我们打招呼。可是,现在她却躺在了这儿。"

"叔叔,你别太难过了。"柳青安慰道,"请你保重身体,节哀顺变!"

"我辛辛苦苦地把她养大,还没看到她结婚生子就这样走了,我心痛啊!"女孩父亲痛哭道,"我和她妈妈宝贝似的疼着、哄着,谁能想到她,她就这样走了。她如花的年纪遭此横祸,她走得不甘心啊!"

"虽然她走得不甘心,可是她也不忍心看到你这样难过呀。"柳青劝道,"要是你哭坏了身子,阿姨谁来照顾呢?你和阿姨好好活着,就是对故去女儿最好的送别。"

女孩父亲哭声渐小,心情略为平复之后,感激地对柳青说:"孩子,谢谢你!"

柳青突然明白了吴师傅说的话:让逝者变得安详,让没有生命的人以最好的姿态离去,帮助逝者家属减轻他们的悲痛,做到这些也会有自豪感、成就感。

第一次给遗体美容,柳青虽然靠着同情心克服了胆怯,忘记了恐惧。她戴着胶手套的手虽然没碰到什么脏物,心里却仍觉得手很脏。柳青不停地洗手,但总是感觉没洗干净,接连几天她都不想吃东西,看见食物就想吐。

因为经常接触遗体,柳青总觉得自己身上有股淡而难闻的味道。此后,柳青每次给遗体整容完,不管多晚多累,都要反复地洗手,擦上护手霜,并在耳后、腋下、手腕处,喷上香水。

这天,柳青领到工资,丰厚的薪水让她心里踏实而又兴奋。她买了秦杰最爱吃的大闸蟹和虾,并买了一瓶红酒回家庆贺。

"今天怎么买了这么多好吃的?"秦杰接过东西,问道。

"我换了份工作,待遇比以前好。"柳青支吾道。

"你换工作了?去哪儿了?比以前多多少?"秦杰问,"我怎么没听你说过?"他还是第一次看到柳青花钱这样大方,很是好奇。

"我,我现在在民政局上班,待遇好多了。"柳青想了想说。

"你在民政局做什么?"秦杰问。

"办公室打打字、发发文件什么的,很清闲。"柳青说。

"民政局招聘一定有很多人去应聘,你能进去还真不简单。"秦杰高兴地夸。

"当然啦,你老婆我又漂亮又有本事。"柳青笑。

秦杰用手捏了捏柳青的脸,笑说:"我家傻丫头真能干。瞧把你美的,臭美!"

"就臭美,就臭美,怎么了?"柳青撒着娇。毕业以后,两人好久都没有这样开心了。

"今天要好好庆祝一下。"秦杰系上围裙高兴地说,"你去休息,我来做饭。"

第四章
闲妻凉母

打折、打折,再这样过下去,我的生活快被打折得一点希望都没有了。

秦杰、柳青、肖乔、周斌四人好久没有聚在一起了,这天柳青过生日,秦杰、柳青约了肖乔夫妻去酒吧。

肖乔问柳青:"你的工作有那么忙吗?白天接待公司访客,下班了接待你老公,今儿要不是你过生,也不会想起接待我这老朋友吧!"

"你以为像你呀,闲人一个。"周斌说。

"哎,你说对了,我就是闲人一个。怎么着,碍你眼了?"肖乔说,"你就知足吧,像我这样的贤妻良母你上哪儿去找?"

周斌撇了撇嘴,说:"是,是,你这样的'闲妻凉母'还真不多。"

肖乔眉毛一挑,正欲反驳。

"你俩这是干吗呢?上演夫妻恩爱秀还是夫妻智力斗?"秦杰说,"宣布一下最新消息,咱柳青没干接待了,也没在原公司做了。"

"哎,我怎么没听你说呢?"肖乔问,"是公司炒你,还是你有了好去处,把公司给炒了?"

"她把公司给炒了。"秦杰扬扬得意地说,"她现在去了民政局,待遇比以前高多了。"

"民政局?!"肖乔瞪大眼睛问柳青,"待遇比以前高多了是多少?"

柳青支吾着说:"你别听秦杰瞎说,工资也没多高,就是比以前干前台接待的时候高一些。"

"柳青现在工作也换了,待遇也越来越好,这是高兴的事,咱们今天可要多喝两杯。"周斌笑着说,"今天她过生日,咱们让寿星说两句。"

"好,说两句。"肖乔起哄。

"我没什么可说的。"柳青笑。

"说吧,人家两口子等着听呢。"秦杰劝道,"你就随便说说,咱们就随便听听。"

"毕业后、结婚、找工作,两件事都赶在一块儿了。我和秦杰你们也知道,他母亲不同意,我家这边也指望不上,我们只能靠自己。这几个月下来,我和秦杰东奔西颠地找工作,酸甜苦辣也都尝了。"柳青站起来说,"我现在明白,咱们毕业后干什么、具体从事什么工作不重要。重要的是我们认真而努力地活着,为我们的明天、为我们憧憬的幸福努力着。为了以后的幸福生活,现在的一切辛苦都是值得的。"

"先苦后甜。说得好!"周斌叫道。

"在别人眼里,我和秦杰住在便宜而简陋的出租房里,每天为三餐忙碌着,日子过得有点惨。但我不这样认为,能和相爱的人在一起,就是幸福。我也相信,我和秦杰的生活不会永远这样。"柳青笑着说,"我们还年轻,年轻就是我们的本钱。我们有理想,有梦想。有梦想的地方,地狱会变成天堂;有希望在的地方,痛苦也会变成欢乐。"

"年轻就是我们的本钱,说得好!"肖斌高叫。他转头对秦杰说,"兄弟,你命好呀,娶了柳青这么个老婆,又漂亮又能干,又温柔又懂事。我就不明白了,她俩一个学校、一个寝室出来的,差别怎么就这么大呀?什么时候咱们家肖乔这样就好了。"

"你们听听,瞧他说话时那酸样。敢情你们男人结婚就如同去饭馆点菜,点了自己想要的,然后看到别人的,又暗想那要是我的就好了?"肖乔瞪了周斌一眼,"我俩刚结婚几个月,你这就感叹上了。你不就是嫌我没工作在家吃闲饭吗?"

周斌说:"谁嫌你啦?这话可是你自己说的,是你自己找不痛快!"

"是我找不痛快吗?"肖乔说,"你以为我不知道你心里的那点小九九,不就是看我既不要孩子,又不会做家务,也不去工作,心里来气吗?"

"是又怎么样?是女人就都得生孩子。"周斌说,"还以为和你结婚没多久就能有个孩子,你可倒好,别的不学,避孕知识倒知道不少。你瞧你那抽屉里的避孕药,什么一天一片的,一周一片的,一个月一片的,半年一片的。我扔了,你就再买。我和你吵,你就偷偷吃。别以为我不知道你在背后做的那些事,说着我就来气。"

"你还来气了?!敢情你和我结婚就为了要个孩子呀?"肖乔忽地站起来,"你倒说说,你养得起孩子吗?我们现在住的房,结婚时的费用,哪样不是靠双方父母支持的?你一个月那几千元的工资付了房贷、保险、水电费等等,剩下的能干吗使?我告诉你,我可还什么都没有享受够,我现在坚决不会要孩子。"

"你,你说什么?一个月几千块干吗使?有本事你也去挣几千块让我看看。"周斌很是生气,"你一个家庭妇女,靠老公养着,不但不知道老公找钱辛苦,节约一点花,反倒是我几千元交给你不到半个月咱家就没钱了。你倒说说,你那钱是怎么花的?"

"家庭妇女?靠老公养着?"肖乔反唇相讥,"没错,就是靠你养着怎么了?嫁汉嫁汉,穿衣吃饭。我一个如花似玉的姑娘嫁给你,把自己的一辈子都交给了你,我没叫委屈你倒叫上了。"

"你,你委屈?"周斌嗤之以鼻,"你整日里吃了睡,睡了吃,有什么可委屈的?"

"你一个男人找不来大钱,不说自己没本事,反倒嫌老婆不节约?托你的福,我们这日子过得可真是好!进商场买衣服专挑打折的、特价的买,那些衣服不是缺码就是太难看;我们吃的菜也挑打折的时间去买,想吃点水果,那可要看了又看,想了又想。你一进商场看到那特价衣服,两眼放光,嗖嗖地直往前冲,在那特价花车上扒拉,我在旁边都替你害臊。日子过成这样,我想着就烦。打折、打折,再这样过下去,我的生活快被打折得一点希望都没有了。"肖乔气呼呼地说,"你赶紧的,少在这儿说我不节约。秦杰在这儿,你问问他,他以前一个月用多少?你知道他一件衣服要多少钱吗?说出来吓死你!你还在这跟我提要节约,你臊不臊呀？我都替你臊得慌！"

周斌气得发抖，手高高扬起："你，你……"

"我怎么了？难不成你还要打我？"肖乔挑衅道，"怎么着？说到你痛处了，你恼羞成怒要当众教训我？"

"我，我懒得和你这泼妇纠缠！"周斌把手放下，怒极反笑，"好呀，你嫌我钱挣得少不够花，嫌我买打折的东西丢你的脸，那这个月我就不用上交了，你也用不着再去买打折的东西。你有本事，自己去挣，那好东西多了去，你挣钱了自己买！你一如花似玉的姑娘嫁给我委屈了，哪个男人挣钱挣得多，你就奔哪去呀。可惜了，就是有钱的男人看不上你，要不然你哪会在这跟我受委屈？！"

"我，你说我是泼妇？"被周斌当着朋友的面这么奚落，肖乔不管不顾地一巴掌向周斌扇过去，"你说我泼，我今天还就泼给你看了。"

柳青赶快拉住肖乔，周斌哼了一声转身就走，秦杰追了出去。

"柳青，你看他那样儿。我，我当初怎么就嫁给了这么个东西？"肖乔气呼呼地说，"这个人还是我结婚之前认识的那个人吗？以前那个总给我买东西、对我甜言蜜语的人到哪儿去了？结婚之前我对他要求很多，要他对我好，要他卖力工作挣钱养家，他一连声地答应着，可现在呢？结婚了换成他对我要求多，要我贤惠、要我省着花钱，要我做贤妻良母，他凭什么对我要求这么多？就因为我和他结婚了，我是他的女人了，他就可以对我吆三喝四、指手画脚？"

"你少说几句。我说你也是，好好的你干吗去刺激他？现在挣钱多不容易，一个月能挣几千元不错了，你还要怎么着？"柳青劝道，"你俩好歹有父母支持，房子有了，婚也风风光光地结了。往后，你爱去上班就去上班，不爱去上班就节约着用呗。"

"谁叫他先拿我和你比较的？"肖乔说，"你不知道，他最近老爱拿我和别人比较。在家要么不说话，要么就说他们单位某某女同事怎么会持家了，对老公小孩如何好了……他那点小心眼，我都懒得说。"

"他说他的，你不爱听别听就是了，至于发这么大的火吗。"柳青说，"刚才周斌说你不想要孩子，背着他吃避孕药，是怎么回事？"

"说起这事我就是气,他妈没事就跑到我家来,看看我在家干什么?不是教我这个,就是教我那个。说什么男人在外面赚钱辛苦,女人要学会做家务,要学会体贴人。看见我大包小包的买回来就不高兴,说什么以后有了孩子,花钱的地方多着呢。我听她的话就来气,敢情我没有工作,就必须在家老老实实地生孩子,像保姆一样,光知道干活,不能花钱?"

"他妈妈可能没有别的意思,你也知道他们那一代人就这样。"柳青劝道。

"他们那一代人怎么过的,我不管。我们这一代人怎么过,她管不着。"肖乔说,"哦,以为付了房子的首付就了不起?他妈有没有搞错?现在那个家是我和他儿子住着,那个家的女主人是我不是她。我想怎么过,是我的事。要不要节约、要不要生孩子也是我的事。你没见他妈那个样儿,自从知道我吃避孕药不想要孩子后,那脸色就没有好过。每次她进来只要看到我闲着躺在沙发上、床上,脸马上就垮了下来。要是再看到我大包小包地买,恨不能把我吃了。"

"你呀,嫁人了还是这脾气。"柳青说,"再怎么说,她也是你婆婆,你就忍忍吧。"

"我凭什么要忍?是,她是我婆婆,是我丈夫的妈。可她也不想想,我没和周斌结婚之前,她对我毫无意义。对,她是帮助我们不少,买房、装修花了不少钱,可那是买给我的吗?她儿子和别的女人结婚她也会买的,她买房是买给她儿子的,房产证上的名字是她儿子而不是我。所以我也没有必要感激她,她对她儿子的好都应该由她儿子来还,和我无关。"肖乔越说越来气。

"你凡事和她对着干,她要在周斌面前说你不孝顺、没礼貌怎么办?"柳青皱眉,"肖乔,你和我不同。秦杰他妈看不起我的家庭,看不起我,我才对她恶语相向的。她若不那样,我会好好孝顺她的。"

"孝顺?周斌他妈对他好,他孝顺他妈是应该的,我不反对。"肖乔说,"而我,会把孝心给生我养我的父母。"

"你呀,一家人过日子,能分得这么清吗?"柳青说,"你也改改你那脾气,这样下去迟早都会和他妈干起来。"

"我就这脾气,周斌他妈看得惯就来,看不惯就少来我家,我还不稀罕呢。周斌现在对我的这些不满,还不都是他妈挑拨的。你说男人怎么都这个德性呀?"肖乔叹了一口气说:"你也知道我,顺毛驴,好好说我会听的。可他妈和我说话那口气,好像我不挣工资、不生孩子就没有话语权似的,什么都得听她的,听她儿子的。"

"你这样和他们拧着干也不是个事。"柳青劝,"你现在不想要孩子,不如出来找份工作做。一来你和他妈在一起的时间少了,也就少了摩擦;二来自己挣钱花得安心。自己挣钱,挣钱了自己花,不够再用老公的。这样一来,你和他妈的口水官司不就少了许多?"

"你说的也有道理,我也在家待烦了。每天在家都要面对他妈,他妈天天都要来,每天都来查岗似的检查屋里卫生,看这看那,说这说那,烦都烦死了。"肖乔拍了一下桌子,说,"青,你说对了,这男人不能依靠。说到底,还是得自己学会挣钱,不挣钱就成了弱势,不挣钱的人就没有话语权。"

"怎么着,想通了?"柳青笑。

"想通了,我明天就去找事做。这年头,靠谁都不如靠自己。自己挣钱,自己花着痛快。"肖乔也笑,"我算是明白了,贫贱夫妻百事哀。"

"你少在这跟我叫穷,和我们比起来,你们俩就知足吧。"柳青说,"你们结婚时有父母的支持、有父母的祝福,住着自己的房子,多好啊。"

"什么好不好的,这是结婚的起码条件。他家也不是什么大款、富豪,凭什么看不上我?他们要是不同意、不支持,我还不结这婚呢。"肖乔说,"没有父母的支持,就凭他周斌一个月的几千元,猴年马月才能买上房子,还有装修什么的,还不把他的小身板给累趴下。"

"有父母支持当然好呀,支持不了有他们的祝福也挺好的。周斌他爸在你们婚礼上说得多好呀,"柳青重复着周斌爸婚礼的话,"我要对儿子、儿媳说,从此以后,你们已经长大成人,在今后漫长的人生路途中,你们要同心同德、同甘共苦、同舟共济。作为父亲,我衷心地祝福你们,我永远地祝福你们。"

"那是他儿子结婚,他当然要祝福了。"肖乔不以为然,"再说了,周斌不和我结婚,和别的女人结婚,他爸也这么说。"

"当然?!"柳青黯然道,"肖乔,并不是所有的人结婚都有父母祝福的。"

肖乔想起了柳青的处境,愤愤不平地说:"秦杰他妈也太狠了,就那么一个儿子,你俩日子过得这么难,那老太婆也不伸手拉一把。他妈不认你还说得过去,怎么连自己儿子也不管不顾、不闻不问呢?"

"我能接受,只要她不来打扰我们,不拿难听的话给我听就行了。"柳青说,"他妈现在应该不只是不喜欢我、不想承认我,她现在一定还很讨厌我,谁让我把她辛苦养大的儿子给掳了呢。"

"我还以为你嫁给秦杰后,过不了多久他妈就会乖乖认输,默认你俩的婚事。"肖乔说,"现在倒好,他妈也不承认你们的婚姻,也不肯伸手拉你们一把。我看,秦杰他们家的公司、他们家的钱和你们是越来越远了。"

"我喜欢的是秦杰,不是他们家的公司、他们家的钱。"柳青平静地说,"比起他们家的钱,我更喜欢秦杰。我和秦杰还年轻,只要我俩肯努力,日子会越来越好的。我要让她妈妈看看,我们俩会幸福的。"

两人又聊了一会儿,各自散去。

第五章
同舟共济

那一刻,他们明白,爱情的真谛就是寻找自己的需要,他和她互相需要、不能分离。

柳青回到家里,秦杰已经睡了。柳青轻手轻脚地洗了,爬上床拱进秦杰的怀里。柳青喜欢这样的感觉,和亲爱的他静静地躺在一起,偎在他的怀里,默默地感受彼此的呼吸。如果说人生不可预期,柳青希望和秦杰能这样永远风雨相携、不离不弃,从身体到灵魂彼此信赖和依靠。

听着柳青发出轻微的鼾声,秦杰睁开了眼。肖乔冲周斌嚷嚷的"嫁汉嫁汉,穿衣吃饭",整晚都在他的脑里回旋着。肖乔的每句话虽是冲着周斌吼,却让他如坐针毡。他与柳青毕业便结了婚,一起寻找工作、努力挣钱。后来,他还是适应不了社会,退回了两人的小世界,而柳青却独自撑起了家。柳青的好——浮现,秦杰低头吻了吻柳青,暗想不能再这样混下去了,无论如何他要打起精神重新开始。

第二日,柳青睁眼,闻到阵阵香味。她翻身起床,见秦杰正煎鸡蛋。秦杰笑道:"牛奶给你倒好了,你吃两个鸡蛋再去上班吧!"

以往柳青上班时,秦杰可是撅着屁股睡得正香呢。柳青有些感动,从后面抱住秦杰。吃饭时,秦杰说:"我不想再在家等着啦,我想出去找份事做。"

"哦?"柳青有些诧异。这段时间来,这个话题两人避而不谈。柳青不谈,是因为她知道秦杰心里的坎;秦杰不谈,是他不想面对。

"我想过了,我不能待在家里,靠你养着。"秦杰说。

"你说什么啦,靠我养着?干吗说这些伤感情的话?"柳青有些生气。

秦杰不吭声。

柳青柔声道:"我现在挣的钱够用,你也别着急,慢慢找。"

"嗯。"秦杰答应着,心里好受了些。

一连几天,秦杰士气高涨地出门,垂头丧气地回来。柳青心里明白,才毕业的新人没有工作经验,要想找份称心如意的工作谈何容易。只是,再让秦杰闲着也不是个事,长期闲下去,只怕秦杰会觉得他自己如同废人。

一个星期后,秦杰的脸色越来越难看。晚上,他躺在床上长吁短叹。柳青拉秦杰起来,秦杰赖在床上不肯动弹。

柳青俯下身去笑着拍了拍秦杰的脸颊,说:"别叹气了,以后咱不去看人脸色,不去找工作。咱们自己当老板,自己给自己干。"

秦杰一骨碌爬起来,用手摸了摸柳青的额头,说:"你没发烧吧?说什么胡话呢,我们现在这个样子,哪有本钱做生意、自己当老板?傻丫头,你知道自己做生意,我门面、装修、进货要多少钱吗?"

"我没说胡话呀,生意有大有小,老板也有大有小不是吗?咱没多少钱当不了大老板,做不了大生意,咱们当小老板,从小生意做起。"柳青笑吟吟地说,"以前在学校时,我们寝室的女孩子爱美,喜欢穿漂亮的衣服。但商场里的衣服太贵买不起,于是就去网站上买,这样一来不但能穿好看的衣服,而且价格还便宜。"

"她们买衣服和我们自己当老板有什么关系?"秦杰听着有些糊涂,"你东扯西扯的到底想说些什么?"

"你这猪脑袋怎么就转不过弯来?"柳青用手在秦杰的额头上点了一下,"有人买就有人卖,咱们可以在网站上开店卖呀。我都打听过了,在网上卖东西不用交门面费,可以省去很多税费。而且在网上开店需要的必备工具,电脑、相机我们都有。你那笔记本电脑不是现成的吗,以前你用来打游戏也没多大用处,现在可以派上用场了。相机家里也是现成的,咱们只要准备又便宜又好的货品,然后用相机拍上实物的图片,放在店铺里就行。"

"便宜无好货,好货不便宜。咱们上哪儿去进又便宜又好看的货?"秦杰回过神来,不屑道,"就算有人买,本小利薄的能有什么钱赚?"

"本小利薄,咱们可以做量呀,靠量取胜。"柳青皱着眉头说,"你是舒适生活过惯了,吃穿都是名牌,自然看不上这些。可像你这样过日子的毕竟是少数,大多数人过日子都是怎么省钱怎么办,吃的、穿的,哪里便宜就去哪里买。你没有在网上买过东西,可是我们读书时,周围很多同学都网购,又便宜又实惠。"

"又要好看又要便宜,天下哪有这么好的事?"秦杰说,"光是货源就够呛,到哪去找又好看又便宜的货?"

"货源就要靠我们自己货比三家了。可以先去批发市场到处转转,货比三家,谁家的货好、便宜,我们就去那儿进货。我想了好久,才想出这个主意的。一来用不了多大的本钱,进货的钱咱们用不着跟人借,咱们卡上的钱够用;二来也用不着你抛头露面地叫卖。咱们把店铺装修好、货进好,你坐在电脑前等客户上门。这样一来,你既不用出去找工作看人脸色,又可以在家坐着就能把钱赚了,多好!"柳青笑着说。

"看把你兴奋的,就算像你说的那样生意好,又能赚几个钱?"秦杰漫不经心地说。

柳青知道秦杰脸薄,放不下面子,还不习惯被人呼来唤去。她想了好久,才想出这么个法子。在网上卖东西,一来用不着多大的本钱,二来秦杰若是忙起来,精神上有了寄托,也就不会再唉声叹气了。

见秦杰不感兴趣,柳青假装生气,故意激他:"我看不是寻找好货够呛,而是你够呛吧?也是,你一个养尊处优的小开怎么看得上这些小生意。明天你还是在家歇着吧,你也不用去找工作。这世上哪有你看得上的工作呀,再好的工作干起来也没有你以前舒适、滋润。算啦,你还是在家等着你妈来召见你吧,看来她说得还真没错,没了她你就没法过。"

柳青说着说着,眼圈红了,眼泪一滴一滴地往下掉。柳青也不抹眼泪,抽泣着说:"你也不必在这死守,也没有必要整日里唉声叹气给我看,好像我拖累了你,毁了你生活似的。你这样难受,干脆回去吧。咱们桥归桥、路归路,还是各过各的日子吧。"

秦杰一下慌了手脚,走过去搂着柳青说:"我每天出去找工作,想找个好工作,无非是想工资多一点、日子能好过一点。你让我在网上卖东西,我也没说不做呀,你怎么说着说着就哭了?你看你一下说这么多,好好地说什么让我回去,还说分手,平白无故的干吗说这些?"

"我是平白无故地说这些吗?"柳青边哭边说,"你找工作不顺,我知道你心里难受,你难受我心里也不好过。我也不想让你太受委屈,才想了这么个法子,可是你不但不领情,还推三阻四地说这说那。你这也不想做,那也不想做,每日里唉声叹气的,你让我怎么办?我听着心里能好受吗?"

"傻丫头,我怎么会怪你拖累我呢?要知道有了你,我的生活才有意义。没有你,再舒适的生活又有什么意思呢?"秦杰伸出手替柳青抹着眼泪,"好了,别哭了。我听你的,咱自己创业,自己给自己打工,自己当老板。从今天起,我不再叹气了,你也不准再哭了。"

听秦杰这样说,柳青的心竟越发地难过起来。他是爱她的,她也爱他,可是就因为这爱,秦杰失去了原先拥有的一切。说到底,是她让他从云端跌到谷底,低到尘埃。

柳青的泪像断了线的珠子,直往下掉。秦杰捧起柳青的脸,轻柔地吻着她脸上的泪。秦杰的眉眼间满是关切和心疼,泪涌了满脸。

柳青的心里酸酸的,伸手抹着秦杰脸上的泪,哽咽道:"你让我别哭了,你怎么倒哭上了?别哭了,我们都别哭了。"

秦杰一把抱住柳青,用嘴唇堵住了她的嘴,舌与舌间的纠结表达着彼此的怜惜和深爱。那一刻,他们明白,爱情的真谛就是寻找自己的需要,他和她互相需要,不能分离。

秦杰安下心来,奔走于各大服装批发市场。第一天,他来到广东第二大服装尾货市场。发现这里的货价格很便宜,像一般的牛仔裤,长裤十五块,中裤十二块,短裤十块。价格虽然便宜,但秦杰看不上这里的货。

他又去了十三行、锦东和广大、昌岗路的尾货市场。经过几天的奔走,秦杰了解到倘若要进低档服装和牛仔裤可去沙河进货,中高档的要去十三行四楼以上看货,进外贸服装去站西,进品牌货去白马。"

秦杰回到家里,与柳青商量着网上店铺的定位。

柳青明白秦杰的心思,即使是在网上开店铺卖服装,他也愿意经营中高档服装。只是在网上卖服装,几百上千元一件,会有人愿买吗?几百元一件衣服,在秦杰的眼里根本不算贵,买时根本用不着犹豫,只要喜欢便会掏钱买下。但普通人的思维方式、购买方式根本不同,因为在网上买东西见不到实物,凭的只是图片与店家的描述。柳青读书时与同学们在网上购物,看到价格不贵、图片看上去又很漂亮的衣裙会拍下,买来满意当然好,若是不满意也不至于太过心疼花掉的冤枉钱。倘若是价格太贵,动辄几百元一件,自然会想:花上几百元在网上买还不如去街上逛,既有实物可看、可触摸,还能试穿,有朋友同行还能帮着参考。

"我都说这半天了,你倒是说说咱们在网上卖高档服装还是低档服装?我可给你说,尾货市场的东西虽然便宜,可是那里的货谁会买呀?根本就穿不出去嘛。再说了,低档服装质量差,利润薄,辛辛苦苦的能赚几个钱呀?"秦杰振振有词,他打心眼不愿进这类货品,更不想在网上卖这些几十元一件的上衣、裤子。秦杰的潜意识里本能地排斥着那些与他的过去格格不入、利润低薄的低档服装。

"你不穿就没有人穿呀?你没有试过你怎么知道没人买?"柳青笑道,"我知道像你这种大少爷看不起那类货品,但我们读书时学校里可是有很多同学都穿这种服装呢。"

"有人穿,那是因为他们穷呗,既然他们穷,还能指望从他们身上赚到什么钱?"秦杰眉飞色舞地说,"我妈开的就是服装公司,我家也有自己的服装厂,我们家卖的都是高档服装。我记得我妈说过,高档服装利润大,有钱人只要喜欢,不会吝惜钱的。"

"那样的人毕竟是少数。况且经营高档服装必须要有实体店,否则那么贵的服装,不试别人怎么会买呢?"柳青耐心地说。

"咱们没有实体店,咱们就在网上卖。我这些天上网也了解了一些网上店铺的经营知识,我把店铺装修漂亮点,再去社区做做宣传,只要我们的东西好,一定会赚大钱的。"秦杰笑,"等我赚了钱,你就不用再辛苦上班了。那时,我们再要个孩子,我把你和我们的孩子带到我妈面前。我要让她看看,没有她的资助,我们也过得很好。"

柳青看着秦杰眼里全是憧憬,满脸写满了快乐,也就不忍再劝说拂了他的好意与快乐。柳青暗想,难得他这么有兴趣,就先做着吧。好歹是网上开店铺卖货,不用支付昂贵的门面费、装修费、管理费,即便是生意不好也不至于亏到哪里去。自己的收入稳定,家里也不急等着秦杰挣钱,最重要的是秦杰有事可做,有梦可憧憬。

"好,好,你看着好就行。"柳青不再劝说,笑道,"等我们赚了钱,日子好过些,我们就要个孩子。我们要风风光光地回去,让你妈妈看看,不依靠她,我们一样可以过得很好。"

确定好了要卖什么,秦杰便开始了进货。秦杰拎着大包小包的货,辗转于各大批发市场,回家时累得趴在床上直喘粗气。可是想到拍照上货后,就可以拥有自己的小店,赚很多的钱,他觉得一切的辛苦也值了。为着美好的憧憬,秦杰很是卖力地筹备着他的网上商店。

货进回来了,拍照、处理货品图片、货品上架、店铺装修等都要边做边学,秦杰这才发觉在网上开店也不是一件容易的事。货进回来有十几天了,但店铺装修都还没有做好。秦杰在网上忙着,忙得有时不吃饭,却不知道自己到底一天究竟做了些什么。

秦杰每天早上八点起床,第一件事就是把电脑打开,旺旺挂上,生怕错过那清脆的叮咚声。洗漱、吃饭后,秦杰开始一天的工作,装饰店铺,等买家咨询。为了不错过每一次机会,秦杰大门不出、二门不迈地做起了宅男。

"叮咚",旺旺响了,秦杰很是激动。以为有买家向自己咨询,忙不迭地点开看,却是这样那样的广告。

又是两个星期过去了,秦杰店铺里的服装不仅没有卖出一件,连问的人都没有。秦杰每日里坐得腰酸背痛的,像个傻瓜那样盯着电脑,却没有人前来询问或下单购买。一个月过去了,秦杰越来越沮丧,信心一点一点地消失。

信心十足地筹备,生意却冷清得让秦杰几乎绝望。他不知道要怎样才能吸引更多人的眼球，才能做成自己的第一笔生意。等待生意上门、枯坐在电脑前的秦杰开始怀疑自己的能力，因此越发地沮丧、气恼。开店铺这么久，没有一桩生意，柳青无事人一般。柳青越是这样，秦杰的心越是自责。进货花了不少钱，这些都是柳青辛苦挣下来的。一向不在乎钱的秦杰突然很担心这些钱、这些货砸在自己手上，让柳青的辛苦钱就这样打了水漂。

一天晚上，秦杰狠狠地踢了一脚屋里那些堆着的货品，在屋子里故意摔东摔西，发泄着不满。

柳青见了，也不理秦杰，只淡淡地对他说了声"我有事"出了门。秦杰见柳青出了门，一下子像泄了气的皮球蔫蔫地在电脑前坐下。秦杰原本以为这样会激怒柳青跟他大吵一架，让负疚的自己心里好受一些。

柳青出了门，给肖乔电话，约她出来逛街。一见面，柳青笑着递给肖乔五百元。

"你这是干吗？"肖乔上下打量着柳青，不解地问道，"一见面就送钱，你是捡钱了还是发横财啦？"

"瞧你说的，我一没捡钱二没发横财，但给你买件衣服穿的钱还是有的。"柳青笑嘻嘻地说。

"这我就不明白了，你平时舍不得吃、舍不得穿的，怎么想着要给我买衣服？"肖乔也笑，"今天你这唱的是哪一出？"

"你管我唱哪一出，给你钱你就接着。"柳青卖关子不说，上前挽了肖乔的胳膊说，"走，我们找家网吧，坐下再说。"

肖乔越发地糊涂了，说："你今天没事吧？刚才还说要给我钱买衣服，现在又让我上网吧，上网吧干吗？你不是让我出来逛街的吗？"

"逛呀，但不是去商场逛，咱去网上的商店逛。我知道有家不错的店铺，那里的衣服很好看。你呀，只管看，选你喜欢的，我付钱。"柳青笑。

"网上购物干吗要去网吧，你家有电脑，我家有电脑，用得着去网吧吗？"肖乔轻吼，"你今天怪怪的，不说实话我就不奉陪了。"

肖乔假装恼了，转身欲走。柳青一把拉住肖乔，赔着笑说："你瞧你这脾气，好好,我给你说实话。我家秦杰在网上开了一家商店,刚开始一个月,没有生意。我把你叫出来,给你钱、让你去网吧上网购物都是为了秦杰。我不想让你家周斌知道,他要是知道了,以后聚在一起时,我怕他说漏了嘴。你也知道秦杰,以前多骄傲的一个人,要是让他知道他第一桩生意是我让你买的,他那点小自尊能接受吗?"

"我说你怎么今天怪怪的,原来是为了秦杰呀。"肖乔明白了,转怒为喜,说,"你也真是,明给我说就是了,难不成我买衣服还要你掏钱?你也真是的。"

"好好,都是我的错,怪我事先没有把话说明。"柳青笑道,"我不是怕他那里的货你不喜欢吗,总不能我强拉着你买吧?"

"哎,你说什么啊?我俩谁跟谁,秦杰第一次做生意,我当然得照顾照顾。"肖乔笑,"他那样的公子哥肯放下身架在网上卖东西,我还真是佩服。"

"你先别提这茬儿。他呀,开业以来一直没有生意,这会儿正在家里摔东西、发脾气呢。"柳青说。

"嘻嘻,火气还不小。要是再没有生意,他那点小自尊还不灭了他?"肖乔笑,"你们怎么想起在网上开店铺?秦杰能吃得了这苦吗?"

"前段时间找工作一直不顺利,每样工作都做不了多长时间,我想他可能是适应不了别人对他呼来唤去的吧。你也知道,他以前的那个嚣张样,他哪受得了这些?"柳青淡淡地说,"他在家里待了一段时间,烦了闷了又去找工作,但都高不成低不就的。我看他心情越来越烦,想着这样也不是个事,便建议他在网上开个店铺。"

"他那样骄傲的人过惯了舒适的生活,现在要每日里赔着笑脸应付不同的人,也真不容易。"肖乔叹气,"唉,要是他妈妈早点认可你们的婚事就好了。"

"这样认可只能让他妈更看不起我,只会让他妈妈认准了我就是喜欢他们家的钱。"柳青说,"总有一天,我和秦杰还有我们的孩子会回去的,但不是现在,绝不是现在。"

"你也真是倔,不过,我喜欢。"肖乔笑,"你们打算要孩子了?"

"孩子肯定是要的,秦杰喜欢,我也喜欢,但现在还不能要。等他的生意步入正轨了,有稳定的收入后再说。"柳青说,"你呢？什么时候要？"

"我现在不想要,我想过两年再说。"肖乔说,"周斌和他爸妈想要,可我不想这么早就要孩子。"

"你呀,有条件不想生。我呢,没条件不敢生。"柳青笑,"我要是你,早要孩子了。"

"孩子,肯定要,等我先把钱挣够了再说。"肖乔说,"先挣钱后要孩子。"

"对,先挣钱后要孩子。"柳青说。

"等咱有了钱,天天做SPA。想香熏耳烛就香熏耳烛,水晶磨皮做两回,磨面皮一回,磨脚皮一回。"肖乔恨恨地念经似的说着。

"等咱有了钱,立马让秦杰他妈瞧瞧。然后把我父亲和我弟弟接来,我和秦杰再要个孩子,好好地过日子。"柳青逗趣,"不过,这有了钱的事还是以后再想再说吧,咱们现在差的就是钱。"

"等咱有了钱,咱就去买几十套房子租给别人,每天都去收一次房租。哈哈……美!"肖乔眉飞色舞。

"美得你!"柳青轻笑,"净想好事。"

两人说笑着来到网吧,肖乔按照柳青的提示来到了秦杰的网上店铺。在家的秦杰见店铺进了买家,连忙招呼。肖乔暗笑,也不说明,拣自己喜欢的衣服拍下。秦杰很是兴奋,用最快最好的态度回复。肖乔为防秦杰疑心,收货人的地址、电话写了娘家的地址和电话。

付了钱后,肖乔柳青二人出了网吧,找了一清静的地方坐下闲聊。

"你们店里的货看着挺好的,跟那些专卖店里的服装也差不多,但比专卖店的便宜。只是在网上买东西的人,未必相信你们的货真,只怕他们宁肯多掏点钱,也要直接去实体店买。"肖乔说。

"嗯,你说的这些我也考虑过,只是秦杰他不听。我让他卖些中低档的,他不喜欢,说质量差也没有什么利润。"

"那倒是,秦杰怎么会看上那些低档的东西？他也不屑于卖那些东西吧。"

"这次你说对了,他就是那样的心态。"

"你们店里的生意很冷清呀,你让他多做做宣传,进来看的人多了自然也就有生意了。"肖乔说,"否则,要是长期没生意也不行呀。"

"是呀,长期这样冷清肯定不行。"柳青叹气,"唉,万事开头难,慢慢来吧。"

"刚才买东西时,看秦杰态度挺好,一点都不像以前了。"肖乔说。

"嗯,他改变了不少,这次他很努力的。"柳青说,"看货、进货、拍货品图片、上架、装修店铺这些都是他自己做的,我看他做得很努力,也很开心。只是这段时间一直没有生意,他接受不了。"

"这能理解,换了谁都会沮丧的。"肖乔说,"你也劝劝他,刚开始都是这样的。"

"嗯,我会的,我还指着他赚钱养家呢。"柳青笑,"你最近忙些什么?以前你无聊时,不老爱打电话找我闲聊吗?"

"我出来找事做了,整天忙都忙死了,当然没有时间骚扰你啦。"

"哟,说干就干,我还以为你和周斌斗气说着玩呢。"柳青打趣道,"看不出你还挺敬业的嘛,不出来做事则罢,做起事来还蛮敬业的。"

"那是,我是谁?我是不做则罢,要做就要做得最好。"肖乔得意地说,"咱现在的身份是职业伴娘。"

"伴娘通常不都是结婚时请自己的闺密吗?"柳青没有听明白,"职业伴娘?怎么还成了职业的啦?难不成你要把当伴娘当成一份职业来做?"

"对,我就是要把伴娘当成职业来做。"肖乔笑。

"当成职业来做有前途吗?"柳青有些担心,问,"你怎么想起一出是一出,怎么想起来干这个?"

"我干这个纯属偶然。前不久周斌公司一女同事结婚,那女同事是外地人,她找了个本地人,结婚时也没有要好的朋友送她。临了,她想起了我,我和她在一起吃过饭,她对我印象不错。她让周斌给我说,请我做她的伴娘,我对她印象不错也就去了。"肖乔说,"她结婚那天我很早就起来,陪她去化妆、换衣服。婚礼上,提醒她注意裙摆、妆容,帮她提包等一大堆烦琐的事情,忙前忙后的帮着张罗了五六个小时。她过意不去,一连声地谢我,走时还给了我一个红包。我回家打开看,里面有五百元。"

"这下你心动了?"柳青笑。

"是呀,我想一天的时间,我就赚了五百元,要是一个月能接上四个这样的活儿,就有两千元,也就是一个新人刚进公司的工资。要是能再多几次活儿,岂不是赚了?你也知道我生性好动,朝九晚五地上班我还真不习惯。"

"这个是比较适合你,可是要把伴娘当职业来做有前途吗?"

"有前途。"肖乔肯定地说,"现在好多人结婚请伴娘时不再请好朋友来担当,一来这么辛苦的差事不忍心给自己的好友做,太麻烦人家,觉得欠下一个大人情。二来自己找伴娘还要负责伴娘的礼服、又要给红包,觉得花费比请职业伴娘更多。这样一考虑,觉得请好友当伴娘既花了钱又欠了人情,于是有很多人现在都考虑请个职业伴娘。职业伴娘有经验,熟悉婚礼的流程,考虑周到。婚礼上可以帮着挡酒、喝酒,而且经验多,还能在遇到突发状况时解围。"

"也是,花钱请的伴娘好吃喝,支使朋友总觉得不太好。"柳青说,"你这样不错呀,轻轻松松地就把钱挣了。"

"错,这工作不轻松。"肖乔笑,"其实当伴娘是一件很辛苦的工作,从早上四点到下午两点,十小时左右工作量全程参与。体力和脑力相结合,喝酒、做游戏、照顾新娘,比一对新人还要累。"

"收入稳定吗?是不是每家给的红包都一样多?"柳青问。

"不稳定,因人而异。"肖乔说,"每次少则两三百元,多则七八百元吧。家境好的,对伴娘特别满意的,给得多一些;家境一般的,给得少一些。"

"辛苦一天,赚个几百元也值。不过,你要怎样才能够保证每个月都有几趟活?"柳青说,"你怎么知道最近有哪些人要结婚?她们是不是已经有了伴娘?会不会请你?你若把伴娘当成职业来做,就必须要源源不断地接到生意,有人请你当伴娘,你才有钱赚。"

"聪明!"肖乔笑,"呵呵,你聪明我也不笨。这个我想到了,在我想把它当成职业来做时,就已经想到了。"

"你想到了但不等于你能保证不断地有人请你。"柳青说,"所以说问题还是没有解决,说说吧,你打算怎样开拓你的生意?"

"山人自有妙计。"肖乔故弄玄虚,"我已经撒下天罗地网,就等人上钩。"

"哦,等人上钩?"柳青笑,"说来听听。"

"好,就说给你听听。"肖乔也笑,"我把我的想法给周斌说了,他不赞成,说要想当成职业来做不容易,首先就不能保证有人请我。"

"对呀。"柳青插话道。

"这能难倒我吗,也不看看我是谁。"肖乔说,"现在是什么社会了,信息社会!我上网百度了下职业伴娘,居然看到有人在论坛上说'自己马上要大婚,想请位有经验的伴娘,有兴趣的女孩联系她'。呵呵,既然有人在网上留下要求、电话号码找职业伴娘,我为什么不能打电话去联系呢?而且我也可以在本城的各大网站上、论坛上发消息,寻找生意。"

"哟,我们肖乔还真是聪明!"柳青笑,"说说吧,你是怎样在网上发的消息,让我也长长见识。"

"嗯,嗯。"肖乔清了清嗓子,一本正经地说,"专职伴娘,如果有新人需要找伴娘,请联系我!本人有丰富经验,还刚刚学了新娘化妆,有驾照,有需要的亲们可以联系我,价格合理,包你满意。"

"不错,不错!像你肖乔的办事风格。你生意如何?"柳青有些感慨,要好的姐妹进了婚庆行业做了职业伴娘,自己却进了丧葬行业做了特殊妆容师。肖乔的职业喜庆,接触的人无不笑意盈盈、欢天喜地;自己的职业却不敢公开说出来,每日里接触的人多是满目悲凉、哭天喊地。

"生意还不错。一个月最少也有四五趟。"肖乔说,"若是遇到节假日,生意要好些,有时一连几天都有活干,有时十天半个月也没有活干。"

"听起来还不错。"柳青说,"你家周斌怎么说?"

"他?他不是很喜欢。不过我愿意干这个,我的职业我做主,他管不着。"肖乔说。

"他爸妈呢?"

"他爸妈也不太喜欢,说收入不稳定,听起来也不好。他们想让我找个稳定的职业,过朝九晚五的日子。"

"哦,压力不小嘛。"柳青打趣道。

"我才不管他们喜欢不喜欢,只要我喜欢就行。"肖乔又笑,"我告诉你,我在外面接活时说自己还没有结婚,他们还真信呢。"

柳青打量着肖乔,说:"你年纪本来也不大,人长得漂亮,穿得也时尚,你不说谁知道你结婚了?"

"那是,本小姐重出江湖还是有市场的。"肖乔得意地说。

"哟,哟,这就美上了。"柳青笑,"当伴娘、打扮得漂漂亮亮的,伶牙俐齿地与人周旋,还真是你的特长。"

"打扮得漂漂亮亮?"肖乔说,"你不知道当伴娘唯一让我不喜欢的地方就是不能打扮得太漂亮,不能盖过新娘,否则新娘会不高兴的。"

"哦,还有这个讲究?"

"当然,平时给朋友帮忙也没注意这些,可现在做了这行才知道还有这样的讲究。"肖乔笑,"谁让我长得太漂亮了,没办法,要想当伴娘我只能低调点。我要是收拾得光彩夺目地站在那里,谁还看新娘呀?谁还会请我呀?唉,为了钱,也只能委屈我自己了。"

"你还真是挺臭美的。"柳青笑,"受不了啦,说你胖你还喘上了。"

"没办法,谁叫老天照顾咱,长得花似的,人见人怜,人见人爱。"肖乔说完大笑。

又聊了一会儿,肖乔、柳青各自回了家。柳青刚进家门,秦杰就笑着迎上来。柳青知道他为什么兴奋,却不露声色地说:"怎么了?刚才不还在家里发脾气吗?"

秦杰笑着说:"我又不是生你的气,是一直没有生意心里闷得慌才那样的。"

"那现在怎么开了笑脸?"柳青问。

"工夫不负有心人,今天终于有人买咱们的货了。"秦杰兴奋得手舞足蹈,"傻丫头,我说会有人买咱们的货,你还不信,今天来买咱们服装的人夸我店铺里的货好,人也很爽快,也不还价就下单了。"

"很好呀,证明我老公有眼光。你以后也别太着急,咱们的店铺毕竟刚开张,很多顾客都还不知道我们这家店铺呢。"柳青笑,"以后咱们多宣传宣传,知道的人多了,再了解到你的货样式好、质量好,自然就会有人来买了。"

"宣传?对,肯定是宣传做得不到位,知道的人不多,所以没有人来买。"秦杰愣了愣说,"你先睡,我再去看看还有哪些做得不到位的地方。"

"真乖,咱家的臭猪真棒,加油!"柳青捏了秦杰的脸,赞道。

秦杰觉得柳青的话有道理,店铺的宣传力度不够,老是抱着守株待兔、以为货好不愁没人来买的策略显然不行。宣传不够、没有人知道怎么会有人买呢?秦杰一扫沮丧,立马上网忙乎开了。

网上店铺经过秦杰的努力,慢慢地有了起色,每日里都有那么一单两单,虽然成交量不大,但秦杰还是很满足,毕竟自己的店铺是新开的,他坚信有了一,就有二,直到无穷。

秦杰不再唉声叹气,安下心来忙碌网上的生意,柳青悬着的一颗心得以放下。

每日里要给不同遗体化妆的柳青,尽她最大的能力尽可能地将逝者化得安详、生动。逝者家属面带微笑的感谢让柳青惊恐的心慢慢地平息下来,她开始接受现实,学着像吴师傅那样虔诚而坦然地面对遗体。

一向素雅装扮的柳青一改往日风格,放弃了以往最爱的白色,换了粉蓝、粉红这些生动的颜色。她将房间布置得很温馨,床单粉红色、被套粉红色、枕套粉红色,窗帘粉蓝色,秦杰见了有些诧异,以往的柳青不是最喜欢白色吗?

对于秦杰的疑惑,柳青笑,只说是工作环境让自己的心情变了,所以喜欢的颜色自然也就生动了。秦杰信了柳青的话,不再疑惑。

就在秦杰网络店铺生意时好时坏的时候,秦杰妈找上门来。儿子不听自己的劝阻甚至不顾自己"断奶"的威吓,执意和柳青结了婚。秦杰妈以为过惯了舒适生活的儿子在外面碰了壁、吃了苦就会回心转意,可是一晃大半年都过去了,儿子并没有回来找她。秦杰妈坐不住了,决定和儿子好好谈一谈。

听到敲门声,秦杰开了门。

"怎么,不想让妈妈进来看看你婚后的生活、你的家?"秦杰妈站在门口笑着问。

"妈,怎么是您?"秦杰愣住了,"我这里您又没来过,您,您怎么知道我住这儿？"

秦杰妈哼了一声，说："你这个小兔崽子！你躲到天边，妈也找得到你。"

"妈，我哪里躲您啦？明明是您不认我嘛。"秦杰叫道。

"你想让我在门口这样和你一直聊下去？"秦杰妈似笑非笑地问。

"哦，您看我一高兴居然都忘记了。"秦杰拍了拍脑门，说，"妈，快进来。"

秦杰妈坐下，仔细打量着不大的屋子里简陋的摆设。正待说话时，旺旺响了，秦杰叫道："妈，你等我会儿。"

秦杰很激动，以为是买家咨询，连忙奔到电脑前，打开看却是广告。他关了广告，返身坐下。

"这就是你理想中的家吗？你为了她和妈闹僵，就是为了过这样的日子？"秦杰妈皱着眉头问道，"你生下来都没有住过这样的房子，你住得习惯吗？"

"是没家里舒服，但没办法，谁叫您不认我呢？"秦杰嬉皮笑脸地说，"您不认我，我没法回家住。我又没有钱，当然只能住这儿了。"

秦杰话音刚落，旺旺又响了，秦杰奔到电脑前，仍然是广告。

"你那是什么玩意在响个不停？你把它关了，别影响我们说话。"秦杰妈说。

"这我不能听您的。您听着不高兴，可我倒是希望它响个不停，我指着它吃饭呢。"秦杰说。

"什么叫你指着它吃饭？是什么玩意？"秦杰妈生气地问，"难道它比你妈还重要？"

"我在网上开了一间店铺，这个响了就可能是有买家上门来咨询了。有买家上门，我当然要好好对待，卖了货我才有饭吃。"秦杰说。

"你关了它，它在那儿响个不停，我俩怎么说话？"秦杰妈掏出一叠钱搁在桌上，说，"这下你总可以关了吧。"

"妈，您还是那样盛气凌人。和自己儿子说话，您也拿钱开道？"秦杰将钱推回去，"这样吧，我将音量关小，这样就不会影响我们谈话。"

"你说妈不认你，是妈不认你吗？是你有了媳妇儿就忘了妈。"秦杰妈厉声说，"你为了一个不相干的女人，你连家都不回，妈也不要了。"

"妈,柳青不是什么不相干的女人,她是我老婆,是您儿媳。"秦杰叫屈,"是我不想回家吗?是您说我要是和柳青结婚,就不认我这个儿子。"

"她是你老婆,她带给你什么了?"秦杰妈冷笑道,"你们不是说没有我,你们也会过得很好吗?你们这样也算过得好?"

"好不好您也看见了。或许您觉得不好,但我觉得还成。"秦杰冷冷地说,"我毕业后没有再伸手向您要钱吧?我结婚时、结婚后也没有向您伸过手吧?所以,请您不要对我的生活指手画脚。"

"笑话,这样的日子也叫还成?"秦杰妈说,"妈也不和你抬杠,你也别再和妈赌气了,听妈的话,跟妈回去吧。"

"跟你回去?"秦杰说,"那柳青呢?"

"她?我自始至终都没有承认过她,以前不会承认,以后也不会承认。"秦杰妈说,"她一个乡下丫头,凭什么进咱们家?她看上你,肯跟你住在这样的房子里,就是希望生米煮成熟饭。她以为这样我就会认了她,她休想!我永远都不会承认她,秦家没有她这样的儿媳,她不配!"

"妈,您来就是为了看我们的笑话?"秦杰问,"您太偏激了,柳青从来没有这样的想法。反倒是我,受不了这样的日子让她跟我回家,她不,她说这样回去只能让你看不起她。妈,您也看到了我们现在的日子,柳青她没有半点怨言。"

"笑话,她能有什么怨言?她以前在乡下不也过着这样的日子,她当然不会抱怨了。"秦杰妈说,"可是你不同,你生下就没有吃过这样的苦。你和她结婚,你不后悔吗?"

"我不后悔。"秦杰说,"我不觉得我有什么可后悔的,要说后悔也是柳青说才对。妈,您知道吗?有好长一段时间我找不到工作,我过惯了您给我安排的生活,我受不了别人对我吆三喝四,我高不成、低不就地待在家里。那段时间,我觉得自己就是废人一个,我连死的心情都有。可是柳青,她没有嫌弃我,无论我富贵还是贫穷,她都一如既往地爱我、体贴我。那段时间,我不想出去见人,每日里蜷在这间在您看来简陋的房里、窄小的床上冬眠似的睡,是柳青辛苦工作养活着我。您问我后悔吗?她这样对我,我还有什么可后悔的?"

"没有她,你会过这样的日子吗?没有她,你早就回家,帮着妈打理公司;没有她,说不定你现在已经和与你门户相当的好女孩结婚了。"秦杰妈恨恨地说,"你听妈说,她那样家庭出来的孩子都是有心计的。她这样对你好,是因为她知道配不上你,所以她才要感动你,感动妈,然后名正言顺地进咱们家,享尽荣华富贵。"

"妈,您太偏激了!"秦杰生气地吼道,"您干吗老是要用有色眼镜看柳青呢?您一定要说配不配之类的,也是我配不上柳青。她比我优秀,她没有靠我,没有靠您,自己找到了不错的工作,有着不错的收入。而我呢,我能做什么呢?我和她结婚到现在,她还没有用上我挣的钱,反倒是我一直在用她的薪水,连这间网上店铺也是用她挣来的钱开的。"

"这能有几个钱?我的傻儿子,你这样在网上东一件西一件地零卖能赚几个钱?"秦杰妈劝道,"你跟妈回去,妈马上将公司交给你打理。只要你肯跟我回去,妈可以给柳青一笔钱,比她给你的要多几十倍。让她以后吃穿都不愁,你看这样行不行?"

"不行!"秦杰坚决地说,"除非您让她跟我回去,否则我绝不会一个人跟着您回去。"

"你,你这个没良心的东西!"秦杰妈哭道,"你爸死得早,妈要照顾你还要打理公司,妈把你养这么大容易吗?你现在大了,不但不想着要孝顺妈,还这样不听妈的话。家里那么大的房子,你不回去,妈一个人住着有什么意思?那么大的公司,你不帮着打理,你住在这儿不回去,妈挣再多的钱又有什么意思?你这样和妈闹,妈不如死了算了。"

秦杰的心软了下来,柔声道,"妈,您就看在我的面子上认了柳青吧。我们和您回去,再给您生个孙子。公司的事有我和柳青,您以后就安心在家抱孙子。"

"不行,你说什么妈都可以答应你,唯独这个妈决不能答应你。妈不会认她的,就算她有了你的孩子,妈也不会认。"秦杰妈说,"你就和妈回家吧,要给柳青多少钱,你说个数。只要你和妈回家,要给她多少钱,妈绝不含糊。"

"妈,你回去吧,等您情绪稳定一些,想通了我们再聊吧。"秦杰叹了一口气,返身打开门,说,"我不能再陪您聊了,我要上网做生意。"

听到儿子这样说,再看到他打开的门,秦杰妈生气地站起来,狠狠地给了儿子一个耳光,头也不回地出了门。秦杰捂着脸愣在门口,几分钟后,他叹了口气关了门继续关注自己的生意。秦杰没有想到妈妈的态度这么强硬,看来要想妈妈认可柳青,还真只能像柳青说的那样,先将日子过好,让妈妈明白柳青不是图自家的钱。

晚上,柳青下班回家,秦杰没有把白天发生的事情告诉她。他虽不能给柳青舒适的生活,但也不想她听了妈妈的那些话再受刺激。是夜,秦杰对柳青极尽温柔。

第六章
忐忑不安

"狗眼看人低"这句话你不会没听过吧?谁要敢随随便便地看不起人,谁就是狗眼。

第二天早上,柳青起来晚了,匆匆洗漱后急奔下楼。柳青眼瞅着上班快迟到了,拦住一辆的士,司机一听是去殡仪馆,奇怪地看了她一眼,一踩油门车呼的一声开走了。柳青莫名其妙,接连拦下的几辆的士一听说去殡仪馆都疾驰而去。柳青生气而无奈,平日里她坐公交上班,要不是今日上班要迟到了她也不会坐出租车。柳青这次有心坐,却没料到没人肯载她。

柳青很郁闷,到单位后向吴师傅说了这件事。吴师傅说:"也许是的士早晨'开门生意'有忌讳,大清早地说到殡仪馆,怕触霉头影响一天的生意吧。"

"狗眼看人低,都什么年代还有这些臭讲究。殡仪馆怎么了?难不成他家不死人?"柳青有些生气,撅着嘴说,"碰死人怕触霉头说得过去,我可是一个活生生的人呢。难不成因为我在殡仪馆上班,在他们眼里就和死人一样?"

"你也别生气了,为这些气坏了身子不值得。"吴师傅笑道,"其实,你心里也明白这些,只是不愿意承认罢了。"

"此话怎讲?"柳青瞪大着眼睛问,"我明白什么,不愿意承认什么?"

"我说的你明白,是指你心里明白我们周围的人对这个职业有偏见,但你心里不愿意承认这个事实。"吴师傅说,"虽然很多时候我们会想,我们和其他的职业一样,靠自己的劳动挣钱,没什么可以歧视的。但现实就是这样,很多人对从事这个行业的人有歧视。"

"我承认我心里知道这些,但你为什么说我不愿意承认这个事实?"柳青不服气地说。

"我问你,你家里人、你的朋友、同学、邻居,那些和你有来往的人,他们知道你的具体工作是什么吗?"吴师傅淡笑着问。

"不知道。"柳青说。

"是你没有对他们说?还是他们没有问?"吴师傅又问。

"是,是我没有说。"柳青支吾道。

"这就是了,不对他们说,是因为我们明白他们还接受不了我们所从事的职业。我们怕亲人反对,怕别人歧视。所以,当我们对这些没有把握时,别人问我们,我们总会支支吾吾地不肯说实话。其实,我明白你的想法,也明白你被拒载的感受,你的这些我都经历过。"吴师傅说,"我们改变不了别人的看法,但我们可以改变自己对这份工作的歧视,只要我们自己能理解、认可就好了。"

柳青承认吴师傅的话很有道理,但是早上被出租车司机拒载还是让她心里很不舒服。要一直从事这份工作吗?若是让家乡的父亲知道自己大学毕业后,从事这样一份工作,父亲会怎样想?他会理解自己吗?肖乔若是知道自己的职业,一定会吓得目瞪口呆吧?倘若是让秦杰、秦杰妈妈知道自己从事的这份工作,他们会怎么想?秦杰妈更不可能接受自己了,柳青这样想着,心一点点地沉了下去。

真是怕什么来什么,柳青担心的事还是发生了。

柳青在殡仪馆上班时,穿着工作服碰到了同楼的邻居。邻居瞪大眼睛,不敢相信柳青在这里上班。往日里柳青与这位同楼邻居碰面时点头笑笑,但现在柳青假装不认得、面无表情、神情冷漠地与邻居擦肩而过。柳清希望邻居没有认得自己,或者把自己当成一个长得相似的人。她不敢想象同楼的人知道后,再碰到自己时会有怎样的表情?

一个星期后,柳青发现回家再碰到同楼人时,人们无不纷纷避让,侧身而过,仿佛躲避瘟神似的,唯恐与之有身体上的碰触。见此情景,柳青与同楼人碰面时不再含笑主动打招呼,而是低头垂眉地迅速离开。同楼人歧视的眼神她尚能接受,但若是让秦杰知道了会怎么样呢?柳青的心忐忑不安。

周末的晚上,秦杰饿了,叫上柳青出去吃宵夜。柳青有些犹豫,倘若碰见同楼之人对自己指指点点,岂不让秦杰怀疑。

"你自己去吧,我不想吃。"柳青推辞道。

"少来,跟我一起去。我俩好久没在外面吃了,今天我做了两单生意,我们出去吃顿好的,也改善改善伙食。"秦杰不答应。

"我不想去,你自己去吧。"柳青斜躺在床上,假装看书不愿动弹。

秦杰伸手拉柳青:"走吧,傻丫头,你要是不去的话,我一个人吃着也没意思。"

柳青赖着不起来,秦杰生了气,说:"算了,没意思。"转身回到电脑旁。

柳青抓起床上的布娃娃朝秦杰扔去,秦杰面无表情也不躲闪。柳青拿书扔过去,笑道:"哎,你还真小气,这样就生气了?"

秦杰面色铁青,接过书狠狠地往地下一扔说:"我知道你开始嫌弃我了,你有话你明说,也用不着推三阻四地找借口。"

柳青见秦杰生了气,下床走过去,从后面抱住秦杰柔声说:"瞧你说的,我怎么就嫌弃你了?"

秦杰将柳青的手拨开,冷冷地说:"我在家待的时间长了,钱没挣到,时间长了你自然就嫌弃了。你若是有了二心,在外面有了喜欢的人,你就明说,我绝不耽误你。"

柳青走到秦杰面前,笑吟吟地说:"我们家的猪头在家都待傻了,你不知道你长得有多帅吗?每天和这么帅的猪待在一起,我还能看上别人吗?"

秦杰不说话,脸色放缓。

"好,好,都是我的错,怠慢了辛苦一天的臭猪。走吧,我陪你去吃宵夜。"柳青捏了捏秦杰的脸,说:"臭猪,你还真生气呀?"

两人牵着手出了门,下楼时碰到楼上邻居夫妇上楼。夫妇俩见到柳青,神情惊慌,停下来让柳青、秦杰过路。女人指着柳青对男人轻声说:"就是她,年纪轻轻,长得又漂亮,干吗去干那样的活儿?咱们也真是倒霉,大晚上的出来怎么就碰见她了。"

听得此言,柳青的脸红一阵、白一阵,秦杰却是不解,听话音女人说的分明就是柳青。

男人拉了女人一下,说:"小声点,小心被他们听见。"

女人撇了撇嘴说:"她听见了又怎么样?我怎么啦,我说的都是实话,跟这样的人住在一起抬头不见、低头见的,那不是倒霉是什么?咱们这楼里住着的人,不都这样说和她住在一起倒霉吗?"

秦杰按捺不住,走过去问:"哎,我刚才听你说话的意思怎么像在说我们呢?我没听错吧。"

"你没听错,我说的就是她。"女人毫不畏惧。

男人拉女人示意快走,说:"我让你小声点,你不听,这下惹麻烦了吧。"

女人甩开男人的人手说:"我惹什么麻烦了,全楼的人不都这样说吗?只是我说的时候被听见了。"

秦杰冷冷地说:"既然让我们听见了,那你就索性说个够吧。说吧,你刚才那话是什么意思?什么叫做长得漂漂亮亮的就干那样的活儿?我老婆的工作碍着你了?你要这样说她?"

"本来她干什么和我们无关,但她住在这里,就和我们有关系了。"女人理直气壮地说,"不信你去问问这大楼的人,谁愿意和她住在一起,大家都巴不得你们马上搬走。"

柳青咬着唇不说话,拉着秦杰离开。秦杰不肯,对那女人说:"你把话说清楚了,她的工作碍着你们什么了?"

女人睁大着眼睛问秦杰:"你不知道你老婆干什么工作?"

"我知道,她在民政局上班。"秦杰咬牙切齿地说。

"民政局?你有没有搞错?她在殡仪馆上班,为死人化妆。"女人不屑地说:"我还奇怪呢,你老婆在殡仪馆整日里在死人身上摸来摸去的,你和她睡在一起,也不害怕?"

"你说什么?"秦杰脸色铁青,"我没听清,你再说一遍!"

"说就说,谁怕谁呀?她在殡仪馆上班,为死人化妆,这下你明白了吧。"女人话音刚落,她身边的男人看秦杰分明是一副不知情的模样,再看柳青脸色惨白,用恨恨的目光盯着女人。男人知道自家女人闯了祸,连忙拉着女人回家。

秦杰脸色铁青,大步上前,站在要回家的女邻居面前说:"我问你,你家的人是不是长生不老,不会死去?"

"你,你什么意思?"女人说,"谁能长生不老,谁都会死的,只是早晚的事而已。"

"那我再问你,人死后会不会去殡仪馆?"

"去呀,人死后都会去那个地方报到。"

"所有的人死后是不是都希望自己走得体面一点,从容一点?"

"那是当然,虽然都不想死,不过一旦死了,自然希望走得体面一点,给活着的亲朋留个好念想。"

"行,你明白这个理就好。"秦杰说,"是人离开这个世界之前,就都想留个好印象。这个好印象就是为死人化妆的妆容师们做的,他们干着常人不愿意干的工作,凭什么还要受你们的鸟气和狗眼?"

"你,你说什么?"女人气得发抖,"你,你说谁是狗眼?"

"'狗眼看人低'这句话你不会没听过吧?谁要敢随随便便地看不起人,谁就是狗眼。"秦杰气极反笑,"我看你这样,日子也好过不到哪里去。也是,住在这楼里的人,大家的环境都差不多,谁也不比谁好。我就不明白了,这世上怎么总有这种人,自己的稀饭都没有吹凉,还有闲心到处东家长、西家短的。有那工夫,倒不如把自己的稀饭吹凉,小日子过好了不比什么都强?怎么着,我看你这样子好像很生气,我说的是有些人,又没有指名道姓地说你,你这是生的哪门子气?"

女人正欲辩解,男人使劲拉住女人,连拖带哄地拉着女人上了楼。

秦杰冲着女人的背影大吼:"我告诉你们,谁要是再敢说我老婆的闲话,我就跟丫死磕。"

柳青目瞪口呆地看着这一切,担心的事情还是发生了。她小心翼翼地去拉秦杰:"我们走吧,你不是要去吃宵夜吗?"

秦杰甩开柳青,说:"气都吃饱了,还吃什么宵夜?"

"我,我知道你很生气,当初我也是没有办法才去殡仪馆上班的。"

"是,我是很生气。"秦杰返身上了楼,柳青忙不迭地跟了上去。

"你听我解释嘛,我也不是有意要瞒着你,我是怕你接受不了才没有给你说。"柳青说。

秦杰仰躺在床上也不说话,两眼空洞而茫然。柳青慌了手脚,俯下身去。

秦杰将柳青推开,说:"你别碰我,也别理我,我想一个人静静。"

柳青委屈而伤心,这个男人知道她的真正职业后开始嫌弃自己了吗?柳青慢慢地退到一旁,安静地坐下,屋里死一样的寂静。

过了好一会儿,桌上的电脑响了,是旺旺的声音。秦杰躺在床上一动不动,像没有听见似的。

"叮咚,叮咚",旺旺不停地响着。

柳青看了看秦杰,叹了一声,打开旺旺,敲下一行字:你好!请问你需要什么?

秦杰忽地站起,冲过去将笔记本电脑合上,大叫:"你能不能给我安静一会儿!"

柳青也不说话,脸一点一点地变白,心脏像被一只手用力揪住,一下下地钝痛。柳青看了一眼秦杰,默然走到厨房,把水龙头拧到最大。水太大,水珠飞溅到柳青脸上,水珠、泪水在她的脸上左冲右突。

第七章

相依为命

傻丫头,你还不明白吗?有你的地方就是家,你在哪里,家就在哪里。

秦杰心里越发地难过,他有什么理由责怪柳青呢?说到底,是自己没用,是自己适应不了社会,干工作挑三拣四,受不了别人的吆三喝四。要不是柳青,这小家怎能撑到今天?

知道柳青真正的职业是什么时,秦杰懵了。邻居对柳青的羞辱让他很气愤,柳青这样的付出让他很难过。煞白着脸的柳青不但不辩解,反而像做了亏心事似的。秦杰很是自责,这就是当初他坚持要和柳青结婚的目的吗?他要她嫁给他,是要她过上好日子,是要给她幸福的。现在呢?今后呢?秦杰一下子泄了气,早知道离开妈妈扶持的路这么难走,当初干吗不坚持一下,好好地求求妈妈,让她应允了婚事,也就不会有这么多的苦了。这些苦,因为自己的退缩,全让柳青给咽了。

秦杰也不劝慰柳青,他掏出手机,给妈妈打电话。他要告诉妈妈,他要和柳青回家,他要她接纳柳青。狂躁的秦杰甚至想以死威胁妈妈,若是她不同意,他就死给她看。秦杰相信,若用了这招,妈妈一定会屈服。即使她不情愿,她还是会答应的。

电话接通了,秦杰叫道:"妈,是我,我明天回来。"

"儿子,你早就该这样了。"秦杰妈妈高兴地说,"妈早就盼着这一天了,你快回来,回来妈给你介绍别的姑娘,保准比柳青好。"

"我,我明天和柳青一起回来。"秦杰说,"我希望您能接纳我们。"

"不行!"秦杰妈尖叫,"只要我活着,绝不会同意!"

"妈,那您活着吧。"秦杰说,"我去死。"

"你,你小子这是什么话?什么叫我活着,你去死?"秦杰妈莫名其妙,"你个小兔崽子,你给我把话说清楚。"

"您要是不同意我和柳青一起回来,我就死给您看。您别逼我!"秦杰叫道,"这日子没法过了。您死都不同意我和柳青,那只能您活着,我死了。"

柳青走出来伸手抢过电话,听到电话里秦杰妈大叫:"你个小兔崽子,你少威胁你妈。你个没出息的东西,为了个女人居然威胁你妈!是她让你这样跟妈说的吗?"

柳青深吸了一口气,冷静地说:"我没有让秦杰跟您说这样的话,刚才是他跟您开玩笑。明天他会回来,您放心,我不会跟着他回来碍您的眼。"

不待秦杰妈回答,柳青将电话挂了。柳青走到简易衣柜前,拉开拉链,将秦杰的衣服全部拿出来,一件一件地慢慢叠好。

"你到底要干什么?"秦杰问。

"我要干什么你看不出来吗?你明天不是要回去吗,我帮你收拾行李。"柳青冷冷地说。

"你这是什么意思?"

"我是什么意思?你说你要回家,我替你收拾行李,这有什么不对吗?"柳青说,"哦,你看我,都忘了你回家后就有钱了,也用不着这些了。我还真笨,难怪你老叫我傻丫头。"

"你,你就是个傻丫头,是个不折不扣的大傻瓜!"秦杰吼道。

"我也不用替你担心,你以后肯定会找到比我更好、更聪明的妞。"柳青轻笑,"恭喜你,明天就不用再跟傻丫头在一起了。"

"你,你浑蛋。"秦杰气极。

"是,我是浑蛋,你是好蛋。好蛋和浑蛋可不能待在一起,要不然好蛋也会变浑蛋。我现在明白了,你妈怎么会看不上我呢,在她眼里我就是浑蛋,想不到你现在也这样看我了。恭喜你,终于和你妈达成共识。"柳青的脸越来越白,声音越来越微弱。

"你,你……"秦杰的手高举,盛怒之下的他恨不能给柳青一下,她怎么就不明白他的心,还要这样气他。

"怎么,你还想打我?"柳青用手指着脸,对秦杰说,"有种你就照着这个地方打,不打你是王八蛋!"

柳青丝毫没有躲闪的意思,直挺挺地站在秦杰的面前,眼睛死死地盯着他,眼神悲愤而绝望。秦杰两眼发红,举起的手在空中发抖。突然,柳青摇晃着倒在了地上。

秦杰慌忙抱起柳青,轻拍她的脸。柳青双眼紧闭,气息微弱。秦杰骇然,抱起柳青往医院跑。

到了医院,医生诊断是精神上遭受强烈刺激,超过人的承受极限而导致昏迷。秦杰坐在床头,看着昏迷不醒的柳青很是懊悔。

柳青昏睡了一夜,秦杰坐在旁边守了一夜。除了上卫生间,他眼都不带眨地盯着柳青。秦杰怕呀,他怕柳青这样睡下去再也醒不过来。

第二日,柳青睁了眼。

"傻丫头,你,你吓死我了。"秦杰握着柳青的手,喜极而泣。

"你这只猪就是爱夸大,像我这么漂亮的妞怎么会吓人呢,而且还吓死人?"柳青咧了咧嘴,轻笑,"你不是说今天要回家吗?"

"回家?回什么家?"秦杰轻叫,"你都在这儿躺着,我回什么家。"

"你妈该着急了,你走吧。"柳青将脸侧到一边,心里有些失望,原来,他迟早都是要走的。

"傻丫头,你还不明白吗?有你的地方就是家,你在哪里,家就在哪里。"秦杰附在柳青的耳边轻声说,"傻丫头,昨天都是我不好,别再生气了。"

柳青悬着的心落了地,他是在乎她的。

"原来你的高工资都是这样挣来的,都怪我太无能了,是我对不起你!"

柳青转过脸,轻声说:"你别这样,你要不是为了我,也不会过现在这样的日子。等过段时间,我们有了积蓄,我会换份工作的。"

"不行,你马上去辞了。我现在明白了,你为什么会害怕?为什么吃饭时会吐?你为什么不停地洗手?你为什么突然一下子不吃肉?你为什么将房间里的一切都布置得粉粉的?"秦杰声音有些哽咽,"你真是一个傻丫头,这样的工作一般人都害怕,都不会干,而你却为了撑起我们的家做着这样的工作。"

"没关系的,一切不都会慢慢变好的吗?"柳青笑,"我们现在的日子不是比刚毕业时好多了吗?"

"傻丫头,你真傻!我一个男人,在家待着不上班、不挣钱,你为什么不骂我?你这个傻丫头,我这么无能,你为什么还要对我这么好!"

"我怎么会骂你呢?因为我,你才要四处奔波去找工作。因为我,你才和你妈妈闹翻。因为要和我在一起,你放弃了以前的生活,宁肯跟我过穷日子。你叫我傻丫头,你才是个傻子!"

秦杰捧起柳青的脸,坚定地说:"你答应我,辞掉现在的工作。我绝不能再让你去那样的地方提心吊胆地工作。"

柳青有些犹疑,给逝者化妆听着骇人,却有丰厚的薪水。

秦杰坚决地说:"傻丫头,相信我,我虽没有大的本事,但只要我在,我绝不会让你饿肚子。"

秦杰的话都说到这个份上了,若是柳青再坚持下去,便是怀疑秦杰的能力和诚意了。柳青轻叹了一声,应道:"我相信你,明天就去辞职。"

休息了一天后,柳青来到殡仪馆。吴师傅见柳青气色不好,关切地问:"怎么了?"

"我,他……"柳青吞吞吐吐。

"他,他是谁?"吴师傅问,"你到底想说什么?"

"我家那位发现我在这儿工作了。"柳青说,"他不让我在这儿干了。"

"你一直瞒着他?"吴师傅说,"他知道后接受不了,所以要你换工作?"

"嗯。"柳青头低着,用脚在地上画着圈。

"他不想让你干了,你呢,你的想法是继续干还是走人?"

"我,我也不想干了。"柳青说,"我知道他是为我好,所以我答应了他。"

"唉。"吴师傅轻叹了一口气,说,"我也不留你,我知道你的难处。干咱们这行的,不但要咱们想得开,而且家属也要想得开、扛得住,否则干不长。"

"你呢,师傅?你当初为什么干了这行?"柳青好奇地问,一直以来她都想问这个问题。

"我是冲着这的待遇好、工作稳定来的。当初来的时候也犹豫了好久,可是我需要这份薪水养家,所以我就来了。"吴师傅说,"我结婚时家境还不错,我老公也会挣钱,可是后来他得了白血病。治疗花光了我们的积蓄,而且还向外面借了很多钱。他的病情稳定下来,我就开始发愁了。他的后续治疗,还有我们的孩子、还债等等都需要钱,我把他交给我婆婆护理,就出来找工作。我要还债,我要好好地培养我儿子,我还有很多的事要做。活着,好好地活着比什么都重要,这就是支撑我干下去的原因。"

"你家里人知道你干什么吗?他会支持你吗?"柳青问。

"最初我没让他知道,后来他疑心了,怀疑我背着他在外面做了对不起他的事。我俩吵了一架,我把我所有的委屈都发泄出来了。我老公很震惊,但他没办法,所以他就默认了我的工作。"吴师傅平静地说,"他没病之前对我挺好的,他病后也有很多人劝我离了算了,可我不想那样做。"

"嗯,只要他对你好,你做的这一切就值得!"柳青明白了。原来,谁都有难处,只是这些难处若与死相比,也就算不了什么。

"握个手吧,好歹咱们也相处了一场。"吴师傅伸出手,说,"我也不和你说再见,在咱们这工作的人都不宜和别人说再见。"

这次,柳青的心里没了恐惧,她伸出手,与吴师傅的手紧紧相握。

吴师傅笑,轻声说:"走吧,我也不留你。希望你以后找到更好的工作,和他过得幸福!"

"你也是,希望你老公的病早点好!也希望你们的日子越过越好。"柳青说。她看了一眼四周,转身快步离开。

柳青回到家,秦杰笑着迎上前,"都说妥了?"

"嗯!"

"我们的网上店铺现在也能赚钱了,虽然不多,但每个月也有两三千元的进账。生意若好,还能多一点。我都想好了,以后你在家打理网上店铺,我出去找工作。家里还有存货,你暂时用不着去进货,这些等我有空时做。"

"什么?你出去找工作?"柳青有些惊奇,秦杰最怵的不就是这个吗?

"是呀,我今天在网上、报上看了一些招聘信息,我也有打电话和他们联系,他们让我去面试。"秦杰笑,"你就留在家里,像你这样的傻丫头出去,我还真不放心。"

"猪头,我这段时间不是干得好好的嘛,你有什么不放心的?"柳青嘟着嘴。

"干得好吗?"秦杰说,"给个优吧。不过,我肯定会比你干得更好。"

"哦,此话怎讲?"

"呵呵,这都不懂?你傻我聪明,所以我会比你干得更好!"秦杰笑,"像我这么聪明的猪被你撞上,你就偷着乐吧。"

"少臭美。"柳青嘴一撇。

"臭美就臭美呗,咱有臭美的本钱。"秦杰耸耸肩,越发地得意,把脸凑到柳青面前,"傻丫头,咱明天就要出去闯了。你怎么也得在脸上盖个章吧,写上'傻丫头专属',否则,出去被那有钱的漂亮妞瞧上,把我拐跑了,你可别哭。"

柳青伸出手,轻轻地在秦杰脸上拍了一下:"好,我盖章。"

"不,这样盖章可不行。"

"那要怎么样?"

"你傻呀,女人盖章当然要用嘴。"秦杰坏笑,"让你盖你不盖,那我可就不客气了。我来给你盖章,从此你就生是我秦杰的人,死是我秦杰的鬼。"

"你,"柳青忍住笑,用手在秦杰的脸上重重地扇了一下,"猪头,你要是敢在外面干坏事,小心我的铁砂掌不饶你!就是死,我也要做秦家的鬼,吓死你这秦家的人。"

"好啊,你敢谋杀亲夫?!"秦杰扑了过去,柳青笑着躲闪。

第二日，秦杰去面试，柳青在家等候买家。正是早上八九点时，还没有买家上门。柳青进了淘宝社区论坛，看那些做得成功的卖家发的帖子。

晚上，秦杰回家。柳青问他面试如何，秦杰笑说，"感觉还行。不过，为了稳妥起见，我还去了另外几家公司。"

柳青有些担忧，说："希望你这次能找到你喜欢的工作。"

"不喜欢也没关系，我先做着，等积累了经验有机会再跳槽也不迟。"秦杰笑，"你以前不是老安慰我说'是金子总要发光'吗，我不急，总有出人头地那一天。"

"你这么有把握?"柳青见秦杰信心满满，忍不住问他。

"当然，以前找了几次工作我也有经验了。昨天我总结了前几次的不足，重新审视和整理了自己的个人资料。以前我们不是老按着自己的思路来写简历吗，这次我就看应聘单位重视什么，我就突出什么。而且去之前我收集了应聘单位的信息，了解应聘单位的基本情况。我要去应聘，就要了解这些，面试时才不至于答不出来。"

"猪头，你真棒!"柳青喜不自禁。这次去应聘的秦杰不同于以往，变得自信、稳重了。

"那当然，也不看看我是谁!"秦杰笑，"等我有钱了，你对我的付出，我会十倍地补偿给你!"

"瞧你说的这是什么傻话，我对你好是为了让你回报我吗?"柳青不高兴地说。

"你不求回报不假，但我想补偿你也是真。"秦杰说，"傻丫头，你以后就安心在家里好好地打理我们的店铺。其他的不要多想，我会看着办的。"

秦杰的乐观、担当感染着柳青，她感到前所未有的轻松，这种轻松来自心里。

一连几天，柳青把各大购物网站、批发网站上做得成功的店铺逛了个遍，也把各社区的帖子看了个大概。柳青明白了，自家的店铺何以如此冷清。一来货品种类不多，货品不齐全；二来宣传不够，知道自家店铺的人少；三来进货方式单一。很多精明的店主选择去大的批发网站搜索查看，找到适合自己的货物和经销形式。

柳青积极联系服装公司，并加大了宣传力度。工夫不负有心人，柳青联系上了一家公司，这家服装公司可以代理发货，这样一来柳青就没有了积货过多的烦恼。而且这家公司的信息很全很新，每三天上一次新，每次上十件左右的商品，柳青也不用担心自己卖的商品过时了。

第一次打交道，柳青不知道对方的货品质量如何，于是决定代理他们的商品前先买几样对方的货。货到后，柳青发现质量还真不错，而且自己穿上也很有型。选好货源后，柳青就开始把商品信息发布到网上去。柳青把对方公司的商品先上传到网络相册，再编辑到自己店铺上。产品很多，柳青花了好几个通宵才编辑好。

因为做足了准备工作，调整好了心态，也因为不再好高骛远，秦杰这次顺利地找到了工作。广州的一家国际旅游社管理有限公司招聘，公司下设有国际旅游、星级酒店、中西餐厅、生态餐饮乐园等。招聘专职司机、保安、调酒师等岗位，秦杰看中了其中的调酒师岗位。调酒是秦杰的爱好，以前他去专门的培训学校学过，并取得中级调酒师资格证。当初秦杰学调酒的时候，没有想过要专业从事这个职业。他学是因为他喜欢，权当一个爱好。现在，他的资格证起作用了，虽然应聘单位要求有五年以上的经验，但秦杰给应聘方当场表演了他的花式调酒后，应聘方很是满意，当即拍板录用秦杰。

秦杰告诉了柳青自己新的工作时，柳青笑着说："没想到你的业余爱好竟帮你找到了工作，这下你高兴了吧。调酒本就是你喜欢的，而且玩爱好时还有工资可拿。"

"嗯，这次的工作我喜欢。调酒师的工作时间都是晚上，我上午睡觉，下午可以帮你，这样你就轻松多了。"

柳青笑着说："我也喜欢你这份工作，既能挣钱，还可以陪我，不错。"

秦杰第一天去上班，柳青约了肖乔、周斌去给秦杰捧场。

第八章
欢喜冤家

屋子乱一点这地球会爆炸吗？你我会少块肉吗？不，都不会，家就是家，也不是宾馆，没必要什么时候都要一尘不染的。

柳青打量着肖乔，低胸的玫红色连衣裙，搭配宽宽的腰带，蓬松的下摆更加显示出胸部和腰部曲线，看上去漂亮而性感。柳青叹道："你爸妈给你取的名字还真没取错，肖乔，小乔，都是美女。小乔，古代美女。你嘛，现代美女。"

"哈哈，你也不错嘛。柳青，杨柳青青。你看你，一头黑发就像柳条一样柔顺，这蓝色的宫廷花纹雪纺长裙穿在你身上更显得身材曼妙。"肖乔笑着说，"我看你倒是越来越爱打扮，越活越精神了。"

"那是，人可以有霉运，但不可有霉相！越是倒霉，就越要将自己收拾得干净利落，让人一看就觉得清爽、有精神。有了好的精气神，霉运很快就会过去。碰上霉运不可怕，怕的是遭到霉运的人整日以泪洗面、衣冠不整、唉声叹气、指天骂地，这样的人看上去令人生厌，避之不及，唯恐沾染上霉气。"柳青笑道，"自己不振作，霉气、霉运就会跟着、围绕着一直不走。"

"小样，还拽上了。不过，我还就爱听你说话，一套一套的，听着蛮有道理的。赞一个！"肖乔笑着说，"青，咱俩可都是智慧美女。不像那帮胸大无脑的无脑美女，被人涮着玩还不知道怎么回事。"

柳青扑哧一声笑了："咱俩这是干吗？互相吹捧？"

"呵呵，必要的互相吹捧还是必要的。"肖乔笑，"青，你看我是不是长胖了。我问周斌,周斌他不说我胖,他说我肉肉的。"

柳青忍不住笑了:"肉肉的,挺会用词的嘛。"

周斌插话道:"我敢说她胖吗?她还不撕了我。"

"我有那么凶吗?"肖乔媚笑。

"你这样挺好的,我就太瘦了。"柳青说。

"又谦虚了不是?你懂吗,像你这样的瘦美人,称为骨感美人。男人都喜欢这类型的。"肖乔坏笑,小声说,"我家周斌说男人喜欢看瘦的,抱还是喜欢抱胖的。"

周斌见状以为肖乔说自己的坏话,笑说:"干吗那么小声,说我坏话?柳青你别听她的,就她一天废话最多。"

"废话是人际关系的第一句。"肖乔回头,说:"我不像你,结婚之前甜言蜜语,结婚后寡言少语。我就奇怪了,你以前说的那些动听的话哪儿去了?"

"我不是广场上算卦的,唠不出那么多你爱听的嗑。"周斌没好气地说,"难不成我白天上班累了,晚上还要回来为你大唱爱歌?"

肖乔眉毛一挑,正欲反击。柳青拉了她一下,说道:"快看,秦杰正表演呢。"

吧台上摆放着大大小小几十个酒瓶。几个酒瓶在秦杰手中飞舞,从身前到身后,始终不坠,宛如杂耍。秦杰用舞蹈的姿势带动着观者的情绪,一阵绚丽夺目的烟花过后,四杯五颜六色的"冰火九重天"就出炉了。

"真帅!"肖乔拍手尖叫。

周斌撇撇嘴:"瞧你高兴的样,我看你好像比柳青还激动呢。"

"哎,你干吗?好好的干吗老挑我的刺!"肖乔不高兴了,"他耍得好,我看着高兴,自然要拍手、要尖叫。"

"你俩也真是一对欢喜冤家,高兴也吵,不高兴时也吵。"柳青笑,"怎么着,吵架上瘾啊?"

周斌说:"不是我想吵架,是她老跟我吵。一个女人一点也不温柔,老公说什么,听着就是了。干吗要我说一句,你就必须还一句。柳青,你也看见了,她伶牙俐齿的,我能说得过她吗?和她斗,纯属找气受。"

"这次你说对了,和我斗,纯属找气受。小样,也不看看我是谁,不知道我是靠嘴吃饭的吗。我在外面,谁不夸我?"

"那是,你在外面是甜言蜜语,笑脸迎人。怎么到我这儿,就全变了?"周斌说。

"废话,在外面不笑能收到钱吗?难不成你要一伴娘黑着脸站在新娘子旁边,木头似的杵在那儿,我要是这样,人能给我钱吗?"

"哦,他们给你钱,你就笑。我呢,我可是你老公。"

"你是我老公不假,但老公不是上帝。现如今,顾客就是上帝,我得对上帝笑脸相迎才有饭吃,才有衣穿。"肖乔说。

"嗨,美女!"一个三十多岁的中年男人走了过来,和肖乔打招呼。

"哦,孙总,你也来这儿玩呀?"肖乔娇笑。

"嗯,和几个朋友来放松放松。"中年男人笑说,"这几位是你朋友,也不介绍介绍?"

肖乔拉着柳青介绍道,"这是我朋友柳青,她家开了一家服装店,改天我让她拿些样品给你看,以后有机会孙总一定要照顾生意哟。"

"好说,好说。"中年男人满口答应,"美女嘛,有机会一定照顾。"

柳青笑道:"谢谢。"

中年男人打量着周斌,说:"这位是谁呀?"

"哦,这是我哥!"肖乔笑道,"他是书呆子,平时不爱出门,今天带他出来玩玩。"

"哦?你和你哥的性格还真不同。"中年男人伸出手,对周斌说,"我叫孙庆,婚庆礼仪服务中心的。以后需要我时尽管说话,我会给你优惠的。"

周斌正欲说话,肖乔笑着连忙说,"那是自然,我哥哥还没有结婚,以后结婚时一定找孙总。"

"哈哈,那是自然。"中年男人对着周斌笑道,"你妹妹又漂亮又能干,客户们都很满意。"

肖乔忙使眼色给周斌。

"她这样的,值得您这样夸她吗?您别夸她,她可是给点阳光就腐烂的主儿。"周斌气极反笑,说,"以后我找个温柔的、漂亮的女孩结婚,一定会去麻烦孙总。"

孙总哈哈大笑,问肖乔:"你哥说你给点阳光就腐烂,你会吗?"

"你别听他瞎说。"肖乔见周斌神色不对,忙说,"孙总,你还有朋友在等着你吗?"

"你们要不要一起过去坐坐?"孙总问。

肖乔、柳青、周斌异口同声说:"不用了。"

孙总笑了笑,说:"那我过去了。"

周斌彻底无语,表情郁闷地坐在那儿。柳青暗暗地用脚踢了肖乔一下。

肖乔娇笑着对周斌说:"生气了?我以前不是给你说过?这样是为了更好地工作。你想想,谁会请已经结婚的女人当伴娘,一般都是请未婚的。我这样做不是为了能拉到活儿吗?好啦,别生气了。"

周斌不理肖乔。肖乔坐到周斌身边,继续甜言蜜语:"哥,别生气了。大不了一会儿回去你罚我,让我干什么都行。"

周斌神色缓和了些,却还是不说话。肖乔凑近他的耳边,轻语:"老公,回家我给你洗脚、给你按摩,你说什么我都听你的。你别生气了,咱们今天可是来给秦杰捧场的,你这样耷拉着脸也不是个事呀!"

周斌缓过劲来,使劲地捏了一下肖乔,轻声道:"你这个狐狸精,回家我再收拾你。"

秦杰端着几杯酒笑着走了过来,递给周斌一杯"B52",柳青、肖乔各一杯"红粉佳人"。

周斌端起酒杯欲喝,秦杰喝道:"慢。"

周斌不解,秦杰掏出打火机点燃,酒杯里闪着宝蓝色的火苗,美艳而神秘。

周斌笑,"喝这种鸡尾酒不是要用吸管吗?以前朋友教我,说用吸管插到底迅速一饮而尽,否则吸管会被烧坏。"

"不,这样喝更爽!"秦杰吹灭火焰,仰头将酒一口喝下。

"烫吗?"柳青好奇地问。

"热酒顺着喉咙进入腹中,感觉很爽。"秦杰对周斌说,"你喝时嘴唇不要碰酒杯,很烫,要一口气喝干。你试试。"

周斌按秦杰说的那样,仰头一口喝下,感觉到一条火线从口腔窜入喉咙,沿着喉咙一路温暖下去。

"感觉怎么样?"秦杰问。

"嗯,不错。"周斌笑说,"你这手艺什么时候练的?我知道练这个不容易。"

"是不容易,不过喜欢就不觉得苦。"秦杰笑说,"从前偶然看到调酒师调酒表演,一下子就喜欢上了。我一个人在家,不是无聊嘛,就天天练这个,我妈偶尔看到还撇嘴说我像玩杂耍的。"

"玩杂耍的有你这么酷吗?"肖乔笑,"咱们读书时,同学们都说你话少、人冷。你表演调酒的时候却像变了个人似的,蛮有激情的。"

秦杰笑说:"要做好的调酒师必须具备四种特质:第一就是激情,像调情那样去调酒;第二是好的记忆力,能记住各种配方;第三是色觉,合理搭配颜色,从感观上取悦客人;第四就是创意,不仅要记住配方,还要创造出属于自己、客人也喜欢的酒。这第四点最不容易。"

"创造?!"周斌笑道,"说得不错,要创造属于自己的。像我们也一样,总希望开发出新的软件,属于自己、客户也喜欢的软件。"

"你这么喜欢玩瓶子,打算一辈子玩下去还是玩玩而已?"肖乔好奇地问。

"我是喜欢玩瓶子,但不想把调酒当做终身梦想。现在不是差钱嘛,既能玩又能挣钱,权当过渡吧。要依我,我想像很多优秀调酒师那样,最终成为酒店的管理者和经营者。"秦杰说,"只是我妈有点麻烦,她不太喜欢我玩这个,以前老是说要让我早点接手她的生意。"

"你妈现在不是不管你吗?"肖乔撇嘴,"你还在乎她的看法?"

"现在她不是生气嘛。"秦杰说,"我妈也不容易,我爸死得早,她一个女人又要打点生意,又要照顾我,其实挺难的。从小到大,她安排着我的一切,我也心安理得地接受,没有反抗过。只是在柳青的问题上,我不会照着她的意思做。她现在不理我,我也能理解。我相信,总有一天她会想通的。"

"还好,你们现在的日子比以前好多了。"肖乔说,"咦,你来这里上班,柳青也有工作,你们的网上店铺怎么办?不做了吗?"

柳青笑道:"工作我辞了,我在家打理网上店铺,所以你以后还得帮着我推销。我那儿现在进了很多货,样式好看,价钱也合理,你把你的同事、朋友们都介绍到我那儿去,我给她们优惠。"

"咦,好好的工作怎么说辞就辞了?"肖乔越发地惊奇,"你不会是为了秦杰来这儿上班才辞了工作的吧?你以前的单位不是挺好的嘛,这样辞了不可惜?"

"也没什么可惜的,朝九晚五的上烦了,我想自己创业。正好,他来这儿上班,我就在家拿网上店铺试试自己的能力,我想看看我到底干得好不好。"柳青不想让肖乔、周斌知道自己以前的工作,笑着解释道。

"我还真佩服你们,胆挺大的。要换了我,我可不敢轻易跳槽。"周斌笑说,"这年头,做什么都不容易。"

"那是,当初看上你就觉得你沉稳,跟着你踏实。"肖乔斜睨了周斌一眼说,"现在我怎么觉得你太踏实了,踏实得都过了头。"

"踏实过头?什么意思?"周斌问。

"木讷呗。"肖乔笑。

"那是,你多活泛啊,哪儿热闹哪儿有你。"周斌气道,"怎么着,你想换个活泛的?"

"目前还没有这个打算。"肖乔笑,"踏实有踏实的好处,咱觉得安全。"

"那是,你觉得安全,我和你这活泛的过日子可不觉得安全,一点都不踏实。"周斌说。

秦杰笑着回到吧台,剩下的三人笑着又聊了一会儿散去。

肖乔、周斌回到所住小区。走到楼下,肖乔撒娇说:"老公,我累了,你背我上去吧。"

"哎,你怎么搞的,刚刚不是说得好好的?回来要好好伺候我吗?现在是怎么了,反倒使唤起我来了?"周斌叫道。

"我是说要好好伺候你,这不还没到家吗?"肖乔摇着周斌的胳膊娇笑,"老公,你就背背我嘛,回家后我会好好对你的。"

"真是受不了你,上来吧。"周斌扛不住了,蹲下身去,嘟囔道,"你呀前世就是个狐狸变的,别的做不来,撒娇你倒在行。"

肖乔笑着爬上周斌的背,搂着他的脖子,凑近耳边轻声笑道:"嗯,知道就好。前世你欠我,这世我找你讨债来了。"

"你就是个讨债鬼,真不知道我前世欠你什么了。"周斌一边上楼一边说,"老婆在外面竟然称自己未婚,还敢说自己的老公是哥哥。我这个当老公的还不能揭穿你,眼睁睁地看着你撒谎眉头都不皱一下,你看我回去怎么收拾你!"

"哦,你要收拾我呀,"肖乔笑,"说说吧,你要怎样收拾我呢?你舍得吗?"

"我有什么舍不得的,我现在就要收拾。"周斌想着酒吧的那幕就来气,他放下肖乔,把手伸到她腋下挠痒痒,"我看你以后还敢不敢在外面冒充未婚女青年!"

"哈哈,"肖乔边躲边笑,"不敢了,不敢了。"

周斌发狠道:"求我吧,求我,我就饶你。"

"老公,饶了我吧,下次我不这样了。"肖乔笑。

周斌停住了手,蹲下去,说:"来吧,知错就改也是好同志。看在你知错的分上,今儿我就豁出去了,背你到家。"

肖乔跳上周斌的背,搂着周斌的脖子撒娇:"老公,唱首歌吧。"

"唱什么歌?"

肖乔歪着脑袋想了想,说:"唱世上只有老婆好。"

"你又瞎扯,哪有这首歌?"

"说你笨,你还不信。你就不会把'世上只有妈妈好'改改,改改不就成了'世上只有老婆好'吗?"肖乔用手指点了一下周斌的后脑勺,"我好不好?"

"你哪儿好了?"周斌嘀咕道,"都结婚一年多了,也不给我生个孩子,就知道在外面疯。"

"我是在外面疯吗?我那是在挣钱,你懂不懂?"肖乔说,"我现在一个月挣的不比你少。"

"你就那么喜欢钱?"

"谁不喜欢钱呀?钱虽然不是万能的,但没有钱是万万不能的。"肖乔说,"等我们有了钱,先买辆车子开开,然后咱们再挣,有积蓄后咱们再要孩子。"

"孩子重要还是你的车子重要?"周斌生了气,"你这脑袋一天在想些什么呀?"

"都重要,孩子、车子我都想要。咱们现在不是还年轻吗,正是咱干事业、挣钱的时候。"肖乔笑,"你看你,说着说着又来火了不是?乖,别生气,我一定会给你生个漂亮、聪明的宝贝。"

"这还像句人话。"周斌说。

"我让你唱的歌呢,快唱呀。"肖乔说。

"世上只有老婆好,有老婆的男人像根草,投进老婆的怀抱,幸福哪里找。"周斌摇头晃脑、怪腔怪调地唱,"没有老婆最幸福,没老婆的孩子像个宝,离开老婆的怀抱,幸福享不了。"

肖乔用手敲打着周斌的头,叫道:"哎,你这唱的是什么呀,乱七八糟的,重唱。"

"怎么着,我哪里唱错了吗?"周斌忍住笑,说,"是这样唱的呀。"

"你少来,快点,重唱。"肖乔不依不饶,把手平摊开,如刀子一样横在周斌的脖子上,"要是再唱错的话,定斩不饶。"

"好好,姑奶奶,我怕了你,重唱。"周斌笑着唱,"世上只有老婆好,有老婆的男人像个宝,投进老婆的怀抱,幸福享不了。"

"这还差不多。"肖乔很是高兴,扯着周斌的耳朵问,"我和你妈妈比,谁更好?你更喜欢谁?"

"当然是我妈啰。"周斌脱口而出。

"嗯?"肖乔的手暗暗使劲,又问,"我没听清楚,你再说一遍。"

"说一百遍也是……"周斌的话没有说完,感觉被肖乔揪着的右耳很痛,他连忙改口,"是你啰,当然是老婆最好,知冷知热的。"

肖乔闻言很是兴奋,右手放下,在周斌的屁股上拍了一下:"马儿听命:方向楼上,动作迅速,到家我有奖。"

"得令。"周斌说。头一抬却愣住了,爸妈冷着脸站在面前。

"爸、妈,你,你们什么时候来的?"周斌连忙放下肖乔,结结巴巴地问道。

"我来好一会儿了,久等你们不见回来,正准备回去。"周斌妈冷笑道,"还好我下来了,否则怎会看到这等好戏?今儿我也开眼了,知道'娶了媳妇儿忘了娘'这句话的意思了。以前,我听人说我还不信,自个儿的儿子一把屎一把尿地拉扯大,辛辛苦苦地养了你几十年,妈竟然还不如外面来的女人重要。"

"妈,你听我说,我们俩那是闹着玩的。"周斌说。

"还好是闹着玩的,要是当了真,你妈我还好意思站在这儿,跟你说话吗?"周斌妈很是生气,"你这个臭小子,你老婆难道比生你养你的妈妈还重要?我把你含辛茹苦地养大,供你上学,等毕业了、要结婚了,妈又给你买房子,妈容易吗?闹着玩?什么事都能闹着玩?你把你妈也拿来闹着玩?你说着玩的时候,有没有想过妈听了会是什么感受?你和我,还有你爸一起生活了二十多年,和她才有多久?不过一年的光景,你就开始忽略你爸你妈的感受了。"

"妈,你干吗生这么大的气?"肖乔理了理头发,不服气地说,"我和周斌两人开玩笑,你至于这么当真,这么计较吗?"

"我没和你说话,我教育我儿子还轮不到你插嘴。"周斌妈打量着肖乔的着装,看着更来气,"你也不瞧瞧你这身打扮,这样的衣服你也敢穿着上街?"

"我这衣服怎么了?街上有人卖就有人穿。妈,你也管得太宽了吧。以前我没工作在家时,你就嫌东嫌西,说周斌找钱辛苦。现在,我花我自己的钱,你还是有说的。难不成我每天穿衣之前还要向你请示汇报,你同意了我再穿?"肖乔说。

"我是你妈,当老人的看着小辈的出丑就得说,免得出去丢人现眼。"周斌妈冷冷地说,"你要搞清楚,你现在嫁到周家了,别人再说你,可就是说我们老周家。"

"你是周斌的妈,你要教育就教育他,我不属于你管辖的范畴。我和周斌没结婚之前,我认识你是谁呀!要是我没和他结婚,你什么也不是。就算结婚了,我跟着周斌叫你一声妈,我就要服你管吗?"肖乔被激怒了,口不择言,"你说我出丑,你倒说说看,我怎么出丑了?你要是不说个道道来,我还真咽不下这口气。"

"你说得对,你没和我儿子结婚之前,我也不认识你是谁。但你和我儿子结婚了,就是我们周家的媳妇了。你做得不对,我就有权管。不服气?不服怎么了?啧啧,你也不看看你穿的这叫什么衣服,半边胸都露出来了,我看着就臊得慌,你还敢穿出来满大街溜达?"周斌妈很生气,"周斌,你也不找件衣服给你老婆披着,她这样穿出去你也不拦着?"

"你少拿周斌说事,穿什么是我的自由,他管不着。你看着腻得慌那是你的事,和我无关。"肖乔很是气愤,"今儿我就明给你说了吧,以后我和周斌的事你少管,你也管不了。你以后少在他面前嘀咕什么我花钱如流水、为什么还不生孩子之类的事。这些是我们自己的事,我们自己会商量着办,这些和你无关。"

"你,你?"周斌妈气得发抖。儿子周斌从小就乖巧懂事听话,读书、找工作什么都顺着自己。没想到这儿媳妇进了门,不但不知道操持家务,而且气焰如此高涨,竟敢公然跟自己叫板。当初,儿子把肖乔领进门的时候,周斌妈还是挺满意的。大学学历,家境也行,人也长得漂亮。她哪里知道,肖乔竟是一盏不省油的灯。

周斌爸爸看着婆媳俩你一言我一语地斗来斗去,谁也不肯相让,大有愈演愈烈之势,气得大喝一声:"吵死啦!这是公共区域,你俩在这儿吵烦不烦?"

周斌妈、肖乔停止了争吵。肖乔一脸的不服气,周斌妈一脸的悲愤。

"肖乔,你婆婆说话是过分了点,可你也不该这样和你婆婆针尖对麦芒的。你们结婚时,你婆婆跑前跑后地张罗,人前人后激动得什么似的。你进屋了我们不指着你有多孝顺,你也不至于这么跟老的说话吧。你说你没跟周斌之前不认识我们,这话说得一点不假。但现在你跟周斌结婚了,你就和我们有关系,我们是周斌的父母,也是你的公公、婆婆。你婆婆不对,你可以换种方式指出来,非得跟她争个输赢吗?"周斌爸爸很是生气,"我看你也是个聪明懂事的孩子,你不至于不明白这个理。我今天说的这些话,你好好想想吧。还有你周斌,你老婆和你妈在这儿争吵,你半天都不吭声。我不明白你是怕老婆还是傻子呀,你这样太让我失望了!"

周斌爸说完扬长而去,周斌妈连忙撵了上去。

周斌转身上了楼,开门进屋,咣当一声关了门。肖乔气呼呼地进了门,说:"你妈也真是的,每天有事无事上咱们这儿来干什么?每次来都不愉快,我看她待在她自己的家就好了,干吗还上这儿来?"

"你说的这是什么话?她是我妈,她想来就来,谁也管不着。"

"她来我是管不着,可她也不要来挑三拣四。她来得这么勤,我都不明白这是我家还是你妈的家?"肖乔生气地吼道。她和周斌玩得好好的,碰到婆婆竟演变成这样。不但被婆婆羞辱了一番,还被公公教训,回到家老公周斌也对着她吼。

"不要对着我大吼大叫,吵死了。你看你张牙舞爪的哪像个女人?"周斌吼道,"我妈说得没错,你就不是个结婚过日子的女人。该做的家务你不做,该要的孩子你不要。我妈每天来帮我们收拾屋子你应该心存感恩之心。你应该想我们每天都这样忙,要不是我妈来帮我们打扫,家里都快乱成狗窝了。你不但不抱着这样的想法,还指责我妈,你有什么权利指责我妈?"

"我又没让她来收拾。"肖乔生气地对吼,"屋子我想什么时候打扫,就什么时候打扫。我想做的时候我就会做,不想做的时候就让它乱一点又有什么?屋子乱一点这地球会爆炸吗?你我会少块肉吗?不,都不会,家就是家,又不是宾馆,没必要什么时候都要一尘不染的。"

"你这叫强词夺理。肖乔,你这脾气什么时候能改改?你平时在家和我横点,我忍忍也就算了。可你对我爸、我妈不能那样,你要再像今天这样跟我妈吵,别说我跟你急。咱俩离婚!"周斌想着爸妈生气的样子,一个头两个大。老爸、老妈看自己的眼神,分明就是说自己连老婆都管不了,窝囊。

"离就离?谁怕谁呀?像你这样的男人我也不稀罕!"肖乔嚷嚷道,"我的性格、脾气是和你结婚后才这样的吗?我爱打扮、不爱做家务这些你结婚之前都知道。结婚之前,你宝贝似的宠着我,我喜欢什么你就买什么。结婚之后,你开始对我指手画脚,横挑眉毛竖挑眼。结婚前,我在家也是老爸老妈宠着,饭来张口、茶来伸手的。结婚后,你和你妈开始嫌我这不会做、那不会做,让我这也要改变那也要改变。我和你妈合不来,你也不仔细想想到底是什么原因造成的?你只是一味要求我,要求我为你而改变,为你妈而改变。你呢?那你要改变什么?你就那么十全十美吗?这世上没有十全十美的男人,也没有十全十美的女人,凭什么你要对我要求这么多?就因为我是女人,我是你的老婆,是你妈的儿媳?那你呢?你是男人,是我的老公,是你妈的儿子,这个家要想和睦,你才是最需要改变的!我俩结婚后争吵不断,不是我一个人的问题,不是我一个人需要改变,而是我、你、你的家人,我们大家都需要改变才能互相适应。"

周斌一下子泄了气。肖乔说得也对,这世上没有十全十美的男人,也没有十全十美的女人。自己都不完美,凭什么要用完美的标准去要求肖乔呢?肖乔最后的话,让周斌明白了一个道理:因为和父母住得近,常相往来,要想和睦,需要大家改变、互相适应才行。

"你这样说也对。"周斌缓下声来,说,"我是有问题,但你的问题比我更严重。"

"我的问题为什么比你更严重?"肖乔不服气地说。

"比如你刚刚对我妈的态度,我妈今天这样说你是有点过分,可是她不是听到我俩的玩笑她才生气的吗?今天那样的场合,你就不应该和她计较,她做得不对,背后我会说她。"周斌生气地说,"可是你不但不让她,而且还在公众场合和她大声吵闹,你想想,要是我那样对你爸你妈吼,你受得了吗?"

"好好,大不了我以后让着你妈就是了。我躲她远远的,不招惹她总行了吧。"肖乔见周斌真急了,忙见好就收。说到底,那个女人毕竟是周斌他妈,她再不喜欢也不能太过分。换个角度想,要是周斌敢和自己的爸妈公然叫板,自己还不把周斌照死了拍。

"这还差不多。"周斌见肖乔肯认错,脸色缓了下来,轻声说,"我和你结了婚,搬出来住,我妈还不习惯。她每天过来也是不放心我们,她说东说西的也没有什么坏心眼。"

肖乔不吭声,心里暗想:还好没什么坏心眼,否则我会答应让着她吗?要有,咱还真不怕。

"你刚进门时,我妈很喜欢你。她看你待在家没事做,就过来教你做家务,她那样无非是把你当女儿一样看待。"周斌继续说。

"是把我当女儿吗?"肖乔不以为然,心想:那死老婆子是看我吃了玩、玩了吃,把我当眼中钉吧。

"老婆,你就耐心点,好好地和我妈相处。你让着她,她会明白你的好,也会对你好的。相信我,她其实不难相处的,只是话多了一点而已。老婆,你和我妈处得好一点,我也就不用夹在中间为难了。"周斌今晚是软硬兼施。先是用离婚威胁肖乔,然后用好听的话哄着肖乔,"退一万步讲,我妈她要是给你气受,你忍着点,等我妈走后,你可以把气冲着我撒呀。老婆,像你这样既漂亮又聪明的人,不会被这个难倒吧,我就不相信你连我妈都搞不定。"

"那是,只要我想做的事就没有不行的。"肖乔果然中计,扬扬得意地说,"要我和你妈不发生冲突,还不简单,赶明儿我见到你妈未开口先三分笑。这俗话说'伸手不打笑脸人',她看见我笑,难不成她还好意思哭丧一张脸不成。她说我听,我左耳听、右耳出,不管她说什么,我当她念经,一概不吭声、不来气。她说她的,我想我的,这样就吵不起来了。"

"嗯,不错,我老婆就是明事理、懂道理。"周斌觉得只要肖乔让着妈、不和妈闹,管她当念经还是左耳听、右耳出都不重要,重要的是老婆和妈不再吵架了,自己耳根也就清静了。

"哦,让着你妈就是明事理,不让着你妈就是不懂道理?"肖乔撇撇嘴,"你这是什么逻辑呀?"

"那今晚上的事怎么办?我看我妈气得够呛,肯定有好长时间不理你。咱们去她那儿时,你主动与她说说话、拉拉家常,你给她台阶下,她的气不就消了吗?"

"行,我就好人做到底,去你妈那儿时,我主动笑笑和她打招呼。"肖乔爽快地说,"不过,拉家常就算了。你妈说的我不爱听,我说的她又不懂,我和她也没什么可聊的。你呀,也不要希望我和你妈处得像母女一样,那是不可能的,我和你妈用不着那么亲热,大家客客气气的,不发生冲突、相安无事就好。"

"嗯,我老婆就是聪明。行,只要你俩不发生冲突就行。"周斌说完长舒了一口气。任性的肖乔答应让步,事情就好解决了,他在爸妈面前也好交代了。

"聪明吗?这就夸上了?"肖乔恨恨地说,"你给我听清楚,以后吵架时要是再说什么分手、离婚的话,你就死定了!你要是敢说,我就敢跟你离!谁怕谁呀?这地球也不会因为离了谁,就不转了。没有你,我一样也活得很好。"

"是,是,以后不敢了。"周斌笑,"离什么婚呀?我还等着你给我生儿子呢。"

"少臭美,要生你自己生去,又没人拦着你。"肖乔笑道,"说吧,我作出这么大的牺牲,你怎么奖励我呀?"

"我这就奖励你,好好地奖励你。"周斌坏笑着,扑了过去。

第九章
爱情备胎

女人一定要有一个属于自己的爱情备胎。这年头,谁能保证婚姻一帆风顺?谁能保证和爱人一定就能白头到老?既然没有人能保证,我为什么不能给我的爱情上双保险?

一个月后,肖乔闲来无事打电话与柳青聊天:"青,还是你好,用不着和婆婆朝夕相处。我婆婆前不久向我发了一通脾气,我不服和她对着干,把她气跑了,周斌还让我去道歉。"

"你伶牙俐齿的,周斌的妈一定说不过你。我说你也是,你就不会忍忍?我不是劝过你不要闹得太僵了嘛。"柳青边在网上浏览,边说,"周斌让你道歉你就道歉呗,又不会少一块肉。"

"我懒得跟她斗,有那工夫我还不如睡睡觉或者出去找找活。"肖乔轻叹,"唉!我现在也想明白了,只有吵架这活儿还真是费力不讨好,既浪费精神,也浪费精力。我决定了,以后咱不干这吃力不讨好的活儿了,我现在是见她妈就笑,然后就闪。她来我家,我就出门,她走了,我再回家。"

"哦,这么快就想通了?悟性不错嘛。"柳青笑,"你说得也是,吵架是最费力不讨好的活儿。"

"上次我们碰到的那位孙总,你还记得吗?前不久还问过我,你卖些什么?我给他说了,你开的是网上商店,婚纱、婚庆用品什么都有卖的,质量很不错,价格绝对比外面的便宜。他好像动心了,说哪天约你谈谈。"肖乔问,"话我可是给你放出去了,后面的事就看你的了。"

"你放心,我现在做代理,代理的品种也多。"柳青笑,"不过,你要先给我露露底,你们那里需要些什么,我好多准备点资料、图片,带部分样品给他看,这样不就稳妥了吗?"

"那是自然,事前我会给你通报的。"肖乔笑,"你现在忙不忙?今天我没事,要不要出来逛逛?"

"我也想呀,但现在不行,小姐,我可是得挣钱吃饭的。"柳青说,"等我生意好了,请得起人打理店铺了,我才能安下心来和你逛逛。"

"你这见利忘友的家伙。"肖乔说,"好吧,等你挣了钱,咱们出来可要吃好的。我请客,你埋单!"

"行,行,咱吃好的。你请客,我埋单。"柳青笑。

这时,旺旺响了,柳青忙说:"我不和你聊了,有买家上门了。"

柳青挂了电话,点开看,果然是买家上门咨询。运气不错,这次的买家爽快,买了五六样货品。柳青一激动,省了对方的邮费。买家爽快地下了单,说收到的货若是如图片一样好的话,还会来买,也会叫上朋友一起来买。柳青很是高兴,自己在店铺上做的这些事总算没白费。满意的顾客越来越多了,有一部分人是回头客,经这些买家的口碑宣传再带动其他的买家来。照目前的生意看,每个月挣三千元没问题,再加上秦杰的收入,日子是越来越好了。柳青打算,等网上店铺的生意再好些时,请个人帮着回答买家的咨询、发货,自己要走出去争取能拉到更多的生意。

没多久,肖乔给柳青回了话,孙总让柳青带上部分样品过去详谈。为了能让孙总满意,柳青查阅了广州婚庆道具、婚庆用品、各种高中档婚纱礼服的批发价,并准备了数十种样品,价位也定得比较低,这笔生意柳青志在必得。

因为柳青做足了功课,与孙总的会谈很是愉快。孙总爽快地答应以后只要柳青能按照样品保证质量的话,以后就长期在她那儿拿货。柳青很是高兴,拿出手机给肖乔电话,让肖乔晚上叫上周斌去秦杰的酒吧庆贺。

晚上,肖乔身着充满层次感的蛋糕雪纺裙,飘逸轻盈的雪纺材质与竖纹的皱褶完美融合。让柳青侧目的不是肖乔清甜可人的淑女装扮,而是她旁边站着的男人。男人不是周斌,年纪约三十岁,高挑个子,面带淡淡的微笑,流露出一种极为自然的优越感。

肖乔笑着说:"青,祝贺你,希望以后生意越来越好。"

柳青笑道:"借你吉言。等我买得起房了,那时就去我家玩。"

男人也不说话,气度雍容地坐在那儿,面带微笑地听着二人闲聊。

柳青疑惑地问:"这位是?"

肖乔笑说:"哦,我来介绍,这位是纪灏,这位柳青。"

纪灏笑道:"你好!"

柳青回笑,说:"你好!"

不知道为什么,柳青不太喜欢纪灏。纪灏像极了当初的秦杰,眼神虽不像当初秦杰那样狂傲,却也是一副天地之中唯我独尊的样子。

纪灏微笑着问:"柳小姐做的什么生意?"

柳青答:"网店。"

纪灏轻轻地哦了一声,眼神里流露出一丝不屑,却很快掠过。

肖乔对纪灏的神情,柳青看在眼内,不禁为周斌担了心。肖乔看纪灏的眼神,静默而温柔,眼光像要融在他的身上。

秦杰中途休息,过来与他们同坐。肖乔为秦杰、纪灏作了介绍,秦杰笑问纪灏:"看你的样子,好像不常来这些地方玩。"

"嗯,我不喜欢到这些人多嘈杂的地方来,噪音太大……"

纪灏说得轻描淡写,言语里却流露出傲慢与不屑。

秦杰不喜欢纪灏,不再说话,四人沉默地坐着。

秦杰回了吧台,纪灏去了卫生间。柳青不高兴地问肖乔:"你从哪儿弄来这么个宝贝?不是让你和周斌一起来吗?周斌呢?"

"周斌出差了,我临时抓的他。"肖乔笑。

"你们怎么认识的?他知道你结婚了吗?"柳青皱着眉问,"我看你们的关系不一般,你俩在一起有说不出的暧昧。"

"怎么就暧昧了?我们可是规规矩矩地坐在这儿,没做什么暧昧的动作吧。"

肖乔笑,"他不知道我结婚了,他不问,我也没说。你好像不喜欢他?"

"不喜欢,也不知道什么原因。"柳青说,"男人和女人的暧昧,不是要用动作的,你俩的眼神足以说明问题。"

"也许吧。"肖乔轻叹,"我承认我喜欢和他在一起,他也一样。"

"周斌知道这个人吗?"柳青担心周斌知道后的反应。

"他不知道。"肖乔轻摇头,说:"我和他也没什么,只是偶尔和他在一起吃吃饭、听听音乐、说说话。"

"那你还想怎么样?"柳青劝道,"肖乔,我还不明白你,你肯这样做,说明你喜欢和他在一起。如果让周斌知道,你俩还不闹翻?"

"知道又怎么样?难道女人结婚后就不能有男性朋友?"肖乔振振有词,"即便是结婚了,我仍然有交朋友的自由。"

柳青正欲反击,纪灏回来了,对肖乔、柳青说:"不好意思,我要先走,家里有事催我回去。"

纪灏走后,柳青说,"他是做什么的?看起来拽拽的,真受不了。"

肖乔笑:"你没发觉他像谁?"

"像谁?"

"像以前的秦杰。他俩的出身差不多,都是有钱人家的孩子,现在他子承父业,掌管着一家公司。"

"哦,难怪。"柳青明白了纪灏的优越感从哪儿来。

"你说你喜欢他,喜欢他什么?"柳青问。

"我不知道。"肖乔说,"可能他与我之前接触的男人都不同吧。他稳重、深沉,跟他在一起,我觉得很安全。"

"安全?是他的钱让你很安全吧。"柳青说,"他可比周斌难捉摸。虽然他的一举一动让人无可挑剔,也不讲废话,更不会像周斌那样生气了就拿话噎你。可是他的喜怒哀乐都深藏不露,他心里想些什么,你知道吗?"

"我对他了解不多,也不像熟悉周斌那样熟悉他。"肖乔说,"可是,我喜欢他,他也喜欢我这就够了。你说我和他不适合,可我最近却老在想我和周斌是否适合？我，射手座，典型的自由享乐派，喜欢天马行空、不爱约束；周斌，巨蟹座，是典型的热爱家庭的小男人。我和周斌在一起，我的天马行空他受不了，他的处处约束我也不喜欢。"

"你这是在玩火！"柳青摇摇头，"你虽然看着年轻，看起来也不像一个已经结婚的女人，可你还是结婚了。你不能像婚前那样喜欢谁就跟谁在一起，身边的人不合适就寻思着是否要换人，你不能这样。"

"为什么不能？"肖乔不以为然，"他是我的爱情备胎。女人一定要有一个属于自己的爱情备胎。这年头，谁能保证婚姻一帆风顺？谁能保证和爱人一定就能白头到老？既然没有人能保证，我为什么不能给我的爱情上道双保险？"

"你这样保险不保险，我不知道。"柳青说，"我只知道，一旦周斌知道你和纪灏的关系，一定不会善罢甘休。"

"不善罢甘休又能怎样？他没权利约束我。"肖乔小声嘀咕，"就算没有这只爱情备胎，我们一样会为琐碎的事争吵不休。吵到烦了，或许哪天就散了。"

"是，谁都不能保证自己的婚姻能够一帆风顺，能和相爱的人白头到老。爱情或许会中途抛锚，我们也应该想着给自己人生准备好备胎，但不是男人，是我们的事业。"

"你看你这长篇大论的，早知道我不带他来了。"肖乔悻悻地说，"走吧，咱们回家吧，我也不耽误你挣钱。你老公在这儿挣钱，你回家挣钱，双管齐下。"

"你少跟我打马虎眼。"柳青不客气地说，"肖乔，听我的，少和纪灏来往，离他远远的。"

"嗯，嗯，我知道。"肖乔不耐烦地应着。

肖乔知道柳青为她好，但她已经陷进了与纪灏的交往中，只恨不能每天都跟纪灏腻在一起。虽然肖乔明白，她与纪灏的暧昧对周斌来说不公平，可是她管不了自己。

"你真像我妈，烦死了。"肖乔嘟囔道。

柳青不再说话。尽管她和肖乔是最要好的朋友，可是感情的问题，她帮不了肖乔，感情问题总是要自己去面对、解决的。

第十章
天降横祸

你们的生活比我想象的要糟糕,我儿子的下场比我想象的要悲惨得多。

柳青也怕网络店铺有买家来买货品,没人回应误了生意,便去吧台和秦杰打了招呼,与肖乔各自回了家。

柳青回家打开电脑,看到买家留言咨询,柳青回复后一边继续等生意,一边在网上闲逛。等到十二点,柳青关了电脑去睡觉。睡得迷迷糊糊的时候,听到秦杰的声音在叫:"傻丫头,起来!"

柳青睡眼惺忪地问:"几点了?"

"三点多。"秦杰说。

"你平时不是要四五点后才能回来吗?今天怎么回来那么早啊?"

"今天不忙,我给老板打了个招呼,就提前回来了。"

"洗洗睡吧,困死了。"柳青打了个呵欠。

"别睡,我有东西要给你看。"秦杰很是兴奋。

"什么呀,明天起来再看不行吗?"

"不行!"秦杰拉起柳青就往楼上跑。

"这大半夜的你要让我看什么?干吗还往天台上跑?"柳青气喘吁吁地问。

秦杰也不说话,到了天台,黑黝黝的一片。柳青什么也看不见,疑惑时,秦杰拿出打火机,点燃固体燃料,待灯内充满热气,膨胀充分时,轻轻地放飞了手中的灯。一盏、两盏、三盏、四盏孔明灯飞上了天空。

"孔明灯!"柳青惊叫。她看见红、黄、紫、蓝四种不同颜色的孔明灯写着"傻丫头,我爱你!""傻丫头,我们会幸福的!"

柳青的泪一下就流了出来。

秦杰搂着柳青的肩,轻声说:"我听人说孔明灯能把晦气、厄运带到天上,能给我们带来好运。我在孔明灯上写下了愿望,希望能够得以实现。傻丫头,闭上眼,许个愿吧。"

柳青顺从地闭上眼,轻声许愿:此生,希望能和秦杰一直这样,好好地、幸福地活下去。

孔明灯越飘越远,秦杰低头轻吻柳青,柳青闭上眼,只愿时间从此停留。

日子慢慢地越过越好,柳青和秦杰不用再为一日三餐而烦恼,手头也开始有了积蓄。两人在一起的时光总是很快乐,白天,秦杰陪着柳青在租住的小屋里等生意、听歌、聊天。有时,两人什么也不做,静静地相拥,感受着彼此的心跳和呼吸。柳青偎在秦杰的怀里,像一只温柔的猫。柳青觉得自己好幸福,以为这样的日子会天长地久。

这天,柳青在家做好饭菜,不见秦杰送货回来。柳青的心莫名地有些慌,秦杰去快递公司、邮局发完货后总是按时回家,即便有事耽搁也会打电话告诉柳青。今天怎么了?打秦杰的电话,却无人接听。柳青在屋里不安地走来走去,心越发地慌。

手机终于响了,柳青一把抓起手机。

"你在哪儿?怎么还不回来?"柳青的声音焦急而恐慌。

"你是傻丫头吗?"电话里传来的却是陌生女人的声音。

"我是。"柳青越发焦急,"你是谁?他的手机怎么在你手里?"

"我是医院的护士,刚才交警送来一个被车撞的人,我们打开他的手机,想看看他家里人的电话。手机电话簿里第一个号码就是'老婆傻丫头'的电话,所以我们试着拨了这个电话通知你。"陌生女人快速地说道,"请你马上来医院!"

"他被车撞了?"柳青冲出门,打车赶到了医院。

柳青来到护士办公室,问刚才谁给傻丫头打的电话。一护士站出来说,是她打的。她带着柳青来到急救室门口,急救室的灯亮着,秦杰正在里面抢救。

柳青疯了似的抓住护士的手,问:"他怎么样了?"

"他有危险,交警送来时说肇事司机跑了,是路人看见后才打电话报的警。"护士说。

柳青木然地看着护士,喃喃地说"不可能,不可能"。突然,柳青的身子一晃,倒在了护士的身上。

醒来后的柳青静静地守在手术室外,她的心绝望而恐慌。三个小时过去了,对柳青来说,这三个小时长得犹如三年。灯熄了,手术结束了,秦杰终于被推了出来。是夜,柳青守在病床前,看着缠满了纱布的秦杰,泣不成声。

几天后,秦杰仍然昏迷不醒。柳青找到医生,医生说,之前只做了血肿手术清除淤血,脑部积液还未排出,脑积水情况相当严重。只有将秦杰脑部积液排出来,才有康复的希望。之后还需要做高压氧、气管切开术等,需要大笔费用,希望家属做好心理准备。

柳青取出家里所有的积蓄却远远不够手术费,想来想去,能帮她的人也只有肖乔了。柳青给肖乔打了电话,肖乔闻讯飞奔而至。

肖乔看着躺在床上一动不动的秦杰、病床边哭成泪人的柳青,心里轻叹:老天真是无眼!眼见两人苦尽甘来,日子越过越顺意,却发生了这样的横祸。

肖乔走过去,搂着柳青的肩,轻声劝道:"别太难过了,他醒过来也不希望看到你泪流满面的样子。"

"他会醒过来吗?从进医院那天起,他就一直昏迷不醒。"柳青绝望地叫道,"我怕,我怕他就这样一直睡着……"

"别太担心,医生总会有办法的。"肖乔的心里也没底,但她只能这样安慰柳青。

"肖乔,你说是不是我害了他?"柳青哭道,"要是没有我,要是他不和我结婚,是不是就不会发生这些事?"

"你说什么呀?车子也没长眼睛,难道还挑穷人、富人不成?那些有钱人每日

说好的幸福　094

里开着车东奔西走,发生车祸的几率更高一些。"肖乔说。

"都是我,都是我害了他。他晚上那么辛苦,白天还要帮我打理生意、帮我送货。他要是不帮我送货,也不会被车撞。"柳青喃喃地说。

"你别什么事都往自己身上揽,这又不是上台领奖。"肖乔皱了皱眉,说,"天灾人祸,谁能料到呢?"

肖乔取出一张卡,递给柳青,说:"这是我挣的,里面有两万多元,你先拿着用。你也知道我挣得多花得多。这钱要是不够,我们再想办法。"

柳青说:"对不起,因为需要很多的钱,我积蓄根本不够,所以我只能向你张口。这钱也不知道要什么时候才能还你,要不我现在就给你打张欠条,等我缓过这阵,有钱了我一定马上还你。"

"你瞧你,跟我还客气什么?"肖乔说,"我俩这么多年的朋友,我帮你还不是应该的?你跟我不用客气,我有事跟你也不会客气。欠条你不用打,你什么时候手头宽裕了再还。"

柳青不再客气,接过卡。两人坐在病房里,一时沉默无言。

又是一周过去了,秦杰仍然没有醒过来,卡上的钱也越来越少。医院不停地通知柳青要准备好后续费用,柳青想到了秦杰的妈妈。秦杰妈一直看不起她,若让她知道儿子生命垂危,只怕把自己撕烂了、嚼碎了也不解气。

柳青用秦杰的手机拨通了秦杰妈的手机。电话接通后,传来秦杰妈惊喜的声音:"儿子,你给妈妈打电话,是不是你想通了要回来?"

柳青一阵难过,此时的她突然很是后悔。若是当初听了秦杰妈的劝,与秦杰分手,秦杰也不至于这么辛苦,或许也不会遭此横祸。

"喂,儿子,你怎么不说话呀?"秦杰妈有些着急,"你回来吧,妈想死你了,妈没有你活着也没有意思。妈上次来广州给你说过,只要你愿意回来,妈愿意给柳青一笔钱。妈说话算数,只要你愿意回来,给她多少钱,妈都愿意。"

原来,秦杰妈妈找过秦杰,还谈了这样的条件,只是秦杰怕自己难过,没有告诉自己。柳青越发地难过,她和他相爱真的错了吗?若是没有错,老天何以如此待她?若是错了,为什么不惩罚自己,让车祸发生在自己的身上。

"喂,喂,你怎么不说话?"秦杰妈在电话里着急地叫道,"你要把妈急死呀!"

"阿姨,秦杰他,他……"柳青哽咽着说不出话来。

"是你?!"秦杰妈顾不得惊讶,连声问,"我儿子怎么了? 你快点说!"

"他出车祸了,现在躺在医院昏迷不醒。"柳青失声痛哭。

秦杰妈妈倒吸了一口冷气,顾不得责骂柳青,问清医院地址,坐飞机当天赶到了广州医院。

秦杰妈看到儿子包裹着层层纱布、人事不省地躺在床上,伤心地哭道:"你真傻呀,放着好好的日子不过,偏要在这里受穷。穷也就罢了,你只要活得好好的,妈也放心。你对妈说你会幸福,妈怎么没有看到你幸福,反倒看到你这样不死不活地躺在床上?"

"妈每日里都担心你过得好不好,每日里都盼着你熬不住了回家,可是你怎么就那么倔呢? 妈对你的好你看不见,妈对你说的那些话你听不进去,你偏要和妈对着干,和妈不喜欢的人结了婚。妈早就说过,你俩不合适,你俩在一起不会幸福,你就是不听妈的话。这么长时间,妈一直没有理你,妈就盼着你撞南墙后早回头,早点回来和妈一起生活。"秦杰妈摇着儿子的手,哭哭啼啼,"妈来看你了,你醒过来看看妈,和妈妈说说话,哪怕是和我吵架也行呀。"

柳青在一旁听着,眼泪又流了出来。眼前这个哭哭啼啼、不喜欢自己也不被自己喜欢的女人和自己一样深爱着秦杰。她不喜欢自己,只因为她是秦杰的母亲,她站在母亲的角度为儿子打算、精心地设计儿子以后的生活。因为自己的出现,打乱了秦杰妈的全部计划,作为一个深爱着儿子的母亲,秦杰妈有权利不喜欢她、有权利排斥她。

一度,柳青很是不屑秦杰妈的小市民思想,秦杰妈对自己的敌意反倒激起了她的斗志。她爱秦杰,秦杰也爱她,她和他就是要在一起。两人如愿地结了婚,秦杰妈没有来参加婚礼,柳青反倒有些快意。她赢了她,那个骄傲的、看不起自己的女人,她把秦杰从她的身边掳走了。

只是,现在秦杰妈悲痛欲绝、呼天喊天地叫喊,让柳青想到了她当初说过的话、现在亦一直重复的话:她和秦杰不适合,他俩在一起不会幸福! 柳青一直对这句话不以为然,就因为她不喜欢她,就可以断言他们的未来?柳青以为凭着努力,秦杰和她一定会幸福的。可是,一直很坚定的信念就这样在秦杰车祸后、秦杰昏迷不醒中、秦杰妈的哭喊中,一点点地慢慢动摇。

秦杰妈哭了一阵,稳了稳情绪,就来到医生办公室,详细地了解儿子以后治疗需要采取的措施。秦杰妈说:"请你们一定想办法救救我的儿子,他还年轻,他不能就这样一直昏迷不醒地躺着。钱不是问题,请你们用最好的药!"

有了秦杰妈的钱作为后盾,昏迷的秦杰转到了高级病房,医院方面也用了最好的药。秦杰妈妈看到儿子变成这样,心里越发地憎恨柳青。她一定要让柳青离开儿子,从此远远地离开,再不干扰儿子的生活。

是夜,秦杰妈和柳青进行了一番长谈。

秦杰妈恨恨地说:"我记得当初你跟我说过,你和秦杰在一起会幸福的。秦杰和你在一起,享什么福了?我去过你们的房子,我知道你们过的什么样的日子。可怜我儿子从生下来起,就没有吃过那样的苦。我劝他跟我回去,可他就是不肯,他一定要让我认可你,他才跟着我回去。我不明白你有什么好,值得我儿子这样对你?"

柳青低着头,她想起了婚后生活的点点滴滴:秦杰四处奔走寻找工作;秦杰四处碰壁后沮丧地冬眠一般地睡;秦杰去批发市场提着大包小包的货;秦杰在家苦等客户的到来;秦杰在酒吧里耍酒瓶;秦杰为她点燃的孔明灯……自己有什么好,值得秦杰抛弃豪华舒适的生活与她在一起?就因为爱吗?

秦杰妈继续说:"我儿子对你这么好,你难道不知道感恩吗?你为他做过什么?你为他付出过什么?你不是说你爱他吗?你爱他就是要让他跟着你一起过苦日子?让他跟着你,把他没有尝到的这人世间的苦都一一尝遍吗?他是我的儿子,我从来都舍不得让他吃一点苦,我总是尽我所能给他最好的。可是你呢?占有他、拥有他,哪怕明知道他不幸福也不在乎?"

柳青继续想着心事。如秦杰妈说的那样,秦杰和她在一起,把他以前所没有尝到的这人世间的艰辛都尝了,这些艰辛原本离秦杰这样的人很远。像眼前这个女人说的,秦杰从生下来起,她就舍不得让他受一点苦,什么都要给他最好的。自己呢？除了爱，能给秦杰什么？她不能给他丰盛的饭菜，她不能给他舒服的房间，也不能给他豪华而优越的生活，更不能给他无忧的前程。她能给他的除了爱，还是爱，她鼓励他、陪着他，向着他们说好的目标一步一步地向前走。可是，她和他都没有料到，一路上他们走得如此艰辛、坎坷；即便这样也罢了，他们还是不会放弃他们的目标。可是，命运捉弄人，竟让秦杰遭此横祸。不是，这绝不是她想要的。

秦杰妈仔细观察着低声抽泣着、一言不发的柳青，这个贫穷而骄傲的女孩子似乎被霜打了一般，蔫蔫的，一下子没了精气神。

"我也知道你不是一个爱钱的女孩子，所以宁愿过苦日子也要跟我儿子在一起。"秦杰妈的声音缓和下来，不再高亢尖利，"可是，我儿子和你不是一类人。他自小舒适日子过惯了，上学放学都有司机接送。我跟他说过，他只要好好读书，其他的什么都不要操心。可自从他和你在一起后，什么不要他操心呢？家里没米了他要操心，家里没油了他要操心，交房租他要操心。穷日子、穷生活有太多可要操心的琐事，要好好地维持一日三餐对你们来说也是难事吧？我想着我儿子跟了你要过这样的日子，心里就是气。你说，是你让我儿子过这样的日子，我能不恼你吗？你还年轻，等你将来做了母亲，你就会明白我的心思。"

柳青承认秦杰妈的话有道理。自从在医院看到秦杰妈一把鼻涕一把眼泪的时候，她对秦杰妈的恨就一下子消失了。那一瞬间，她了解了一个母亲的全部心思。

"你还年轻，以为这世上只要有爱，就可以把日子过得很好。可是，不是这样的。要想把日子过好，不是只有爱就能办到的。"秦杰妈说，"你说说，像你们这样，你爱他，他爱你，爱到死去活来，可是有好的结果吗？不，没有。我没有看到你们有好的结果，也没有看到我儿子生活得很幸福。你们的生活比我想象的要糟糕，我儿子的下场比我想象的要悲惨得多。"

悲惨？柳青的脑袋嗡了一下，她和秦杰相爱一场，竟然只换来悲惨二字。柳青张了张嘴，欲辩解。不，她和秦杰也有快乐的时候，她和他的生活虽然不富裕，虽然在外人看来过得有点惨，可是她和他大多数时候是快乐而充实的。

"你看看他，你爱着的人就这样直挺挺地躺在床上，不能睁眼、不能说话，不能动弹,你忍心看他这样吗?"秦杰妈加重了语气,"如果没有我赶来,只怕你坚持不了几天吧?你们的钱不能让他继续治疗,也谈不上要更好地治疗,给他最好的药,用最好的医生,让他尽早地苏醒。这一切,你都办不到吧?"

是的,这一切自己都办不到。柳青的脸越来越白,她慌乱地看着床上躺着的秦杰,若是没有秦杰妈妈的钱,自己要怎么办?她爱他,却在他遭此横祸时无能为力。柳青第一次明白了无能为力的心境,就是眼睁睁地看着事情发生却没办法解决。纵然她不忍心,纵然她自认她比这世上的任何一个人都爱秦杰,可是有些事情她还是没办法。

"所以,我请求你离开我儿子。趁你还没有带给他更多、更大的伤害之前,我请你离开他。"秦杰妈语重心长地说,"就算你不为我想,就算你不愿意,就算你还爱着他。可是,为了他,为了他好,你也一定要离开他!"

柳青惊恐地看秦杰妈妈,眼前的景象越来越迷糊。柳青颤抖着身子,眼泪大滴大滴地重重掉到病床上。

"你,你要我就这样离开他?"

"嗯,虽然我知道你不情愿。但请为我儿子着想,离开他吧,这样对你好,对他也好。"秦杰妈看着浑身颤抖着的柳青,心里有些不忍。不过,想到儿子,她硬下心肠说,"你若真的爱他,就放了他吧。我会给你一笔钱,让你好好地生活。"

离开?还是不离开?爱他就是害他?离开他就是对他好?秦杰妈的话在柳青的耳边不停地回荡,柳青两腿发软,双眼发黑,昏倒过去。

第十一章
一切为你

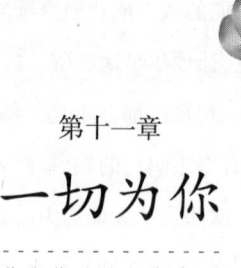

他只是失忆，又没有变成白痴，他必须为你和你的孩子负责。

第二天，柳青没有去医院。秦杰妈的话把柳青弄糊涂了，她需要时间梳理自己乱成一团的思绪。

想着躺在床上至今昏迷不醒的秦杰，柳青心中绞痛。是自己拖累了秦杰，秦杰跟着自己受了很多的苦。为了救治昏迷不醒的秦杰，为了秦杰以后不再受苦，她决定答应秦杰妈妈的要求。柳青提出要护理秦杰到出院，秦杰出院之日便是自己离开秦杰之日。分手理由她自会找借口向秦杰说明，绝不把责任往秦杰妈妈身上推。

秦杰脑中的脑液排出后，命保住了，却还是没有任何意识地昏睡在床上。主治医生说，大脑部分功能受损，暂时性坏死，小脑、脑干等可以正常工作。

"还有其他方法吗？他会不会就这样一直躺在床上不再醒来？"秦杰妈颤抖着问。

"临床上观察，大部分的病人在半年内有所改善，半年至一年之间仍有复原的可能性。若是一年后还这样，我们会判定为永久性植物人。"看到秦杰妈妈、柳青脸越来越白，神情越来越失望时，主治医生又补充了一句，"当然，若是护理得好，病人或许会很快醒来并恢复正常，医学上我们称为奇迹。"

秦杰妈妈受不了这样的打击，她扑向柳青："都是你，都是你害了他。"

柳青神情憔悴，也不躲闪，任由秦杰妈捶打。或许这样，她的心会好受一些。

秦杰妈发泄后，两个女人对着床上毫无意识的秦杰哭成一团。

柳青不愿意就这样放弃，她买来随身听戴在秦杰的耳朵上，播放他喜欢的歌曲。柳青没事就握着秦杰的手，轻声细语地说他们以前的事。

主治医生说要让秦杰接受刺激，柳青就每天用牙刷蘸上生理盐水，帮秦杰刷牙，刺激他的感觉。有一段时间，秦杰气管被切开，呼吸依靠气管上的开口，但这样肺部容易感染。柳青听人介绍，只要有人守护在旁边，及时帮病人吸痰，可以把气管开口堵上。她尝试着做了，四十八小时不眠不休，观察秦杰的情况。直到秦杰一切正常后才敢告诉医生她将气管开口堵上了。

因为秦杰处于无意识状态，一切生命迹象都需要柳青仔细观察照顾。柳青每两小时为秦杰翻一次身，左侧右侧平躺交换进行。为了促进肌肉轻松血液循环，柳青替秦杰按摩背部、臀部，在她的精心照料下，秦杰没有生过一次褥疮。

柳青替秦杰换尿不湿时，突然恶心呕吐。一连几天如此，秦杰妈妈疑惑地问柳青："你是不是有孩子了？不然怎么恶心得这么厉害？"

"啊？"柳青愣住了。她的月经这个月没有来，难道真如秦杰妈说的那样，她怀孕了？

柳青抽空去妇产科做检查，检查完后，医生笑着说："恭喜你，你怀孕了。"

尽管有思想准备，柳青还是很意外。孩子，秦杰一直都想要个孩子，却因为条件限制，两人一直不敢要。等日子好过些的时候，秦杰却发生了意外。想到秦杰，柳青决定要留住这个孩子，即便她不得已要离开秦杰，但有他们的宝宝陪着，她也不至于太过难过、孤独。

柳青检查回来后，秦杰妈问："怎么样？"

"没怀孕，医生说是胃不舒服引起的呕吐。"柳青摇了摇头。她不敢把这个消息告诉秦杰妈妈，她怕秦杰妈妈逼她打了孩子。

为了更好地照料秦杰，柳青日渐憔悴。秦杰渐渐地有了意识，偶尔会睁开眼睛，偶尔会无意识地笑，按摩重时流露出痛苦的表情。对于秦杰的这些细小的变化，柳青很是兴奋，为了能唤起秦杰更多的意识，便经常将秦杰推到楼下花园转转，让他听花园里的鸟叫，感受着太阳倾泻而下暖暖晒在身上的感觉。

有了柳青的照顾,秦杰妈放心地往返于成都、广州之间。柳青对儿子的爱,秦杰妈看在眼里。她承认柳青是一个温柔、贤慧的女人,很会照顾儿子,也明白儿子为什么会放弃一切也要和柳青在一起。只是儿子出事后,秦杰妈更是多了层担心:柳青的命太硬,也没有旺夫运,儿子跟她在一起绝不会幸福。秦杰妈打定主意,儿子恢复正常时便是柳青离开时,那时,她会给柳青一笔钱,作为她的补偿。

肖乔、周斌到医院来看秦杰。肖乔见柳青不长的时间瘦了一圈,怜惜地说:"青,他都这样了,不是一天两天就能恢复过来的。你也悠着点,别把自己累坏了。"

"嗯,我知道,我会注意的。"柳青笑了笑。

"你也不替自个儿想想,你把自己累坏了谁来心疼你?"肖乔说,"他家那么有钱,怎么不请个护理呢?"

"她妈要请的,是我拦着不让。"柳青赔着笑,说,"秦杰住的这病房你知道一晚要多少钱吗?还有在医院各种各样的费用,说出来吓死人了。我没有钱,只能出点力了。照顾秦杰我能行,没有必要请护工,节约一点是一点嘛。"

"你还真心善,都什么时候了还替别人考虑?他家不是有钱吗?你用得着替他们家省吗?"肖乔撇了撇嘴,"你这样照顾秦杰,秦杰妈这次该感动了吧,她同意你俩的事了吗?"

"秦杰都这样了,她妈没把我撕烂了、揉碎了,我就谢天谢地了。哪还敢指着她感动呢。"柳青说,"我对秦杰这样,也不是冲着她妈。我不图别的,只希望秦杰能早点恢复正常,就算要我离开他,我也没什么遗憾了?"

"你没说胡话吧?"肖乔用手背试了试柳青的额头,"不烧呀,你怎么净说胡话呢。别人是见难就躲,见好就闪。你倒好,见难就上,见好就躲。秦杰不恢复正常则罢,若能恢复正常也全靠你这么服侍他。他若好了,你应该高兴,怎么尽说些奇奇怪怪的话,还说要离开他?"

"算了,咱不说这些了。"柳青说完,突然,冲到卫生间,一阵呕吐。

肖乔追进去,拍打着柳青的后背,说:"我说吧,让你悠着点,你不信。我看你这样,只怕秦杰还没有恢复健康,你就要倒下了。"

"没事。"柳青指着肚子,轻声说,"我,我有小宝宝了。"

"真的?这个小家伙还来得真不是时候。"肖乔很是惊奇,说:"几个月了,你要留下孩子吗?"

"三个月了。"柳青笑,"我要留下宝宝,无论如何我都要留下宝宝,秦杰喜欢孩子。"

"你疯了?孩子是可爱,可是你们现在不是处于非常时期吗?秦杰昏迷着,每日靠你照料,你这样的状态哪还有时间和精力来要孩子呢。"肖乔低声叫道,"秦杰妈知道你有孩子吗?"

"她不知道,我瞒着她。"柳青轻声说。

"她不想要?你是怕她逼你打掉这个孩子?"肖乔问。

柳青点了点头,说:"我怕,我怕她逼我打掉孩子。"

"难怪秦杰要叫你傻丫头,我看你还真是傻。"肖乔说,"你有脑子没有?她妈妈根本不认可你,秦杰现在又这样,你要照料他,以后你拿什么来养孩子?"

"我想过了,这些我都想过了。"柳青低声说,"就算再困难,我也要留下这个孩子。秦杰没出事之前就一直跟我唠叨说想要个孩子,他对我说,'青,等日子好一点咱们就要个孩子吧'。我们一直为这个目标努力着,想把日子过好,再生个孩子,我们一家人要在一起好好地生活。他的话我都记着,我一定要留下这个孩子。"

肖乔沉默了,秦杰躺在床上,不知道什么时候能醒来。若是打掉这个孩子,柳青还能有机会再要秦杰的孩子吗?只是不打掉这个孩子,秦杰妈不认可柳青和孩子的话,柳青以后的日子会过得更辛苦。

两人沉默着,出了卫生间。周斌笑问:"你俩在里面嘀嘀咕咕地说啥呢?"

"还不是说她,像个傻瓜似的,看着让人担心!"肖乔没好气地指着柳青说。柳青也不说话,打来温水,替秦杰擦脸、擦手。

"你瞧你,有什么话不能好好说?"周斌说,"像吃了炮似的,好好的一句话,到你嘴里听着就变了味。还好柳青和你熟,不和你计较这些。"

柳青说:"没关系,我知道她是为我好。"

"知道是为你好,还不听我的话?"肖乔说。

柳青也不理她,周斌见气氛不对,忙笑着对柳青说:"我们还有事,就先走了,改日再来看你们。你自己也要好好注意身体,别累垮了。有什么事需要我和肖乔帮忙,就给我们打电话。"

柳青轻轻嗯了一声,周斌拉着肖乔离去。

柳青抛掉烦恼,细心照顾秦杰。秦杰的情况见好,做腿部按摩时,柳青用手刺激他的脚心,腿有反应。医生用力按他的穴位有疼痛感时他会用力弯曲腿部,并用手去抓自己的身体。手用力地在他耳边拍,发出大的声响会有眨眼和抽搐反应。

终于,秦杰睁开了双眼。醒来后的秦杰记不得自己叫什么,也记不得柳青和自己的家人。柳青紧握着秦杰的手,喜极而泣。失忆也好,忘了她也罢,她只要他健康地活着。他记得她也好,忘记也罢,迟早她是要离开的,这样离开他,总好过让他难过吧。

因为太长时间躺着,秦杰的腰部很硬,不能弯腰,手举不到头顶,语言也含糊不清。

为了让秦杰能走路,柳青每日推着秦杰去做康复训练。此外,柳青还从吃饭、穿衣开始,慢慢地教会秦杰各项功能。

护理秦杰的路走得很艰辛,柳青经历的不只是身体上的劳累,更承受着精神上的负累。一方面,她希望秦杰能早日恢复正常,恢复健康后的秦杰不但能活蹦乱跳地活着,还能重新拥有以前的一切。但想到秦杰身体恢复健康之时,便是自己离开之时,柳青便常常忍不住背着秦杰哭泣。

秦杰的身体慢慢地康复着,他学会了走路,也能说些简单的话语。他问柳青:"你是谁呀?干吗对我这么好?"

柳青温柔地微笑:"我是柳青,是你家人请来的护工。"

"护工?"秦杰重复着。他依稀记得自己昏睡时,经常听到一个女人温柔的声音在耳畔轻语;他还记得昏睡中,有女人在哭泣,女人呼唤着让自己快醒来。是这个温柔的声音,一直呼唤着自己努力睁开眼。醒来后的他第一眼看到的便是身着白裙的柳青,清秀、瘦削的柳青。

秦杰的苏醒让秦杰妈妈惊喜不已。

"儿子,你还认识我吗?"秦杰妈试探着问。

"你是谁呀?"秦杰问。

"我是妈妈呀。我的傻儿子,你怎么连妈妈都不认识了?"秦杰妈一把抱住儿子,失声哭道,"你知道你昏迷这几个月,妈妈有多着急吗?妈妈怕你醒不过来,现在你醒过来了,怎么连妈都不认识了?"

秦杰也不动,任她搂着自己哭诉着。待她平静下来后,秦杰问:"你真是我妈吗?我怎么一点都不记得了?"

"我当然是你妈啦。傻儿子,哪有人冒充妈的。"秦杰妈破涕为笑,说,"儿子,没关系的,不认识妈不要紧,只要醒来就好。等你身体好了,妈就带你回去,你会慢慢想起你以前的生活。"

"我以前的生活?"秦杰疑惑着问,"我以前的生活是怎么样的?"

"你没出事之前跟着妈妈住在一个大房子里,在妈的公司上班。"秦杰妈有意地将儿子引入到以前的生活。

秦杰哦了一声,又问:"那我是怎么出的事?"

"你呀,在成都待烦了,跑到广州来玩,却出了车祸。"秦杰妈说,"妈当时听到你被车撞的消息,人都吓傻了。我的好儿子,你以后可以好好活着,再不能吓妈了。"

"嗯。"秦杰很是感动,顺从地说,"我以后一定小心,不让您担心了。"

秦杰习惯了柳青的照顾,他指着柳青对妈说:"我回家后,让她跟着我回家吧!"

"跟你回家?!"柳青两眼睁圆,诧异地盯着秦杰。难道他想起了什么?

秦杰看柳青惊异的样子,笑着说:"你不是护工吗?我回家后你还是可以护理我呀!我已经习惯你的照顾了。"

柳青的泪涌出,秦杰不记得两人以往的情缘,却仍希望自己一路跟随。

秦杰妈很是紧张,两眼死死地盯着柳青。

"我,我不能和你回去。"柳青哽咽着说。

"为什么不能?"秦杰不解,"你跟我们回家,我们仍然请你呀。"

"不行,我家里有事,我不能跟你走。"柳青转身走出了病房,秦杰不解地看着她的背影。

秦杰妈高兴儿子醒了,并向着好的一面恢复着。但她怕秦杰恢复记忆后忆起柳青,更怕秦杰在柳青的护理下,产生依赖,执意要带秦杰回成都继续护理。

一日下午,秦杰妈妈出病房时,看了柳青一眼。柳青心领神会,便跟着她出了病房。

柳青跟着她来到医院楼下的花园。秦杰妈妈拿出一张支票,让柳青收下。

"我很感激你对我儿子的照顾,但你要明白,我们是有约定的。"秦杰妈妈吞吞吐吐地说,"这是给你的补偿。"

"您放心,我会离开秦杰。"柳青的脸涨得通红,她冷冷地将支票递给秦杰妈,说,"我不会向秦杰说我们以前的事,我也不会缠在他身边让他想起什么。我肯这样做,我肯答应您离开他绝不是为了您,为了您的钱。我只是希望他幸福!"

说完,柳青转身欲走。

"你等等。"秦杰妈说。

柳青站住,问:"您还有什么事?"

"我上次问你是不是怀孕了,你说没有。可你看看你现在,肚子已经微微地向外凸起了,你老实告诉我,你是不是有孩子了?"

"是!我是有孩子了。"柳青激动地说,"这个孩子是我和秦杰的,我要把孩子生下来。您没权干涉!"

"你想过没有,秦杰走后,你单身一人,日子过得也不富裕,你要怎样抚养这个孩子?"秦杰妈说,"我是没权干涉你,可是你都没有替你自己打算过吗?一个单身女人既要工作,又要带孩子,还要忍受世人的白眼,你想过这些吗?"

"这些是我要操心的事,用不着您担心。"柳青冷冷地说,"我会好好地把孩子带大,孩子长大后我一定不会带着孩子去找您,去找秦杰,给你们添麻烦。"

"唉,作孽哟!"秦杰妈妈叹道,"你还是好好考虑一下,把钱收下吧。有了钱,你和这孩子生活也要好过一些。以后遇到对你好的人,就嫁了吧。"

"谢谢。"柳青拒绝道,"我的孩子我会抚养,用不着您的钱。我嫁不嫁人,也是我自己的事,用不着您操心。"

儿子出事后,柳青的表现让秦杰妈妈刮目相看。但是,她还是不想认可柳青,认可她肚里的孩子。没有柳青,秦杰可以找到更好的伴侣,可以拥有更好的生活。

想到这些,秦杰妈叹了口气:"也罢,这钱我先收着,我再给你几天时间考虑。我和秦杰走之前,你若是需要,随时都可以来拿回这张支票。"

柳青转身离去,秦杰妈盯着她瘦削的背影发了一会儿呆。

肖乔虽是气愤柳青在如此境况下还要留下肚子里的孩子,终因担心柳青又来到了医院。到了医院,肖乔惊喜地发现秦杰苏醒了。

秦杰妈疑惑地看着肖乔,柳青介绍道:"这是我同学肖乔,这是秦杰妈妈。"

肖乔笑着和秦杰妈打了个招呼,为柳青悬着的心落了地。这下好了,秦杰醒了,柳青肚里的孩子也不用发愁了,秦杰一定会想办法说服他妈认可柳青和肚里的孩子。

"你终于醒啦,你吓死我们了!"肖乔笑着对秦杰说。

"你是谁?"秦杰盯着面前这个时尚漂亮的女人,笑着说,"你是我以前的朋友吗?"

"啊?!"肖乔惊异地看着柳青,柳青笑着接过话说:"她是我的朋友,她常常过来看我。"

柳青拉着肖乔到了病房外走廊的另一头。

"搞什么搞呀?"肖乔说,"他变傻了?还是和我开玩笑?"

"他没变傻,也没和你开玩笑。"柳青说,"他失忆了。"

"啊?!"肖乔轻叫,"那他还记得你是谁吗?"

"不记得。"柳青摇了摇头说,"以前的他全忘了,他不记得我,也不认得他妈。他现在像个小孩,你跟他说什么就是什么。"

"那你给他说了你是谁吗?"肖乔很着急,"你要赶快让他想起来你是谁呀,你给他多讲讲你们的事,也给他讲讲你们的孩子。"

"我没有给他说我是谁。"柳青说,"反正我都要离开他了,他忘了就忘了吧。孩子我也不想给他说,我不想再拖累他。"

"你疯了吧?"肖乔叫道,"你服侍他这么久,他好不容易才醒过来。他失去记忆忘了你,忘了你们的一切,你不难过?他只是失忆,又没有变成白痴,他必须为你和你的孩子负责。"

柳青沉默着,不说话。

"你倒是说话呀?你要急死我?"肖乔有些不耐烦了。

"我和秦杰妈有约定,等秦杰恢复健康后我就要离开他,从此不再有任何联系。"柳青神色凝重。

"你疯了,你为什么要和他妈做这样的约定?"肖乔轻吼,"难道你怕了他妈不成?"

"不是我怕她。我是为了秦杰好。"柳青低声解释,"秦杰他妈说过,说我和秦杰不合适,在一起不会幸福。我最初不信这个,我偏要做给她看,没有她的支持,凭着我和秦杰的努力我们也会过得很好。该有的我们全都会有,我们也会过上舒适的生活。可是,秦杰却发生了这样的事。肖乔,你知道吗?当我眼睁睁地看着他躺在病床上,医院催命似的催我交钱,说再不交钱便要我们出院时,我的心情怎样?我恨我自己,除了那缥缈的、摸不着的爱,我能给秦杰什么呢?秦杰他妈说得对,我给不了秦杰幸福。所以,我要离开秦杰,我要把他以前拥有的东西全都还给他,他有权利过回以前舒适的生活,我不能再拖累秦杰。"

"秦杰他妈既然和你有这样的约定,她还有脸把你当佣人一样使唤,让你在这里做牛做马地照顾她儿子?她不是爱她儿子吗?她为什么自己不来服侍?你独自照顾一个昏迷的病人,也没有护理工帮忙,你为他翻身、按摩,这些你都让秦杰他妈来做呀。她若做过,她就会知道你的辛苦了。"

"是我自己要求留下来照顾秦杰的,否则让我在他昏迷时离开他,我一辈子都不会心安的。"柳青说,"或许秦杰他妈也知道我的辛苦吧,她给过我一笔钱说是作为补偿,但我没要。"

"你呀,我真不明白你是怎么想的。你是真傻呢还是装清高啊?"肖乔气愤地说,"你干吗不要?那是你该得的!"

"我不想要,也不想让他妈看不起我。"柳青低声说。

"哦,全世界就你柳青一个人高傲有骨气?!"肖乔说,"你为什么不要?为了孩子你也应该留下那笔钱!"

"别再说了,我不想再提这些事。"柳青黯然道。

秦杰在病房久等不见柳青回来,要妈妈扶着他出病房寻找柳青。他看到柳青笑着说:"怎么了,你们怎么在这里站着聊?"

"哦,没聊什么。"柳青笑,"我朋友她有事要回去了。"

柳青扶秦杰回了病房。肖乔上前一步,对秦杰妈说:"阿姨,能借一步说话吗?我想和您谈点事。"

"什么事?"秦杰妈打量着表情严肃的肖乔。

"我是柳青最要好的朋友,柳青有了秦杰的孩子,我要谈的就是这件事。"

"我们换个地方说话吧。"秦杰妈和肖乔找了一个清静的地方坐下。

"说吧,想说什么就都说出来。"秦杰妈开门见山。

"好,您爽快,我也不藏着掖着。"肖乔爽快地说,"我知道您一直不同意柳青和秦杰的婚事,站在您的角度,我也不好说什么。可是,现在柳青为秦杰付出那么多,难道您就不感动吗?您为什么就不同意他们的婚事呢?为什么就不能痛快地认了她?您的儿子醒了,再过几个月您的孙子也要出世了,这样一来不是皆大欢喜吗?"

"柳青做的这一切我都看在眼里,我承认现在像她这样的女孩子不多见。"秦杰妈说,"以前我不认可她,主要是因为她的家庭。可是现在,我倒不是计较这个。"

"那您计较什么?"

"她命硬,我儿子和她在一起不会有好日子的。"秦杰妈说,"要不是她,我儿子也不会发生这样的事。所以,我不能认可柳青,也不能认可她肚子里的孩子。"

"您忍心这样做吗?"肖乔气愤地说,"孩子将来长大,知道有您这样六亲不认的奶奶他会认您吗?秦杰以后恢复了记忆,知道您拆散了他们一家人,他会原谅您吗?"

"孩子长大了,我也不希望他来找我们、与我们相认。秦杰跟我回去,他恢复健康后我会让他跟家世好、我满意、他满意的女孩子结婚,他以后还会有自己的孩子。为了我家的幸福,我会尽量不让他想起以前。"

"人在做,天在看。您这样生生地把一对恩爱夫妻拆开,就不怕报应吗?您就不怕天打五雷轰吗?"肖乔提高了嗓门。

"好个厉害的丫头,句句如刀。"秦杰妈在心里暗叫,原来,她以为柳青厉害,没想到肖乔比柳青更甚。

"为了我儿子的幸福,我不怕报应,也不怕什么天打五雷轰。"秦杰妈说,"至于柳青,我本想给她一笔钱作为补偿,可她不要。"

"她不要,您就心安理得地收回了?"肖乔句句不饶人,"您有没有想过您的孙子以后要怎么生活?"

"我给她说过,在秦杰出院前,她只要想通了随时都可以来找我拿。"秦杰妈说。

"您以为像她这样的傻瓜她会来拿吗?"肖乔毫不客气。

"她是傻瓜,她不会拿。"秦杰妈有些恼了,"那你呢,你的意思你很聪明啰。"

"是的,至少我不像她这么傻,傻到只替别人着想,傻到不懂得保护自己。我若是柳青,一定不会和您有约定,我不会离开秦杰。"肖乔毫不客气地说,"您刚才也看到了我和柳青在一起,我告诉您,我在劝她不要放弃秦杰,死都要和他在一起。"

"你,你说什么?"秦杰妈暗叫不妙,这个丫头不好说话,若是她插手,只怕说好的事要变卦。

"她离开秦杰和你有什么关系,要你这样不依不饶的?"秦杰妈说。

"和我有关系,当然和我有关系。"肖乔叫道,"她是我的朋友,最好的朋友,我不能眼看着她往火坑里跳了一次又一次。她是我的朋友,她若过得不好,我也不安心。"

"你想怎么样?"秦杰妈说。

"我不想怎么样。"肖乔说,"若您一定要他们分开,柳青也愿意为了秦杰而分开,我无话可说。可是,孩子没有错,为了让孩子以后好好地生活,她应该得到您想补偿她的钱。"

"我说过只要她需要,她随时可以来拿。"秦杰妈的脸色缓了下来,说,"不过,你说得也对,依她的脾气只怕也不会要。既然你是她的朋友,我把钱给你,你帮我转交给她吧。"

"行!我会在她需要的时候转交给她。"肖乔说。

秦杰妈取出一张三十万元的支票递给肖乔,说:"明天我就要带秦杰走了,希望你们以后不要再来打扰他以后的生活。"

"您放心,我们绝不会主动去打扰他。"肖乔接过支票,小心放进包里。

"这就好。"秦杰妈起身欲离去。

肖乔收好了支票,站起来说,"不过您忘了一点,秦杰只是失忆。若是哪一天他恢复了记忆,想起了柳青,想起了以前的一切。以他们的感情,他能不来找柳青吗?"

"那是以后的事,以后再说。"秦杰妈脸微微变了色。这个丫头说得对,以儿子的个性若是恢复了记忆岂能不找柳青?不,以后的日子,她一定不能让儿子想起以前的事,她绝不能让儿子掉头走老路。

秦杰妈怕夜长梦多,怕儿子和柳青长相厮守,终会让儿子想起什么,决定第二天便接秦杰回成都继续康复治疗。

秦杰要走了,这段感情也要结束了,柳青默默地帮着秦杰收拾着东西。

"你以后要来看我吗?"秦杰问柳青。几个月的护理,让失去记忆的秦杰很是依赖眼前这个美丽而陌生的"护工"。

柳青:"不会。"

"为什么?"秦杰有些生气。

"我很忙,我怕没时间。"柳青哄着秦杰,心却是闷痛不已。

秦杰将电话号码告诉柳青,并索要她的电话号码。柳青说没有手机,家里也没有电话。秦杰便让柳青有空打电话给他,望着熟悉的号码,柳青泪眼迷蒙,她知道无论怎样思念秦杰,她都不会打这个烙在心里的电话号码。她不能,她不愿秦杰的生活再有任何的闪失和意外发生。

在妈妈的催促下,秦杰下了楼。秦杰临上车时仍留恋地回身看柳青,柳青站在病房的窗前微笑着挥手。车远了,柳青看了看她和秦杰朝夕相处的病房,转身离去。

第十二章
欲罢不能

> 最爱的人走了,留下的人若不想以清醒的状态活着,就会用酒精来麻痹自己。

柳青回到家里,只觉得房子里静寂得怕人。她打开电脑,进入游戏中。游戏里的敌人疯狂袭来,柳青拼命地击打着键盘,咬牙切齿地一遍遍阻挡,却总是被打败。

天黑了,屋子里黑黢黢的,电脑荧屏上微弱的光照着柳青惨白、绝望的脸。柳青愤怒地大叫了一声"啊……"绝望的声音在屋子里回荡。

泪,再一次涌出,柳青蜷缩在床上,心痛到不能自已。手机响了,柳青不接。一遍,两遍,手机固执地响着,柳青拿起看,是肖乔打来的。

"我去医院看你,护士说你们已经走了。打你电话,你怎么不接?"肖乔问,"秦杰被他妈接走了?"

"他走了。"柳青支吾道,"我,我刚才在忙别的,没听见。"

"你声音怎么了?怎么有些沙哑?"

"没什么,可能是感冒了。"

"你少来,我还不知道你,把你们的感情看得比生命还重要!"肖乔叹道,"他走了你心里难过了吧?我说你也是,干吗老是做这些打肿脸充胖子的事呢?明明知道自己离不开、舍不得,还要和他妈妈有那样的约定。"

柳青沉默着不说话,事到如今,她能说什么呢?她什么也不想说。

"出来吧,别自己待在家里。"肖乔说,"你还没吃饭吧?出来,你想吃什么,我请你。吃完我们去唱歌,让你发泄发泄。"

"不,不用了。"柳青推辞,"我不想去。"

"少啰唆,快出来,我在你楼下。"肖乔不容分说地挂断了电话。

柳青起床,草草地洗脸,将头发用橡皮筋绑在脑后。

肖乔拉了柳青去吃饭,柳青不肯,说:"我们去唱歌吧。"

包房内,柳青哽咽唱着《星语心愿》:"我要控制我自己,不会让谁看见我哭泣。装作漠不关心你,不愿想起你,怪自己没勇气。心痛到无法呼吸,找不到你留下的痕迹。眼睁睁地看着你,却无能为力,任你消失在世界的尽头。找不到坚强的理由……"

一曲唱罢,柳青已是泪流满面。肖乔轻声说,"别憋着,想哭就放声哭吧。"

柳青放声大哭,从秦杰出车祸到秦杰妈找她谈话要她离开时,她把自己的委屈,把自己对秦杰的不舍、深爱全部憋在心里。可是,秦杰走了,在包房内,在肖乔的劝慰下,柳青第一次痛痛快快地放声大哭,内心的痛和委屈得以宣泄。

哭过、吼过,柳青一言不发,沉闷地喝着啤酒。

最爱的人走了,留下的人若不想以清醒的状态活着,就会用酒精来麻痹自己。秦杰走后,被迫放弃爱的痛苦,压得柳青无法正视现在,正视未来。想要的爱情忍痛放弃,说好的幸福就这样放手,柳青无奈选择了逃避,她想用酒精营造另一个奇妙的世界,尽情幻想。

肖乔劝道:"酒不是好东西,你少喝点。"

柳青不理,继续喝。

肖乔伸手欲拿过柳青的瓶子,柳青吼道:"别动我的酒瓶,你让我喝醉。喝醉了多好呀,什么事都不用想,什么事都不用愁。"

肖乔无语,她能了解柳青的痛苦。柳青一路艰辛地走来,认真而努力地活着,就是为了能和秦杰快乐幸福地生活在一起。秦杰走了,她和他的爱情天,塌了。柳青和秦杰认真地爱着,努力地追求着想要的幸福,却终究敌不过现实,散了。

看到柳青如此,肖乔有些悲怆。这个凉薄的世界岂是有了爱情就能战胜一切的？柳青若是如自己现实一些,岂会落得如此下场？她若没有爱上那个公子哥,也会遇上不错的男子,然后在家人的祝福下顺利地结婚生子,平淡而幸福地活着。

想想自己,爱情、婚姻、事业都比柳青顺利,但肖乔总觉得自己的生活少了些什么。激情,是激情,每次看到柳青与秦杰的恩爱、缠绵,肖乔明白了自己的爱情、婚姻缺少激情。因为想过得安稳,在合适结婚的年龄选择了合适的结婚对象,精心算计好每一步,唯恐因为不理智陷入不稳定的生活中。

生活倒是稳定了,肖乔却又觉得日子过得过于平淡了。她和周斌也有爱,可是有着柳青、秦杰这样的担当吗？有他们为了爱,置一切于不顾的勇气吗？没有,肖乔自忖自己没有这个勇气,周斌亦是如此。

遇到纪灏,肖乔全身的感情细胞都被激活了,与纪灏在一起是快乐的。肖乔也明白自己是已婚的人,可是她控制不了自己想和纪灏见面、想和他在一起,刚分手就又想他。有时间有机会,他们就黏在一起;没时间没机会在一起,她和纪灏就煲电话粥。

肖乔觉得她和纪灏的感情就是爱情吧。爱情像瘟疫,不经意地就来了,她没法逃避。

柳青喝醉了,肖乔叹了口气,起身扶着柳青离去。

肖乔和柳青,两个要好的朋友,两个有故事的女人。一个为了爱情,宁愿飞蛾扑火;一个失去爱情,痛不欲生。

接下来的几日,柳青买来酒,和着满腹的愁绪独饮。醉了,便睡,醒了,再饮。

几天后,肖乔又去看柳青。柳青趿拉着一双拖鞋、穿着有味道的睡衣,蓬头垢面地打开了门,转身又面无表情地坐在电脑前狂敲键盘,与游戏里的敌人斗着。

"这屋里什么味道呀？"肖乔皱了皱眉,"你瞧你这屋里乱成什么样子了,有多少天没打扫了？"

柳青也不理她,自顾自地玩着游戏。

肖乔火了, 把扯下电源,怒斥道:"我让你玩,我让你玩。"

"你干什么呀？"柳青叫道,"讨厌,干吗扯掉我的电源？"

肖乔将柳青拉到镜子前站住,柳青身子左摇右晃,不肯正视镜子。肖乔使劲地抓住柳青,不让她挣脱。

"你看你现在都成什么样子了?"肖乔又生气又心痛,"你看你现在,和酒鬼、疯子有什么区别?"

柳青也不说话,只是向后退着。肖乔一只手用力地抵着,另一只手将柳青额前的头发捋起,让她避无可避。虽才几日,柳青却憔悴得厉害。柳青只见镜子里的女人蓬头垢面,乱发下一双眼睛空洞而茫然,脸色苍白,有如鬼魅。

柳青啊的一声尖叫,转身抱住肖乔,绝望地闭上眼,自喉底发出一阵呜咽的声音。肖乔有些害怕,害怕柳青就此沮丧下去。倘若柳青不能振作,便会真的毁了。

"你看看你现在,你这样子对得起你父亲吗?"肖乔硬起心肠说,"你以前不是总说你毕业后要好好努力,你要好好报答他吗?你说,等你有钱后你要买房子,你要把你父亲和你弟弟都接过来,让你弟弟接受最好的教育,让你父亲安享晚年。可是,你看看你现在,倘若让你父亲看见你这样,只怕福没有享到,为你伤心难过得只怕把命都要搭上。"

肖乔知道现在不能一味地安慰柳青,她知道柳青除了秦杰最在乎的就是家人。

肖乔的话起了作用,柳青身子微微地颤抖着,口里喃喃地叫道:"父亲,父亲……"

肖乔扶柳青坐下,拿起梳子一边替柳青梳理蓬乱的头发,一边语重心长地说:"你别这样,我知道你难过。可是你替你的家人想过没有,若你从此一蹶不振,或者因此病倒,那他们要靠谁呢?你常常说你和我条件不同,你不能像我一样任性地生活,你得替你的家人着想。青,为了孩子,你也要坚强地活下去。你不是说你要做给秦杰他妈看吗?你不是说你能行吗?你行,你就给我振作起来!为了孩子好好地活着,为了你父亲、你弟弟好好地活着,为了你自己,你更得好好地活着。"

柳青木然地坐着,任凭肖乔摆弄。肖乔知道她的话柳青听进去了,于是继续说道:"青,你和我不同。我是一个为自己活着的人,什么事我都要先为自己打算。而你不同,你是一个替别人活着的人。你身上有太重的责任,这世界你要考虑的东西太多,你总是为了别人而努力。大学时,你为了减轻家里的负担,也为了让你的家人过上好日子,你一边读书一边打工;工作后,你为了证明自己和秦杰在一起能幸福,为了证明你爱的是秦杰而不是他的钱,你努力地工作、努力地挣钱;现在,他走了,你不能就这样倒下!你肚里还有孩子,在医院那么难你都没有把孩子打掉,你说你爱这个孩子。为了肚子里的孩子,你也不能就这样放弃你的人生!青,你不想给孩子一个好的环境?让他像这个城市里别的孩子一样,无忧无虑地成长,接受好的教育,成为一个优秀的人吗?"

　　肖乔的话点醒了柳青,放弃爱情虽然痛苦,但她不能因为爱情就放弃人生。肖乔说得对,她身上背负着太多的责任,她不能放弃。

　　柳青呜咽起来,"我这样认真地爱着,可还是要放弃,我不甘心啊……"

　　肖乔拍着她的肩膀,说:"我知道。"

　　柳青失声痛哭,她不能倒下去,她没有倒下去的资格。只有靠自己奋斗,才能给父亲一个舒适的环境安享晚年,才能让肚子里的孩子无忧成长。她不要孩子像自己一样,来到这个世上,担惊受怕。她要他像别的小孩一样无忧无虑、单纯地成长。

　　柳青哭了一阵终于止住眼泪,去简易衣橱拿出干净的衣裳换上,然后拉开窗帘收拾屋子。肖乔放下心来,她知道她熟悉的柳青回来了。

　　肖乔继续絮叨:"你这样子我就放心了。我给你说,以后少干傻事,遇事不要太软弱!你瞧你,凡事就知道让,让,让。"

　　柳青冷冷应道:"不让能怎样?难道寸步不让事情就会有所改变吗?"

　　"有些地方你要学我,遇事不要轻易让步,别做那种打落牙齿和血吞的事。"肖乔笑,"你以为你这样好呀?我告诉你,人善被人欺,马善被人骑。你好说话,别人自然就会利用你的软弱,达到他想要的目的。"

　　柳青知道肖乔指的是什么,只是当初她答应秦杰妈妈,也不全是因为软弱。柳青也知道肖乔这样说无非是为了自己好,从此,她绝不会再轻易退缩,除了爱情,她想要的都要努力争取。别人有的,她要有,别人没有的,她也要努力争取。没有了爱情,柳青决定退而求其次,为舒适的生活奋斗,为了家人,为了孩子,更为了自己而奋斗。

一阵忙碌后,屋子变得整洁。柳青对肖乔说:"走吧。"

"去哪里?"肖乔问。

"吃东西呀,我要好好地吃一顿,把哀伤、不快溺毙在食物里,然后通通忘掉。"

"爽!"肖乔眉开眼笑,"青,这话我爱听。"

"爱听就走吧。"柳青与肖乔出了门。

柳青真是饿了,大口大口地吃了不少。

饭后,肖乔笑道:"咱们去逛逛,散散心。"

"不去了。有好长时间没有打理我的网店了,若再不打理,恐怕会就此垮掉吧。"柳青摇摇头说,"现在我要把全部心思都放在上面,我还指着它挣钱呢。"

"你有没有想过别的,比如开网店的同时也开家实体店,你照看实体店的同时,也可以打理网络店铺。"肖乔笑说。

"开实体店好是好,可是哪来的本钱呢。"柳青轻声说,"我还是一步一步地来吧,等挣到钱了再考虑别的。"

肖乔暗自思忖,要不要把秦杰妈妈给柳青的三十万元拿出来呢?她想了想,决定暂时不告诉柳青,等她急需用钱时再拿出这笔钱。否则,以柳青的脾气一定会把钱寄回给秦杰妈。

"是啊,你也该振作起来了。"肖乔笑,"那下次见吧。"

第十三章
红粉佳人

很多时候,我们原本以为会刻骨铭心的事,却随着时间的流逝慢慢地变模糊。不经意间,我们发现原本努力地想要忘记的事情真的已经淡出记忆。

秦杰回到成都后,继续做康复治疗。经过一段时间的治疗,秦杰说话、走路、运动再无障碍,恢复到出事前的状态。说也奇怪,秦杰很是想念那个在医院与自己朝夕相处的白衣女孩。只是她一直也没有给他来过电话。

一日,秦杰佯作不经意地问妈妈:"妈,在广州医院护理我的那个女孩子,一直都在那间医院做护工吗?"

"你问这个干吗?"秦杰妈妈很是敏感,她没有料到儿子回家后还会问柳青。

"没事,我随便问问。"秦杰笑道,"那个女孩子挺温柔的,在医院对我也很好。我现在身体也恢复正常了,我是想好好地感谢一下她。"

"这些事是她应该做的,她就是妈请来专门照顾你的护工。妈要是不请她,请了别人,也会一样地对你好。同样的道理,若是医院其他人请她护理病人,她也一样会对别人好的,那是她的职责。妈也不知道她是哪里的人,她叫什么,只是通过医院里的人介绍才认识她的。"秦杰妈妈快速地答道,"你也用不着要为她对你好,想着去特地感谢她。妈走的时候给了她一笔钱,就是为了感谢她。"

听妈妈说得有道理,秦杰叹了一口气。他想,或许那女孩对自己根本没什么意思吧。她对他好,无非是她护理工作的需要,她对他和其他的病人一样,没有特别的好感。若她真对自己有好感,又怎会收下妈妈的钱。若她如自己一样思念,又怎会不给自己一个电话？这样想着,秦杰的心有些失望。

"儿子,你现在身体也恢复了,你要把全部心思放在妈妈的公司上。"秦杰妈说,"现在的生意,竞争越来越激烈,也越来越不好经营。妈老了,一个人支撑公司觉得有些力不从心了。你要尽快地熟悉公司的情况,尽快地上手,这样妈妈才能松口气呀。"

"好,我会尽快地熟悉公司的情况。"秦杰爽快地答应。

"儿子,妈可就指着你呢,你可要好好地、用心地打理生意。"秦杰妈妈说。她想先用工作分散儿子的精力,然后再找个机会给儿子介绍个合适的女孩子,有了新的爱情后,儿子便不会再胡思乱想了。

"我知道啦,妈,您真是老了,干吗这样啰唆?"秦杰笑着说。

秦杰开始到公司上班,试着处理公司的大事小情,忙碌让秦杰对白衣女孩的思念一日淡过一日。

周末,秦杰妈妈问儿子:"咱们今天去农家乐玩玩,如何? 前段时间,妈妈一直担心你,紧张坏了。现在你的身体好了,你陪妈去放松放松吧。"

秦杰笑着说:"行,听您的。陪您去玩玩,我也顺便放松放松。妈,我现在理解您以前有多不容易了,打理一个公司还真挺累人的,要操心的事情太多了。"

秦杰妈欣慰地笑道:"我儿子懂事了,知道心疼妈妈了。"

秦杰母子开车来到永康森林公园,泥土的气息混合着树木的芬芳扑面而来。进门约两百多米,一座竹木搭建的门出现眼前,再往里走,不时看见一座座亭子,前方一座三层楼的川西民居风格建筑。

建筑一侧摆着大大小小的鱼缸,游动着各种鱼。鱼缸的上方,挂满了腊肉、香肠,颇具农家风味。

秦杰母子上了三楼,一中年妇女迎上来,对秦杰妈妈笑道:"我们可是早到了,就等你们母子来了。"

秦杰妈妈赔着笑说:"对不起,对不起,路上塞车,我们来晚了。"

中年妇女一身清爽的休闲打扮,虽是满脸堆笑地与秦杰妈妈寒暄,一双眼睛却在秦杰身上瞟来瞟去。

秦杰妈见状,笑说:"我来介绍一下,这是我儿子秦杰。现在帮我打理生意,公司方面由他负责。你是老前辈,以后可要请你和你老公多多关照。"

中年妇女笑道:"好说,好说。"

秦杰妈又对儿子说:"这是你张阿姨,在银行工作。"

秦杰笑着说:"张阿姨好,以后请您多多关照。"

中年妇女矜持地应了声,笑着说:"我和你妈妈是老熟人了,能照顾的地方自会照顾。"

秦杰妈和中年妇女走在前面,两人一路说笑着。

"你儿子长得还真帅,像他爸爸年轻的时候。"中年妇女笑着说,"肯定也像他爸爸一样能干,你以后就等着享福吧。"

"他还年轻不懂事,让我操心的事多着呢,哪能就这么容易享福。"秦杰妈也笑,"他哪像你女儿那么省心,以后让他们多接触接触,也可以教教我儿子。"

"瞧你说的,那丫头可不成,什么都不懂。"中年妇女笑,"也对,让他们多接触接触。你瞧你儿子多稳重,不像我那丫头说话没轻没重,知道的人说她大方率直,不知道的人准会说她没有家教,不知道礼数。唉,我这丫头我可是愁死了,都是她爸惯的,我的话她是一点都不听。"

"你看你这话说的,当爸爸的疼女儿那还不是应该的?"秦杰妈说,"那么漂亮聪明的丫头你有什么可发愁的?要是我女儿,我疼都来不及,哪还舍得说呢。"

"你喜欢就送你当女儿得了。"中年妇女说。

"你肯送,我当然求之不得了。"秦杰妈笑,"不过,给我当儿媳我更喜欢。"

"她要是嫁进你们家,我也放心。"中年妇女笑着说,"这就要看你儿子的本事啰,要是那丫头能喜欢上你儿子,你不就又有女儿又有儿媳妇了吗?"

两人一路说笑着,时不时有些话飘进秦杰的耳里。秦杰暗自好笑,原来妈妈叫上自己来玩还有另外的目的。

进入包间,一中年男子站起来笑着说:"老秦,今天你可是迟到了,待会儿要罚酒。"

"是,是,劳你们久等,我认罚。"秦杰妈妈连声应道,"陈行长,今天我身子不舒服,一会儿让我儿子陪你喝。"

秦杰妈妈转身对儿子说:"这是陈叔叔,还不快打招呼。"

"陈叔叔好,今天路上塞车,所以我们来晚了。"秦杰笑着敷衍道,"劳你们久等,不好意思。"

"好说,好说。"陈行长笑,对身边的年轻女孩说,"丫头,学着点,你看你秦阿姨的儿子多有礼貌。"

"就是,这么大个孩子见着人也不知道喊一声,没礼貌。"中年妇女附和道。

年轻女孩大大的眼,白净的皮肤,一头黑发松松地绾在脑后,一件嫩绿色的圆领T恤套上黑色宽松长款背带裤,脚上踩一双黑色的人字拖。女孩松垮休闲的装扮流露出不经意的慵懒,一双美目里不经意地流露出些许傲气。

女孩站起来,浅笑着说:"秦阿姨好!"

"好,好。"秦杰妈眉开眼笑,"哟,恬恬越长越漂亮了。"

"你别夸她,再夸她可就找不着北了。"中年妇女笑着说,"她哪像你儿子,稳稳重重的,瞧着就让人喜欢。"

陈恬笑着接过话:"别人家的父母都是看自己的孩子越看越好,怎么到我爸我妈这儿全反了呢?看我是越看越心烦,看别人家的孩子倒是越看越喜欢。阿姨,你瞧我爸我妈把我说得,我听着都寒心呢。"

"她们不喜欢你,阿姨喜欢。"秦杰妈妈笑道,"干脆你给阿姨当女儿好了。"

"行!老秦,只要你喜欢,我可把这宝贝丫头送给你啦。"陈行长爽朗地笑道。

几人坐下,一阵寒暄后,秦杰妈妈说:"我们在这儿喝喝茶,聊聊天,也别让他们年轻人陪着啦,让他俩下去走走吧。"

秦杰也懒得在一旁寒暄应酬,说些场面上的话。他站起来,用眼神向陈恬示意,陈恬跟着他走了出去。

两人下楼后,中年妇女笑着说:"我这丫头平时可是挺傲的。像今天这样你儿子看一眼,便跟着出去玩了,我还是第一次见到。看来他们俩有戏。"

秦杰妈也笑:"借你吉言,但愿他们俩能互相喜欢。你看看,他俩金童玉女似的,在一起多般配呀。"

"哈哈。"陈行长笑道,"要是我这丫头动了心,老秦咱们可要成亲家了。"

"我是求之不得呀,要是你家恬恬能做我的儿媳,我可是睡觉都要笑醒了。"秦杰妈笑得合不拢嘴。秦杰妈暗想,真要如陈行长夫妇所言,两人要是对上了眼,结婚生子,那她也没什么可担心的了。像陈恬这样的女孩子,虽然娇生惯养,傲气了些。可是人长得漂亮,家境也没得挑。儿子要是能娶到她,以后公司有了陈行长这座靠山,有雄厚的资金做后盾,还不愁生意越做越大?

两人在园里闲逛,陈恬问秦杰:"我听我妈说,你以前不想继承你妈妈的事业,自己一个人跑去广州打拼。你这样的人还挺特别的,宁肯吃苦也不肯坐享其成。"

"以前的事我也不记得了。"秦杰笑说,"我只是听我妈说我在成都待腻了,不顾她的反对跑去广州玩。我妈来看我时,我躺在医院,以前的事全记不起来了。我问我妈,她说她也不太清楚我在广州的事,只是我出事后医院方面通知她,她吓坏了连忙赶到广州,等我好一些后就把我带回来了。"

"你挺有个性的。"陈恬说,"不像我,我也想出去闯闯,可我爸妈不让,偏要把我留在身边。我大学毕业后,我爸就已经把单位给我联系好了,在他安排下进了银行工作。"

"这样不是挺好的吗?"秦杰笑道。

"有什么好的。"陈恬耸了耸肩,"我们一家三口全在银行工作。在外人看来我过着衣食无忧的生活,可我却觉得这样的生活没什么意思。"

"那你觉得什么样的生活有意思?"秦杰问。

"我也不知道。"陈恬摇摇头,"我也明白,或许离开父母的庇护,在别人眼里我什么也不是。没有他们的支持,我也没有信心能做成别的什么事。但人就是这样矛盾,生活过得越是顺遂,就越是觉得没意思。这么多年,我已经习惯了父母的安排。现在我工作也有了,而且单位还不错。我父母现在没别的想法,就希望我找个好点的男人嫁了,他们也了却一桩心愿。"

"当父母的都是这样的吧,我妈也这样。"秦杰说,"我的生活不用我担忧,她把什么都给我打点好了。现在我按她的意思进了公司,她又开始按照她的想法忙着给我介绍不同的女孩子,每天都拿来一些照片让我挑。我一点都不喜欢这样的

123 ·第十三章/红粉佳人

方式。"

"就是,我也不喜欢这样的方式。都什么年代了,他们怎么还这样?我们的婚姻应该我们自己做主,找什么样的伴侣也应该由我们自己解决,哪需要她们操这么多心?"陈恬不屑道,"爱情可遇而不可求,岂是他们介绍就会有的。"

"说得不错。"秦杰笑,"在这个问题上咱俩的观点相同。"

陈恬笑问:"你平时都有些什么爱好?说来听听?"

"我嘛,我也不知道。"秦杰说,"以前的事情我一点都想不起来了。"

"我看你这样也蛮好的嘛。人好好的,只是把记忆搞丢了,什么高兴的、不高兴的,通通都忘得干干净净。"陈恬笑,"就像重新投过一次胎,人生又重新开始。"

"我妈说我出事后性情变多了,她说我以前脾气挺犟的,老是和她过不去,把她气得够呛。"秦杰挠了挠头,"我倒不觉得这样有什么好的,生活了二十多年,以前的记忆一下子没了,二十多年的生活一下子成了空白。我不喜欢这样的感觉。以前的记忆,不管好与不好、高兴与不高兴,都是我生命中的一部分,我希望能慢慢想起以前的事。"

"你这样说也对。不过像你这样家庭出身的人,能有什么烦恼呢?你和我一样,出生后顺顺利利地成长,过着父母安排好的日子。"陈恬轻笑。

秦杰笑了笑,却不说话,他想他的以前或许真如陈恬说的那样吧。

"你有过喜欢的女孩子吗?"陈恬问。

"不知道。"

"对不起。我忘了你的记忆没了。"

"没关系,"秦杰问,"你呢?"

"我在大学时和一个男孩子交往过,大学毕业时我们分手了。"

"为什么?"

"因为我们在不同的城市,若要继续交往下去,便意味着要放弃原先的生活。"陈恬说,"我们很怕,怕我们对爱情的坚持不敌生活。"

"要想在一起,哪管得了这么多?"秦杰说,"你们俩都选择了放弃?"

"最初我们也犹豫过,可是我们的父母都反对。他的父母想他留在身边,不想他到我这边来当上门女婿。"陈恬神情黯然,"我父母当然也不肯放我过去,怕我一人在外吃亏。我俩最初是坚持的,可是分开的时间长了,决心也就慢慢淡了。他迟迟不来,我迟迟不去,慢慢地也就散了。"

"坚持与不坚持就要看你们感情的深厚程度。你俩这样只能说明你们爱得不够深、不够坚决。若是爱得深,爱到离开他生活就变得了无生趣,自然不会犹豫。"秦杰有些不屑,"我不喜欢这样,我会为我的爱情坚持,肯为她放弃一切。反之,若她爱我,她也会不顾一切。"

"坚持二字说起来容易,做起来却难。要为他离开父母,放弃原有的生活,要走出那一步太不容易了。"陈恬轻叹,"你说得对吧,我俩都爱得不够坚决,所以才会犹豫。我们也有感情,只是还没有到那种离开对方就不能活的地步。我们心里都明白,虽然不舍,虽然痛苦,但我们都已经决定放弃对方。我们谁都不肯先开口,都等着对方提出分手。"

"你们决定放弃却又舍不得你们之间曾有的感情,不想放弃却害怕要面临很多的阻碍。"秦杰说。

"我们毕业刚分开那段时间,也觉得很痛苦。分分合合,合合分分,一年、两年过去了,慢慢地我们也冷静下来,不在一起也没有了那种心痛。"陈恬陷入往事中,"现实的生活已经开始腐蚀我们的感情了,我们不再对爱坚持。"

"所以你们犹豫、痛苦、挣扎后还是分手了?"

"嗯。我们俩的联系越来越少,慢慢地也就断了往来。"陈恬表情凝重,"很多时候,我们原本以为会刻骨铭心的事,却随着时间的流逝慢慢地变模糊。不经意间,我们发现原本努力地想要忘记的事情真的已经淡出记忆。"

"你现在还想他吗?"

"淡了。"陈恬摇摇头,"偶尔会想起,但早没了往日的冲动。"

"后来你一直没有交过男朋友?"秦杰好奇地问,这么漂亮的女孩身边应该不乏追求者吧。

"没有和其他的男孩子交往过。"陈恬摇摇头,"追求的倒是不少,不过我不喜欢。其实我心里明白,追求我的男孩子当中不是冲着我的相貌就是冲着我爸来的。我不喜欢感情中夹杂着别的东西,不纯粹。我老是这样单身,我妈不乐意了,说我眼高于顶。她不明白,我要的不只是一个各方面条件都不错的男人,我要的是一个爱人,我爱的人,爱我的人。"

"我要的是一个爱人,我爱的人,爱我的人。"秦杰重复着陈恬的话,"你这句话说到我心坎上了。对,我们要寻找的就是一个我爱的人同时又爱我的人。不是长辈们觉得条件适合的人,我们就会喜欢,就能在一起组成家庭。"

"所以我说我俩的处境差不多吧。"陈恬一双美目斜睨着秦杰,"你妈给你介绍的那些女孩子,还不都是冲着你的外貌和你的家庭条件来的,有谁真正了解你?"

"没人了解,我也没有欲望了解她们中的任何人。"秦杰笑,"我喜欢随缘,一切随缘吧。"

"随缘?说得好!一切随缘。"陈恬笑道,"生活是很奇妙的,人的缘分亦如此,都是命运中注定的事情,有些缘分一开始就注定要失去,有些则不然。"

两人正聊得投机,秦杰手机铃声响起,原来是秦杰妈催他们回去吃饭。秦杰妈与陈恬父母见两人一路说笑着回了包间,心照不宣地笑了。对于秦杰,陈恬的父母是满意的,他家境不错,人也长得帅气,看上去沉稳,更难得的是女儿对秦杰有明显的好感。

吃罢饭后,陈恬妈妈对女儿说:"我们那边还有几个熟人,约好了饭后搓搓麻将再回去。你是留在这儿还是先回去?"

"你们在这搓麻将,我待着也没意思,我先走吧。"陈恬转头问秦杰,"你呢,在这陪你妈妈还是和我一起走?"

秦杰也怕这种应酬,便笑着说:"我俩一起走吧。"

两人下了楼,秦杰问陈恬:"你去哪儿? 我送你。"

"去哪儿呢? 我想想。我也不想回家,家里没有人,我一个人待着也没意思。"陈恬问,"你晚上都喜欢去哪儿玩?"

"以前喜欢去哪儿玩、玩什么,我记不起来了。"秦杰摇了摇头,"我从广州回来后,没有出去玩过。平时,我都待在家里,看看电视、玩玩游戏。"

"那我们去酒吧玩,我知道有家酒吧气氛不错。"陈恬说,"我烦心时,就跑到那里坐坐。我平常不爱待在家里,免得听我妈唠叨,说我挑来挑去快成老姑娘了。"

"行,闲着也是闲着,你说去什么地方就去什么地方吧。"秦杰笑。

来到酒吧,错落有致的台位散落在很长的吧台周围。两人在大厅找了个位置坐下,秦杰笑问:"你很喜欢到这个地方来?"

"还算喜欢,打发时间吧。"陈恬说,"这家酒吧文化搞得好,生意也好得出奇。"

陈恬点了一瓶芝华士、六瓶绿茶和一份果盘。陈恬边兑酒边笑说:"用绿茶来兑芝华士是这里的特色之一。"

"特色之一?"秦杰问,"还有什么特色?"

"还记得漂流瓶的故事吗?古时候的人们把自己的心愿或者祝福写在纸上装进瓶子里,然后扔到河里、海里,瓶子随水流漂向远方,若被有缘的人捡到,愿望会实现。这里的酒吧名字就是缘自那个传说。"陈恬轻笑,"很多人来到这里除了玩耍散心,还会去瓶差处购买空瓶子,将自己的心情写在纸条上放入瓶中。把瓶子存放在酒吧的小吧台处,确定开瓶日期和开瓶人,酒吧会通知你或替你通知你需要的人来打开瓶子,阅读纸条上的心声。"

"瓶子?许愿?"秦杰重复道。

"你看到四周五颜六色的空瓶吗?"陈恬问。

秦杰细看酒吧四周五颜六色的空瓶,放酒的圆形展示架,还有酒架上的照片,显示出酒吧特有的文化氛围。

"你在这里许过愿吗?"秦杰问。

"许过愿,寄存过瓶子,只是瓶子永远都不会再有人开启了。"

"为什么?"

"以前我和他来这里玩过,我将对我们的期待、憧憬都写在了纸条上,寄存并留下了开启的时间和他的电话号码。"

"时间到了,酒吧可以通知他呀。"秦杰好奇,"为什么说不会有人开启了。"

陈恬沉默了一阵说:"我们约定好,他向我求婚的当晚再来这里打开瓶子了,看看我的心愿。他说过,他会满足我的心愿。可是,我们没有料到,我们的爱情毕业后竟然夭折了。只怕他早已忘了我们的约定。况且,我也不想再让他知道里面的心愿,事已至此,知道与不知道已没有意义。"

秦杰安慰道:"都是过去的事了,你也不必再去多想。以后你还会遇到你爱的人,以后让他来打开,让他来完成你的心愿。"

"说得不错。"陈恬浅笑,"你倒挺会安慰人的。"

"事实如此嘛。"秦杰打趣道,"像你这样漂亮的女孩,还不随便地挑。哎,以后你大婚了可要告诉我一声,我会送你一份大礼。"

"你也一样。"陈恬笑了笑。

台上有女歌手在唱:"请允许我尘埃落定,用沉默埋葬了过去……"

"用沉默埋葬过去,说得好。其实谁都是有故事的人,只是忘记过去的方法不一样罢了。"陈恬笑着说,"你也一样,你也是有故事的人,只是你不记得罢了,用失忆埋葬了过去。我虽然没有失忆,但以后我不会再想那些不高兴的事了,我要用沉默埋葬过去,开始新生活。"

"好,为你的埋葬过去干一杯!也为你的新生活干一杯!"秦杰笑,"喝了这杯,咱们陈小姐的美好生活就要开始了。"

"你以后就叫我恬恬吧,我家里人和朋友都这样叫我。"

"行。"秦杰笑。

两人一边听音乐一边闲聊。

"今天是周末,一会儿可以看到花式调酒表演。"陈恬说。

"花式调酒?"秦杰问。

"嗯,你以前见过吗?"陈恬想起什么似的,说,"哦,我忘了以前的事你记不起来了。不过,你以前若是喜欢泡吧,应该看过。这里调酒师的调酒表演不错哟,据说是西南地区最高水准的花式调酒表演。"

"应该看过吧。"秦杰突然有些烦躁。以前的事他都想不起来,活了二十多年,竟像白痴一样。

过了一会儿,调酒师在吧台里表演花式调酒技艺。酒瓶在调酒师的手上、头顶、背上上下舞动,画出美丽而充满诱惑的弧线。刺激炫目的调酒表演,刺激着围观的女孩子,发出阵阵惊呼声、尖叫声、叫好声。

秦杰看得很是入神,眼前的场景刺激着他,他的脑里突然闪现出一幅场景:他如吧台内调酒师一样做着表演,四周传来阵阵尖叫。

"怎么样,不错吧?"陈恬笑问。

秦杰没有理会,眼睛直直地盯着调酒师的表演。这样的场景太熟悉了,调酒师的表演就像自己在表演一样,秦杰的手不由自主地随着调酒师的动作比画着。

"你怎么了?"陈恬提高声音。

"没,没什么。"秦杰回过神来,说:"觉得这样的场景太熟悉了,看调酒师表演就像自己在表演一样。奇怪,我脑子里不停地出现那样的画面。"

"我看你刚才的眼神投入、激动,双手比画着,就像是你自己在表演一样。"陈恬疑惑地说,"难道你以前调过酒,你也有过此类的表演?"

"我不知道,不知道。"秦杰越发地懊恼。他是真的什么也不记得了,但刚才的场景他太熟悉了。

"你以前肯定也会调酒,否则你不会这样激动。"陈恬说,"要不你上去试试,试试不就知道了。"

"我,我能行吗?"秦杰有些结巴,"他们不会让我表演的。"

"我去给他们说说。我常来这儿,和他们的老板也熟悉了。"陈恬笑道,"你试试抛酒瓶子这些简单的动作,就算不会也没关系,最多是摔烂几个瓶子而已。"

"那,行吧。"秦杰不再犹豫。他想试试,他想知道为什么自己对调酒师的表演感觉特别熟悉。或许,真如陈恬说的那样,他也会调酒,也曾进行过类似的表演。

陈恬离开座位,一会儿她返身回来,说:"我和他们说好了,他们答应让你试试。"

陈恬拉着秦杰站起来,说:"走吧,我和你一起去。"

说也奇怪,秦杰虽然记不得以前的事情,但是他站在吧台后,拿起调酒壶时以往调酒的感觉一下子找了回来。金酒、红石榴糖浆、鲜蛋白、柠檬和着碎冰一齐放入调酒壶里,盖好壶盖,大力摇匀后滤入高脚杯中,用一颗红樱桃来点缀,一杯诱人的"红粉佳人"已调好。

陈恬连连叫好,秦杰笑着将酒递给她。陈恬喝了一口,赞道:"色泽艳丽,酒味芳香,入口润滑。一点都不比我之前喝过的逊色,不错。"

吧台内一调酒师问道:"哥们儿,看你摇酒壶这娴熟程度,以前也做过这一行吧。"

"我,我也不知道。"得到陈恬的肯定,秦杰很是兴奋。调酒师的询问,让秦杰不知道该怎么回答。

"不知道?"调酒师一脸的诧异。

"他以前发生过一次车祸,抢救后把命捡回来,但以前的事全都想不起来了。"陈恬插话道。

"哦,难怪。"调酒师笑,"哥们儿,你以前肯定干过这一行。否则,动作不会这么娴熟,看你调酒、摇酒就知道是个内行。"

"他以前的记忆都没了,怎么这调酒的本事却没忘啊?"陈恬好奇地问。

"这我也说不清楚,我想这是一种本能吧。"调酒师说,"你现在想得起你以前调酒的事吗?"

"想不起来。"秦杰摇摇头,"只是刚才看到你的调酒表演,觉得很熟悉。刚才调酒时也没有回忆什么,只是自然而然地就那样做了。"

"看不出你会的东西挺多的嘛。"陈恬笑说,"以后你就跟着我混了,跟着我把成都的大街小巷逛遍,或许会把你以前的事都慢慢地想起来。"

秦杰笑:"好,以后就跟着你混了。要是你能让我恢复记忆,我会好好地谢谢你。"

"你拿什么谢我?"陈恬笑道。

"你想要什么我就给你什么。"秦杰高兴地说。受了刚才的鼓舞,秦杰对自己的以往更感兴趣。像陈恬说的那样,都是有故事的人,自己以前的故事又是怎样呢?

"我要的只怕你给不起。"

"只要你能说得出,我一定想法给你。"

"我要你,你愿意吗?"陈恬调侃道。

"你,你……"秦杰一下子有些结巴。

"看把你急得,我和你开玩笑的。"陈恬笑,"真是的,一点都开不起玩笑。"

调酒师笑着对秦杰说:"哥们儿,要不要再秀一下?"

"好啊,好啊,我也想看看你还会些什么。"陈恬附和道。

"行,我试试。"秦杰问陈恬,"说吧,你平常还喜欢喝什么?"

"长岛冰茶。"陈恬说完笑着轻唱,"要是回去,没有止痛药水,拿来长岛冰茶换我半晚安睡……"

调酒师笑着说:"长岛冰茶,客人常点的鸡尾酒,要做好却并不容易。这个酒很考验人,不仅考验制作鸡尾酒的人,也考验喝酒的人!"

秦杰将一份伏特加、一份金酒、一份兰姆酒、一份龙舌兰酒、一份橙皮酒、半份酸甜汁、柠檬汁放入摇酒壶中,加入适量碎冰轻微摇晃搅拌后倒入柯林斯杯中,然后倒入可乐至酒杯八分满,最后在杯缘用柠檬片装饰,再插上好看的吸管。秦杰将看似柠檬红茶的长岛冰茶递给陈恬,"你喝喝看,味道怎么样?"

陈恬取掉吸管,端着杯子慢慢细品,"入喉感很是温润,口味有点甜,有丝酸、还带着微微的苦。接近红茶,却比红茶多了些暗藏的辛辣,诱惑的气息弥漫开来。越是深入,越是美妙,感觉像在接吻一样。"

"呵呵。看来两位都是懂酒的人,一位会调,一位会品。"调酒师笑道,"不打扰二位闲聊,我去忙了。"

秦杰、陈恬回到原来的座位。陈恬的兴致很高,酒也喝了不少。秦杰劝道:"你少喝点,这酒喝着像可乐,其实挺烈的。"

"没事,我酒量还不错。今晚我高兴,多喝点没关系。"陈恬酡红着双颊,轻笑,"再说就算喝醉了也没关系,这不还有你吗?喝醉了你送我回家。"

"那不好吧,你爸你妈还不怪我将你灌醉?"秦杰说。

"你还真让我意外,我现在开始对你感兴趣了。"陈恬笑,"我想知道你的以前。"

"呵呵,"秦杰笑,"这就要让你失望了,我都不知道自己的以前,你怎么会知道?"

"我有办法。"陈恬说。

"什么办法?"

"我可以从你妈妈那儿知道你的情况。"陈恬笑,"我想她应该是这世上最了解你的人吧。"

"或许吧。"秦杰说,"不过,我妈能说的也就是我待在她身边的那些年。我去广州读书的那几年,发生了些什么她都不知道。"

"那几年有什么故事发生吗?"陈恬笑,"我对你的那几年很感兴趣,你自己想不想知道?"

"我想知道,但无从知道。"秦杰说,"我也不知道什么时候能恢复记忆。我问我妈我以前的同学什么的,她都不爱说,她好像不愿意提及我的过去。"

"你一定会恢复记忆,只是迟早而已。今晚的事你也看到了,调酒这部分你不是也想起来了嘛。"陈恬有些兴奋,"以后,我带你在成都到处逛逛,说不定你能想起以前。"

"好,以后我就跟你混了。"秦杰笑,"为恢复记忆干杯!"

"好,干杯。"陈恬也笑。

第十四章
梦里梦外

宝宝，你这么顽皮像谁呢？像妈妈还是爸爸？

从酒吧回到家，秦杰兴奋地向妈妈诉说着自己的新发现："妈，我今天想起一些以前的事了。"

"啊？你想起什么了？"秦杰妈脸色微变，连忙问道。

"今天陈恬带我去酒吧玩，看调酒师的表演让我觉得自己也会调酒、会抛酒瓶子。"秦杰说，"陈恬让我去试试，我去试还真会。那些调酒的配方就像存在我的脑子里似的，我根本就不用想，自然而然地就知道什么酒要加多少量。"

"后来呢？你还想起些什么？"秦杰妈不关心这个，她担心儿子想起柳青。

"后来陈恬又让我试着调了别的酒，我都能调。酒吧里的调酒师说我以前一定干过这个，我都不知道该怎么回答。"秦杰问，"妈，我以前真会调酒吗？我怎么从来没听你说起过呀？"

"你以前那么多事，妈哪能每样都说给你听。"秦杰妈说，"你以前专门去学过调酒，还拿过资格证。妈不喜欢你像玩杂耍似的抛酒瓶子，所以你不问，妈也没有说。"

"你应该将我以前的事多说一点给我听，说不定我的记忆能恢复。"秦杰说，"那个叫陈恬的女孩还不错，她说以后多带我到处逛逛，还说要帮我恢复记忆呢。"

"那你以后就多跟恬恬在一起，让她带你到处玩玩。"秦杰妈一听秦杰除了调酒，其他的事都没有想起，心里的石头落了地。她根本不想让儿子恢复记忆，若让儿子想起以前、想起柳青,以儿子的脾气,还不立马返回广州去找她。不过,秦杰妈倒是希望儿子和陈恬多出去走走,两人在一起的时间长了,说不定就互相喜欢上了。要是儿子娶了陈恬,她也用不着再提心吊胆地怕儿子想起以前,忆起柳青的好。即便是儿子恢复了记忆,他也不能和柳青重新走到一起。

至此,每天下班后,陈恬带着秦杰逛遍了成都的大街小巷,去秦杰曾经读书的小学、中学,企图在那儿能让秦杰回忆起以前的事。可除了调酒,秦杰什么也没有回忆起来。陈恬死了心,她不再想知道秦杰的过去,她要用新的爱情埋葬两人的过去。比起过去,陈恬更在乎未来,她要在秦杰的未来生活中占据重要的位置,甚至和他携手相伴人生,直至白头到老。

对秦杰,陈恬动了心。秦杰不仅人长得帅气,没有时下富家子弟的诸多恶习,更重要的是她认为秦杰懂得生活。酒吧里秦杰的表演,让陈恬坚信,秦杰是一个懂生活、不乏味的男人。想起以前男友在毕业后对爱情的犹疑、挣扎,最后屈从于生活默认了分手,陈恬发誓要找一个比前男友更强的男人,她要让他看看,没有他,她也会过得很好,甚至比和他在一起时更幸福。

看着女儿每日里快乐地进出,陈恬爸妈心里暗自欢喜。女儿的工作已解决,现在最让他们担心的是女儿的个人问题。家里就女儿这么一个宝贝,陈恬爸是含在嘴里怕化了,放在手里怕摔了。女儿漂亮,陈恬爸不怕女儿没有追求者,但他怕女儿年轻,考虑不周,所以在女儿的婚事上他要替女儿好好把关。首先,陈恬爸不希望女儿找个外地人,女儿若是外嫁,一年半载也见不到一次,陈恬爸受不了。而且,女儿若嫁到外地,过得好不好,会不会受婆家人的欺负,这些都是他要担心的问题。陈恬爸希望女儿就在本地找个门当户对、各方面条件都不错的男孩子,这样一来女儿婚后生活无忧,二来在本地他也放心。倘若是女儿受到欺负,他才能及时伸出援手,替女儿讨个说法。

为了女儿的婚事,陈恬爸妈没少操心,先是想法让女儿与大学时交的男友断了来往,然后又给女儿介绍了很多在他们看来不错的男孩子。可是,女儿一个都没有看上眼,不是说这样的介绍方法太老土,就是嫌那些男孩不过是仗着父母的权势,说以后嫁过去没安全感。女儿的这种想法让陈恬父母觉得甚是怪异,大多数人不都是靠着介绍人认识,喜欢后才成家的吗。可是,女儿不吃这一套。时间长了,谁都知道陈行长的宝贝女儿虽然长得乖,人却拽得很,一般的人看不上眼。这样一来,上门介绍的人越来越少,眼看着女儿的年纪大了,陈恬爸妈为女儿是伤透了脑筋,不晓得要拿女儿怎么个办。

秦杰出现后,女儿对秦杰很有好感,两人交往也越来越密切,让陈恬爸妈悬着的心落了地。对于秦杰及他的家庭,陈恬爸妈觉得很是满意。秦杰妈找陈行长贷过款,一来二去,两家也就熟悉起来。秦杰人长得帅,看上去沉稳,不像有些男孩不懂事。如今,又替母亲管理着公司,女儿要是嫁给他,陈恬父母也就放心了。

秦杰妈与陈恬爸妈在儿女的耳边敲着边鼓,说着对方的好话,极力地撺掇着两人的美事。

秦杰妈眼见儿子与陈恬的交往越来越密切,心里暗自欢喜。等了好几月,却不见儿子提及婚事,秦杰妈决定找儿子谈谈,捅破这层窗户纸,早日把婚事提上议事日程。

晚上,秦杰回到家。秦杰妈笑吟吟地问:"刚送恬恬回家?"

"嗯。"秦杰说。

"你俩交往这么久了,觉得她怎么样?"

"还行。"秦杰说,"人虽然娇气了点,也有点小姐脾气,但不做作,说话率直。"

"率直?"秦杰妈问,"怎么个率直法?"

"有一说一,有二说二。喜欢就说喜欢,不喜欢就说不喜欢。"秦杰笑,"她那个人心里藏不住事,有什么就要说什么。"

"你讨厌她这样吗?"秦杰妈问。

"也说不上讨厌,"秦杰说,"只是她说话太直,有时候让人难以接受。"

"她那样人家出来的,不会算计,没有心眼,自然也就有什么说什么了。"秦杰妈笑道,"妈倒认为比起那些穷人家的孩子,每一步都要精心算计要好得多。那些人家的孩子心思深沉,虽然不随便乱说话,但你和这种人接触心里却要防着,因为不知道他在心里盘算什么,他到底想要些什么。"

"瞧妈说的这番话,好像对穷人家的孩子多了解似的。"秦杰笑,"怎么着,难不成你密切接触过穷人家的女儿,才有此感慨。"

听儿子这样问,秦杰妈自觉失言,忙转口道,"妈哪有什么密切接触,不过是看公司里的员工,才这样揣测的。"

"哦。"秦杰笑,"可能有些人是您说的那样,但也不能一概而论吧。"

"你和恬恬交往这么久了,打算什么时候结婚?"秦杰妈笑着将话转入正题。

"结婚?"秦杰摇了摇头,"我俩现在是每天在一起,可我还没有想过结婚的事。"

"为什么?"

"我对陈恬不讨厌,也有些喜欢,但还没有到想和她结婚的地步。"秦杰说,"我觉得她不是我想要结婚的那种女孩。"

"哪种女孩你才想要结婚?"秦杰妈很认真地问道。

"我也说不清楚是到底是哪种女孩,但我若与之交往,觉得离开她生活就没有乐趣,我就会立刻向她求婚。"秦杰说,"因为我明白,我的生活需要她,不能没有她。"

"傻儿子,你是看电影、小说看多了吧。生活中哪会有那种爱情?这世界谁离开谁,地球都会照样转。要走的人走了,留下来的人还会如往常一样生活。"秦杰妈摇摇头说,"我和你爸爸感情很好,以前我也以为我的生活不能没有你爸,你爸走了我还不是照样要生活。"

"或许您说得对,可是我和陈恬,我真的还没有想过要和她结婚,要和她在一起生活一辈子。"

"恬恬不错,人长得漂亮,家境也不错,重要的是她对你很好。妈妈是几十岁的人了,不会看走眼的,她真的很适合你。"秦杰妈说,"你看你出车祸后失去记忆,人家恬恬对你多好,每天带你到处逛,还不是为了帮你恢复记忆?现在还能有几个女孩子像她这样细心?你就听妈的劝,哪天找个机会向恬恬说说结婚的事。妈也老了,妈现在就想看你找个好的女人,安安稳稳地过日子。公司以后交给你打理,妈就在家帮你们带带孙子。"

秦杰没有说话,老妈突然把他和陈恬的关系一下子提到结婚的高度,让他有些不知所措。

"你听妈的话,准没错。你爸早早地走了,妈的心里一直堵得慌。这些年来,一直都是咱们娘俩相依为命、冷冷清清地过着。恬恬若是进了咱家门,她也能每天陪妈说说话,聊聊家常。以后你们要是有了孩子,家里会更热闹一些。"秦杰妈温言软语地劝说着儿子,"你要是和恬恬结了婚,身边也多了个伴。以后有什么事情,她也能帮你出出主意。什么事情有个人商量总比没人商量强,你和妈的感情再好,总不能什么事情都和妈说吧。你高兴时、不高兴时总会想找个人和你一起分担,这个人便是你的老婆,妈觉得恬恬就是最好的人选。"

秦杰听到这里动了心,生活中有个伴总比没有伴强。和陈恬交往的这段时间,陈恬喜欢把她的欢乐、高兴、忧愁通通地说与他听。秦杰呢,也会把工作中、生活中遇到的烦心事、高兴事和她说说。

"妈,我知道该怎么做了。"秦杰说,"时间不早了,我明天还要上班呢,要不咱们都睡了吧。"

"好,好,快去睡吧。"秦杰妈眉开眼笑,"那就这样说定了,妈哪天约恬恬父母出来吃顿饭,说说你俩结婚的细节。恬恬爸妈喜欢你,他们也看好这门亲事。结婚的事不用你和恬恬操心,妈和恬恬爸妈操办就是了。"

"行,行,随您高兴。"秦杰打着呵欠上楼睡觉去了。

因为双方父母的极力支持、撺掇,秦杰与陈恬很快举行了婚礼。

主婚车是一辆宝马轿车,奔驰越野车作为拍摄车,后面跟着十辆扎着粉色气球的悍马。这支豪华的婚车队伍引得路人阵阵惊叹,驻足观看。

婚礼现场以中国红为主色调,婚礼气氛喜庆而又华贵。

在六门礼炮的巨响声中,秦杰用挽着大红花朵的红绸牵着头戴红盖头的陈恬步入喜堂。来到喜堂前,夫妻拜过天地后,秦杰用金色如意挑起红盖头,露出陈恬幸福的脸庞。

秦杰妈上台致辞。"各位领导,各位来宾,大家好!今天是我儿子秦杰和儿媳陈恬小姐结婚的大喜日子,我代表全家向各位在百忙当中抽出宝贵时间,应邀出席他们结婚庆典的亲朋好友表示热烈的欢迎和衷心的感谢。我要对儿子、儿媳说，从此以后，你们已经长大成人，在今后漫长的人生路途中，你们要同心同德，同甘共苦，同舟共济。作为家长，我衷心地祝福你们，我永远地祝福你们。"

听到妈妈说到最后一句时，秦杰有些恍惚，这些祝福的话和眼前的场景他太熟悉了，他似乎在哪里听过、见过。秦杰突然想到柳青，那个在医院他醒来看到的白衣女孩。恍惚中，柳青和肖乔一下子浮现在他的面前。秦杰仿佛看到肖乔身穿婚纱娇笑的模样，他和柳青在旁边观看着，他对柳青说着什么。肖乔，他只在医院见过一次，他怎么会看见过她穿婚纱的模样呢？

秦杰的脑里不断地回响着最后的一句话"作为家长，我衷心地祝福你们，我永远地祝福你们"，他有些迷糊，难道这番话也是在肖乔的婚礼上听过？不，不对，他不认识她，他只见过她一次。

陈恬回头见秦杰脸色不对，轻声问："你怎么了？不舒服？"

"没，没什么。"秦杰说，"可能是昨晚没有休息好吧。"

趁陈恬不注意，秦杰找到妈妈，困惑地说："妈，今天的场面我觉得很熟悉，你说的祝福词我也仿佛听过，我的脑里不停地回响着你说的话。这是为什么？难道我失忆之前结过婚？要不然我怎么感觉自己经历过这样的场面？还有，医院里给我护理的那个女孩，我是不是以前就认识？我要出院时来找柳青的那个女孩，我以前是不是也认识？"

"妈以前给你说过，柳青只是妈请的护工，那个来找她的女孩你也只在医院见过，你们根本不认识。"秦杰妈听儿子如此问，连忙说，"瞧你这孩子，你在胡思乱想些什么？这样的场面你觉得熟悉不奇怪呀，你以前没有失忆前难不成就没有参加过朋友的婚礼，就没有听朋友的父母说过这样的话？"

"哦？"秦杰半信半疑，又问，"那什么我唯独对这样的场景感觉特别熟悉？这种感觉就像调酒一样，我觉得自己一定经历过这样的场面。听到你刚才那番话，我总觉得自己结过婚。妈，我以前在广州待了多久，我在广州做什么，以什么为生？"

"今天是你大喜的日子，你干吗老纠结着以前的事不放。"秦杰妈不高兴，"你不顾妈的反对，毕业后执意留在广州。妈每次打电话问你，你都没有告诉妈。你没有结过婚！你想想,你要是以前结过婚,陈恬会和你交往吗？她爸妈会同意把女儿嫁给你吗？"

秦杰听后不再言语,秦杰妈劝道:"别再胡思乱想了。你刚才的话和妈说说还行,要是让恬恬和她父母听见,还以为我们娘俩背着他们干了些什么见不得人的勾当。"

"难道我问问以前的事还要看她陈恬高兴不高兴？"秦杰说,"我以前的生活与她有什么关系？她听见了又能怎样？"

"今天是个好日子,别再说这些不高兴的事了。"秦杰妈嘱咐道,"你今天和恬恬结婚了,就是有家室的人了。以后好好和恬恬过日子,把公司经营好,别再去想以前的事了。以前不管发生什么事,过去的就都过去了。"

妈妈说的话也有道理,秦杰不再说话,心里却仍是疑惑着脑子里出现的画面。为什么会一直出现他对着柳青说话的场景？秦杰恍惚中想起了他对着柳青说过一句话,若是我妈同意,我会给你举办比这还隆重的婚礼。柳青,不过是他在医院里的护工罢了,他怎么会对她说那样的话呢？秦杰想不通,也许是柳青对他的精心照顾,让他动了情,以为自己和她会走下去。可是,柳青拒绝了他,再没有与他有过任何的联系。若他与柳青真有过故事,她怎会不对他提及？妈妈又怎会说柳青是她请的护工？倘若他与柳青真有过什么,柳青又怎会在他康复后一直不来找他？刚才的那些画面,他对她说的那些话,也许只是自己康复后的梦吧。

秦杰摇摇头,一定是这样的,一定是因为当初在医院,柳青对他太好,他才会有过这样的梦境。秦杰看了看身边闹哄哄的人群,再看不远处身着漂亮婚纱娇笑着的陈恬,相信了自己脑海里出现的画面不过是梦境罢了。只是那个叫柳青的护工,她还好吗？

柳青在肖乔的劝慰和激励下,收拾起难过、忧伤、不快,全力以赴地做起了网店,试图把生意做得更好。

有时,柳青摸着自己日渐隆起的肚子,与肚子里的宝宝说话:

宝宝,你爸爸要是知道他有了你,他要当爸爸了,他该多高兴呀。

宝宝，以后你出来时看不到爸爸，你可别不高兴呀。要知道，爸爸也和妈妈一样喜欢你。

……

柳青肚子像气球一样膨大起来，肚子里的宝宝的动弹越来越明显，有时狠狠地踢上一脚痛得她龇牙咧嘴。柳青摸着肚子，笑着和肚子里的宝宝说话："宝宝，你这么顽皮像谁呢？像妈妈还是爸爸？"

网店的生意慢慢地回暖，柳青带着对未来生活的美好憧憬整日里忙碌着。

第十五章
分道扬镳

这就是我们的问题——你太容易满足,我太不容易满足。

    肖乔频繁地与纪灏约会。纪灏和别的男人不同,不问她的家庭,不问她的年龄,不问她的过往。肖乔有些好奇,问纪灏对她的一切不感兴趣吗?怎么从来不问?

    纪灏笑说:"我只对你是否喜欢和我在一起感兴趣。我喜欢和你在一起,你也喜欢和我在一起,这就够了。其他的我没有兴趣,也不想知道。"

    肖乔也曾想过要问纪灏的家庭,比如他是否结过婚?是否有老婆?但肖乔没有勇气这样问,倘若她问纪灏这样的问题,纪灏反过来问她,她要怎么回答?说没有结婚明摆着是欺骗,说结婚了那她与纪灏的交往又算什么?所以,尽管对纪灏很是好奇,肖乔却没有像别的女人那样问东问西。对于这一点,纪灏显然是满意的,纪灏曾说肖乔是一个聪明的女人,知道什么时候说什么话,他喜欢她这一点。

    肖乔听了纪灏的话,笑了笑,她心里认定纪灏没有老婆,是个钻石王老五。因为,她与他在一起时,从来没有看到他像别的已婚男人那样被老婆频频打电话催回家。

    两人的交往,纪灏也不避嫌。有些重要的场合,还会带她一起出席。

    这天,肖乔与纪灏一起参加商务酒会。纪灏西装革履,肖乔头发高高绾起,着一袭宝蓝色的露肩晚装,曲线曼妙,性感妩媚,吸引了所有人的目光。

    纪灏在众人面前搂着她的腰,两人之间的亲密不言而喻。肖乔很是享受这样的夜晚和众人频频的注目礼。肖乔暗想,这样的生活才是自己想要的生活,光鲜亮丽,浮华风光。她与周斌的生活,油盐酱醋茶,琐碎而平庸,实是无趣。

　　再看周斌时,肖乔的眼里多了些不屑,觉得他就是一个胸无大志的男人。满足于自己的生活,精打细算地过着日子,每日里酒足饭饱后,还美滋滋地说这样的日子过着踏实。踏实吗?肖乔不觉得。还房贷,两人的保险,以后还要养孩子,哪样不需要钱呢?肖乔原本以为嫁了周斌,便如同给生活买了保险。婚后,她才觉得这个男人心有余而力不足,婚前的种种承诺变成了婚后的种种规劝,要节约、要精打细算,要量入而出。不,她不喜欢这样的生活。

　　有了不满,肖乔待在家里的时间越来越少,回家的时间越来越晚。

　　日子长了,周斌越来越不满意肖乔的频频晚归,更不满意肖乔对外隐瞒已婚事实。周斌的脸越拉越长,肖乔装作没瞧见似的,仍然与纪灏保持着每个星期三次约会,每次约会两个小时。纪灏是她的蓝颜知己,是她的情感备胎,是她乏味婚姻生活里的调味剂,她享受着纪灏带给她的心悸与快乐。肖乔认为,只要身体没有出轨,就算是被周斌发觉她与纪灏的暧昧交往,也没什么大不了的。她只是把心给了纪灏,身体却是周斌的,肖乔自认为这一点她对得起她与周斌的婚姻。

　　婚姻的何去何从,肖乔没有细想过。在她看来,她与周斌的婚姻形同鸡肋,食之无味,弃之可惜。纪灏虽然会夸她漂亮,坐车时会为她拉车门,平时会送些讨人喜欢的小礼物,却从来没有听他说过"我爱你"或"嫁给我"之类的话语。肖乔觉得各方面条件都不错的纪灏还真如柳青说的那样,是个不好应付的家伙,他心里想些什么,她还真不知道。

　　对于肖乔一日胜似一日的恍惚,周斌看在眼里,急在心里。这个妖精似的女人不像别的女人那样嫁作人妇后便甘心在家生子,好好地过日子。周斌看着肖乔每日里以未婚女人的身份在外面扑腾,心里像被猫爪子抓了一样难受。明明是自己的老婆却要在大庭广众之下说是自己的"妹妹"。"他妈的。"周斌在心里暗骂了一声。现在这个女人真他妈的越来越过分了,一边享受着婚姻带来的权利,一边又呼喊着自由万岁。肖乔的隐婚让周斌觉得受了侮辱,他又不是肖乔包养的小白脸,凭什么就不能光明正大地介绍给别人,说他是她的老公。早知道这样,当初干吗拿结婚证、费心费力地办婚礼？肖乔对外不承认已婚,那自己和她算什么？一个屋檐下住着的长期性伴侣？要是自己有车有房有钱,肖乔还会在外面说自己未婚吗？还会说自己是她哥哥吗？呸！什么隐婚？说白了不就是瞧不上自己？结婚一两年了,周斌发现自己是越来越看不懂女人了。几十年前,老妈那一辈的家庭妇女嚷嚷着要做劳动妇女；几十年后,老婆这类的女人又嚷嚷着要做家庭妇女。周斌觉得女人回归家庭也不是什么坏事。下班回家后有个女人热汤热水地伺候着,老婆孩子闹着,靠自己挣的钱过日子,就算日子过得紧点也没关系。现如今,这些女人们要求越来越高,不仅不想共同努力、共同分担,而且也不愿意过紧巴的日子。眼睛都盯着有钱人的生活,羡慕别人小车开着,别墅住着,钱大把地花着。动不动就把老公拿来与成功人士比较,你看那谁谁,年薪几十百来万,你看那谁谁家又买了车……周斌特烦女人说这些,难道有钱人的钱不是奋斗来的？古人说得好,这些女人就是头发长见识短！谁还不是一步一步地慢慢打拼,才有了后来的幸福生活？再说了,有钱人毕竟是少数,咱小老百姓还不都是过着油盐酱醋茶的琐碎生活。嫁鸡随鸡,嫁狗随狗,怎么到了你肖乔这儿就不行了？结了婚的女人还敢说自己未婚,这不明摆着为以后的情感跳槽做准备吗？

周斌在心里叹道,当初找肖乔就是因为她漂亮,看着养眼,带出去也有面子。可现在,他算是知道有个漂亮的老婆也不一定是美事。漂亮的女人欲望多、要求高、脾气坏、不好调教。家里有个像肖乔这样的漂亮老婆,周斌还真没多少安全感,做梦他都怕肖乔给他戴了绿帽子。倘若当初找个姿色一般、懂事又贤惠的,自己哪会像现在这般窝囊。眼见得肖乔在家的时间越来越少,回家越来越晚,就连和自己亲热也变得有些敷衍。周斌越想越气,决定和肖乔摊开来说。你肖乔不就是长得漂亮点吗？漂亮也得守妇道,嫁给我了,就得听我的。老虎不发威,你当老子是病猫？周斌在等待肖乔回来的晚上,酝酿着情绪,决定肖乔一进门就给她个下马威,让她瞧瞧自己的厉害。

十二点,肖乔回来了。刚进门,便见　东西迎面飞来。肖乔吓一跳,赶紧躲闪,再一细瞧落在地上的是周斌的拖鞋。肖乔火了,冲上去叫道:"大晚上的,你抽疯呀？"

143 ·第十五章/分道扬镳

"大晚上的,看不出你还挺有时间观念的嘛。"周斌双手交叉着抱在胸前,冷笑道,"你一个已婚女人,不在家里陪老公,整天在外面瞎折腾,你还有理了?"

"瞎折腾怎么了?瞎折腾总比在家里吃闲饭强。我又不像有些女人,嫁了有钱又有上进心的老公,吃穿不愁的自然不用出去瞎折腾。"肖乔利落地回应道,"咱没办法,靠不着老公就只能出去折腾喽。"

"瞧你这话说的,好像你嫁给我多委屈似的。难怪你要在外面要说自己是未婚女人。怎么着,给自己留了余地,遇到合适的男人后就立马换人?"周斌的怒气一点一点地上升,"肖乔,我告诉你,你出去扑腾也用不着拿我说事。你以为你是什么好货吗?你不就是一水性杨花的女人吗?这山望着那山高,出去扑腾钱没找着,倒是看男人看花眼了吧。"

"放你娘的臭狗屁。"肖乔恼羞成怒,厉声叫道,"自己没本事养家,还有脸在这里拿自己的老婆说事。周斌,我告诉你,你要为你今天说的话负责,你要是没有证据就乱说,姑奶奶跟你没完。"

"证据?你敢不敢把你的手机拿来让我瞧瞧?"周斌冷笑道,"平日里有短信来了,你瞧你小脸涨得通红,就跟刚谈恋爱的大姑娘似的。我好奇要瞧一瞧,你立马藏在身后,说什么侵犯你的隐私。我就不明白了,你一结婚的女人哪来这么多隐私?什么他妈的隐私,无非就是些不能见人的勾当。"

"你,你?"肖乔涨红着脸,"你心理阴暗,你小人之心度君子之腹……"

"我靠,你装什么装呀?好像贞节烈妇似的。"周斌彻底被激怒了,什么话说着爽就说什么,"你别搞笑了,还说什么小人之心度君子之腹,我呸!有本事,就把你手机拿来我瞧瞧。事实胜于雄辩,其他都是空话。"

肖乔怎敢将手机递给周斌,手机里有她和纪灏的暧昧短信,什么我想你,你想我之类的话语,她还没来得及删。要是让周斌瞧见,指不定拿什么话来羞辱她呢,以后她在这个家还不得夹着尾巴做人?

周斌见肖乔不说话,越发地恼恨。这个妇人平时一贯嚣张,今日这般模样,定是心里发虚。周斌伸手去抢肖乔的包,肖乔用力地护住包,只是周斌铁了心要抢,她的力气无异于螳臂当车。周斌抢过包,从包里翻出手机。肖乔伸手去抢,周斌一把推开她,迅速冲进卧室,将门从里反锁。

肖乔在外使劲地捶打着门,周斌不理,翻看着手机里的短信,已发信箱、收件箱里的内容,他一条不落地看着。周斌的脸色越来越差,他将门打开,恶狠狠地叫道:"你他妈的睡在我身边,却与别的男人调情,你要不要脸!"

说完,周斌将手机狠狠地摔在地上。肖乔的脸一阵红、一阵白,事到如今,她能说什么呢?肖乔没有料到今晚她刚进门,周斌便疯了似的跟她闹。平日里她很是小心,每日进门前必将当天的短信内容删个干净,手机她也是不离身的,不让周斌有机会翻看。今天,她小心维护的一切全被那些暧昧的短信抖了出来。

看着肖乔沉默地站在那里,周斌越发地恼恨,他说中了她的心事,所以她一言不发。周斌宁愿肖乔跳起来与自己对骂,说自己冤枉了她,说那些是玩笑,是误会。那样,周斌愿意相信她,他教训她无非是要她以后能收敛、能改变,做回他想要的小妇人。可是,肖乔不跳脚、不辩解,默认了他的辱骂。这样一来,周斌的自尊心受不了,他无法想象面前这个艳若桃花的女人在外面与各种男人周旋,说着肉麻的情话。想到这些,周斌心里的怒火愈盛。

"啪!"周斌飞快地给了肖乔一个耳光。肖乔来不及提防,瞪大着眼,不能置信地盯着周斌。

"你他妈的倒是说话呀,你倒是辩解呀,你平时不是挺能说的吗?平日里我以为你就是爱玩、爱闹而已,没想到你就是一个荡妇。你那么爱放荡,你干吗和我结婚?"周斌骂道,"肖乔,你就是一个不知足的女人!结婚后我将我的工资、奖金交给你保管,我把这个家都交给你打理,你还有什么不满足的?要是换了别的女人,老公那样对她,早就偷着乐,觉得幸福死了。"

肖乔摸着发烫的脸颊,望着咆哮的周斌,心里五味杂陈。他说她是荡妇,他凭什么这样说她?肖乔除了与纪灏保持着暧昧的交往,其他的男人,她根本没有给过他们任何想要亲近的机会。

"你瞧你说的,好像交给我多少钱似的。除了房贷,除了日常开支,一个月能剩下几个钱?"肖乔气极,话说出口便成了攻击,"告诉你,我早就受够了这种乏味的日子。跟你在一起,我没有安全感。每天睁开眼,便要算计着过日子,要还房贷,要交这费那费,购买上千元的东西还要纳入计划,除非有节余和意外收入,否则不能购买。我讨厌过这种日子,我一点都不觉得幸福。"

周斌气极,说:"多少家庭不都是这样过来的吗?谁家不精打细算地过日子?比起那些没有房子、要租房子住的,我觉得我们已经很幸福了。"

"有房子住的生活就叫幸福?"肖乔冷笑道,"你知道我们这样的算什么吗?也就是一房奴。靠着父母支持的钱付了首付、付了装修款,住进来后再用我们每个月的工资还房贷。没有还清房贷之前,我们即使对工作不满,也不能随便跳槽、挪窝。我们小心翼翼地干着工作,生怕哪天被老板炒了,生活费、房贷费等等都没了着落。我们要终其余生,用二十年、三十年的辛苦还房贷、生儿养女。等还完房贷、等将孩子养大后,我们都已经老了、动弹不了啦。这样的人生有意义吗?这样的生活幸福吗?我不觉得,我不想过这样的生活。"

"我不明白你想要什么样的幸福?什么样的生活在你这里才能叫做幸福?"周斌叫道。

"我要过出人头地的生活,我不要精打细算地过日子。看看周围,我总觉得别人得到的总是比我多,别人拥有的也比我多。所以,我总是觉得别人的生活要比我们幸福。"肖乔说。

"我们没有钱,有父母的支持,让我们有了新房,所以我觉得很幸福。有的人供不起房贷,而我用自己辛苦挣来的薪水偿还房贷,我也觉得幸福。"周斌愤怒地说,"不是我们不幸福,而是你对生活要求的太多,所以你不觉得我们的生活幸福。你不幸福是因为你太贪,你根本就是一个不懂得满足的女人。"

"这就是我们俩的问题。"肖乔理直气壮,"你太容易满足,我太不容易满足。"

"你不满足就去外面找别的男人?"周斌讥讽道,"所以你不肯承认我们的婚姻?所以你在外面说我是你的哥哥?你打着伪单身的旗子,就是为了寻找新的男人满足你新的欲望?"

肖乔怎肯承认周斌的话,最初她在外面隐瞒自己的婚姻,无非是为了满足虚荣心,既能吸引众多异性艳羡的目光,也能享受异性的照顾。她没有想过要背叛周斌,要放弃她和周斌的婚姻。若是公然承认自己结婚,肖乔只怕江湖不再,得到一棵树却失去了整片森林。

"你不说话,我就当你默认。好,从今以后,咱们互不干涉。"周斌气极反笑,"你说得好,咱们就是兄妹。上了床咱们是老公老婆,下了床咱们就是哥哥妹妹,多好呀!"

"你说好就好!"肖乔怎肯示弱,快速回应。

是夜,周斌表现得极其粗暴,发泄着他对她的不满。肖乔很是气愤,周斌却无视她情绪。周斌在床上叫嚣道,在床上,你是我老婆,你就得听我的。肖乔无奈,谁让她今晚被他抓了话柄,她知道周斌是有气的,今晚她只能忍受。

此后,肖乔有所收敛,但也没有彻底断了与纪灏的交往。她与纪灏的约会改为每周一次,每次一个小时。纪灏也不问原因,肖乔怎么说他就怎么做。纪灏这样的态度,让肖乔既怀疑也放心。一方面,她希望他对她火一般的热情,求她嫁给他;一方面,她又不希望他缠她过紧,她是有婚姻的人,倘若缠得过紧,便要出乱子。肖乔带着这样矛盾的心情保持着与纪灏的往来,他是她的情感备胎。在这个充满诱惑的年代,谁能保证自己的婚姻、爱情能一直顺遂?倘若爱情转了弯,围城坍塌,她也不用害怕,她有她的情感备胎,她有她的疗伤之处。

周斌不再提那晚的事,回家却越来越晚。每日里回来都是喝得醉醺醺的,也不拿钥匙开门,只是在外面胡乱地叫着"妹妹,开门"。

对于周斌的变化,肖乔既恼又气。每晚她在家等着,看着时钟一点点地走过,听着上楼、下楼的脚步声,一直要等到深夜,才会听到周斌的胡言乱语。她开始对周斌以前在家等她回来的心情有所了解,心里有了内疚。所以,肖乔恼归恼,却不能将气撒出来。肖乔想,再等等吧,隔些时日,周斌的气会消,也就不会再喝到深夜才回家。

又一个深夜,肖乔久等周斌不回,困得在沙发上睡着了。迷糊间,听有人捶门。再细听,是周斌含混不清地叫道:"开门,开门!"

肖乔转头看挂在墙上的钟,时针已经指向两点。肖乔有些恼,这家伙最近也太过分了,她对他的忍让是有尺度的。

门打开,肖乔见周斌喝得醉醺醺的,一个留着短发、身材丰腴的女孩扶着他。

见到肖乔,女孩也吓了一跳,问周斌:"你不是说你没老婆吗?她是谁呀?"

"她是我妹妹。"周斌笑嘻嘻地说道,"你不用怕,她不是我老婆,她是我妹妹。不信,你问问她。"

"哦,"短发女孩松了一口气,与肖乔打着招呼,"帮我把你哥哥扶进去,他沉死了。"

肖乔也不说话,黑着脸帮着把周斌弄到沙发上。

周斌得意地笑着,对短发女孩说:"瞧我妹妹脾气多好。"

"嗯,是不错。你长得真漂亮,我可从来没有听周斌说过他有这么漂亮的妹妹。"短发女孩笑着说。

"她漂亮吗?我没觉得。"周斌斜倚在沙发上,醉醺醺地说,"情人眼里出西施吧,我觉得你比我妹漂亮。"

短发女孩有些不好意思,笑着对肖乔说:"自我介绍一下,我是你哥哥的女朋友,我叫安敏,你呢?"

"女朋友?"肖乔一听变了脸,问道,"你们交往多久了?"

"也没多久。"短发女孩说,"不到一个月。"

"你们怎么认识的?"

"我和你哥哥在酒吧认识的。你哥哥人不错,对我也很好。"短发女孩说,"后来,我们就交往了。"

"他跟你说他没有老婆?"肖乔问。

"嗯。"短发女孩爽快地答道,"他是这样说的,否则我能和他交往吗?"

"王八蛋!"肖乔怒骂。

"你,你骂谁呢?"短发女孩奇怪,也生气。

肖乔冲到周斌面前,啪的一声,狠狠地给了他一耳光。

"你,你干吗?"短发女孩冲过去,气愤地说,"你怎么这样粗鲁?你是他妹你也不能随便打他呀?"

"睁开你的狗眼好好看看,我和他长得像吗?"肖乔咬牙切齿地说,"我才不是他的什么狗屁妹妹。"

"那你是谁?"短发女孩不客气地说,"你不是他妹妹,那你怎么和他同住这屋?"

"你给我听好了,我是他老婆。"肖乔双目冒火,"你与他交往,也不打听他是不是有老婆。就凭他的一面之词,你就信了? 我看你也真够笨的。大半夜的,你扶一个酒醉的男人回家,我看你也不是一个好东西。"

短发女孩气得全身发抖,转身给了周斌一耳光,说:"我算是瞎了眼,遇到你。"

周斌也不还手,只是笑:"干吗说你是我老婆呢? 平日里,你不都是说我是你哥吗? 这样多好呀,你玩你的,我玩我的。新生活,各顾各。"

"你,你俩都是神经病!"短发女孩怒气冲冲地骂道,转身出了门,重重地将门摔上。

肖乔看着周斌,惨白着脸说:"周斌,现在我们谁也不欠谁了。我们分手吧。"

周斌在屋里哈哈大笑,看见肖乔的脸变得惨白,心里的怨气在那一刻得以平衡。你肖乔不是不承认我这个老公吗? 不是对外喜欢以哥哥妹妹相称吗?

周斌大叫:"离婚? 离就离,谁怕谁?"

肖乔转身下了楼,她走得很慢。肖乔希望周斌能追上来、抱住她,说他是一时糊涂,说他不过是要气她,说他是爱她的。若是这样,肖乔愿意原谅他,可惜周斌没有追上来。

肖乔想,他俩是真的完了。肖乔没有想到,她看成鸡肋般的婚姻被周斌用报复爽快地画上了句号。完了就完了吧,肖乔昂着头、挺着胸,出了小区。她还有纪灏,她有情感备胎,她怕什么?

肖乔拎着包回了娘家。女儿突然夜半溜回家,肖乔的父母很是诧异。肖乔慌乱地解释说,周斌出差了,她一个在家里住着怕,回家住几天。十多天过去了,周斌没有给肖乔电话,更没有上门来赔不是,肖乔死了心,约周斌出来办理了离婚手续。

办好手续后,周斌笑着说:"咱俩吵也吵了,打也打了,婚也离了。好歹也是夫妻一场,不如吃个告别饭?"

"和你吃饭,我没兴趣。"肖乔定定地看着周斌,恨恨地说:"我看见你恶心,你看见我也恶心,咱们还是就此别了吧!"

"别呀,以后你有什么需要我帮忙的话说一声,我还是会尽力办的。"周斌笑着说。

"我没什么事要找你的。"肖乔冷冷地说,"你照顾好你的短发女朋友就行了。"

"她?!"周斌愣了愣,"这个不劳你烦心。她是我女朋友,我自然会好好照顾她。肖乔,给你个忠告,以后若还要结婚,就别再和你老公哥哥妹妹地称呼,否则你还得离!"

"你要泡妞你也找一个上档次的。你看看你上次带回来的那个女人,我呸!"肖乔气极,狠狠地啐了一口,"你也不撒泡尿照照自己,我用得着你给我忠告吗?我的事用不着你操心,就冲你关心我这个劲,我怎么着也得找个比你强的,过得比你幸福!"说完扬长而去。

周斌、肖乔,一毕业就结婚过起了二人世界。两人结婚前,在家里都过着衣来伸手、饭来张口的日子;结婚后,两人你要求我、我要求你,很少顾及对方的感受,生活中的各类琐事让他们烦心,也不肯忍让和包容。这次,两人高叫着分手并付诸于行动,将红本换成了绿本。

肖乔与周斌背着双方父母迅速办理了离婚手续。从爱到不爱,不过短短的几分钟,肖乔与周斌一场争吵后便决定了婚姻的走向。不过几分几秒,两人同时放弃了以前许下的诺言。

第十六章
大梦初醒

有人说风情万种的女人是打火机。现在这样的女人越来越多,稍不注意,婚姻就被打火机点着了。

婚倒是离了,肖乔却没有想好要怎样和父母说这件事。肖乔找了个清静的地方,呆呆地坐了好久。能诉说心事的朋友只有柳青,肖乔拿出手机拨通了她的电话:"青,我离婚了。"

"什么?离婚了?"电话那头的柳青惊叫着,"你和周斌好好的,怎么会离婚呢?你不会开玩笑吧。"

"开玩笑?我不开玩笑。"肖乔没精打采地说,"你见过有人把离婚拿来开玩笑的吗?"

"你俩干吗离婚呀?"柳青问。

"还能有什么原因,过不下去了呗。"肖乔懒懒地说,"过不下去了就离,难不成还要勉强维持着?"

"怎么就突然过不下去了?以前你们也会吵架,可每次不都又和好了吗?"柳青絮叨着,"再说了,夫妻俩吵个架什么的也正常,不至于一吵架就要离婚吧。"

"这次不是吵架的事。"肖乔闷闷地说。

"那是什么事?"柳青很奇怪。

"一句两句的也说不清楚。"肖乔无精打采地说。

"你在哪儿?要不要我过来。"

"你过来吧。"肖乔也正想找人聊聊,不知怎么的,她的心里空落落的。一直对外闪烁其词的婚姻,就在今天上午一下子就真的不存在了,恢复了单身的肖乔却高兴不起来。肖乔看着手里绿色的离婚证,开始怀疑她和周斌曾有的感情。她和他之间有过幸福的憧憬,结婚两年,没有等来说好的幸福,却一下子就散了。

柳青按肖乔说的地址迅速赶到,下车时她小心地挪动着笨重的身子。肖乔见状,忙过来扶着柳青下了车。

"你看你这肚子真够大的,要生了吧?"肖乔问。

"嗯,医生说下个月孩子就要出来了。"柳青说,"你快给我说说你俩怎么回事?怎么一下子就离了呢?"

"青,你说说,结婚后的生活是不是和我们之前想象的生活不太一样?"肖乔答非所问,喃喃地说,"婚姻这道门,入门之前看是雾里看花,水中望月。进去之前以为自己是天下最幸福的人,一定会生活得很幸福,比所有的人都幸福。可是入门后呢,却发现那里面的生活太琐碎、太平淡了,与我们之前想象的完全不相同。进了那道门,我们要用青春为婚姻生活的烦琐埋单。当初那个说要疼我们、爱我们的男人,不再对我们温言软语。他们动不动就要求我们要这样,我们要那样。我们有所要求,男人便会指责我们有太多的贪念,说我们给他们太多压力。难道嫁作人妇后,我们就没有权利要求、没有权利憧憬了吗?男人们无能,无法实现之前的承诺,又有什么权利来指责我们?"

柳青也不说话,静静地听着肖乔发泄心中的不满。

"我要早知道我和周斌这么快就散了,当初就不该拿结婚证。有证和无证有多大的区别?无证的,吵架了、不高兴了就一拍两散。可是这有证的,吵架了,斗气了不也这样吗?你看我和周斌,红本本换绿本本,干脆得很。我约了他,他出来,然后就去办离婚手续,就这么简单。谁也不肯挽留谁,谁也不说一句留恋的话。"肖乔说,"有人说风情万种的女人是打火机。现在这样的女人越来越多,稍不注意,婚姻就被打火机点着了。青,我的鸡肋婚姻也被打火机点着了。"

"我看你就像个打火机。"柳青说,"先前,我还担心别人的婚姻要被你点着,别人家后院会因你而起火。怎么着,你没让别人家着火,自家倒被别人点着了?听你这话的意思,周斌在外面有女人了?不会吧,你他都不够应付的,他还敢在外面拈花惹草?"

"就是,我没想到我家的后院倒先着火了。"肖乔轻笑,"周斌他找了个短发妹,还不要脸地带回来,对那女人说我是他妹妹。"

"不会吧,他胆子这么大?"柳青瞪大了眼,"周斌这么做是有原因的吧?你俩到底怎么了?"

肖乔沉默着,不说话。

"你倒是说话呀,你要急死我呀。"柳青叫道,"你要不说,我就打电话问周斌,你有哪点对不起他,他干吗要对你这样?"

柳青掏出手机准备拨打周斌的号码,肖乔制止道:"你别这样!"

"那你就给我说。"柳青说,"我们那么多年的朋友,你还有什么不能说的?"

"我和纪灏发的短信被周斌看了,他很生气。"肖乔轻叹,"我知道自己做得不对,那段时间我都没有出去见纪灏。可是周斌却天天出去泡吧,不醉不归。他那样我也忍了,可他还带个妞回来侮辱我。我当然不能忍了,我给了他一耳光,我和他扯平了,我们俩谁也不欠谁的。"

"你呀,让我说你什么好呢。"柳青说,"你当初就不该和纪灏交往,我劝过你,说你们不合适。可是你说喜欢和他在一起,他是你的情感备胎,你还说你会注意分寸。这下好了,为了个备胎把婚也离了,值得吗?"

"无所谓值得不值得吧。没有他,我和周斌迟早也会离的。我们俩在一起老吵架,离婚也就是早晚的事。"肖乔说,"婚姻质量分为四个等级:满意、还行、将就、不再将就。我和周斌刚结婚时是满意状态,结婚不久就变成了还行,后来频繁的吵架婚姻质量也只能算将就了,再后来我们俩互不退让,也就变成了现在的不再将就。"

"你有纪灏,所以你和周斌吵架时才无所顾忌。就因为有这个所谓的备胎,所以你才不再将就,你才这样干脆地离了婚。"柳青说,"可是那个叫纪灏的,你了解他吗?你除了知道他家很有钱,你还知道他的其他情况吗?"

"不知道,什么也不知道。"肖乔摇了摇头,"这么久了,我对他的家庭一无所知。我俩在一起,他舍得花钱去那些高级的餐厅,也舍得为我买贵重的礼物。可是,他从来没有邀请过我去他家。"

"你现在打算怎么办?"柳青问,"你和周斌离了,难道你想和他在一起?"

"我现在没有退路了,我只能试试。"肖乔说,"我喜欢和纪灏在一起,他也喜欢和我在一起。我现在离了,我和他之间应该没什么障碍了。"

"你说得倒是轻巧。"柳青撇撇嘴,"你也不知道他结过婚没有?就算他没有结婚,他会不会在乎你有过一次婚姻?这些你都考虑过了吗?"

"他要是爱我,应该不会在乎这些。"肖乔心里没底,咬了咬唇轻声说,"我没有看到过他和别的女人纠扯不清,我俩在一起时也没见别的女人给他打电话,催他回家什么的,他应该没结婚吧。"

"我劝你还是慎重点。"柳青语重心长,"别轻易把自己交给他,好好想清楚,也好好地看看他这个人对你是真心还是逢场作戏?"

"嗯,我知道。"肖乔点头。

"你父母知道你们离婚了吗?"柳青问。

"不知道。"肖乔说,"我爸妈知道后肯定得唠叨我,烦死了。"

"那也是没办法的事。谁家的父母听到自家的孩子离婚了会高兴?"柳青说,"你离婚后总得回家住吧,想瞒你也瞒不了呀。你不像我,我父亲离我远,他不知道秦杰已经离开了,他不知道我现在的生活,要他知道了还不定得多难过呢。"

柳青的声音有些哽咽,肖乔忙说:"我会跟我父母好好说的。你也别难过,你父亲离得远不会知道的。你呀,要多笑笑,肚子里的宝宝能感受到哦,要是老是想不开心的事,宝宝会受影响的。"

两人分手后,肖乔怏怏地回了家。进了家门,肖乔正想溜进自己的房间,却被她妈截住。肖乔妈叫道:"你干吗,自己有家不回去住,整日在娘家腻着算什么事?"

"这就是我家呀,你要我去哪里?"肖乔嬉皮笑脸地硬着头皮说道。

"你少在这跟我转移话题,那天半夜你回来,我和你爸就犯嘀咕。以前周斌也出差,怎么不见你回娘家住?这次你一住就是大半个月,而且也不见你俩通电话。

你说,你俩到底是怎么回事?"

"没,没什么事。"肖乔吞吞吐吐。

"没什么事?"肖乔妈疑惑道,"你少在这跟你妈装,没什么事你俩能十天半月不通电话?往常可不是这样的,你俩那电话打得可够勤的,好的时候好得肉麻;生气的时候,你俩在电话里也要吼上几嗓子。现在这是怎么了?"

"现在,现在我俩没话可说。"肖乔赌气道。

"这话是怎么说的?你俩没话可说?没话说就找话说呗,难不成你回娘家,你俩就有话说了。"肖乔妈大声说,"你老实给妈说,你俩是不是又吵架了,而且这次吵得比以前都厉害?"

"是吵架了。"肖乔说,"不过,您放心,以后我们不会再吵了。"

"不会再吵了?"肖乔妈越发地不解,"你这话是什么意思?什么叫你俩不会再吵了?是他向你保证以后不会再吵了,还是你向他保证以后不会再吵了?"

"妈,都不是。"肖乔很是烦躁,索性摊开了说:"我和周斌离婚了,我们再不会为那些婆婆妈妈、鸡毛蒜皮的事情吵架了。"

"离婚了?"肖乔妈不敢相信,"你俩说离就离了?也不给我们说一声,他爸妈知道这事不?"

"他爸妈不知道。"肖乔说,"估计这会儿该知道了吧。"

肖乔妈大怒:"你个死丫头,这么大的事情你都不跟父母商量一下,你就自己做主了?"

"嗯,我做主了。"肖乔说,"我的婚姻当然我做主了,合得来就在一起,合不来就分开呗。"

"我打死你这个说话没轻没重的丫头。"肖乔妈老泪纵横,手高高扬起。

肖乔爸从书房出来拉住了老伴,并对女儿呵斥道:"有你这么跟你妈说话的吗?越大越不会说话了。当初,你一毕业就说要结婚,你嫁给周斌踏实,你会过得幸福。我和你妈为了你以后日子过得舒适一点,拿了十万元给你们装修房子。十万元,你当我和你妈攒点钱容易吗?你倒好,现在说离就离了,还冲你妈说你的婚姻你做主。既然你们能做主,当初你们结婚时干吗要向双方父母伸手?我看你和周斌就是一对浑蛋,你们俩都太自私!你们想结婚就结婚,想离婚就离婚,你们有没有考虑过双方父母的感受?"

肖乔没吭声,父亲说的话有道理。她和周斌都是自私的人,她和他太爱自己了,两个太爱自己的人,是没法长相厮守的。很多时候,她和他顾虑的是自己的感受,没有想过对方,更没有想过父母的感受。肖乔原本以为,离不离婚是自己的事,与父母无关。可是,她看到父亲痛心疾首和母亲老泪纵横的样子,她才知道离婚有些轻率了。

肖乔爸扶着老伴坐下,说:"日子是她自己过,她不折腾不知道哪种生活更适合她。我们当父母的想管也管不了,你也别为她难过了。好在她还年轻,即便是做错了,她还能爬起来。"

肖乔妈哭道:"这个不争气的东西,我原本以为她结婚后会好好地过日子。我还想着趁自己身体好,帮她和周斌带带孩子,好让他们放开手脚去干自己的事业。可是,这个死丫头,就这样草草地把婚离了,我看她以后一个人要怎样过日子?"

"肖乔,你还不给你妈道歉,你看你把你妈气成什么样子了。"肖乔爸厉声呵斥道,"你妈还不都是因为担心你,怕你过得不幸福才难过的。"

"妈,又不是什么大不了的事,您就别伤心了。您看现在年轻人不都这样合得来就在一起,合不来就分开过。"肖乔蹲下身子,柔声劝道,"妈,以后我睁大眼睛找,给你找个又有钱又帅气的好女婿,这样您老在邻居面前不就有面子了吗?"

"我要什么面子?"肖乔妈哭着说,"我只要你幸福就够了。"

"我会幸福的。"肖乔说,"妈,您就别哭了,您这样哭得我心烦。"

"你心烦,你有什么可心烦的?"肖乔妈抹了抹眼泪,说,"瞧你这死丫头说的什么话,难不成你以前和周斌,你是闭着眼找他的?妈给你说,这结婚之前是应该睁大眼,可结婚之后就得睁只眼,闭只眼。你不能婚后还睁大眼看对方,这样对方的毛病、缺点不都像放大镜似的看得清清楚楚、明明白白吗?肖乔,你听妈的话,你冷静想想,你和周斌,你们俩不就斗个嘴、吵吵架,怎么就不能在一起了?"

"妈,我明白你是为我好。可我和周斌不可能了。"肖乔一口回绝。她怎敢将真实的离婚理由告诉爸妈,既失面子又会被臭骂。

"唉！你们这一代人找工作、结婚都随随便便的,不高兴了就换单位,不高兴了就离婚,你们一点都不肯憋屈自己。"肖乔妈长叹一声,"你们呀,就是日子过得太顺了,什么都不知道珍惜。一吵架就提离婚,一说离婚就去办手续,你们也太冲动了。你看我和你爸我们这代人,我们也吵架,我们生气时也会嚷嚷着要离婚,可是我们离了吗？没有！我们冷静下来,会想对方的好、会想着老父老母、会想着孩子。可是你们,你们谁都不想,你们就图自己的感觉,就图自己心里舒坦。乔乔,你遇到事情难道就不能忍忍？你看我和你爸,让一让就过去了,忍一忍不就和谐了。"

"那是你们这代人,用忍让、委曲求全换来和谐。"肖乔嘀咕道,"可我们不行。他不让我,我凭什么要让着他？我们谁都不想憋屈自己,所以只能离了。"

"你看你这脾气,你就不能改改。"肖乔妈又急了,"你当结婚是办家家酒？你这个死丫头,我都不知道说你什么好了。"

"好啦,好啦。"肖乔爸见女儿灰头土脸的,心里不忍,便劝说着老伴,"婚是她自己要离的,今后的生活她自己得有打算。你就让她自己好好想想,她以后要怎么过。"

肖乔进了屋,躺在床上想着心事。爸后面的话提醒了她,以后她要怎么过？想着与周斌分手时,周斌对自己的讥讽和劝告,肖乔咬了咬牙,等着瞧,我一定会找个比你强的。和周斌的婚姻彻底结束了,她和纪灏会有一个明媚的开始吗？会有灿烂的未来吗？想起与纪灏在一起出入的那些高级场合,肖乔有些心驰神往,忘掉了不快。

肖乔再与纪灏约会时,将自己打扮得更漂亮,她希望能打动纪灏,促成纪灏早日向她求婚。可是,纪灏虽然迷恋自己,却一直不说"我爱你"或"嫁给我"之类甜蜜的令人心悸的话语。

肖乔很是失望,半开玩笑、半认真地问纪灏:"我和你交往这么久,还没有去过你家里呢。你家里有些什么人,什么时候带我认识一下？"

纪灏支吾道:"以后吧。"

这样几次后,肖乔再没有耐心和纪灏这样不明不白地交往下去。在与纪灏的一次约会中,肖乔向他摊牌:要么继续交往,带她认识他家里的人;要么就中断了往来。

"我们这样不是挺好的吗?"纪灏浅笑着说,"你干吗要认识我的家里人?"

"我就是想认识嘛。"肖乔撒娇,这一次她铁了心要探个究竟。

纪灏很是愕然,问:"你以什么样的身份认识我家里人?"

"以你女朋友、未婚妻的身份。"肖乔说。

"女朋友?未婚妻?"纪灏更是诧异,"你不是已经结婚了吗?"

这次轮到肖乔吃惊了,她张大着嘴问:"你,你怎么知道?"

"我们交往时,我托人打听过你的情况。知道你和我一样也是伪单身时,我就放心了。"纪灏轻描淡写地说,"我有老婆,我和她是通过父母介绍认识的,我们联姻后对双方家族的公司都有好处。我老婆在我们婚后不久就去国外留学了,还有一年多她就要回来了。她走后,我很寂寞。你也知道,我身边不愁没女人。只要我舍得花钱,大把大把的女人任我挑。但我毕竟是已经结婚的人,我不能也不想被外面的女人缠住。我找女人有几个要求:一要漂亮,二要聪明,三要已婚。漂亮的女人看着赏心悦目,聪明的女人懂得进退,已婚的女人有所顾忌,不会像未婚女人那样缠着你。偶然的机会,我遇到了你,你同时具备这三个条件。而且你和我一样,在外面不说自己的婚姻,不说自己的伴侣,过着伪单身的生活,寻找着婚姻外的刺激。所以,我选择了与你交往。"

肖乔气坏了,纪灏骗了她,她在他身上浪费了太多的时间、表情,甚至她为他把自己的婚姻搞得一团糟。

"你知道我对你是认真,你,你为什么要一直瞒着我?"肖乔双目冒火。

"认真?有多认真?你要这么说,那我对你也是认真的。"纪灏漫不经心地说,"我带你到处玩,给你买高档的时装,给你买昂贵的首饰,这一切都是因为我喜欢你,所以我才舍得在你身上大把大把地花钱。但我对你的这一切都是有原则、有底线的,就是不能因此影响我的婚姻。"

"偷情也有原则、底线?真是太可笑了!"肖乔说,"你已经影响到我的婚姻了,我和你的交往被我老公发现了,他因此和我离了婚。"

"对不起！我没有想到会影响你的婚姻。"纪灏沉吟着说，"你应该小心的，我们这样的交往原本就是要小心的，不能让对方发现我们的蛛丝马迹，不能让他们对我们有所怀疑。否则，让他（她）发现，为此影响了婚姻，就违背了我们交往的初衷。你是个聪明女人，这一点你应该明白的。"

肖乔听罢，恨得咬牙切齿却又无可奈何。因为，她连打假的资格都没有。她和他，隐婚遇上伪单身，谁喊打假，都像是贼喊捉贼。

"我们只是两个不甘寂寞、不甘平淡的男女。与你交往，我一直小心地提醒自己不要跨过最后的那道防线，我俩的暧昧无非就是精神上的出轨。"纪灏说，"我没有料到你会因此而离婚，我只能对此表示遗憾。但我绝不会因为你影响我和我太太的关系，影响我家和她家的关系，所以我不可能离婚娶你。"

肖乔怔怔地听着，这个曾经对她温言软语的男人，此时正谈着不会因为两人的关系影响家庭。这个男人，她和他交往了这么久，他了解她的一切，而她竟然不知道他已经结婚，他的真实想法。纪灏的每句话听起来似乎句句在理，却与她想象中的大相径庭。

"你说得好，我不能带你去我家，我们就停止交往。我听你的，我们俩就到此结束吧。"纪灏掏出一张卡，缓缓地说，"这上面有两万元，就当是我给你的精神补偿。以后大家再遇见时，就当做不认识吧。"

"谢谢你对我的忠告，谢谢你给我上了一堂生动的课！"肖乔并不接卡，上前狠狠地给了纪灏一个耳光，"这钱你拿去买别的女人吧。"

走出门外，肖乔泪落成行。原来，她才是纪灏的情感备胎，寂寞婚姻中的调味剂。倘若对他的婚姻有丝毫的威胁，他便会毫不客气地踹了她。这点，早在他和她交往之前，他就想好了。

肖乔突然觉得自己很傻。她遇到了纪灏，这个工于心计的男人让肖乔明白了自己的天真和无知。

毕业后，肖乔没有找工作就进入了婚姻，是因为她不想面对生活的压力。结婚后，肖乔又不甘于平淡、不甘于精打细算的小生活，便把幸福又寄托在了纪灏的身上，希望能从他那得到想要的生活，从此衣食不愁，荣华富贵。只是，把幸福寄托在这些男人身上,肖乔没有得到自己想要的一切,失去的反倒越来越多。

这一切,肖乔只能打落了牙齿往肚里吞。肖乔能倾诉的对象就是柳青了,柳青不会笑话她。郁闷的肖乔买了一大袋罐装啤酒和一些熟食,此时的她特别想喝酒,想把自己溺毙在啤酒里。肖乔来到柳青的租住房,一进门便打着哭腔说:"青,我被骗了,我被那个王八蛋给骗了。"

柳青愕然:"你被谁骗了?你坐下来慢慢说。"

"我被纪灏那个王八蛋骗了。"肖乔愤愤地说,"为了那个王八蛋,我把自己的婚姻生活搞得一团糟,甚至还为此离了婚。可是他呢,他知道我离婚后,便立马断了我们的来往。"

"为什么?"柳青说,"他如果真爱你,应该为此高兴呀。"

"高兴个头,他一听就慌了,生怕我影响到他的婚姻。"肖乔叫道,"我现在才明白我是个不折不扣的傻子。我和他交往这么久,我已经结婚,老公是谁,他都知道。而他就是个伪单身,他说他要找的女人就是像我这样隐婚的,交往起来才没有后顾之忧。"

"啊,他结婚了?"柳青轻呼,"你不是说和他交往时,没有看见别的女人打电话给他吗?"

"他老婆在国外留学,那边和我们这边有时差,所以我们俩交往时我没有听过他和她通电话,他的身边也没有出现过其他的女人。我以为他就是一个挑花眼的钻石王老五,没想到,他就是个伪单身。"肖乔说,"青,我被他耍了。"

"我之前不是给你说过让你多了解一下他吗?"柳青皱眉道,"他那种人,不像我们,什么话都说的。之前在酒吧认识他时,我就有这样的感觉,觉得他虽然对人客气,却太深沉。"

"深沉?!你说得不错,他是深沉,像我这种女人在他眼里,不过就是个傻子。"肖乔说,"他把我当成婚姻生活的调味剂,而我呢,却想把他当成一道主菜来享用,你说我是不是特傻?"

"别这样糟蹋自己。"柳青劝道,"好在你现在明白他是怎样的人,以后不再和他来往就是了。"

"哪里还会有什么来往？他怕我和他有来往,怕我找他的麻烦,主动掏出两万元,说是他妈的什么精神损失费,还让我当成什么事都没发生,让我以后碰见就当做从不认识他。"肖乔惨笑道,"两万元,没想到我在他眼里就值两万元？"

"你收了？"柳青有些紧张,"这钱可不能收,收了他就会心安理得,还会从骨子里看不起你。"

"我会收吗？我肖乔再喜欢钱,也不会收这种男人的钱。我承认,我当初与他交往,是冲着他有钱。可是我绝不是仅仅为了钱就和他交往,若只是为了钱,外面有钱的男人多的是,只要我肯放下自尊,甘当小三,我会没有钱吗？不是有那么一句话吗,男人有钱就变坏,女人变坏就有钱。"肖乔提高了嗓门,"我肖乔喜欢钱,可我不会这样挣钱。以后我再不指望这些男人了,我要用自己的本事挣钱。"

"说得好！"柳青放了心,"我也喜欢钱,这世上谁不喜欢钱呢？别人怎么挣我们管不着,可我们要靠自己的本事挣钱,过我们自己想要的生活。"

"对,过我们自己想要的生活。"肖乔拿着一罐啤酒,对柳青说,"咱们干一杯吧,为我们想要的生活干杯！为我终于觉醒干杯！让他妈的那些臭男人见鬼去吧。"

"你悠着点,酒喝多了不好。"柳青说,"我有孕,不能喝啤酒。要不,我用水当酒,陪你喝。"

"行！你瞧我,一激动就忘了你肚子里的小宝宝了。"肖乔冲着柳青高高的隆起的肚子傻笑,"小宝宝,你到底是男孩还是女孩呢？要是男孩,肯定像你爸爸一样帅,你长大了可不要到处去骗女人的感情;要是女孩,肯定像妈妈一样漂亮,你长大了心可不要像你妈妈那样软,也不要像你肖乔阿姨这样把希望寄托在男人身上。"

"瞧你。"柳青笑,"小宝宝还听不懂你说的话呢。"

肖乔也笑:"等生出来后,我再教训他(她)。"

"以后就让宝宝认你为干妈。"柳青说,"你想怎样教训都行。"

"好呀,我捡了个便宜,不用生就可以当妈妈了。"肖乔嘻嘻地笑,"以后我会好好疼宝宝的。"

"那么喜欢孩子,当初为什么不生?"柳青说,"周斌那样求着你,你就是不生。"

"我又不是不生,只是想再玩两年、多挣点钱才要。唉,现在说这个还有什么意思?"肖乔叹了口气,"青,孩子生出来后可有得你受的。秦杰不在身边,你又要做生意,又要照顾宝宝,你行吗?"

"我有思想准备。"柳青说,"我知道单亲妈妈很难,特别是像我这样物质条件又不好的,更难。但是不管怎么难,我都要生下宝宝,好好地照顾。"

"你哪来这么大的勇气面对这一切?"肖乔说,"要是我,我真应付不了。"

"没有什么应付不了的,遇到了就只能忍着。熬吧,慢慢地熬,我相信一切都会好的。"柳青说,"你呢,你以后有什么打算?"

"打算?"肖乔说,"我想报复纪灏。"

"报复?值得吗?"柳青说,"纪灏那种男人,不值得你为他伤心难过,更不用想要去报复。那样的男人,那样的感情,不值得你反复沮丧、回味,并因此而仇恨,将自己的生活弄得像做了一个很长的噩梦似的,在梦境里迷失而走不出来。"

"噩梦?"肖乔喃喃道,"我和纪灏的认识真像是一场噩梦,可我陷在这噩梦里走不出来。"

"陷入感情中的女人就像是被灌了迷魂汤,成了孤注一掷的赌徒。虽然也曾在心里想过结局会输,但却控制不了自己,倾其所有然后发现输得血本无归。"柳青劝道,"女人遇人不淑是场悲剧,无论是失望、仇恨还是报复,你都要尽快忘了他。"

"我遇到了纪灏,以为美好生活从此开始。梦的开头很是美好,给人很多憧憬。我越往前走,就越失望、越难过、越沮丧、越仇恨。"肖乔恨恨地说,"我恨他,也恨我自己,以为凭着自己的美貌就能换来自己想要的一切。我本以为漂亮就是女人的资本,浅薄到以为凭此会获得想要的一切,却不料反被人利用,陷于尴尬、难堪。我现在才明白,女人的美貌优势若没有利用好,反倒会给自己带来烦恼。"

"过去的就让它过去吧,别愁眉苦脸的,一副苦大仇深的样子。"柳青说。

"苦大仇深?我的苦能有你大?仇能有你深?"肖乔说,"你都没有愁眉苦脸,我就更没有资格愁眉苦脸、怨天尤人了。我会难过,但我不会为此就一蹶不振。

你放心,我没事。以前的事我就当个教训,我绝不会再干这类傻事了。以后只能我玩别人,绝不允许别人玩我。"

"这才像你。"柳青说,"笑一笑嘛,你不知道你笑的样子有多甜!"

"甜吗?"肖乔忍不住笑,"那我笑给你看,看看能不能甜死你?"

柳青也笑:"我在一本书上看过,说是笑得甜的女人,将来的运气都不会太坏。"

"哦?还有这样的说法。"肖乔说,"读书、做生意你哪样都不耽误,还挺会利用时间的。"

"在家等生意时,看书打发时间。"柳青笑着说,"要不要我给你做一个情感测验,挺准的。"

肖乔一听来了兴趣,说:"哦,真有那么准。"

"我测过,觉得还挺准的。"柳青说。

"你说吧。"肖乔说。

"我给你几组数字,你看看最喜欢哪组?"柳青用笔写出六组数字"7800,7105,8561,7906,8683,8005"。

肖乔说,"我选8561这组数字,你看看有什么说道?"

"8561,对爱犹豫不决。"柳青笑着说,"犹豫不决?对纪灏还是周斌?"

"不准,不准,什么犹豫不决,我现在是心如止水。"肖乔哪肯说她对和周斌的离婚有些后悔了。

"心如止水?你能做到心如止水吗?"柳青笑道,"别人不了解你,我还不了解你。你肯定是对你和周斌的离婚有些后悔了吧。你俩是有感情的,他喜欢你,你也留恋他。要不,我去当说客,给你俩说和?"

"不用你去说和。"肖乔说,"好马不吃回头草,离了就离了。"

"还有种说法哦,好马只吃回头草。"柳青打趣道。

肖乔可不想让柳青去说和,让周斌看轻她。离了就离了,错了她也认了。她连忙转移话题,说:"你说这个准,那你说说你选的什么数字?"

"7800。"柳青不再笑。

"什么意思?"

"7800,渴望被人疼爱。"柳青轻声说。

肖乔不作声了。作为孕妇的柳青当然渴望被人疼爱了,可是疼爱他的那个男人失去了记忆,忘了他和柳青的一切,回到了以前的生活。

"也不知道他现在过得怎么样。"柳青轻声说。

"你俩那么相爱,你当初就不该答应他妈。"肖乔说,"秦杰没有了记忆,想不起以前的事,失去了你他也不会痛苦。可你不同,你付出那么多,失去他,你会很痛苦。"

"是痛苦,可是忍忍也能扛过去。我爱他,但不一定要拥有他。如果我和他生活在一起不幸福,干吗不成全他,让他过回以前的生活?"柳青说,"至于我,我有宝宝呀,以后我就和宝宝相依为命了。"

"让秦杰过回以前的生活,他就幸福了吗?"肖乔说,"谁能断言他一定会幸福?"

"当时的情况那么糟,秦杰的身体很差,而且还失去了记忆。日常生活已经不能自理,他只能靠我。可我,能给他什么呢?"柳青说,"一日三餐?还是前程无忧?我没有信心给他幸福,所以我放他走,让他过回以前的生活。这样,他不用再像我一样为五斗米折腰,不用为一日三餐奔波。我能做的也只有这些,但愿他从此平平安安,过上幸福快乐的日子。"

第十七章
心乱如麻

既然已经放下,不如彻底放下。不然,在心里藏着一个人,然后又要笑对另一个人,这样会很累。

失去记忆的秦杰与陈恬风风光光地举行了婚礼,虽然在婚礼上他隐约地想起了一些画面,可是他不能肯定那就是自己以前经历过的生活。在妈妈的劝说下,秦杰与陈恬一心一意地过起了小日子。

秦杰妈对儿子的婚姻是满意的,儿子终于与自己满意的女孩结了婚。现在,她只盼陈恬的肚子争气,能早早地鼓起来,给秦家生个孙子。

陈恬也明白婆婆的心思,她也想和秦杰早点有个孩子。秦杰家庭富裕,她也用不着担心孩子的生长环境和以后养育孩子需要的不菲费用。再说,秦杰因为公司的事常在外面有应酬,陈恬想用孩子给她和他的婚姻再加一道保险。

晚上,秦杰与陈恬躺在床上看电视。陈恬笑着说:"妈也太心急了,一天到晚盯着我的肚子看,老是问我'恬恬,你想不想吃酸的啊'、'恬恬,你最近有没有恶心想吐啊'之类的话。我真是被你妈打败了。"

"哦,"秦杰心不在焉说,"有这样的事?她干吗老盯着你的肚子看?干吗要问你那些奇怪的话?"

"你傻呀?!"陈恬娇笑着用手指头点了一下秦杰的头,"她那是想抱孙子啦。"

"呵呵,我妈以前是说过这样的话,催我早点结婚,早点让她抱上孙子。"秦杰傻笑着说,"我爸走得早,我又没有别的兄弟姐妹,我妈嫌家里太冷清。以前,我妈抱怨过说白养我了,把我养这么大也不知道和她聊聊天。现在好了,你进了门,她又那样喜欢你,你以后多陪她说说话。"

"我和你妈哪有什么说的?我在家时和我妈都没聊过天。"陈恬说,"不过,现在我和你妈没有聊的,不等于以后没有聊的。"

"奇怪。为什么现在没有聊的,反倒以后能聊得来?"秦杰不明白。

"你真笨。"陈恬笑,"以后我要是有了宝宝,当然我和她就有聊的了。比如,我怀孕时要注意些什么,要给宝宝准备什么,宝宝生出来后要怎样带宝宝……"

"我妈把我养这么大,一定有不少育子经验。"秦杰笑,"我妈本来就喜欢你,要是你怀了孩子,那还不得更宠你。"

"呵呵,"陈恬笑,"你妈是你妈,你是你。我不仅要你妈宠我,而且要你宠我。说到底,女人更想得到老公的宠爱。"

"你是我老婆,我当然会宠你。"秦杰说。

"别光嘴上说得好听,"陈恬不依不饶,"你倒是说来听听,我要是有了孩子,你要怎样宠我?"

"你也真是,你这不是还没有怀上吗?"

"不嘛,我就要你说。"陈恬摇着秦杰的手臂,撒娇道,"你说嘛,我要听。"

"好,好,我说。"秦杰想了想,"你要什么我给你买什么,你有什么心愿我都帮你完成。"

"那我要天上的月亮,你能帮我摘下来吗?"

"你,你这不是无理取闹吗?"秦杰笑,"天上的月亮我摘不下来。不过,我倒是可以在月圆之夜,牵着你去郊区,在月下散步,听听青蛙叫,看看萤火虫什么的。"

"哇,真浪漫。"陈恬很是兴奋,"听着都觉得美。"

"不过,你这肚子好像不争气呀。"秦杰笑道,"咱们结婚都几个月了,你的肚子一点都没有动静。"

"你少来,自己没用还怪我。"陈恬说,"我的土壤肥沃得很,只要有种子就能发芽。"

"发芽了吗?"秦杰坏笑着将手伸进陈恬的内衣里,"我摸摸,看看发芽没?小心发芽太快,把你的肚子撑破了。"

"种子都没有,怎么发芽?"陈恬笑。

"没有种子?不会吧,我可是天天都在播种呀。"秦杰坏笑着搂住陈恬,"咱要努力喽,否则某些人怪我没能力。"

"你坏死啦。"陈恬娇笑着,随手摁灭了床头灯。

随后的日子,秦杰越来越忙,他要拓展公司的业务,频繁地飞去外地与人洽谈合作细节。秦杰不在家的日子,陈恬在家看碟片、玩游戏打发时间。偶尔,也和朋友到外面吃饭或去酒吧坐坐。

这天下午,正在上班的陈恬听到手机响起了熟悉的铃音。听到铃声,她有些愣神。这段铃声她太熟悉了,她和前男友刘辰交往时,为了与别的来电铃声有更好的区别,刘辰特地替她设成了"做我老婆好不好"。刘辰设置好后,将手机递给她时笑着说,我要让你听一遍铃声就想着我对你的求婚请求,做我的老婆好不好。听刘辰那样说时,陈恬很感动。那时,她以为她和他会相爱到永远。可是,永远没有多远。毕业后,他俩在现实与爱情面前,选择了现实。刘辰没有再问她"做我老婆好不好",更是很少拨打她的电话。

铃声执拗地响着,陈恬心乱如麻,接还是不接?陈恬想想现在的幸福生活,一狠心将手机关了。

天黑了,陈恬还没有回家,坐在办公室里发神。陈恬拿出扔到抽屉里的手机,暗想:刘辰应该死心了吧,他不会再给她打电话了。陈恬打开手机,手机的来电提醒用短信的方式告诉她,刘辰在两小时中给她拨打了二十通电话。虽然陈恬关机,但刘辰还是给陈恬发了短信:"恬恬,我到成都出差,我想和你见见面,我想知道你过得好不好","恬恬,我在我们以前常见面的酒吧等你","恬恬,我只是想看看你,想知道你现在幸福吗,来不来随你,但我会一直在那里等你"。

陈恬的眼里有泪涌出,这个冤家,既然已经分手,为什么还来扰乱她的心情?刘辰的短信扰乱了陈恬已经平静下来的心,去见还是不见?秦杰在外面出差,即便她去见了刘辰,也是天知、地知、她知、刘辰知。犹豫了好久,陈恬决定去见刘辰,她要向他炫耀自己的幸福。她要让他知道,没有他,她也过得很好。

来到酒吧，酒吧里一如既往地热闹。陈恬在闪烁的灯光下搜索着刘辰的身影，终于，她看见刘辰。刘辰坐在角落里，正一人独饮着。陈恬坐下，刘辰坐在对面，笑容兴奋而有些拘谨。

"我到成都出差，特别想见你，所以给你打了电话，我没想到你会不接我的电话。"刘辰说。

"你以为你是谁？"陈恬毫不客气地说，"凭什么你的电话我就非得接？当初盼你来电话时，你不打来。现在，你打电话找我干吗？"

"我从同学那里知道你结婚了。"刘辰结结巴巴地说，"我，我不是想打扰你的生活，我就是想看看你婚后过得好不好。"

"好呀，很好，好得不能再好了。"陈恬声音尖利，"他家庭富裕，人长得帅，不滥情也不绝情，对我很好，我很幸福。"

"那，那就好。"刘辰说。

"这一切还要拜你所赐，要不是当初你的犹豫，你的现实，我不会遇到他。"陈恬轻笑，"我们都是很现实的人，都知道选择我们所需要的。怎么样，你现在一定过得很幸福吧。听同学说你老婆家里很有钱，你跟了她至少能少奋斗二十年。"

"她家是有钱，但是，她的脾气与她家的钱成正比。"刘辰说，"不过，也无所谓。我与你分手后，我就早已经想好了。既然不能和你在一起，既然不能选择爱情，那我就要现实一点，在本地挑一个条件好的。"

"恭喜你如愿以偿。"陈恬笑，"这年头，男人长得帅也是资本，靠自己的姿色也能过上想过的日子。"

"恬恬，咱们好不容易见一次，你能不能不这么尖刻？"刘辰说，"当初我也想过要和你在一起，可是让你跟我回家乡，不仅你爸妈不同意，你也没有信心跟我一起。"

"我没有信心？我没有信心还不是因为你爸妈也反对？你爸妈不就想你找个本地的、家庭条件不错的女孩子吗？"陈恬恨恨地说，"他们知道我，我在本地全靠我爸妈罩着，要是离开我爸妈，我去了你们那边，说不定连找工作都成问题。他们嫌我是累赘也就罢了，你当初干吗不坚持？你要是爱我，你就应该跟着我，到我这边来。不管我爸妈反对不反对,等我们结了婚,等生米煮成熟饭,等我们有了孩子,我爸妈不可能不管我们吧。可是你一听我爸妈不同意,立马就把头缩了回去。"

"我不是怕你爸妈坚决不理我们吗?你也知道我的生活一直都是爸妈安排好了的。在家乡,他们给我联系了工作,我回去就能上班。倘若我放弃一切跟着你到成都,你爸妈如果不管我们,不肯照顾我们,那我们要怎样办?"刘辰辩解道,"都说贫贱夫妻百事哀,我要是和你结了婚,又找不到好的工作,也没有丰厚的薪水可拿,我们要拿什么过日子?那时,还不是你埋怨我,我埋怨你,又有什么幸福可言?"

"我现在突然明白我们为什么走不到一起,我们都太爱自己了。"陈恬突然笑道,"生活中不管遇到什么事情,我们首先想到的是自己。会不会和我们的利益有冲突?会不会影响以往舒适的生活?我们将未来考虑得太细了,细得甚至连以后可能发生但还未发生的问题都无限放大。我们越想越恐惧,越想越没信心,所以我们俩都默认了放弃。"

"或许你说得对,我们都太爱自己了。"刘辰黯然道。

"我们这样注定走不到一起的。即便走到了一起,以后遇到坎坷、挫折什么的,我们还是会分开。以前我一直恨你,恨你身为男人,为什么就不能坚持?明明知道我的信心有了动摇,为什么就不能鼓励我走下去?我恨你太现实,恨你放弃了我们曾有的爱。"陈恬说,"不过,我现在不恨你了。这不是你一个人的问题,我们俩都有责任。"

"你能这样想太好了。"刘辰激动地说,"这辈子我们做不了爱人,我们可以做朋友。"

"我们还能做朋友吗?"陈恬反问,"像什么事都没有发生过?云淡风轻地问好、相处?不,不可能。"

"为什么?"刘辰说,"只是互相关心也不行吗?"

"你说呢?"陈恬说,"就算你我不介意,可是你能保证你的老婆知道你我还有联系、互相关心,她不会介意?"

"这……"刘辰说,"不让她知道就行了。"

"你的意思是说偶尔偷偷地互相关心?"陈恬笑,"对不起,我不想这样做。我不管你的老婆会不会介意,但我敢保证,我的老公他会很介意。"

"你很介意他的感受?"刘辰问。

"对,我很介意。"陈恬说,"能再爱上一个人不容易,我很珍惜我和他之间的缘分。至于你我之间的缘分,我也曾经很珍惜。失去了那段爱,很长一段时间,我都很低落,我甚至对其他的男人都不再感兴趣,也不敢再相信他们说的话。"

"你的意思是你很相信他?"

"是,我相信他。"陈恬肯定地说,"他不像别的男人那样,他话虽不多,也不甜言蜜语,但他很坦诚。"

"你俩才认识几个月,你就这样肯定?"听着前女友这样夸自己的老公,刘辰的心酸溜溜的。

"凭直觉。"陈恬说,"我认识他后,从来没有看到他和别的女人嬉皮笑脸地乱开玩笑,也没听说过他与别的女人有什么绯闻。"

"你看到是认识后的他,你认识他之前他什么样你了解吗?"刘辰不屑道,"他认识你之前,他难道就没有与别的女人交往过?你怎么知道他在那些女人面前怎样?"

"我认识他时,他忘记了以前的一切。"陈恬说,"和大多数人相比,他干净、通透。"

"此话怎讲?"

"他在广州时出了车祸,抢救后恢复了健康但却失去记忆。"陈恬说,"我曾经对他的以前好奇,我也不相信他在我认识之前就没有别的女孩子。可是,现在我不再好奇了。"

"为什么?"刘辰的话越来越少。

"比起他的过去,我更在乎我与他的现在和未来。"陈恬说,"他的过去对我来说不再重要。谁没有过去呢?他忘了就忘了吧,这样他的脑里就只有我一个女人,我就是他的最爱。"

"你很在乎他?"

"是的,我在乎他。"陈恬说,"我有今天的幸福不易,所以我很在乎。"

刘辰不再作声,将杯里的酒一饮而尽。虽然明知道爱已经过去,可是看着这个曾经深爱着自己、自己也曾深爱着的女人幸福地述着她的生活、她的男人,刘辰的心还是隐隐地痛。他还在乎着陈恬对以往爱的感受,见面后知道陈恬彻底放弃了以往,爱上了别的男人,刘辰有些失落。

"你少喝点。"陈恬见刘辰喝了一杯又一杯,劝道。

"你过得这么幸福,我当然要多喝点,我替你高兴呀。"刘辰酸溜溜地说,"来,你也一起来,咱们为你的幸福干杯。"

听到祝福,陈恬举起杯,将杯里的酒一饮而尽。此时,看到面前这个失落的男人,陈恬对他的恨一下子没有了。时间真是最好的淡忘剂,她和他曾有的爱变淡,并被新的爱情取代。正过着幸福生活的陈恬暗想:这年头,有什么不可替代的?爱情如此,男人亦如此,一切都会被新的东西取代,谁还会为谁苦苦地等一辈子呢。

"你还记得我们的约定吗?"微醉的刘辰说,"我们俩以前来这里时,你许下心愿,写在纸上,搁在酒瓶子里。我们说好我向你求婚的时候,打开那个瓶子,我要实现你的心愿。"

"你还记得那个约定?"陈恬放低声音,温柔问道。

"记得,我当然记得。"刘辰说,"一直没有兑现那个约定,我心里很愧疚。所以,我这次来,想打开那个瓶子,我想知道你许的愿望。"

"还有这个必要吗?我们都有了新的开始,你何必再知道我当日的愿望。"陈恬摇摇头,"你我今日一别,以后就形如路人吧。"

"形如路人?你太绝情了。"刘辰悲愤地说,"你们女人总比男人绝情。我和你虽然不能有美好的未来,但那段感情会永远驻在我心里,我会永远记得你。"

"永远?"陈恬轻叹,"永远有多远?"

"一辈子,我会一辈子记得你。"刘辰说。

"你还是忘了我吧,我也会忘了你。"陈恬说,"用沉默,用未来把我们的过去埋葬了吧。"

"你要忘了,那是你的事。我要记得,那是我的事。"刘辰说,"我知道你现在过得幸福,你放心,我不会打扰你的生活。"

"你这又是何必呢?"陈恬说,"既然已经放下,不如彻底放下。不然,在心里藏着一个人,然后又要笑对另一个人,这样会很累的。"

"我不累,我愿意这样。"刘辰说,"不能拥有你,我想想还不行吗?"

"这样对你老婆不公平。"陈恬轻声说,"若是她心里也藏着一个人,你会怎样想?"

"我怎么知道她心里不会藏着别人?难道她认识我之前,就没有和男人交往过?"刘辰辩解道,"谁的心里都有秘密,谁的心里都有放不下的人。"

陈恬不再说话,心里却有些伤感。

刘辰来到寄放瓶子的地方,取到了陈恬以前寄放的瓶子。打开瓶子,他看到了那张纸条:大猪,我们终于成为一家人了,亲亲!你要好好地加油,为我们的将来努力!为我们以后的小家努力!以后有了小猪,大猪宠爱小猪的时候,千万不能忽略小猪的妈妈。你对小猪好,也要对我好,愿我们猪猪一家永远幸福快乐。

看到陈恬写下的简短愿望,刘辰的泪水终于忍不住落了下来,吧嗒吧嗒地打在纸上。陈恬想起在纸上写上对未来的愿望时,刘辰抢着要看,她娇嗔地背过身去偏不给他看。她说,只能在结婚前夕让他看,他看后要好好地兑现承诺。

只是现在,刘辰看到了又有什么意义?陈恬突然有点后悔,不该来见刘辰,不该再纠结在往事里。

刘辰哽咽道:"对不起,这些愿望一个都不能实现。"

"没什么,你忘了吧。"陈恬说,"不过是那时的胡言乱语罢了。"

"除了这个愿望,其他的我都会想办法实现。"刘辰说,"你换个愿望吧,否则我会内疚一辈子。"

"我没什么其他的愿望,你也没有义务帮我实现什么愿望。"陈恬举起酒杯真诚地说,"回去好好地和她过日子,我祝你们幸福。"

刘辰不再说话,一杯接一杯地喝着酒,陈恬默默地作陪。不知不觉中,她喝醉了。迷糊中,陈恬依稀记得她被人扶着,跟跟跄跄地走出酒吧。

第二天早上,陈恬睁开眼,听到身边阵阵鼾声,她转头一看,刘辰赤裸着身体躺在身边。陈恬吓了一大跳,赶快跳下床穿好衣服。

刘辰迷迷糊糊地睁开眼,说:"你要走了?"

陈恬狠狠地给了刘辰一耳光:"你,你这个浑蛋。"

"昨晚你喝醉了,我也不知道送你回哪里去,就把你带到这来了。"刘辰摸着火辣辣的脸,"看到你醉后的迷人模样,我,我没能控制住自己。"

"你个王八蛋,我说不要见面你偏要见面。"陈恬哭着说,"你说过不会打扰我的生活,你说过你看到我过得幸福就走,你忘了你说过的话吗?"

"对,对不起。"刘辰支吾着。

"我永远都不想再见到你。"陈恬愤怒地叫道,"永远,永远都不想再见你。"

"你别生气,我以后绝不再打扰你的生活。"刘辰说,"这事天知、地知,你知、我知,我绝不会出去乱说。"

"你要是敢乱说,你就死定了。"陈恬丢下这句话,神情慌乱地走出了酒店。

陈恬心里乱乱的,也没有心思上班,便向单位请了假,回到家里。见陈恬回来,秦杰妈问道:"昨晚你到哪儿去了?怎么一晚上都不回家。"

"我,我到朋友家去玩,玩得晚了就在她家睡了。"陈恬心虚地回应着。

"我看你很晚都没有回来,打电话问你妈妈,她说你没有回家。"秦杰妈没有注意到陈恬的表情,自顾自地说,"我打你手机,你也不接。怕你出事,我一晚上都担心你,觉也没有睡好。"

"妈,对不起。"陈恬说,"以后我会赶回来,不会再让您替我担心了。"

"以后别再这样,秦杰知道你一夜不回家也会不高兴。"秦杰妈说,"我知道你们年轻人爱玩,但是睡在别人家中总是不太好。"

"是,我以后绝不这样了。"陈恬说,"妈,我有点头痛,我进去休息了。"

"头痛?"秦杰妈连忙问道,"还有别的症状没有?恶心不?想吐不?"

"妈,不是你想的那样啦。"陈恬说,"我就是头有点痛。"

"哦,那你去休息吧,以后别玩得太晚。"秦杰妈有些失望。

陈恬进了卫生间,将自己从头到脚好好地冲洗了一番。现在,她真是后悔了,不该为了炫耀幸福去见刘辰,不该被他打动,陪他喝那么多酒。只是现在晚了,她做了对不起秦杰的事,陈恬暗暗发誓以后要更好地对待秦杰,弥补自己的过失。

又过了二十多天,秦杰回来了。饭厅里,秦杰边吃饭边感叹:"还是家里好呀。"

"你以后能派人去就尽量派人去,不必事事都自己亲自去办。"秦杰妈说,"你看看你,这一走就是二十多天。往后你多抽点时间陪陪恬恬,你们也老大不小了,也该有个孩子了。"

"妈,这次情况不是特殊吗?您当我喜欢到处跑呀,家里多舒服,谁不想在家待着。"秦杰笑着说,"您别一天到晚老说孩子、孩子的好不好,我耳朵都听出趼子来了。"

"耳朵听出趼子来了还不是没有动静?"秦杰妈"哼"了一声。

"妈,该有的时候自然会有。这播庄稼它也得有个过程吧,您总不能立马让我给您变出个孙子来。"秦杰说。

"你要是能变就好了。"秦杰妈说,"妈现在就盼着能早点抱上孙子。"

秦杰朝陈恬挤了一下眼睛,说:"听见没有?我们要加油哦。"

"去你的。"陈恬笑,"你这趟出去一切顺利吗?"

"还算顺利。"秦杰说。

"你们俩在家就别谈公事了。"秦杰妈催促着,"吃了饭就早点休息吧。"

秦杰、陈恬吃完了饭,溜进了卧室。秦杰取出一件礼物,递给陈恬,"喏,送给你。"

"好可爱哟,我在韩剧里见过。"陈恬扭动发条,有好听的音乐传出。打开底部的开关,月亮发出橘黄的光,可爱的小宝宝躺在弯弯的月亮下酣睡。轻轻地摇晃,球里雪花飞舞。

"喜欢吗?"秦杰一边换睡衣一边问。

"嗯,喜欢。"陈恬走过去,从后面搂住秦杰,"你干吗要对我这么好?"

"傻瓜,你是我老婆,我当然要对你好啦。"秦杰笑。

陈恬轻吻着秦杰的耳垂,秦杰转身搂着她,问:"想我了吧。"

"嗯,想你了。"陈恬眼角有泪溢出。

"怎么了,还哭了?"秦杰用手拭着陈恬脸上的泪,温柔地说,"我这不回来了吗?"

陈恬踮起脚,用嘴堵住秦杰的嘴,秦杰热烈地回应着。是夜,陈恬极尽温柔。

没过多久,陈恬觉得身子不舒服,整日里困困的,没有胃口只想睡觉。想到这个月例假也没有来,陈恬去医院妇产科检查。经过尿检和内诊检查后,妇产科医生笑着说:"恭喜你,你怀孕了。"

"我怀孕了?!"陈恬很是兴奋。

"嗯,你算算例假有多久没来?从末次月经的第二天算起到今天,就是你的怀孕天数。"妇产科医生笑着说,"再把你的末次月经第一天加上九个月零一周就可以推算出你的预产期。"

"谢谢你。"陈恬说。

"不用谢,多吃点有营养的东西,好好休息,不要太劳累。以后要按时来医院做检查。"妇产科医生说,"平时多听听轻松的、愉快的音乐,音乐胎教对胎儿有好处。"

"胎儿在肚子里也能听到音乐?"陈恬好奇地问。

"能听到。胎儿四个月时已经有了听力,六个月时胎儿听力发育接近成人。"妇产科医院耐心解释,"听音乐时,不能把录音机直接放在肚皮上,听的时间也不能听太长。选一些轻柔的、舒缓的、愉快的曲子听,对胎儿的身心健康有好处。"

"嗯,我记住了。"陈恬兴奋地走出医院。

陈恬回到家,秦杰妈没有在家。陈恬径直上了楼,进了卧室,躺在床上推算自己的怀孕时间和预产期。从最后一次停经日期20号算起来,已经怀孕四十五天。四十五天,陈恬的脸慢慢地变色。她记得,秦杰走时,她的例假刚结束没几天。秦杰出差大半个月,他回来时正是她往常来例假的日子了,可是例假没有来。她喝醉了和刘辰在酒店的那一夜正是她的排卵期,难道肚子里的孩子是刘辰的?

陈恬心乱如麻,无论她怎么推断,这个孩子都不是秦杰的。陈恬慌了,在屋里来回走着。现在怎么办？生下孩子还是打掉孩子？要是让秦杰妈和秦杰察觉到异样，她还有什么脸待在秦家？陈恬暗自庆幸，没有因太过高兴马上打电话告诉秦杰，刚刚回来时没有碰到秦杰妈，否则让他们知道，她想瞒也瞒不了，根本就没有机会打掉肚子里的孩子。

第二天，陈恬又来到医院，要求打掉肚子里的孩子。昨天给陈恬检查的医生很是奇怪，问："干吗要打掉？昨天你听到有孩子不是挺高兴的吗？"

"我，我昨天回家后才想起来，这个月我因为生病吃了很多不该吃的药。"陈恬支支吾吾，"我怕对孩子有影响。"

"你把药名说给我听听，"妇产科医生耐心地说，"我看看会不会对孩子有影响。"

"我昨天上网查了药名，对孩子有很大的副作用。"陈恬撒谎道。

"哦，那就没办法了。"妇产科医生说，"只是可惜了。"

"没关系，我年轻，以后还能生。"陈恬说。

陈恬做了无痛人流，因害怕秦杰妈和秦杰发现自己的异常，在家休息了一天便去单位上班。

周末，秦杰带了陈恬去郊外游玩。秦杰妈坐在家里想着心事时，张妈手里拿着东西，走过来说："这是我在要洗的衣服里搜出来的。"

秦杰妈细看，是一些零钱和一张类似于处方笺之类的纸。她打开那张纸，定眼细看是陈恬的尿检化验单，阳性。秦杰妈喜出望外，这么大的喜讯，恬恬怎么就不告诉她呢？她一定是想给她和秦杰意外的惊喜。

怀孕了的女人应该多休息，可不能到处乱跑，小心动了胎气。秦杰妈马上拨通了儿子的手机，大声问道："你们现在在哪儿？"

"我们在郊区，一会儿就回来。"秦杰说，"妈，您怎么想起给我打电话？是不是一个人在家待着无聊，要不要我来接您？"

"不用，不用。恬恬身子不方便，你要好好照顾她，别让她到处乱跑乱动。"

"妈，您怎么了？"秦杰说，"您打电话就给我说这些？"

"恬恬她有没有告诉你？"秦杰妈问。

"她告诉我什么呀?"秦杰莫名其妙,"她什么也没有给我说。"

"没,没什么。"秦杰妈犹豫了一会儿,挂断了电话。秦杰妈想,可能是儿媳想给儿子一个惊喜,要选时间告诉他。既然儿媳有这样的兴致,她这做婆婆的也不能败了她的兴,这件事情还是儿媳自己亲口告诉儿子为好。儿子晚一些、早一些知道没关系,只要自己知道就行了。

秦杰妈拿着包出了门,她要去多买些适合孕妇吃的高营养的食品和水果。晚上,秦杰和陈恬回家吃饭。桌上,秦杰妈频频地给陈恬夹菜,"这是我去菜市场买的土鸡,你多吃点,也多喝点汤。"

一会儿,她又夹了一些青菜到陈恬碗里,"这是农民卖的菜,我买的时候新鲜得很,我问了是用农家肥,你放心吃。多吃青菜,对身体有好处。"

秦杰和陈恬愣愣地看着妈妈。秦杰说,"妈,您今天怎么了?"

"你没看恬恬最近都瘦了吗?"秦杰妈嗔怪道,"你这孩子,也太粗心了,不懂得关心人。"

"妈,谢谢您。"陈恬很是感动。谁说婆婆没有亲妈好,嫁进秦家后,除了秦杰妈像老妈一样有些啰唆,她还真没挑出其他毛病。

"恬恬,你可要多吃点。别像有些女孩子为了身材好看,怕长胖什么都不敢吃。"秦杰妈说。

"嗯,我听您的。"陈恬笑着说,"不过,我还真怕长胖。要是胖了,秦杰该嫌我了。"

"他敢?!"秦杰妈眼一瞪,"他要是敢嫌你,我帮你教训他。"

"妈,我真是败给您了。"秦杰笑,"哪有您这么疼儿媳妇的,在这成都满城去找,有您这样的吗?自己儿子不疼,专疼儿媳。儿子坐在面前,您不劝我多吃点,吃好点,尽顾着您宝贝媳妇了。妈,我还是不是您亲生的?"

"你不是妈亲生的难道还是捡的?"秦杰妈笑,"真没见过你这样的傻孩子,连自己老婆的醋都要吃。"

"就对我好,怎么了?"陈恬得意地说。

"我吃饱了,你们俩慢慢吃、慢慢劝。"秦杰笑,"家里两个女人,一个男人,典型的阴盛阳衰。哎,陈恬,你以后可要给我生个儿子。要是生个女儿,三对一,我在家里可是彻底没戏唱了。"

"生男生女我能做主吗?"陈恬轻笑,"还不是由你决定。"

"我决定?"秦杰愣了一会儿,大笑,"好,我决定。以后有了孩子先做B超,是丫头不要,是小子咱才要。"

"呸,你瞧你这乌鸦嘴,乱七八糟地说什么啦?年纪轻轻的也不知道忌讳,张嘴就来。"秦杰妈说,"什么丫头、小子的咱们全都要。我不贪心,只要恬恬能给我生俩,一个孙子、一个孙女,我就满足了。"

"您这不贪心呀?"秦杰笑,"您这思想不对,这可是违反计划生育政策啊!"

"违反就违反呗,只要咱在其他方面遵纪守法就行了。"秦杰妈满不在乎,"谁让咱家人丁单薄呢。"

"陈恬,你以后怀孕就怀双胞胎,一次搞定。"秦杰坏笑着对陈恬说,"一个一个地生,你可要受两次罪。"

"受罪我愿意,两个就两个。我也喜欢孩子,咱家又不是养不起。"陈恬是真的愿意为秦杰生孩子,特别是醉酒后的纵情、打掉肚子里的恶果后,她对秦杰的内疚越来越深。她愿意为秦杰多生几个孩子,以此来弥补她犯下的罪过。

"这话我爱听。"秦杰妈高兴地说,"所以说我娘俩有缘呢。恬恬,你放心生,妈有钱。你生孩子后,妈帮你们带孩子、养孩子。"

"谢谢妈。"陈恬笑道。

又过了一个月,秦杰妈见儿子的表情分明是还不知道陈恬怀孕的事。秦杰妈有些奇怪,通常女人知道怀孕后都是迫不及待地告诉老公。陈恬不告诉自己还说得过去,怎么会不给儿子说呢。于是,秦杰妈背着儿子问:"恬恬给你说了她怀孕的事吗?"

"怀孕?"秦杰说,"妈,您没搞错吧。"

"你看看这个,恬恬的尿检化验单。"秦杰妈递过化验单。

"她的化验单怎么在您这儿?"秦杰疑惑地问,"这个能说明什么?"

"是张妈洗衣服之前翻出来的,她交给我,我才发现这张单子。"秦杰妈说,"这上面说她怀孕了。那天你俩去郊外玩，我发现之后就打电话让你多照顾她，我还以为她事后会给你说。"

"没有呀。"秦杰说，"最近她都没有跟我提过这事。"

"这就奇怪了！"秦杰妈说，"你今晚问问她，就拿着这张化验单问，看看到底怎么回事。"

"好。"秦杰收起了单子。

进了卧室，秦杰问："你怀孕了？"

"没，没有啊。"陈恬问，"今儿你怎么想起问这个来了？"

"那你看看这是什么，这上面不是清清楚楚地写明你怀孕了吗？"秦杰拿出单子，递给陈恬。

陈恬看到单子，脸色突变，问："这张单子你哪来的？"

"张妈洗衣服之前摸到衣服口袋里有东西，翻出来是些零钱和这个。她交给了我妈，我妈看了才知道你怀孕了。"秦杰奇怪地问，"你怀孕了怎么不对我说？这么久了，妈都知道一个月了，唯独我不知道。"

"这，这……"陈恬咬着嘴唇，脑子里快速地转着。糟了，只怪自己乱了方寸，没有将处方藏好或扔掉。现在，她要怎样解释，秦杰母子才会接受呢。要想承认自己没有怀孕，看来是不可能了。

"你倒是说话呀？"秦杰急了。

"我前段时间身体不太好，吃了很多药。"陈恬说，"我怕那些药对孩子有副作用，就把孩子做掉了。"

"什么，你不跟我商量就做掉了？"秦杰很是生气，"这孩子又不是你一个人的，你没有权利那么做。"

"我是不得已才做掉的。"陈恬心虚，小声地说着。

"不得已？你知道怀孕了为什么不给我说？"秦杰愤怒地叫道，"吃了药有没有副作用，不是你说了算。你说你吃了药，咱们可以向医生咨询，医生说对孩子不好，咱们再做掉也来得及。可是你，不仅向我隐瞒怀孕，还擅自做主做掉孩子，我对你太失望了。"

"你别生气,听我说嘛。"陈恬说,"我们还年轻,我们有的是机会要孩子。我们很快还会有孩子的。"

"听你说,你说的这是什么狗屁理由?"秦杰说,"就因为年轻,就因为还有机会要孩子,所以你有了孩子就不要,就可以做掉。你分明就是不喜欢孩子,怕有了孩子拖累你,所以你才做掉孩子的。你明明知道我妈那么想要孩子,你明明知道我喜欢孩子,可是你要做掉孩子却不跟我们商量,你太自私了。"

"跟你们商量你们不会同意的。"陈恬小声说。

"你明知道我们不同意干吗还要做掉?"秦杰提高嗓门,"陈恬,你当着我妈、我,口口声声地说喜欢孩子,不嫌孩子麻烦。我现在怀疑你说的一切,你根本不是我想象中那种女人。你那样做,要么是你一直在敷衍我和我妈,要么就是你根本不爱我,不想和我有孩子。"

"不是的,不是这样的。"陈恬哀叫道,"我爱你,我想给你生个我们的孩子。你相信我,下次我再不会这样了。"

"相信你?"秦杰说,"我一直都相信你,可是你呢?"

"我,我怎么了?我不就是怕有副作用才做的人流吗?"陈恬小声嘀咕,"你这样子,根本就把我当做你家的生育工具。听说我人流,也不关心我的身体健康,就知道指责我。"

秦杰妈在楼下听到二人的争吵,她走上楼,凝神细听,听到儿子儿媳的对话。秦杰妈气坏了,使劲将门推开,厉声呵斥:"你背着我和你老公私自做掉了孩子,你不想想你这样做是否妥当,反倒怪我们把你当生育机器。你,你太让我失望了。"

"本来就是,"陈恬说,"从我进这个家门起,妈您哪天不说几遍,要抱孙子,抱孙子。"

"我想抱孙子难道有错吗?"秦杰妈说,"你是我的儿媳,是我儿子的老婆,我想抱孙子不对你说,难道对别的女人说?你当着我的面口口声声说你喜欢孩子,你怀孕后不给你老公说,不给我说,就这样随随便便地把孩子打掉,你难道没有错?"

面对婆婆的斥责和老公的愤怒,此时的陈恬百口莫辩。她总不能说她不小心怀了别人的孩子,才打掉的吧。事已至此,自己绝不能心虚,否则更会让老公和婆婆怀疑。

"孩子在我肚子里,我生病吃了药怕对孩子不好,我当然有权打掉孩子。"陈恬提高了嗓门,"因为要打掉孩子,所以我瞒着一直没有给你们说我怀孕的事,免得你们知道后会更难过。"

"你这样做我们就不难过了?"秦杰妈生气地说,"如果我们把你吃过的药拿去向医生咨询了,知道确实对胎儿有副作用。那时,我们虽然舍不得,即使还是要人流,但我们不会怪你。可你现在,怀孕不跟我们说,做人流不给我们说,你这样眼里还有你老公吗?你眼里还有我这个婆婆吗?"

"我的肚子难不成我还做不了主?"陈恬硬撑着说,"哪条法律规定了孕妇打掉肚子里的孩子一定要告知丈夫和婆婆?"

秦杰妈气得发抖:"你,你……"

秦杰一把捉住陈恬的手,怒声说:"有你这么跟妈说话的吗?快道歉!"

"哎哟!你弄疼我了。"陈恬叫道,"放开,你放开我。"

"给我妈道歉了,我就放开。"秦杰毫不妥协。

"你这样我偏不道歉!"陈恬的火气也上来了,她明明是为了这个家庭好才打掉孩子的。可现在,秦杰母子俩却好像恨不得把她吃了似的。

"你道不道歉?"秦杰逼近,另一手高高扬起。

陈恬头倔犟地扬起,眼见得儿子的巴掌就要落下,秦杰妈叫道:"你别打她,让她自己好好想想她做的这些事。"

秦杰妈拉了儿子出了卧室,陈恬沮丧地一屁股坐在地板上。她现在算是明白撒了一个谎后,为了不让谎言被拆穿,她必须得撒更多的谎来圆先前的那个谎言。到了最后,谎言不能再圆时,陈恬不得不装作刁蛮、不近人情激怒秦杰母子俩。老公和婆婆生气她的刁蛮、不近人情、虚伪时,就会淡化对她做人流的怀疑。否则,陈恬自忖她过不了今天这关。

陈恬沮丧地想:慢慢来吧,等再有了孩子,他们就会忘掉她今天所做的一切。

秦杰妈回到自己的卧室,怎么也睡不着。她是那么的想抱孙子,对陈恬关怀备至,可是她没有想到儿媳会这样不讲道理、会这样对她。愤怒的秦杰妈突然想起了柳青,那个不被她看好的穷人家的漂亮女孩。在儿子生死未卜的情形下,柳青不离左右地守在身边。若是没有柳青的照顾,儿子不可能恢复得这么好,连医生都说儿子的苏醒是奇迹,是柳青用爱唤醒的。明知道自己不同意儿子和她在一起,明明知道儿子迟早要离开她,可是柳青还是坚持着留下了肚子里的孩子。到了后来,秦杰妈其实已被柳青打动,她开始相信柳青不是为钱才嫁给儿子的。可是,为了秦家的面子,为了儿子以后的前程,她还是狠下心来丢下三十万元,带着失去记忆的儿子离开了广州。

"妈,刚刚是我错了,我不该那样和您说话。"陈恬推门进来,低声下气地说。

秦杰妈转过身去,此时,她不想看到陈恬。

"妈,我知道您很难过。这次就算是我错了,没有跟您和秦杰商量,我向您保证以后再不那样了。"陈恬说,"我和秦杰都还年轻,我们很快还会有孩子。"

秦杰妈也不转头,背着身子说:"我要休息了。"

陈恬轻轻地关上门,心里恨恨地想道:我要不是为了秦杰,我能来给你道歉吗?我做这些事,对不起的人也只有秦杰,只有他才有权利指责我。再说了,要不要孩子是我们两个人的事,你凭什么指手画脚?

秦杰妈躺在床上长吁短叹,并劝慰自己,再等等吧,或许陈恬很快就能再怀上孩子。事已至此,再想这些有什么用呢?秦杰妈突然很想知道柳青肚子里的那个孩子怎么样了?柳青会不会在自己走后把孩子做掉了?

第十八章
为爱坚守

其实女人就是傻,被那些情话打动也就中了爱情的毒,心甘情愿地付出。飞蛾扑火般地朝着有光亮的地方飞去,以为那就是幸福的彼岸。谁能料到,那光亮处是幸福的彼岸还是葬身之地?

眼见着到了预产期,柳青这几天越发地小心。这天,她在电脑面前忙碌时,突然感觉到下身有黏液不停流出。柳青慌了,连忙平躺在床上不敢再动。她拨通了肖乔的电话:"肖乔,你快来,我可能是要生了。"

"你别慌,我马上就来。"肖乔挂了电话快速赶到了柳青家。

肖乔赶到,扶着柳青下楼,拦了一辆出租车赶到医院。妇产科医生检查后,说是胎膜破裂,羊水出来了。

柳青担心地问:"是不是孩子要出来了?这样会影响到孩子吗?"

"也就是这一两天的事,一般不会影响。"医生说,"你们先去把住院手续办了,我们这里有贵族产房和普通的病房,你看你要住哪种?"

"普通病房。"柳青连忙说,她哪有钱住贵族产房?

"贵族产房?"肖乔笑问,"怎么个贵族法?"

"贵族产房的环境好,提供最先进的孕产妇护理技术和服务。价值二十六万元的全自动产床、模拟妈妈子宫环境的电子摇篮……"医生滔滔不绝地介绍着,"床头设有控制开关,孕妇只要躺在床上,就可以控制电视、电灯开关,可了解每天护理的疗程和婴儿的健康指标,通知工作人员送水果、杂志、打针等一系列的服务。"

"嗯,听着还不错。费用呢?一定也不便宜吧。"肖乔问。柳青连扯肖乔的衣袖,示意她不要再问。

"因为是贵族产房,费用当然比普通产房贵多啦。"医生说。

"贵多少是多少?"

"按住院三天算的话,顺产费用在一万五千左右;剖腹产则要三万元左右。这个价格听起来是有点贵,不过现在不都只生一个孩子嘛。很多像你们这样的年轻人都不在乎这个钱,认为一辈子就这么一次,花点钱享受星级服务也值。"医生说,"不过,这也要因人而异,每个人的经济实力和想法各有不同嘛。"

"她要住贵族产房。"肖乔指了指柳青。

柳青吓坏了,对医生赔着笑脸说:"你别听她胡说,我就住普通产房。"

"你怕什么?我这儿有钱。"肖乔笑着说。肖乔把秦杰妈走时留下的卡带来了,秦杰母子欠柳青的,这钱此时不用更待何时?

柳青拉肖乔出来,与她在走廊里商量。

"你有钱那是你的钱,再说你的钱也不是天上掉下来的,还不是辛辛苦苦挣来的。"柳青说。

肖乔瞪着眼:"女人生孩子,你当是闹着玩的。孩子的爸爸也不在这儿,这里就我一人陪你。你这还没生,我就已经开始发慌了。你听我的,咱们就住贵族产房,环境好、服务星级,你住着我放心。"

"我也知道贵族产房好,可为了生孩子花这么多钱太不值得了。"

"有什么不值得的?你这辈子难不成还要生几个孩子,住几次贵族产房?"肖乔说,"你听刚才那医生说得多好呀,女人一辈子就这么一次,这点钱咱不能省。"

"可是……"柳青还是不肯同意。

"你怎么婆婆妈妈的?你要再这样我生气了。"肖乔说,"你放心,我有钱。你要是觉得不好,这钱就当我借给你的,以后等你挣到大钱了再还我。"

柳青只得同意,住进了贵族产房。

第二天晚上,柳青的腹痛一阵紧似一阵。医生护士一阵忙碌后,对肖乔说柳青羊水流尽,造成产程延长、胎儿缺氧,要剖腹产,需要家属签字。

肖乔又急又慌,问:"我可不可以帮她签字?"

"她老公呢?这个时候她老公怎么不来?"护士不满意地问,"她的其他亲人呢?"

"她是外地人,她老公在外地出差,赶不回来。"肖乔说,"我是她最好的朋友,我来签行吗?"

"那好吧。"护士无奈同意。

折腾了一番,柳青平安地生下女儿。肖乔看着小宝贝,兴奋地叫:"青,你女儿好可爱、好漂亮哟,长大后肯定是个美人。"

柳青笑:"这么喜欢小孩,自己生一个吧。"

"哎,你说这话是气我吧。"肖乔撇撇嘴,"婚都离了,和鬼大爷生啊!"

"可以和周斌复婚呀。"柳青笑。

"你少提他,这个人没意思。"肖乔恨恨地说。对周斌她是有怨气的,平日里总是说如何爱她,看到她情感出轨时怎么就不知道拉她一把?反倒是找个短发妞来报复自己。

"好,好,我不提。"柳青说,"我说过要让她当你的干女儿呀,以后宝宝长大后也让她叫你妈。"

"好。"肖乔笑,"我可是替你发愁呢,这么个小东西,你要怎样才能把她带大?"

"我不嫌麻烦。"柳青说,"宝宝就是我的命根子,也是我生活的希望,我怎么会嫌麻烦呢。"

"说是这么说。"肖乔说,"可是真要一个人养大宝宝,却真是不容易。"

柳青咬了咬嘴唇,不再说话。她也知道,做单身妈妈很难,像她这样过着勉强糊口的日子,要想把宝宝带大更难。可这是她和秦杰的骨肉,她不能放弃。

肖乔见状,忙转移了话题:"宝宝的名字你想好了吗?总不能一直叫宝宝吧。"

"想好了,取我和他爸的名字各一个字,叫秦柳。"柳青笑,"你看怎么样?"

"秦柳,蛮好听的。"肖乔笑,"小名呢?"

"小名我倒没有想过。"柳青说。

"女孩？秦柳？叫什么小名呢？"肖乔突然叫道，"妞妞，小名就叫她妞妞，怎么样？"

"妞妞，行。"柳青笑，"很好听的小名，我喜欢。"

因为是剖腹产，本应等到拆线后再出院。可是柳青担心产房不菲的费用，第三天坚持要出院。

"你线都没有拆，出什么院呀？"肖乔劝道，"我知道你担心钱，住都住进来了，你就别想那么多啦。"

"到拆线的那天我再来医院拆线就好了，干吗要在这住着花这些冤枉钱。"柳青说，"我知道你是好心，可你也知道我的脾气，你这样反倒让我心不安。"

"有什么心不安的？"肖乔笑，"我告诉你，你住院这钱是大风刮来的，不花白不花。"

"什么大风刮来的？"柳青嗔怪道，"你我虽是朋友，可我也不能这样花你的钱。"

"妞妞不是我的女儿吗？"肖乔说，"这钱花在我女儿身上我愿意。"

"我们母女以后少不了还要麻烦你。"柳青说，"这次你就听我的，我要出院。"

肖乔无奈去办理了出院手续。想想秦杰妈，肖乔真恨不能把这钱全部用了才出气。可是柳青说得有道理，以后她和妞妞还要过日子，出院就出院吧，剩下的钱说不定还会派上大用场。

肖乔送柳青回了租住房，眼瞅着屋里堆放的货品和简陋的房间，再看看躺在床上的妞妞，撇嘴道："这么可爱的宝宝，就住在这样的房间里，我都替妞妞不值。"

"我以前不都是住在这儿？"柳青说，"今儿怎么就看不顺眼了？"

"你自己不觉得别扭吗？"肖乔皱着眉头说，"刚刚从贵族产房那么好的环境里出来，现在再看看这房间里的一切，你不会觉得别扭吗？"

"那儿再好也不是我的家。"柳青说，"这儿虽简陋却是我的家。和医院相比，我倒更是喜欢这里。"

"你喜欢？你喜欢这里什么呀？你喜欢这里也是因为不得已。"肖乔恨恨地骂，"都是秦杰妈那个老女人作怪，要是她认了你们娘俩，你们还会住在这破地方吗？"

"好啦，过去的事不要再提了。"柳青说，"明知道不可能的事，还提它干吗？难不成你要我现在抱着孩子去找她算账？"

"要是我，我就这样做，闹她个鸡犬不宁。"肖乔说，"秦杰失去记忆怎么了？失去记忆他也有义务要对你们母女俩负责。他没有供养能力，他妈妈有这个能力，就应该由他妈来替他完成这个义务。"

"这世上没有什么应该不应该的，我们认为应该的别人不那样认为也是白搭。"柳青不愿再讨论这个话题，"你这几天跑前跑后的也累了，你也回去休息吧。"

"也好，下次再来看你们。"肖乔说，"有事给我打电话。"

"嗯。"柳青应着。肖乔告辞回了家。

接下来的日子，柳青既要照顾妞妞，又要忙着网店的生意，还要负责自己的一日三餐。妞妞喜欢让柳青抱着，放在床上便会哭闹。最初，柳青极具爱心地在屋里不停游走，哄拍着怀里的妞妞。哄睡了，柳青小心放在床上，可是她的手刚离开，妞妞便又哭闹起来。日日如此反复，柳青觉得自己快要崩溃了。

后来，妞妞在床上哭闹，柳青狠下心不理。但妞妞不依不饶的哭闹声让她更是心烦，静不下心来做任何事。

柳青对着床上的女儿轻声说："妞妞，乖，别哭。妈妈不做事，咱们就没有饭吃。"

床上的妞妞哪里听得懂，还是不依不饶地哭闹着。心烦的柳青换了一副凶恶的面孔，轻吼："别哭了，再哭就打你。"

妞妞哭闹的声音越来越大，最后竟有些嘶哑。柳青心疼地抱起女儿，女儿的哭声渐小，她却是禁不住放声大哭。肖乔说得对，当单身妈妈真的不容易，尽管她有心理准备，却没想到这么难。

肖乔不放心柳青母女，买着水果来到租住房，看到柳青忍不住惊叫："天啦，我这才多久没来，你竟然憔悴成这副模样？"

柳青也不说话，转身躺到床上，轻轻哄拍着妞妞。

"你看你这样，披头散发的像什么啊？"肖乔说，"哎，我和你说话呢？大白天的你睡什么觉呀?"

"别理我,我困。"柳青闭着眼说。

"你困?"肖乔疑惑,"难不成你昨晚没有睡觉?"

"没有,我已经很久没有好好睡觉了。"柳青怏怏地说,"都是妞妞闹的,她没白天没黑夜地哭闹,老是闹着让我抱,不抱她就扯开嗓子哭。我被她闹腾得都没法活了,真想把她重新塞进肚子里。"

"我以前怎么说你来着,这下你知道一个人带小孩不容易了吧。"肖乔撇嘴。

"现在说这些有用吗?"柳青打着呵欠,无力地说,"你来了就帮我哄哄她,我真困了。"

肖乔抱着妞妞逗弄着,柳青安心地睡了。等柳青醒来时,天已经黑了。

"你这一觉还睡得真够长的,"肖乔笑着说,"醒了就起来吃饭吧。"

"你做了饭?"柳青伸了伸懒腰,从肖乔手里接过妞妞,爱怜地在妞妞脸上亲了一下。

"我打电话叫的外卖。"肖乔担心地说,"瞧你娘俩这日子过得,我看着都发愁,你以后可怎么办呀?"

"唉,谁让我遇上了,慢慢熬吧。"柳青叹气,"我真没想到一个人带孩子这么难。"

"我当初劝你不要不要,你偏不听。"肖乔说,"我就不明白了,秦杰都那样了,你干吗还要为他坚持?"

"你不明白我们俩的感情,所以你才那样说。"柳青轻叹。

"我有什么不明白的,他秦杰不就为你放弃了家庭吗?"肖乔叫道,"你跟着他也没沾什么光,也没占他什么便宜。你又没什么对不起他的,凭什么他们娘俩走人,让你们娘俩在这受罪?"

"秦杰不是失去记忆了吗?否则他不会跟他妈走的,而且我也不会放他走。"柳青说。

"你不放他走,他就不走了?"肖乔不屑道,"他一个公子哥,跟你在一起不就图个新鲜,老话说得好,贫贱夫妻百事哀,你们要是一直穷下去,他能坚持下来吗?

说好的幸福

一年他能坚持,两年他能坚持,三年、四年,甚至更久,他还能坚持吗?那时,你不让他走,他还是会走。"

"他不会的,他不是那样的人。"柳青轻声而肯定地说。

"你就这样肯定?我现在可是不敢随便相信男人。我算是看明白了,男人的甜言蜜语其实就是花言巧语。他爱你时,说尽这世上最好听的话;要离开你时,亦会说出这世上最难听、无情的话。"肖乔轻叹,"其实女人就是傻,被那些情话打动也就中了爱情的毒,心甘情愿地付出。飞蛾扑火般地朝着有光亮的地方飞去,以为那就是幸福的彼岸。谁能料到,那光亮处是幸福的彼岸还是葬身之地?"

"没有飞到终点、亮点,谁能知道呢?"柳青笑着说,"我对这份感情的坚持不是因为他的甜言蜜语。比起甜言蜜语,我倒认为男人的担当更为重要一些。"

"担当?这世上敢于担当的男人太少了。"肖乔说,"周斌、纪灏、秦杰,都是不能担当的男人。"

"不,秦杰是个敢于担当的男人。"柳青说。

"他敢于担当?"肖乔说,"我记得毕业好长一段时间,他没有找到满意的工作,一直待在家里,靠你的工资养着。他要真是一个担当的男人,他至于那样吗?"

"没错,那段时间他不敢面对现实,并消沉了很长一段时间。可是后来,他变了。"

"变了?"肖乔不明白。

"你不是一直不理解我对秦杰的那份坚持吗?你一直劝我打掉妞妞,重新找个男人,开始新的生活。"柳青说,"可是,我不能那样做。秦杰他晚上上班,白天帮我。他要是偷懒在家里睡觉,也不会发生车祸。"

"他是你老公,他不帮你谁帮?那是他该做的事。"肖乔说,"况且你以前的工作也是因为他不喜欢,你才放弃的。我一直不明白,你说你在民政局干得好好的,干吗因为他不喜欢就放弃了?好好的工作你说放弃就放弃,你爱他也爱得太卑微了。"

"民政局?"柳青陷入回忆中,脸色凝重,"话说到这儿,我也不瞒你了,我以前根本就没有在民政局工作。"

肖乔很惊奇,问:"那你在哪儿工作?"

"殡仪馆。"

"殡仪馆?"肖乔轻声叫道,"不会吧,那么瘆人的地方,你怎么会在那儿工作?你在那儿干什么?你干吗要到那儿工作?"

"刚毕业那段时间,秦杰不能适应我们当时所处的环境,找工作屡屡不顺。我一个人的工资维持两个人的开销显然不够,我很着急,到处找工作,希望找一个比前台待遇更好的工作。"柳青说,"我需要钱,我不在乎干什么,只要能解燃眉之急,能付房子租金,能维持日常生活。"

"所以你去了殡仪馆?我听说过那里的待遇很高。可是,青,一般的人都不愿意去那里工作,嫌那里晦气。"肖乔说,"你缺钱干吗不找我呢,我手里的钱虽然不多,可是要维持你们几个月的生活费还是有的。"

"我想过找你,但后来我打消了那个念头。"柳青说。

"为什么?你难以开口?怕我笑话你?"肖乔说,"你也真是的,我们那么多年朋友,我能笑话你吗?"

"不是因为这个,那时也已经顾不上面子不面子了。况且,你也不是外人,这么多年,我把你当朋友,也把你当我的亲人。一个月、两个月找你借容易,可是我能一直那么伸手找你借吗?"柳青说,"伸手找你借钱不是长久之计,我要的是一份稳定的工作,有固定的、较高的薪水。我暗自为钱发愁时,看到殡仪馆的招聘启事。当我知道工作稳定、待遇丰厚时,我动心了,于是我去应了聘。"

"青,你去殡仪馆工作你不害怕吗?"肖乔说,"你在那具体干什么?"

"我害怕,很害怕,甚至想过要放弃。"柳青说,"殡仪馆分我到防腐部,第一次面对尸体时,我头晕目眩,全身冒冷汗。我头重脚轻地回家,在床上不吃不喝地躺了两天。"

"嗯,想想都可怕。"肖乔惊呼,"既然这么害怕,你干吗不放弃?后来,你为什么还是去了?"

"你说过,生容易,活容易,生活不容易。如果不去那儿上班,我和秦杰的生活会更加窘迫,我没得选择。"柳青说,"我去那儿上班好长一段时间,秦杰都不知道,他和你一样都以为我在民政局上班。"

"青，你胆子真大。要换了我，打死我，我都不会去那个地方。"肖乔轻呼，"秦杰后来是不是知道你在那个地方上班，不让你去你才不去了？"

"嗯。同楼的邻居去殡仪馆看到了我，很是诧异。经过她的口口相传，很快这楼里的人全都知道了。"柳青无奈地叹了口气，"同楼的人再看到我时，无不指指点点，后退几步。我心里害怕，怕被秦杰发现，我担心他知道后接受不了。"

"那倒是，他以前还一直夸你工作好、待遇好。因为你工资高，他也用不着担心生活来源。"肖乔说，"他知道了是怎样的反应？他嫌弃你、责怪你了吗？"

"有一天晚上，秦杰饿了，要我和他出去吃宵夜，我怕与他一同出去碰到同楼的人对我指指点点，便推辞不去。他生气了，说我嫌他，我没办法，答应陪他去吃宵夜。刚下楼，便碰到楼上的邻居夫妇，那女人对我指指点点，说七说八，全让秦杰听见了。"柳青说，"秦杰拦住那女人要她说清楚，那女人跟他说了我在干什么后，还说跟我们住在同一楼里晦气，说全楼的人都巴不得我们搬走。"

"那些人也太多事了。"肖乔说，"在哪儿上班关她什么事？吃饱了撑的！有闲心操心别人的事，还不如把自己的稀饭吹凉了。"

柳青笑："秦杰当时就像你这样回答那女人的，还说那女人狗眼看人低，说我们的工作值得尊敬，不用受她的鸟气。"

"骂得好，"肖乔称赞道，"自己老婆被人欺负，他就应该站出来，这才像个爷们儿。"

"他把那女人臭骂一顿，说谁要是再说我的坏话，他就跟谁死磕。自那以后，楼里的人再碰见我们，也不敢明着指指点点了。"柳青说，"当时，我看他脸色铁青，心里怕极了。他返身上楼进了房，我给他解释他也不听。后来，他打电话给他妈，让他妈同意我们俩的事。秦杰还威胁他妈要是不同意，他就死给她看。"

"啊？"肖乔听得惊心动魄，"他这么威胁他妈，他妈怎么说？"

"他妈很生气，在电话里嚷嚷是我唆使秦杰这么干的。我抢过电话对她说秦杰会回去，我不会跟着回去。我不想让秦杰他妈知道我干的工作，我们要回去的真实原因。"柳青说，"即便是秦杰他妈妥协，我也不愿意回去，我不想看她的脸色卑微地活着,活得没有一点自尊。"

"嗯,秦杰他妈我见过,也真是一个厉害的女人。"肖乔说,"后来呢?"

"我和秦杰发生激烈的争执,我晕倒了。"柳青说,"秦杰送我去了医院,我昏睡几天后醒来时,秦杰握着我的手,守在我身边。出院后,秦杰让我去辞职,我本想再干一段时间,手里有些钱后再辞。可他不许,他说他不会再让我过着担惊受怕的日子。"

"所以,后来你在家经营网店。"肖乔恍然大悟,"他出去工作。"

"嗯,他放低了目标,到酒吧做了调酒师。"柳青说,"那段时间,我很开心。上午秦杰睡觉,下午他和我一起打理网络店铺。他对我很好,我们俩过得很幸福。我们手里的钱慢慢宽裕起来,也有了一些积蓄,我们憧憬着以后的生活。可是,可是他出事了,所有的憧憬一下子被生生掐断了。"

"我明白了,我现在明白你们俩之间的爱了。"肖乔很感动,"我以前一直不明白,一直不明白他住院后,你们的日子那样艰难,他妈妈又那样逼你,你还像傻子似的一心一意地照料着秦杰。发现肚里有孩子后,你也不舍得放弃。青,秦杰是好样的,你也是好样的。你们俩日子过得那样艰难,小日子却过得有滋有味。我和周斌,我们与你们相比,日子宽裕多了,可是我们俩却把生活折腾得乱七糟八的。"

"我和秦杰生活虽然过得艰难,但是我们能互相体贴、互相包容。"柳青说,"那些生活中细小的怜惜支撑着我们相依为命。"

"相依为命?互相依靠,谁也离不开谁。"肖乔喃喃自语,"我和周斌,我们缺的就是这个。我们有亲人的宠爱,我们有各自的收入,我们之间缺了谁都能过日子。我们有怨气就撒,一言不和就吵。吵乏了,吵烦了,懒得吵了,拍拍屁股就走人。我们谁都想当大爷,我们谁也不肯迁就谁,谁也不肯让对方靠着歇歇。"

"肖乔,你和周斌太冲动了。"柳青劝道,"你们有感情基础,怎么说离就离了呢?"

话正说着,肖乔的手机响了,是周斌打来的。

周斌在电话里油腔滑调:"你在干吗?是不是又和哪位帅哥腻在一起?"

"是,我正在约会。"肖乔没好气,"你知道就好,以后少打电话来烦我。"

"别呀,要不是我成全你,你能这么明目张胆地找男人吗?"周斌叫道,"怎么着,有了新欢就忘了旧爱?"

"无聊,我懒得理你!"肖乔火大,"有话就说,有屁快放,没事我挂了。"

"别,我打电话是想告诉你件事。"周斌说,"我要结婚了,那人你也见过,就是上次我喝醉了送我回家那个。"

人和人之间根本没法比。肖乔暗想,同样都是男人,周斌也太无耻了,打电话来不就是存心气她吗。

"你结婚关我屁事!"肖乔骂道,"少来烦我。"

"你怎么那么开不起玩笑呢,我骗你玩啦。"电话那头的周斌突然笑了,说:"怎么着,听我要结婚火气这么大,难不成还惦记着我?"

"你……"肖乔又气又恼,啪的一下挂了电话。

周斌再打进时,肖乔不接,任由它响着。

柳青笑着说:"你俩也真是一对欢喜冤家。见面就吵,不见又想着对方。"

"谁想他啦?刚才你也看见的,是他打来骚扰我的。"肖乔嘴硬,"我都懒得理他。"

柳青不理她的话茬儿,说:"要不我给你俩说和说和?"

肖乔懒得提周斌,她和他不是谁说和就能好的事。况且,周斌这般取笑她,她可不能再让他看轻。

肖乔转移话题,问:"你以后打算怎么办?你一个人又要照看孩子,又要打点生意,长期下去,你应付得了吗?"

"应付不了我也要坚持下去。"柳青说,"我把妞妞生下来,也想对她好一点。只是她不停地哭闹着让我抱,我不能做任何事,有点烦。"

"她那么小,懂什么呀?"肖乔说,"小孩子当然喜欢让人抱着。"

"可我不能整天抱着她什么事也不干呐,"柳青苦笑,"我不干活我们娘俩就得断炊。"

"柳青,咱们换个环境吧,你瞅瞅你住的这房子,你这周围的人。你刚刚不是说了吗,那些人爱对别人的生活指指点点。"肖乔说,"现在你刚生了妞妞,秦杰又不在,指不定这些人又要说什么?"

"管他们说什么,我没闲工夫在意这些。"柳青说,"我要操心的是怎样多交易几笔单子,能多赚一点钱。"

"你这样一心几用的,能赚什么呀?不过就是糊口罢了。"肖乔不屑道,"赚钱的事以后再说,我先去找找环境较好的房子,你们从这儿搬走。"

"我知道这儿环境不好,可这租金便宜啊。"

"这样的环境会影响妞妞成长。你总不希望看到妞妞长大后,再看到别人对她妈妈和她指指点点吧。"肖乔说,"换个好点的环境,对妞妞的成长有好处。"

柳青难为情地说:"我知道你是为我好。可你也知道我的处境,赚的那点钱除了日常开销一点都不敢乱花,我和妞妞以后用钱的日子还多着呢。"

肖乔再也按捺不住,从包里拿出那张秦杰妈给她的卡,说:"我就给你说实话吧,这卡是上次秦杰妈临走时,我替你要的。她说她给过你,你不要。你干吗不要?你明明知道日子艰难,抚养小孩需要很多的钱。可你为了你的面子,你拒绝了这钱。"

"我不想让她看不起我。"柳青轻声说,"再穷,我都不能用她的钱。"

"看不起?她一直都不看好你,你干吗还要在乎她的看法?"肖乔气呼呼地说,"你的面子重要,还是过日子重要?你没有钱,你拿什么养妞妞?你拿什么给她买玩具,供她读书?"

"我会努力,慢慢会好的。"柳青嗔怪道,"这钱,你当初就不该收。"

"好你个柳青,我一心一意地为你着想、替你打算,你倒怪起我来了。"肖乔生气地说,"是,我是没有你柳青清高。你高尚,我庸俗。你当我愿意去找秦杰妈要这钱呀,我这样做还不是为了你。我还告诉你,这钱我也不替你保管了,你爱要就要,不爱要你就扔了、烧了,这些和我再没关系。"

肖乔将卡扔到地上,拉门欲走。柳青一把拉住她,哭着说:"你别这样,我知道你是为我好。你干吗拿话糟践自己,你明明知道我不是那个意思。"

肖乔冷冷地说:"我再问你一遍,这钱你要还是不要?你要真替妞妞着想,就收下这钱。你要是还坚持着不要这笔钱,我只当自己多事,以后我绝不会再管你的事。你要退要烧随你的便。柳青,我告诉你,我看不起你!你就是一个自私的人,你当初就不该生下妞妞。没有能力养大,就不要生。生下她,就要好好地养。"

柳青含泪捡起卡,哽咽着说:"为了妞妞,也为了你对我们母女的这番情谊,我收下。"

"这还差不多。这卡里本来有三十万元,上次你住院花了一些,剩下的全在这上面了。"肖乔脸色放缓,"隔两天我去帮你看房子,房子看好了我告诉你。柳青,我告诉你,这儿真不能住了。你和妞妞换一个环境,没有人知道你的以前,他们也就不会再对你指指点点。"

"嗯。"柳青温顺地答应着。肖乔说得对,她不能太自私,为了自己的面子,让女儿妞妞跟着自己受苦。

"好啦,我先走了。"肖乔说,"找好房子我再过来。"

送别肖乔,柳青暗自盘算:用这笔钱做点小生意,让钱生钱才是王道,她要用这笔钱找到更多的钱。若只指着这钱养大妞妞,供她读书什么的,很快就没了。二三十万说多也多,说多足以应付日常开支,不再担心会饿肚子。二三十万说少也少,给自己和妞妞买套房子都不够。

第十九章
幸福标准

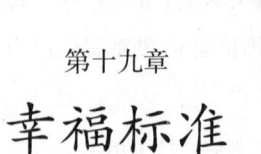

每个人的幸福标准不一样，我们总是憧憬着没有的、不能实现的，能拥有、能实现就觉得很幸福。

肖乔回到家，一进门就见老妈眉开眼笑地迎上来："你上哪儿去了？妈打你电话想让你今天早点回家，你怎么不接电话？"

"我没听见。"肖乔说。

肖乔妈拿出几张照片，笑吟吟地说："快来看看，这几个人你中意哪个？"

肖乔定眼一看，全是些男人的照片。

肖乔妈指着一秃顶、约摸四十来岁的中年男人的照片说，"这个是一家公司的老总，去年刚死了老婆，家里有一个女儿。介绍人说了，只要你俩能成，你过去就能当家。"

肖乔妈又指着另一个三十来岁的中年男人的照片说："这个男人是一家公司的白领，听说是什么部门经理呢。他和你一样，刚离婚，他有一个儿子，儿子判给他老婆了。介绍人说了，你要是中意他，不用担心婚后与孩子不好相处。"

肖乔妈指着另一张照片正欲介绍时，肖乔不依了："妈，您这是干吗呀？没事拿一堆男人的照片在这里喋喋不休地说，您烦不烦呀？"

"我不觉得烦。倒是你，每天在我眼前晃来晃去，我看着烦。"肖乔妈说，"你也老大不小了，眼瞅着就要到三十岁了。现在是你选别人，过了三十就是别人选你了。"

"您看看您找的这些男人,我看着都觉得烦。您要觉得我烦,我立马找房子搬出去住。"肖乔说,"妈,我求求您了,您别这样行吗？您以后别再拿这些事、这些照片烦我了。"

"难不成你以后就打算一个人过？"肖乔妈说,"要嫁人就得趁早。你也不要太挑剔,你当你还是那未结婚的小姑娘呀,你现在离婚了,哪能还像结婚前那样挑三拣四？"

"您这话我不爱听,要是换了别人,我非得当面啐她一口。"肖乔气呼呼地说,"离婚怎么了？离婚的女人就不是人？听您这意思,我现在就像那下午菜市场的尾菜等着别人选,您就是那卖菜的,我就是您那摊上没有人要的小菜。"

"你瞧你这丫头,疯疯癫癫地说些什么呢。妈这不是为你着想吗,你干吗把话说得这么难听？"肖乔妈也生气了,"我知道你不爱听妈刚才说的话,妈也不是故意拿话伤你。可是,这世道就是这样,女人离婚后要想再找个如意的,很难。"

"我说得难听吗？您那话不就是那意思？"肖乔说。

"你也别嫌妈说的话难听,妈就是想劝你再嫁人时不要太挑剔。"肖乔妈劝道,"女人过日子,总得有个男人帮衬着。"

"没有男人帮衬,我一样会过得很好。"肖乔恨恨地说道,"这几年我就是太相信男人了,以为他们无所不能,以为有他们靠着,就不用再为生活发愁。结果呢,我还不是要照样出来工作,照样得为生活奔波。白天,女人要像男人一样出去打拼,下班回到家里,还得伺候男人们吃喝拉撒。我就不明白,女人靠着男人什么了？"

"过日子不都这样吗？白天上班、晚上洗衣、煮饭、带孩子,大家都是这样过来的,怎么到了你们这辈就不行？"肖乔妈说,"你们就是太要强了。工作上和男人比着,家务活也绝不放过男人,你不做,我也不做。我就不明白了,你干吗要那么计较,有些事忍忍不就过去了。"

"都要出去挣钱养家,家务事当然要大家做。凭什么男人一回家就大老爷们儿似的躺在沙发上看电视,女人却要赶快系上围裙,去厨房忙活。"肖乔理直气壮,"你们那代人就是太能忍了,可我们不想忍,我们有我们的生活原则。"

"我看你是太有原则了,把自己的婚姻都给淹没了。让你降低条件再找个人嫁了,你也不嫁。"肖乔妈没好气地说,"说说吧,你今后有什么打算?难不成你要当一辈子的伴娘?伴娘那活儿能做长吗?说白了,也就是吃青春饭。等过几年,你老了,谁还请你当伴娘。"

这句话肖乔听进去了,目前伴娘这活儿干着还成,过几年呢?肖乔笑着说:"妈,你今晚上就这句话说到点子上了,谢谢提醒啊。我累了,我去睡了。"说完,肖乔立马利落地溜进了房间。

肖乔妈恨恨地盯着女儿的背影,这个死丫头,从小就主意大。老伴说得好,儿大不由娘。女儿的年纪,也正是爱折腾的时候,自己管不了,也就只能随她去折腾。肖乔妈叹了口气,回卧室睡了。

肖乔忙着给柳青找房子,房子找到后,立马接了柳青母女搬了过去。柳青抱着妞妞,打量着房子,光线充足,配套齐全。

肖乔笑:"这儿的环境比以前的好多了吧,这房子有五十多平方米,二室一厅一厨一卫。你睡这间,那间是妞妞的。"

"有点太奢侈了,妞妞还小,可以和我睡。"柳青笑。

"奢侈,这奢侈吗?"肖乔哈哈地笑,"一人住一间有什么可奢侈的。再说了,这次我可是打着妞妞的名义,假公济私。那间房子就给我备着了,以后我妈要是再烦我,我就搬出来和你们住在一起。"

"那敢情好,你来了这家里也热闹一些。"柳青笑,"不过,我还真羡慕你和家人住在一起,被他们关心着,就算听他们唠叨也是一种幸福。"

"听老爸老妈唠叨这就幸福了?"肖乔说,"你那幸福标准也太低了吧。"

"每个人的幸福标准不一样,我们总是憧憬着没有的,不能实现的,能拥有、能实现就觉得很幸福。"柳青说,"我要是能和爱我的、我爱的人好好一起生活,就觉得很幸福了。"

"我没有你那么深的体会。"肖乔说,"我所憧憬的幸福,不过是想凭自己的本事,过上想要过的生活。"

"你想过什么样的生活?"柳青问。

"有车、有房、有点钱、有点闲。"肖乔笑。

"野心不小哦,"柳青也笑,"要达到这样的目标不容易。"

"我知道,所以从现在起我要好好努力。"肖乔说,"那天从你这儿回去,我妈又对我唠叨了半天。整晚上,就一句话在理。"

"什么话?"柳青问。

"我妈说伴娘这活儿干不了多久,也就是吃吃青春饭。"肖乔说,"你别说,我妈这句话还分析得挺对的。这两天,我老在想除了当伴娘我还能干什么?"

"你可以去应聘呀。"柳青调侃道,"像你这样,长得人见人爱的,换份工作应该不难吧。"

"给别人打工,什么时候才能过上我想要的生活。"肖乔笑,"我想自己创业,就是不知道干点什么好。"

"创业?自己干?"柳青说,"这次我们俩可想到一块儿了。那天你走后,我拿着那张卡,寻思着要用那卡上的钱做点什么事。"

"对呀,咱俩可以一起干。"肖乔兴奋地说,"你那张卡上还有二十多万元,你拿二十万出来。我回家凑凑,也想办法凑二十万元。咱们好好的谋划谋划,看干什么启动资金少,利润又高?"

"二十万你能凑出来吗?你平时花钱大手大脚,没存下多少钱吧。"柳青问,"这样,你有多少算多少,咱俩一起干。"

"我有办法。我和周斌结婚时,我家帮我们装修的新房花了十万元。本来我没打算和周斌算这笔账的,现在我等着钱用,我也不跟他客气了,我让他将那十万元补给我。"肖乔说,"我回家再去找我爸妈商量,看看能从他们那拿多少。"

"周斌能给你吗?"柳青担心地问,"再说,你爸你妈已经砸了十万元在你身上,你找他们要,他们还会给你?"

"他敢不给我?不给,我就去把家里的那些瓷砖什么的,一点一点都给它拆了。我和他都离婚了,凭什么我装修好房子他享受?他一个人住着也就罢了,他以后不还得结婚?不行,我坚决不能便宜别人,让别人来坐享其成。"肖乔说,"我爸我妈你也不用担心,我知道他们虽然爱唠叨,可心里是想我过上好日子的。"

"你好好地和他们说。你那脾气我又不是不知道,几句话说不拢就又拍桌子又摔板凳的。"柳青说,"别为钱伤了和气。"

"嗯,我知道。对周斌咱来硬的,那小子就服这个。对我爸我妈,当然得好言相求,以情感人,以理服人。我要让他们知道把钱投资在我身上,是正确的;把钱交给我打理,是明智的。我要用他们的钱挣更多的钱,我要让他们过上舒适的日子。"

"红脸白脸都让你一个人唱了。对什么人用什么办法,你倒分析得挺到位的。"柳青轻笑,"我真是服了你。"

"嘻嘻,也不看看我是谁。"肖乔笑,"好歹我也干过几年伴娘,察言观色这点本事还是有的。青,咱们俩合作,那可真是双剑合璧,所向无敌,以后你就等着数钱吧。"

"美得你。"柳青笑,"你当钱那么好赚?桃树都还没有栽下,就想吃桃了?咱们得好好策划一下干什么。"

"我做过市场调查,现如今婚庆行业和丧葬行业利润很大,前景可观。"肖乔侃侃而谈,"你比如说结婚吧,人们舍得花钱。有钱人、无钱人到了那一天,都倾其所有地想办得热闹一些、隆重一些。你再比如丧葬,你也知道一场丧事下来,怎么着也得花几千上万吧?殡仪馆整的那些景还不都是迎合了人们的心理,人都走了,就要好好地隆重地送走。所以啊,有钱人要求葬礼豪华,穷人也要办得体面隆重。"

"有理,现在很多人都选择将婚礼庆典交给婚庆公司打理,也舍得花钱。丧葬行业干不了,咱们就干婚庆吧。你算过没有,开一家像样点的婚庆公司需要多少钱?咱们的钱要是够的话,就开一家婚庆公司。"柳青说,"婚庆行业你熟悉,干起来也得心应手。"

"装潢稍微好点,再加上房租什么的,怎么着也得三十万吧。"肖乔说,"现在做婚庆公司的很多,竞争很大。我们要想站住脚就得与众不同,这样才能吸引客户的眼球。"

"说得没错,要不然,我们做不过那些规模大的公司。"柳青说,"不过,要怎样与众不同呢?"

"现在的人要求高了,不但要求婚礼隆重热闹,也希望自己的婚礼独一无二。"肖乔说,"我们要开的话,就要以'独一无二'为卖点。我们为客户策划的婚礼要做到不能与别人雷同,要靠个性的婚礼创意让客户记住我们,让他们满意,并且口口相传。这样,我们才不会为没有客户发愁。"

"你这伴娘没有白当,积累了不少经验,还有自己独到的看法。"柳青也很兴奋,"咱们就按你说的思路筹办。"

"你这行吗?妞妞怎么办?"肖乔看着柳青怀里睡得正香的妞妞,担心地说,"前面的筹备工作事情烦琐,开张后更是没有精力照顾妞妞,她怎么办?"

"我明天去劳务市场看看,请个保姆。"柳青说,"我不能再待在家里了,我得抓紧时间挣钱。"

"现在也只能这样了,谁让咱们没有男人靠着呢。"肖乔说,"以后咱们就靠自己,等咱们有了钱,就可以随便地选男人,不帅、不贤惠、不善解人意的通通不要。"

"你瞧你,又开始胡说了。"柳青笑,"要是你那边的钱没有问题,婚庆公司就按你说的办。我们的钱要是还有剩下的,咱们开个宠物店如何?"

"宠物店?利润是挺大。"肖乔说,"现在开宠物店的太多了,咱们要开就得有特色,否则没有竞争力。"

"刚才你说到丧葬行业,这行业外人插不进去。但是咱们可以从宠物身上找卖点,做宠物的丧葬。"

"做宠物的丧葬?"肖乔来了兴趣,"怎么个做法,你说来听听。"

"你注意过没有,那些有钱人不但舍得花高价买宠物,而且护理什么的也绝不吝惜。"柳青说,"宠物因病或其他原因死了,这些人与宠物已经有了深厚感情,舍不得随便丢弃,希望能为其好好地办一场后事。所以,我们开一家店,迎合这一部分人的心思,专门为宠物办理后事,负责宠物的火化或土葬什么的。"

"嗯,你说得有理。"肖乔说,"一般老百姓的猫狗什么的,死了也就扔在垃圾箱里,极个别的拿到郊外挖个坑埋了,也得偷偷摸摸的。这些有钱人不同,他们的宠物活着要享受最好的待遇,死了也希望能好好地安葬。只要有人肯帮他们打理这些,他们不在乎钱。你就拿我们公司的孙总来说吧,他养的一只狗死了后,他费尽心思地请人清理出狗的头骨,再对头骨进行防腐、打磨处理,并按尺寸定做了一个玻璃箱,里面用丝绒垫底,将头骨摆放进去后搁在家里客厅的博古架上。我和同事们去他家玩,全被雷倒。可是孙老板不以为然,他说他每次看到盒里的头骨,心里就有些安慰,觉得那小狗还陪着他。"

"我在殡仪馆上班时,有对外国夫妇抱着已经死了的宠物来我们这儿,希望能把它火化了带回国去。禁不住软磨硬泡,殡仪馆最终偷偷地帮他们处理掉了。"柳青说,"既然有人需要这样的服务,咱们就开家店专门为这些人办理这类业务。我们的服务可以参照殡仪馆的做法,为宠物遗容整形、举办鲜花葬礼,配备火炉提供宠物火化业务,为死去的宠物提供各类骨灰盒。"

"哈哈,听得我热血沸腾。青,我已经看到钱在向咱们招手了。"肖乔兴奋地叫喊。

"你别兴奋,两边要同时进行的话,我怕我们的钱不够。"柳青为难地说。

"不够的我来想办法。"肖乔说,"我们要先做宠物殡仪的市场调查,只要方案可行,钱不够咱可以想办法融资,我们可以游说别的有实力的人来投资。"

"就凭我们的方案,别人愿意投资吗?"柳青说,"你也知道现在的人多精呀,不见兔子不撒鹰。"

"是有难度,咱们得想法解决,办法总比困难多。"肖乔说,"我们要让我们想说服的人看到我们做的方案有钱可赚、有利可图,能让他们的钱再生钱,他们才会动心。否则,咱就是说破天,别人也不会动心,也不会往里投钱。"

"说得也是,这又不是做慈善事业。当然得有钱可赚,别人才会动心。"柳青说。

"哈哈,咱们也要当老板挣钱了,想着就过瘾。"

"别把一切想得太美了,世上哪来那么多如意的事?咱们不能太乐观,否则希望越大,失望越大。"柳青说,"咱们还是多想想具体困难和以后可能要遇到的各种问题,这样遇到问题时才不至于束手无策。"

"嗯,有道理。"肖乔说,"我就用赚钱去说服别人,说服别人当然得乐观一点。

你就在家想可能遇到的风险,把咱们要遇到的风险最大化,做时才可能做到最小化,才能保证我们的钱不打水漂。青,后面这块就交给你了,你在家好好想想。我得回去想办法筹钱了,我可要乐观点,保持良好的战斗力,用我的乐观去影响别人,这样才能更好地说服他们。"

肖乔凑过去,亲了亲妞妞,说:"妞妞宝贝,我要走了。你在家乖点,别折腾你妈。"

肖乔走了,柳青笑着轻声对怀里的女儿说:"妞妞,妈妈要开始忙了。明天,妈妈就去家政公司给你找个保姆,帮着妈妈照顾你。妈妈要出去挣钱,等妈妈有了钱,妈妈就可以买房子了。那时,咱们就再也用不着像这样搬来搬去的。妈妈要把外公接来和我们住在一起,妈妈要送妞妞读书,妈妈要让妞妞和这个城里所有的孩子一样。妈妈向你保证,其他孩子有的,妞妞都会有。"

怀里的妞妞睡得正香,小脸红扑扑的。柳青低下头,爱怜地亲了亲女儿:"妞妞,你爸爸要是能恢复记忆多好呀。妞妞,你爸爸他要是知道有你这么个女儿,他该多高兴呀。爸爸和妈妈在一起的时候,一直都盼着这一天呢。"

第二十章
一地鸡毛

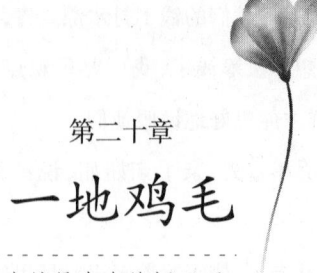

这哪是娶的儿媳，这简直就是索命的阎王呀。

　　柳青说得没错，秦杰的记忆虽然没有恢复，但他喜欢孩子的天性却没有改变。当秦杰知道陈恬背着他擅自把肚子里的孩子打掉时，他的肺都气炸了。秦杰开始怀疑陈恬对自己的感情，开始怀疑陈恬是不是对前男友还没有死心？她不想要这个孩子，是不是不想被孩子套牢？

　　陈恬好几次想找秦杰谈谈，可是秦杰都不理睬她，也不听她的解释。秦杰的反应超出陈恬的想象，她原本以为凭着秦杰对自己的宠爱，气归气，好好哄哄，事情很快就会过去。对于秦杰，陈恬是愧疚的，她一时糊涂犯下大错，为了不让这个错误扩大化，一直错下去，陈恬只得打落了牙齿往肚里咽，用任性来掩盖这个错误。

　　秦杰妈没有想到自己亲手挑选的儿媳在节骨眼上让她大失所望，她终于明白了陈恬是任性的，做任何事情不会为别人考虑。孙子一下子没了，秦杰妈又急又气。现在的女孩子不想太早要孩子，说什么怕身材变形之类的话，秦杰妈真怕陈恬以后有了孩子，再背着她和儿子去打掉。

　　于是，秦杰妈将陈恬妈约出来喝茶。两人见面，陈恬妈见秦杰妈愁眉苦脸，笑问："看你气色不太好，是公司的事不顺利吗？"

　　"不是。"秦杰妈摇了摇头，问，"恬恬有孩子的事，你知道吗？"

　　"她有孩子了？多久了？"陈恬妈惊呼，"这死丫头有孩子了也不给我们说一声。"

"一个多月了,"秦杰妈打着哭腔说,"最初她连我们都瞒着,是保姆洗衣服时摸出一些零钱和一张处方笺,我也是看了处方笺才知道的。"

"你怎么了?有了孙子你还不高兴?"陈恬妈奇怪地问,"你今天看上去怎么奇奇怪怪的?"

"恬恬有了孩子也不告诉我和秦杰,最初我以为她要给秦杰一个惊喜,也就配合着没有说。可是我眼见着又过了一个多月,秦杰分明是一副不知情的样子,我忍不住问他,他说他不知道。"秦杰妈说。

"这丫头葫芦里卖的什么药?"陈恬妈说,"我一会儿问问她。"

"你这丫头主意大着呢,我们哪知道她葫芦里卖的什么药。"秦杰妈没好气地说,"秦杰知道后问她,她才说她把孩子打掉了。秦杰当时就急了,问她为什么。"

"打掉了?"陈恬妈也很吃惊,"她没说为什么?"

"她说她感冒时吃了药怕对孩子不好,所以就打掉了。"秦杰妈说,"我就不明白了,她有了孩子是多好的事,她怎么就不告诉我们?她吃了感冒药,怕影响孩子,她应该和我们商量,让秦杰带着她去医院检查,若是医生检查说真会影响胎儿,我们也无话可说。可是,她现在这样,你说我们怎么想得通?"

"怕影响胎儿?或许她自己去医院问过,知道会影响胎儿才流掉的吧。"不明就里的陈恬妈替女儿辩解道。

"秦杰是她丈夫,我是她婆婆,难道她流产之前不该给我们说说吗?她眼里根本就没有我们。"秦杰妈愤怒地说。

"这丫头做事确实欠考虑,这么大的事情怎么就不和你们商量一下。"陈恬妈说,"否则,事到如今,你们也不至于埋怨她。"

"我是埋怨她,可是埋怨有用吗?"秦杰妈说,"今天我把你找来,就是想请你劝劝恬恬,若是再有了孩子,千万不要再干这种傻事。"

"不至于吧。"陈恬妈疑惑地说,"她再不懂事,也不至于糊涂到这个地步。"

"但愿如此。"秦杰妈的话绵里藏针,"这次她私自把孩子打掉,秦杰接受不了。小两口为此正闹矛盾,两人谁也不理谁。我这当婆婆的总不能眼看着他们一直冷

205 第二十章/一地鸡毛

战,所以我找你来商量商量。我回家后好好劝劝我儿子,让他不要再生恬恬的气了。你也好好说说恬恬,让她千万不要再做这样的傻事。否则,以后再为这些事闹起来,我真是无能为力。"

女儿干的事让陈恬妈觉得理亏,也不便发火,只能应道:"好,我回去说说她。年轻人不懂事,你当婆婆的担待点。"

"其他的事我都能担待。她要吃什么、穿什么,我全都能满足她。"秦杰妈说,"可是,这件事情你叫我怎样担待?"

陈恬妈赔着笑,待秦杰妈走后,立马拨通了女儿的电话:"你在哪里?"

"我在单位,正准备回家。"陈恬说。

"回家?你回哪个家?"陈恬妈怒气冲冲地说,"你马上给我滚回来,我有事要问你。"

陈恬莫名其妙地回了家,一进门便问道,"妈,您干吗?想我回来看看您,您就直说呗。用得着发这么大的火吗?"

"你少跟我这嬉皮笑脸的。"陈恬妈问,"说说,孩子是怎么回事?"

"什么孩子呀?"陈恬心里直犯嘀咕。

"你肚子里有了孩子为什么不给我们说?不给秦杰说?不给你婆婆说?"陈恬妈问。

"我,我不是怕你们空欢喜嘛,"陈恬说,"妈,您怎么知道的?"

"我怎么知道?你犯了错,我这当妈的被你婆婆叫去数落了一顿。你这丫头,嫁了人也不让你妈省心。"陈恬妈没好气地说,"我和你爸白养你了,有了孩子也不给我们说。你有了孩子这是多好的事呀,你不告诉你婆婆也就罢了,怎么连你老公也瞒了?并且还去干那不招人喜欢的事,把孩子也打掉了,你说说你这样做到底是为什么?"

"我吃了感冒药,怕对孩子不好,思来想去的只能打掉了。"陈恬说。酒店的事是件丑事,即使是亲妈,她也不能说出真正的理由。

"你怕对孩子不好,可你也不能瞒着我们大家呀。"陈恬妈说,"我们先不说秦杰他妈的感受。秦杰是你丈夫,你要打掉孩子你总该告诉他一声,让他陪着你去。

现在倒好,你一人受了罪,全家人却怪罪你。你说说你,这么大个人了,怎么做事之前就不仔细考虑一下,和你老公、和你婆婆商量一下?"

"药物对胎儿有影响,就不能要这个孩子。我不告诉秦杰,是因为我知道他想要孩子,他不会同意。再说,秦杰知道了还不等于他妈也知道了,他们娘俩要是知道了还能让我打掉孩子吗?"陈恬不高兴了,"秦杰他妈也真是的,我以前刚嫁过去时,还暗自庆幸碰到个好婆婆。整日里嘘寒问暖的,吃饭时夹菜,劝我不要挑食,荤的素的都要吃。饭后,还马上把水果备好。现在一听说孩子没了,立马变了脸。不但不安慰我,还跑到您这来告状。她想要孩子,我偏不生。要不要孩子,是我和秦杰的事,我俩会看着办,她凭什么来插一脚?"

"秦杰妈也真是的,恬恬又不是故意打掉孩子的。要是药物没有影响到胎儿,好好的谁会打掉呀。"陈恬爸在书房听到母女俩的对话,走出来说,"我赞成暂时不要孩子,恬恬和秦杰都还年轻,应该以事业为重。"

"话虽如此,可她到底是秦杰的妈呀。"陈恬妈叹道,"秦杰他妈说了,家里不缺恬恬吃穿,只要恬恬想要的她都能满足。她今天可是放话了,说她回去劝劝她儿子,让我们也劝劝恬恬,她怕恬恬以后有了孩子再背着他们打掉。她说,要是再发生类似的事,两口子再闹矛盾的话,她也就无能为力了。"

"她真这么说?"陈恬爸变了脸,有些生气,"她以前看到咱们可都是恭恭敬敬、客客气气的。"

"还不都是这死丫头闹的。"陈恬妈说,"要是没有和她结成亲家,几时轮到她来教训我?"

"妈,您不用怕她。我做的事情我自己当,她凭什么把气撒在你身上?"陈恬气呼呼地说,"秦杰和我生气,还不是他妈唆使的。孩子没了,她整天在秦杰面前唠叨我的不是,秦杰听了能不和我生气吗?"

"说到底是你做事欠考虑,秦杰生气也正常。"陈恬妈说,"你好好向他解释一下,别再闹了。"

"我找他解释,他不听我有什么办法?"陈恬闷闷地说,"以前他对我挺好的,我们俩上下班同进同出,他有空还会来接我下班。同事们都羡慕我,说我嫁了个又有钱又知道疼人的老公。可是,最近他也不给我打电话了,更别说来接我了。我最近烦都烦死了,妈,你说男人怎么就这么在乎孩子呀?我就不明白了,他和他妈干吗非要扭住这件事不放?"

"男人喜欢孩子是好事。他要是不喜欢你,也就不会这么在乎你肚子里的孩子。"陈恬妈分析道,"从知道你怀上孩子到打掉孩子,你都一直瞒着他。他肯定认为你不信任他,不想为他生孩子,所以才会生气的。"

"要不哪天我找秦杰他妈谈谈?让她以后不再过多的管你们的事,你们俩也是大人了,要不要孩子你们自己看着办。"陈恬爸说,"你这丫头,以后有什么事情要多和秦杰商量,别再擅自做主了。"

"爸,我又不是疯子,我不会拿自己的孩子开玩笑。"陈恬说,"这次就是个意外,我保证以后不会再发生这样的事了。"

"那就好。你也早点回去,晚上好好和秦杰谈谈,把这一页翻过去。"陈恬妈往外轰女儿,"要是和秦杰妈合不来,就少接触少说话,别发生正面冲突。她毕竟是秦杰的妈妈,你和她闹起来影响你们夫妻感情,不值得。等以后你们有了孩子,你们就搬出来,搬到妈之前给你买的房子里去住,这样也少些摩擦。"

"我倒巴不得早点搬出来,可秦杰能同意吗?"陈恬嘀咕道,"他对他妈的孝顺,那可是一般人不能比的。"

"有孝心的男人对老婆也差不到哪儿去。秦杰他爸死得早,他妈拉扯他不容易,秦杰孝敬他妈也应该。"陈恬爸说,"你放宽心,好好地和秦杰过日子。秦杰他妈还有事要求你爸,对你不敢太过分。"

"还是我爸疼我,知道替我着想。"陈恬笑,"秦杰孝敬他妈应该,我可没有这个义务。我的义务就是孝敬您二老,您和妈拉扯我也不容易。"

"这会儿倒说了一句让人暖心窝的话。"陈恬妈说,"走吧,少在这里甜言蜜语地哄你爸开心了。你爸疼你不假,可你爸能疼你一辈子吗?你现在成家了,和你老公正经过日子才是最重要的。一个女人,说到底,被老公疼、被老公宠才是最幸福的。"

陈恬回家的路上,暗自盘算今晚无论如何要好好和秦杰谈谈,话语打动不了他,就以色诱他。陈恬心里暗笑,自己真是疯了,为了让秦杰不再生气,她竟要以色来媚惑他、打动他、俘虏他。

到了家,陈恬只见秦杰妈独自坐在沙发上看电视。陈恬心里有气,也不打招呼便径直上了楼。

秦杰妈有些愣神,原本以为儿媳陈恬受训后态度会好一点,没想到现在见面连招呼也不打。这个丫头,越来越放肆了,在家里进进出出的竟然当自己如空气一样。秦杰妈突然觉得,这个外表甜美、漂亮的女孩,像没有熟透的苹果一样看着诱人,吃起来却又酸又涩。

陈恬上楼后,四处搜寻不见秦杰踪影。她拨通了秦杰的电话,却被秦杰按掉没有接。陈恬怔怔地坐在床上,一肚子的火,难不成他要和自己这样僵持一辈子?想到刚才老妈的数落,陈恬按捺不住冲下楼。

"秦杰他太过分了,这么晚了都不回家,谁知道他去哪儿鬼混了?"陈恬大声嚷嚷。

见陈恬如此,秦杰妈动了怒。这死丫头真是被宠坏了,惯得眼里都看不见老人,而且还冲着自己大吼大叫。秦杰妈决定教训一下陈恬,让她知道自己的厉害。

"你这是在和我说话?妈也不叫,就这么直愣愣地冲我大呼小叫,你不觉得你这样没礼貌吗?秦杰是你老公,他去哪儿了你这当老婆的不知道,我怎么知道?"秦杰妈抬起头来,呵斥道,"你这当儿媳的不把我这婆婆放在眼里,走哪儿也不跟我说一声。我儿子娶了你这么好的老婆,自然得跟老婆学了,去哪儿自然也不告诉我。再说了,你不也现在才回来?按你刚才的逻辑推断,我是不是也可以推测,你在外面鬼混了刚回来?"

陈恬的小脸红一阵、白一阵,心里暗骂:好个厉害的死老太婆,明知道我从家里挨骂回来,还皮笑肉不笑地损我。你不客气,我也用不着和你讲礼数。

陈恬气势汹汹地质问道:"你今天干吗把我妈约出来,数落她一顿。你有什么话,就冲我说,我妈又没招你惹你。"

"我哪敢说你,再说了,我说你,你听吗?从前,我把你当自家女儿一样疼着,有好吃的先想着你。我对你那么好,你还不是一样不把我放在眼里。"秦杰妈冷冷地说,"我把你妈叫出来,也是没办法的事。我说不动你、劝不动你,只能请你妈管管你。"

"你对我好全是伪装的!"陈恬大声说,"你那是对我好吗?你对我好、对我嘘寒问暖,无非就是把我当成一个生育工具,希望我为你们秦家多生孩子。"

"干吗把话说得那么难听呢?"秦杰妈皱眉道,"有些话说得太直白了不好,大家心知肚明就是了。我承认我对你的好,有你说的这些因素在里面,但不全是。你也用不着计较这个,我拿不拿你当生育工具,你还不是都要生孩子。当然,你为我们秦家生孩子,延续香火,我也不会亏了你。若是生个儿子,你要什么我给你什么。生了女儿,我也不会嫌弃,一样会好好待我孙女,把她抚养成人。要是生了一儿一女,这家以后我就交给你当了,我就安心带孙子、孙女。"

陈恬在心里暗骂:这个老女人,这个阴险的女人,她终于承认把自己只是当成生育工具。

陈恬厉声叫道:"你喜欢,我偏不生,你能把我怎么样?你有本事,你自己去生,为你们秦家生一千个、一万个,那是你的本事。从今以后,你少打我的主意,我生不生孩子是我自己的事,你无权做主。我高兴什么时候生,就什么时候生;不高兴生,谁求我都没有用。"

秦杰妈气得发抖,颤抖着说:"你,你说什么?有本事你再说一遍。"

"说就说,你当我怕你。"陈恬失去了理智,打掉孩子以来被秦杰母子俩指责、冷落所受的气在这一刻爆发。她尖声叫道,"你要生孩子是你的事,一千个、一万个随你的便。我告诉你,以后少拿我说事,也少在你儿子面前说我的坏话。"

秦杰刚才和客户应酬,听到陈恬的电话他按了没有接。冷落陈恬这么久,想必她也知道自己错了,秦杰的心软了下来。秦杰想:要是陈恬真知道她自己做错了,他也不能再为以前的事较真了。孩子打掉了,他虽然生气,可是总不能为了孩子就不过日子了。只要陈恬保证以后不再背着他擅自做决定,任何事情都和他商量,他就原谅她,不再计较,以后好好过日子。

秦杰没料到他刚进门,便听到老妈颤巍巍的声音,陈恬对老妈的厉声警告。秦杰对陈恬呵斥道:"你太过分了,竟然对妈说这样的话,赶快道歉!"

陈恬愤怒地望着秦杰。他没有听见她和他妈前面的对话，是他妈太过分了，自己才还击的，他凭什么只怪她一个人？

秦杰妈见儿子回来，啊的一声哭了起来："这哪是娶的儿媳，这简直就是索命的阎王呀。儿啊，妈当初瞎了眼，不该让你娶她。她进了门，这样子气你妈，你妈活不长了。"

陈恬看着秦杰妈呼天抢地的模样，暗骂：这死老太婆，刚才不是凶得很，现在又开始装了。

秦杰见陈恬不肯道歉，只是愤怒而倔犟地看着自己。再看老妈白着一张脸，一把鼻涕一把泪地诉说着，秦杰怒声问陈恬："你道不道歉？"

"不道歉！又不是我一个人的错，凭什么你只听你妈的一面之词，让我道歉？"陈恬不肯就此认输。倘若她这样就认了错，以后还不被秦杰妈捏在手心里，什么事都由她说了算。

"啪"，陈恬的脸上出现五根鲜红的指印。

"你，你敢打我？"陈恬惊异地望着秦杰，哭着扑上前又抓又打。

陈恬的指甲留得长，秦杰冷不丁地被她一抓，脸上留下几道血印子。秦杰用手拦着陈恬，陈恬不依不饶，两人纠缠在一起。

"砰"，秦杰、陈恬听到一声巨响，转身看去，秦杰妈双目紧闭、牙关紧咬，昏倒在地。

"妈，妈！"秦杰放开陈恬，扑上去喊。

陈恬慌忙拨通医院电话："120吗，这里有人晕倒，请你们赶快来！"

救护车赶到，将秦杰妈拉到了医院。陈恬垂头丧气地坐在医院长廊外的凳子上，秦杰焦急地走来走去。经医生诊断后，秦杰妈晕倒是情绪太过激动所致。秦杰妈有高血压，受到强刺激，情绪太过激动引起轻微中风。

两个小时后，秦杰妈醒了过来。

"妈，您把我吓坏了。"秦杰说。

"你放心，妈还没有看到孙子，妈还不会死。"躺在病床上的秦杰妈安慰儿子。陈恬斜睨了秦杰妈一眼，真是不可理喻，刚苏醒就又开始拿孩子说事。

"我妈会不会留下后遗症?"秦杰问站在一旁的医生。

"你妈是轻微中风,这次虽然发作时间短,症状自行缓解,也没有留下后遗症。但是她有高血压,以后要让她保持良好的生活习惯,更不要让她情绪过于激动,否则复发的可能性很大。"医生说,"要是再次出现中风,那就麻烦了。"

"你看还用不用再给我妈仔细检查一下?"秦杰担心地问,"她现在这样子能出院吗?"

"得过一次中风的病人再发生第二次中风的几率很大。你妈现在不能出院,要留院诊断和治疗。"医生简洁地说。

"行,你就好好地给我妈检查检查。"秦杰说,医生告辞出了病房。

"妈,您就安心住下来。这里虽然没有家里舒服,但您不是病了吗?咱们进来了就好好检查一下,这样对您身体有好处。"秦杰俯下身安慰妈妈。

陈恬恨恨地看着,暗想:知道我打掉孩子后,怎么不见你们关心我一下?陈恬将吃药怕影响胎儿的谎话说了多遍后,也就淡忘了打掉孩子的真正理由。此时的陈恬,不自觉地就把自己当成为了孩子好才不得已打掉孩子却得不到丈夫、婆婆理解的怨妇,先前对秦杰的愧疚不自觉地转为怨恨。

经过治疗后,秦杰妈恢复健康出了院。秦杰因为气恼陈恬对妈妈的无礼,且坚持着不肯道歉,一气之下搬出卧室,住进了客房。陈恬也不拦阻,恨恨地想:有种你就在书房睡一辈子!

秦杰妈和秦杰谁也不理陈恬,陈恬打从娘胎出来,就没有受过这样的冷遇。陈恬受不了这样的气,也不想回娘家听老妈唠叨,每日下班后便呼朋唤友,在外面吃饭,饭后K歌、泡吧。与众友告辞回家后,陈恬躺在宽大的床上,心里空落落的。想起以往与秦杰的恩爱变成了如今的怒目相向,陈恬越发地恼恨秦杰妈,一切都是这个该死的老太婆,要不是她在中间搅和,她和秦杰能这样吗?

秦杰的心被陈恬的任性闹腾、母亲住院搅得一团乱。秦杰不明白,原本幸福和睦的一家人,因为孩子怎么就闹腾到了这个地步?思来想去,秦杰觉得只能怪陈恬太任性,要不是她擅自打掉孩子,妈妈的反应也不会如此强烈。事后,陈恬更不该用那样的口气和妈妈说话,将妈妈气晕住进医院。秦杰对自己的婚姻开始失望,这不是自己想要的生活,陈恬也不是自己心目中理想的女人。

眼见婆媳俩、夫妻之间越闹越僵,秦杰烦躁不已,坐在办公室里也是心不在焉。家搞成这样,他哪还有心思打理公司的事情?这天晚上,秦杰在客房里翻来覆去地睡不着。好不容易阖上眼,却被手机铃声惊醒。秦杰没好气地拿起电话,睡眼惺忪地问:"谁呀?"

"秦总,大事不好了,服装厂起火了。"电话里传来服装厂厂长焦急的声音。

"什么?"秦杰一激灵,头脑立马清醒起来,大声问道,"你说什么?再给我说一遍!"

"秦总,服装厂起火了,火势很猛。消防队已经赶到,可是控制不了火情。"服装厂厂长打着哭腔说。

秦杰从床上爬起来就往外跑,陈恬听到有动静,打开卧室门见秦杰急冲冲地往楼下冲。

"你现在越来越过分了,半夜三更的去哪儿?"陈恬快速走过去,拉住秦杰。

"你管我去哪儿?"秦杰没好气地说,用力甩开陈恬的手,开车走了。

陈恬愣愣地站着,一肚子的火不知道冲谁发。她咬着嘴唇暗想,今晚一定要找秦杰说个清楚明白。

陈恬也不睡觉,索性坐在客厅里等秦杰。一个小时,两个小时,秦杰没有回来。陈恬掏出手机,一次又一次拨打秦杰的电话。电话通了,不是没人接就是被按掉。她不甘心,再次拨打秦杰的电话,却提示关机。陈恬心中的怒火一点点地膨胀,脑子里出现一些臆想的乱七八糟的画面。

"啊!"陈恬大叫一声,她觉得自己的忍耐已经到了极限。

"你抽疯啊,大半夜的不睡,跑到客厅来号。"秦杰妈站在陈恬身后,冷冷地说,"这个家已经被你折腾得家不像家,你还要怎么样?"

陈恬猛地转身,大声说:"我是抽疯,怎么了?我抽疯也是被你们逼的。"

"我们逼你什么了?好吃好喝地待你,难不成还要把你当祖宗一样供起?"秦杰妈冷笑着说,"我倒是想这样,可就怕你没有这样的福气。"

"我没有这样的福气,你更不会有。"陈恬恨恨地说,"都是你,自从发现我将肚子里的孩子打掉后,你当着我、背着我,不知道在秦杰面前说了我多少坏话。他现在这样对我,都是你造成的。"

"这能怪我吗?你也不想想你自己做的那些事。"秦杰妈发狠道,"以前我对你好,你懂得感恩吗?你当着我的面,说得多好听呀,背着我,却什么事都敢干。"

"你说,我干什么了?"陈恬厉声问。

"我儿子出差不在家的时候,你成天在外面疯,玩到大半夜才回来。有次更过分,竟然整晚不回家。我问你,你说你在朋友家睡。"秦杰妈说,"我知道你们年轻人贪玩,可你是已经结婚的人,老公出差你就应该老老实实在家待着。"

听到婆婆提整夜不归的事,陈恬心虚了,放低了声音说:"我是和你儿子结婚了,但我有交友的自由。"

"我看你是太自由了,一点都不替别人考虑。"秦杰妈说,"我干涉过你出去交友吗?只要你不过分,只要秦杰不在意,我这当婆婆的懂得睁只眼、闭只眼。可是,你千不该、万不该把孩子打掉,你明知道我和你老公都喜欢孩子,你那样做就是拿刀剜我们的心。"

"你当我愿意这么做吗?"陈恬在心里嘀咕,不再说话。事到如今,陈恬恨死了自己那晚不该为了炫耀自己的幸福去赴前男友的约,更不该动了恻隐之心陪他喝下那么多酒,以至于酒后做出糊涂事。怪只怪自己太不小心了,一错再错,竟然让秦杰妈发现了处方,否则,自己和秦杰一定恩爱如初。

秦杰妈见陈恬没有了往日的嚣张,摇了摇头,说:"你自己好好想吧,过日子真不能像你那样太任性。"

陈恬承认婆婆说的话没错,可是秦杰也不该对自己这样。难道自己背着他打掉孩子,就犯了不可饶恕的罪?他凭什么这样对她?陈恬压着怒火,坐在客厅里继续等秦杰。

天亮了,秦杰妈出去晨练。陈恬气呼呼地又拿起电话拨打秦杰的手机,但系统提示关机。陈恬无奈,只能在家死等。秦杰终于回来了。秦杰满脸疲惫,西装皱皱巴巴。一肚子火的陈恬不管不顾地冲上前,抓着秦杰的衣服问道:"你今天非跟我说清楚不可,你昨晚跑到哪儿去鬼混了一夜?"

秦杰一把拉下陈恬的手,怒气冲冲地说:"你发什么神经?你凭什么说我跑出去鬼混?"

"你为什么在家里待得好好的,半夜又急冲冲地跑出去?"陈恬又急又气,"你说,你是不是在外面有女人了?是不是那女人打电话让你出去的?"

"神经病,我懒得和你说。"秦杰扭头就走。

"你给我回来,你今天不说清楚就不行!"陈恬也豁出去了。她不能再沉默了,她和秦杰的爱是死是活、是好是散总得问个清楚明白。

"你要我说什么?给你编个根本就没有的女人出来?"秦杰说,"我看你是闲得无聊,无事找事。"

"我不信!你要不是有了新欢,你会对我这么绝情?"陈恬哭哭啼啼,"咱们以前不是这样的,你从前不对我这样说话!你以前走哪儿、做什么都要和我商量,你现在这样对我,你让我怎么接受得了?"

"以前?以前我和我妈把你当成手心里的宝,结果怎么样?"秦杰嗤之以鼻,"你还好意思和我谈从前?你以前也不是这样的,虽然谈不上温柔但也乖巧,谈不上体贴却明事理;你看看你现在这样,不是对你婆婆,就是对你老公大吼大叫的。你这样,我热情得起来吗?"

等了一夜的陈恬不但没有看到秦杰的半丝歉意,反被羞辱,她冲着秦杰不管不顾地大吼:"你说我像泼妇?好,我今天就泼给你看了。你今天非跟我说清楚不可,你昨天到哪儿去了?你要是不说清楚,我跟你没完!"

"我累了,懒得和你闹!"秦杰绕开陈恬,快速上楼进了客房。陈恬追上去用力敲门,可任凭她怎么敲,秦杰就是不开门。陈恬恨恨地踢了一下房门,无奈去上班。

陈恬到办公室刚坐下,陈恬妈急急忙忙地进来,惊问:"听说服装厂被烧了?烧得惨不惨?有没有死人?损失多大?"

"妈,你说什么?什么服装厂被烧了?大清早的你乱说什么?"陈恬冷不丁地听妈妈这样问道,很是诧异。

"你还不知道?昨天半夜,服装厂起火了。我听别人说,那火烧得挺大的。"陈恬妈的表情比女儿更诧异,"看你这样子你还不知道?听说秦杰昨晚去了火灾现场,难不成他没有跟你说?"

"难怪他昨天半夜急冲冲地跑出去,难怪他今天早上才回来。"陈恬喃喃地说。

"你到底在说些什么?"陈恬妈焦急地问,"听说损失惨重,好几层全烧完了。也不知道死没死人?要是死了人,事情就闹大了。"

"妈,我不和你说了,我出去一会儿,你帮我请个假。"陈恬丢下这句话,转身就跑。

陈恬慌乱之中回到家里,用力地敲秦杰的房门。秦杰不开,她就死命地敲。秦杰无奈,起来开了门,不耐烦地说:"你到底要干吗?你还有完没有?"

"我问你,服装厂失火你为什么不和我说?"陈恬哆嗦着嘴唇问,"昨天半夜你出去就是为这事?"

"你都知道了,你还问我干什么?"秦杰双目圆睁,恶狠狠地说,"我告诉你,少在家里提这事。要是让我妈知道了,我跟你没完。"

陈恬本想问清楚情况后,再看看能不能帮着想想补救措施。可是,秦杰的无礼激怒了她。事已至此,秦杰还是只在乎他妈妈的感受。

秦杰欲关门,陈恬一侧身站在门框处,不让他关门。秦杰怒目相向:"你到底要干吗?"

陈恬的声音里不再有关心,她愤怒地质问:"服装厂好好的为什么会起火?发生了那么大的火灾,你还有心思睡觉?难道你就不想和家里人商量一下,看看该怎么办?"

"和家里人商量?笑话!你明知道我妈有高血压,她要是听到这事,还不得昏过去。"秦杰冷笑,"我妈我不能商量,难道我能和你商量?你真正关心过我吗?你在乎我的感受吗?陈大小姐,要是服装厂因此而倒闭,我会在倒闭之前与你离婚。你放心,我不会拖累你,我会放手,让你去奔你的美好前程。"

陈恬气坏了,眼前这个男人太不可理喻,竟把她的好心当成驴肝肺。陈恬大声地说:"你不和妈商量,怕她晕倒;不和我商量,觉得没必要。我倒想问你,你一个人有能耐收拾残局吗?出了这么大的事故,你一个人应付得了吗?你以为你是谁?公司你刚接手多久,就出了这么大的事。你眼高于顶,眼高手低,我看你根本就是自以为是。"

"是,我眼高于顶,我眼高手低。绕了这么大圈,你不就是觉得我配不上你吗?"秦杰被激怒,"我还告诉你,服装厂是我家的,轮不到你来教训我。服装厂被烧也好,破产也好,不关你的事!"

秦杰妈晨练回家,听到夫妻二人的争吵声。她上楼后本想劝说两句,听到儿子、儿媳的对话后,不由心里发紧、眼前一片眩晕。秦杰妈用手扶着墙,颤抖着问:"你,你说什么?你这个败家子,你再说一遍!"

"妈,你什么时候回来的?刚刚你不是不在家吗?"秦杰慌了手脚。

"服装厂怎么了?"秦杰妈急火攻心,一张脸惨白。

"妈,服装厂失火了。我让他和你商量一下,下一步怎么办?可他就是不肯,他说破产、倒闭都不要我们管。"陈恬抢先一步告状。

服装厂被烧这件事太大了,陈恬没有理睬秦杰的警告,马上将噩耗告诉了秦杰妈。秦杰妈经商多年,俗话说姜是老的辣,应付这么大的事她一定比秦杰有办法。

秦杰要制止陈恬已经来不及,他狠狠地盯着陈恬——这个成事不足、败事有余的冤家。他前世一定是欠她的,这世她要这样没完没了地折腾他。

陈恬挑衅似的看着秦杰,你不让我说,我偏要说。谁让你狗咬吕洞宾,不识好人心!

两人用目光互相厮杀,一旁的秦杰妈"你,你"的说着,缓慢地倒在了地上。

秦杰、陈恬转过头去看,只见秦杰妈口角歪斜,嘴里流涎,支支吾吾地说不出话来。秦杰大叫:"妈,妈,你怎么了?"

陈恬吓坏了,连忙掏出手机拨打120。经过医生诊断,秦杰妈妈因为情绪太过激动,高血压引起第二次中风。秦杰妈这次没有上次幸运,四十八小时过去了,中风症状不但没有自行缓解,反而出现了语言不利、右侧半身不遂、大小便不能自理等症状。

看着瘫躺在床上的妈妈,眼睑闭合不全、口角下垂、嘴角流涎,秦杰悲愤得不能自已,恶狠狠地冲着陈恬骂道:"你就是个丧门星,娶了你算我倒霉,你给我滚!有多远就给我滚多远,我再也不想看到你!"

第二十一章
巧言令色

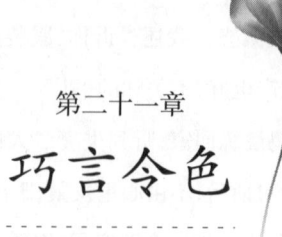

> 妈说的这些话,你自己回去好好想想,为婆媳关系影响夫妻关系值当吗?

陈恬无奈出了病房,心情很是沮丧。她原本是想帮他的,心里虽这样想,话说出口却变了味。陈恬没有料到事情会变成这样,到了难以收拾的地步。她和秦杰的裂痕越来越大,矛盾越来越深,她和他这样不断地互相伤害,是为了什么?这样的敌意和攻击还会持续多久?陈恬心烦意乱,她和秦杰越走越远。

秦杰既要担心母亲的病情,又要独自收拾公司的残局。服装厂发生火灾,三层、四层是生产车间,五层是仓库。大火之后,服装厂损失惨重,机器设备和刚进来的一大批原料烧得精光。秦杰找保险公司理赔,但保险公司以厂房内部存在安全隐患为由,拒不理赔。秦杰将保险公司告上了法庭。

焦头烂额的秦杰急需资金让公司重新运转起来。出事后,他曾想过让陈恬给她爸爸说说,帮着贷款先应付眼前的难关。可是陈恬不仅不理解,反倒拿难听的话骂他,并且刺激母亲中风住院。秦杰一气之下,骂走了陈恬。此时,他没有心思也没有心情顾及陈恬的感受。

秦杰对陈恬越发地冷淡,即使在家里碰到,他也当她空气一般,径直从她身边走过。陈恬看到秦杰妈躺在床上不能动弹,自知做事欠思量,惹下大祸。陈恬心知肚明,凭老爸的身份,要帮秦杰贷款很容易。倘若是秦杰找她开口,她一定会帮这个忙。他找她,让她分担,证明他把她当成最亲的人。可是秦杰偏偏不开口找她,宁肯在外面四处求人贷款也不愿求她。陈恬赌气,也不主动问秦杰是否需要自己帮忙,更不肯主动去帮他贷款,解决燃眉之急。他都让她滚了,说不想再看到她,何必要赶着上去用热脸贴他的冷屁股呢?

陈恬回了娘家,陈恬爸问到秦杰的事时,陈恬冷冷回应:"他的事我不知道,服装厂烧成怎么样我更不知道。再说了,他能耐着呢,用得着您老帮忙吗?"

陈恬妈觉察到女儿神色不对,问:"你是不是和秦杰吵架了?你说话怎么阴阳怪气的?今早上也是,我问你,看你那表情分明对他的事什么都不知道。你俩到底怎么了?"

"我和他自上次的事就一直没和好过。他不肯原谅我,无论我怎样解释,他都不听。后来,我和他妈争吵,他妈气得晕倒,那以后他对我更加冷淡。今天,我听你说厂房被烧,心里着急,回家问他。他不肯说实话,我一着急就和他吵了起来。他妈正好听到了,她知道服装厂被烧后接受不了,中风住进了医院。"陈恬红了眼圈,哽咽着说,"他家的服装厂被烧和我有什么关系?我不告诉他妈,他妈迟早还是会知道。秦杰怪我多嘴告诉他妈,害他妈中风,他现在当我仇人似的。"

"什么?秦杰他妈中风了?"陈恬爸惊异地说,"也难怪,这服装厂是她和你过世的公公辛辛苦苦建起来的。你公公死得早,她一个女人又要拉扯孩子,又要打理生意,不易啊。她对服装厂倾注了感情,听到这个消息难免接受不了,可怎么就中风了呢?"

"她有高血压,医生说是高血压引起的中风。"陈恬说。

"她现在怎么样?能动弹吗?能说话吗?"陈恬妈追问,"她这样躺在医院里,服装厂那边的事还不得秦杰一个人应付。他应付得过来吗?保险公司那边怎么说?认赔吗?秦杰人年轻,说到底还是嫩了点,这才刚接手多久就出了这么大的岔子。"

"她现在可惨了,躺在床上不能动弹,嘴里流着口水,也不能说话。原来我还指着他妈知道这件事后能出来主持大局,帮着秦杰收拾残局。可现在倒好,不仅没有帮上忙,还害得我和秦杰的矛盾越闹越大。"陈恬烦躁地说,"出了这么大的事,保险公司也不理赔,说是服装厂内部有安全隐患。秦杰无奈,正和他们打官司呢。妈,我现在都不知道怎么办了,我没有信心应付这一切。"

"别怕,咱们帮你想办法。现在当务之急是要让公司运作起来。"陈恬爸安慰女儿,"你明天让秦杰来找我,我和他谈谈以后的事。"

"好倒是好。"陈恬犹豫着说,"可我现在还不想让您主动给他帮忙。"

"为什么?"陈恬爸不明白,惊奇地问:"都火烧眉毛了,你还等什么?"

"我想让他先开口求我,让我找您老人家帮忙。"陈恬说,"他现在理都不理我,我们干吗要犯贱,赶着去送钱。"

"我知道你打的什么鬼主意。"陈恬妈狠狠地点了一下女儿的额头,"你是想让秦杰主动找你,等他给你说好听的话哄哄你,然后你再让你爸出面帮他。这样一来,你在秦杰面前不但拾回了面子,还把两人关系缓和了。你这丫头,说到底你还是在乎秦杰的,否则以你那又臭又烂的脾气,他那样对你,你还肯让你爸帮他吗?"

陈恬被母亲说中心事,脸红着点了一下头。她这样做无非是想让秦杰看看她娘家的势力,只要她开口,爸爸就会帮忙,他的困难自会迎刃而解。陈恬想让秦杰认识到她在他生活中的重要性,关键时刻,只有她能帮他,她在他的生活里不可或缺。

"有这必要吗?你上次把孩子打掉也是不得已的事,他们一家人怎能抓着不放?"陈恬爸不以为然,"他妈住进医院怎么能怪你呢?厂房被烧,秦杰他妈迟早要知道,这么大的事靠你一个人瞒,瞒得了吗?秦杰这孩子也真是的,以往看着挺通情达理的一个人,怎么关键时刻转不过弯呢?哪天爸爸说说他,让他心胸宽广点,不要和你太计较。你是我们的宝贝女儿,他对你好,我们自然会对他好,会替他着想。"

"她说怎么做就怎么做吧。你没看她愁眉苦脸的,我看她就指着这事来挣面子呢。"陈恬妈说,"你也太惯恬恬了,她都是结婚成家的人了,一切不能太任性。现在秦杰家出了这么大的事,他妈又躺在医院里,你现在说这些,他能听吗?"

"他敢不听?他不听老子的话,老子就不帮他。"陈恬爸眼一瞪,"我帮他的忙也是爱屋及乌。他若和我女儿感情不好,我凭什么要帮他?"

"知道你疼女儿,可你疼她总得有个限度。"陈恬妈说,"小两口吵架是常有的事,你不明就里跟着瞎掺和,只会把事情搞得更加复杂。赶明儿,恬恬和秦杰好了,他们小两口吵架不记仇,但你那女婿不见得会忘了你这老丈人对他的训斥吧,到时,我看你俩怎么相处?"

陈恬爸哼了一声,进了书房。

"好啦,好啦,天也不早了,恬恬你也该回家了。"陈恬妈说,"你们小夫妻的事尽量别让我们往里掺和,你爸那人,一着急说不定什么难听的话都说得出来。你也别在这愁眉苦脸地坐着,一会你爸又得为你着急的。"

"我不想回去,家里怪冷清的。"陈恬嘟着嘴说。

"不想回去也得回去,秦杰家现在什么状况你也明白。"陈恬妈说,"我和你爸明天去医院看看秦杰他妈。要是碰到秦杰,就问问他需不需要帮忙,出了这么大的事,我们碰见了不问问也说不过去。要是没碰见,就按你说的那样,等秦杰找你开口了,我们再尽力帮忙。医院那边你跑勤点,多去看看秦杰他妈。"

"我不想去,我看她那样,心里就别扭。"陈恬说,"你是没看到他妈口眼歪斜,看着怪吓人的。"

"别扭你也得去,她是你婆婆。她出了事,你不在医院守着说得过去吗?"陈恬妈说,"医院里有护士和护工,服侍他妈也用不着你做。但你得在那守着,别再落下什么话柄。"

"你和秦杰闹到今天这一步虽然是因为打掉孩子引起的,但你不该以硬碰硬。你婆婆说你时,当着秦杰的面你再不高兴也不要和她顶撞。你倒好,不但不肯忍让,而且还把他妈气住院了。他妈这次中风住院,秦杰看着他妈那样能不生你的气吗?"陈恬妈不放心,继续叮嘱道,"平时看着你挺聪明的,关键时候怎么净办傻事? 你说,你和秦杰他妈争个什么高低? 你就是辩赢了又怎么样? 你呀,不是和他妈过一辈子,是和秦杰过一辈子。妈说的这些话,你自己回去好好想想,为婆媳关系影响夫妻关系值当吗?"

陈恬没精打采地回了家,下班了只能往医院跑。这次,陈恬学了乖,原本在病床前看杂志或坐着胡思乱想时,只要看到秦杰来,她立马变得灵活起来。在病床前忙前忙后,一会儿打来水给秦杰妈擦脸、擦手,一会儿又帮秦杰妈按摩。此招果然见效,秦杰的脸色渐渐回暖,对陈恬慢慢地有了笑模样。

秦杰妈进入康复期,能勉强进食。

"妈,这是我用牛奶冲的藕粉,您尝尝合不合您的胃口。"陈恬笑着喂秦杰妈。

突然,秦杰妈呛咳起来,将先前的食物吐得陈恬满手都是。

"好脏呀,真恶心!"陈恬在心里惊呼。不过,秦杰在旁边,她不能将厌恶之情表露出来。陈恬勉强忍住恶心将碗放下,扯了纸巾擦手。

秦杰伸手将碗端起,歉意而感激地说:"这段时间也真难为你了。你快去卫生间洗洗手,我来喂,你也休息休息。"

"我去洗洗手,你慢慢给妈喂,以免她呛着。"陈恬笑着进了卫生间。他肯和她说话了,笑容温暖,话语体贴,陈恬心花怒放。

陈恬出了卫生间,对秦杰温柔地说:"你为公司的事也忙了一天,你也累了。我来喂妈,你休息吧。"

秦杰的心里暖暖的,这些日子他心力交瘁。好在陈恬不再闹腾,每日在医院里尽心照料妈妈,让他省了不少心。

是夜,秦杰和陈恬回到别墅。陈恬将姿态放低,低声说:"你累吗?要不要我给你按摩一下?"

"这段时间太紧张了,按按也好。"秦杰笑着说,"不过,你在医院服侍妈也挺累的,还是我替你按按吧。"

陈恬温顺地点点头,在二楼小客厅的沙发上坐下。秦杰替陈恬按摩双肩,力度大小也正合适。陈恬微微地闭着眼,享受着。

秦杰按着按着觉得不对劲,陈恬的身子微微地抖动。秦杰扳过陈恬,见她泪流满面。

"你怎么了?是不是我用力重了,你嫌疼?"秦杰不解地问。

"不是。"陈恬轻轻摇头,哽咽道,"你有多久没有这样给我按摩了?你有多久没有这样关心我了?为了我打掉孩子的事,你冷落了我多久?刚才这样让我想到了我们刚结婚时……"

"唉,"秦杰长叹一声,"以前的事不管谁对谁错,咱们都别再提了。以后,咱们好好过日子就是。"

"嗯。以后我俩不要再吵了,好好过日子。"陈恬平静下来问,"你和保险公司的官司进展怎么样?你重新购买设备、原材料的钱筹到了吗?"

"保险公司那帮人不肯认账,让我们打官司,他们说法院若是判下来是他们的责任,他们该赔的钱一分都不会少。可是,打官司等理赔也不是一时半会就能解决的。"秦杰皱眉说,"钱我也筹到了一些,虽然不多,但能应应急。"

"你别着急,我这就和我爸说说,让他帮你。"陈恬掏出手机,与父亲简短地说了几句后挂了电话。

"你爸怎么说?"秦杰问。

"他说让你明天一早去找他,我爸说了都是一家人,他当然得全力帮忙。"陈恬说。

"那你替我跟你爸说声谢谢,欠他的这份情我一定会还的。"秦杰说。

"你瞧你,干吗说这些?我是你老婆,我爸就是你爸,现在咱家出了事,我爸帮忙还不是应该的。"陈恬嗔怪道。

秦杰心里的一块石头落了地,陈恬爸肯帮忙,购买原材料、生产设备的资金就有了着落,恢复生产指日可待。

"你也不要太着急了,我爸肯帮忙他就一定没问题。"陈恬笑着说,"你趴在沙发上,我替你按按。"

秦杰顺从地趴在沙发上。

"力度合适吗?轻了还是重了?"陈恬一边按摩一边温柔地问。

"行,正好。"秦杰微闭着眼。

是夜,陈恬躺在秦杰的怀里,心里暗想:以后绝不能再让秦杰看到自己和婆婆有冲突。像妈妈说的那样,因婆媳关系不和影响夫妻感情,太不划算。

一个月后,秦杰妈出院回家。中风留下了后遗症,秦杰妈口角仍有些歪斜,能听懂别人说话,却不与人交流,着急时才说些简单的语句。虽能勉强走路,却步履蹒跚,行动非常吃力,大多数时候秦杰妈坐在轮椅上,沉默寡言。

秦杰妈虽然出了院,但还需要进行针灸治疗和康复治疗。秦杰太忙,没有时间陪妈妈往返于医院,便将此事拜托给了陈恬。

"老婆,我这边太忙,抽不出时间陪妈去医院,以后就拜托你了。"秦杰说。

"你只管忙你的,家里的事你不用操心。"陈恬笑着说,"你就放放心心地把妈交给我。"

想着秦杰妈知道自己将肚子里的孩子打掉后,便对自己彻底换了一副嘴脸时,陈恬就是气。秦杰妈不爱说话,陈恬也没心思和她说好听的话安慰她、开导她。陈恬陪着秦杰妈去治疗,很多时候,两人都是沉默着去,沉默着回。

很快,陈恬便烦了陪秦杰妈去医院这件事。家里虽然有佣人,但陈恬却不敢将此事推给佣人去做。倘若让秦杰知道自己嫌弃他瘫痪的老妈,还不又要生气?自从秦杰妈中风后,陈恬再不能像往日里随心所欲地想走哪儿就去哪儿,想去哪儿玩就去哪儿玩。若是将中风的婆婆扔在家,自己跑去和朋友泡吧、K歌,秦杰岂不是又要生气。想到这些,陈恬再陪秦杰妈去医院时,心里有了气,沉默中便带了不耐烦。

这天,陈恬陪秦杰妈去医院。半路上,秦杰妈拍打陈恬座椅的后背,小声喊道:"停,停下。"

陈恬莫名其妙,又没到医院,停下做什么?陈恬也不理睬秦杰妈,径直开车向前走。秦杰妈动了怒,生了气,提高嗓门不停地喊:"停,停下。"

陈恬有些生气,这个死老太婆,瘫了都还不让人省心。怎么着?瘫了也还想训斥我、命令我?你让我停,我偏不停,我看你能拿我怎么办?

陈恬也不停车,径直将车开到医院。到了康复室,医生很是诧异地发现秦杰妈的裤子被尿浸湿了。

"她,她怎么会这样?"医生问,"老太太神志不是挺清楚的吗?"

陈恬愕然,顺着医生的手指方向望去,脸一下子红了。秦杰妈眼里有泪,恨恨地看着陈恬。

陈恬本来有些内疚,但见秦杰妈恨恨地盯着她,内疚转瞬即逝,火倒一下蹿了上来。陈恬想:我每天这样伺候着你,也不见你对我有个笑容。谁让你刚才喊我停下的时候,凶神恶煞的,也不说你要干什么,现在尿在裤子上,这也怪不得我。

依着陈恬的想法,秦杰妈到了如此地步,秦家服装厂被烧,全靠她爸帮着秦杰渡过难关。中风后的秦杰妈,就应该对自己照顾她、自己家帮助她家而感激涕零。这死老太婆,不但看自己眼里全无温柔、感激,反倒像自己欠了她似的。这让因为老爸是银行行长,一直被人捧着哄着的陈恬心里很是不爽。

回到家后,陈恬将秦杰妈交给佣人后,打开电脑玩起了游戏。晚上,估摸着老公要回来时,便溜到婆婆的房间里陪着。

秦杰回家,见妈妈脸色不对,问陈恬:"妈最近身体怎么样?医生有没有说她的身体有好转?"

"医生说了,妈恢复得挺好的,只要坚持着治疗,慢慢会恢复正常。"陈恬巧笑嫣然。

"哦,那我就放心了。"秦杰说,"我看妈脸色不好,还以为她哪里不舒服。"

"大概是在床上躺久了,心里烦吧。"陈恬说,"我刚才还给妈说,让她起来试着走走,可妈不愿意。医生说要多走走,多活动,这样才能早日恢复。"

"妈,医生都这样说了,你就按恬恬说的去做吧。"秦杰听了陈恬的话,对妈妈说。

"她,她撒谎!"秦杰妈恨恨地说出几个字。

秦杰疑惑地盯着陈恬,陈恬笑着说:"妈现在生了病,像小孩似的,正和我赌气呢。我也正为难,若依着妈妈的性子,这病就好得慢。若是按医生的话去做,妈妈又不高兴。"

"那就听医生的吧。医生怎么说,咱就怎么做。"秦杰说,"你每日扶着妈,慢慢走。她若是累了,生气了,便让她休息一会儿。"

"好,好,你怎么说我怎么做。"陈恬上前挽着秦杰的手,"你累了一天,也该休息了。妈的事不用你操心,我会看着办。"

两人说笑着出了门,到楼梯口,陈恬撒娇让秦杰抱她上楼。秦杰笑着轻声说:"不好吧。"

"有什么不好的,佣人都睡了。"陈恬轻笑,"我就让你抱着我上楼。"

"好嘞!"秦杰笑着说,一把将陈恬抱起。陈恬紧紧地搂着秦杰的脖子,附在他的耳边轻语:"你爱不爱我?"

"你自己不知道?"秦杰笑,却不回答。

"我不知道,"陈恬不依不饶,"我要听你说。"

"爱!"秦杰笑,"你不仅对我好,对我妈也这么好,我怎么不爱你呢?"

"这还差不多。"陈恬娇笑。

秦杰妈躺在床上,老泪纵横。她心里明白,服装厂被烧,自己又成了这样,要不是陈恬爸伸出援助之手,帮着秦杰出谋划策,秦杰不会这么快筹到建房、购买设备、原材料的钱。与保险公司打官司,等法院判决,顺利的话会判定保险公司负全责。先不说执行顺不顺利,就算是顺利,等保险公司理赔的钱到位,黄花菜都已经凉了。秦杰妈知道,自己瘫了,儿子若想渡过难关,还得靠着陈恬一家。

秦杰妈对陈恬越来越失望,却迫于陈恬娘家的势力不敢将今日被其羞辱之事告诉儿子。眼见着儿子被蒙在鼓里,被陈恬哄得团团转,秦杰妈虽无奈,却只能将对陈恬的不满生生咽下。夜越来越深,秦杰妈睁大着眼仍是无法入睡。柳青,她突然想到了柳青。她不顾柳青对儿子的付出,不顾她肚子已经有了儿子的骨肉,仍然自私地要求柳青离开儿子。柳青答应离开儿子,只是为了她的一句话,她不能给秦杰幸福。柳青没有对失去记忆的儿子说半句她的坏话,也没有因为肚子里的骨肉向她索要半毛钱。

秦杰妈曾断言柳青不能给儿子幸福,坚决地掐断了她和儿子之间的关系。现在,秦杰妈开始怀疑,她一手挑选的陈恬能给儿子幸福吗?秦杰妈突然有些后悔,若是自己当初不在乎面子,不那么固执,同意了儿子与柳青的婚事,儿子也不会出车祸,秦家今日也不至于濒临破产,四面楚歌;自己也不会瘫倒在床,任人羞辱。陈恬对自己的羞辱、残忍,让秦杰妈突然明白她当初对柳青的残忍。好在自己给了柳青朋友一笔钱,不知道柳青现在收了那笔钱吗?若是收了,柳青和孩子的日子应该会好过一些吧!

第二十二章
奋斗目标

> 我是鲜花,但不稀罕你这牛粪。要找牛粪男,满大街随便挑,我也不会再和你复婚,让你耻笑。

柳青得到了秦杰妈放在肖乔那儿的三十万元后,萌生了要自己创业的想法,这想法与肖乔不谋而合。两人说干就干,肖乔回去筹钱,柳青则奔走于家政公司,希望找一个较为满意的保姆来帮着照看女儿。

肖乔回家后,见爸妈坐在客厅里看电视,便亲热地挨着老妈坐下,花言巧语地游说:"妈,您前几天说的话我也仔细想过了,当伴娘确实只能靠青春吃饭,过了几年,也就不能再干这活了。"

"你妈吃的盐比你吃的饭多,妈说的话当然不会错。"肖乔妈笑着说,"你呀,要是早听妈的话,什么事情多和妈商量,哪会闹到今天这个地步。"

肖乔也不理她妈的话茬儿,继续说:"妈,我仔细想过了,以前我做什么事情都怕苦怕累,只想着要靠男人过日子。现在,我不这么想了,我觉得自己能挣钱才是最好、最可靠的。明天起,我要开始忙自己的正事了。"

"我女儿这下总算想明白了,老爸赞成你刚刚说的那句话,什么事都要靠自己。女孩子要是不自重、不自强、不自立、不自爱,只会让人看轻。"肖乔爸说,"你要干正事,老爸支持。说来听听,你要干什么,看老爸能不能帮你点什么?"

肖乔喜上眉梢:"爸,我太需要您的支持了。我和朋友准备合伙开婚庆公司,每人拿二十万元做启动资金。我在这行做过,知道如何操作,做起来得心应手。

婚庆行业利润还不错,我也喜欢这个工作,有挑战性。"

"你做过是不假,利润不低也是真。但是老爸问你,如今婚庆公司这么多,你和你朋友拿什么去和别人竞争?"肖乔爸说,"论规模、论实力、论经验,你们都比不过那些大型的已经开了多年的婚庆公司。"

"我知道您会这样说,我也像您这样仔细地琢磨过,要拿什么去和别人竞争?"肖乔笑着说,"我做过市场调查,婚庆公司是很多,其中有几家大型的婚庆公司做得挺红火的。不过,整个婚庆行业缺乏有创意的婚庆策划,每场婚礼只是力求热闹、隆重、豪华,却没有特色。"

"哦?"肖乔爸来了兴趣,"你倒说说看,如果是你自己开,你要怎样操作,才能吸引客户?"

"现在的年轻人不管是靠父母支持结婚的,还是没有父母经济支持结婚的,结婚那天都想热闹一些,更想自己的婚礼独一无二。"肖乔侃侃而谈,"我当过伴娘,在和新娘的交谈中,知道她们都有这个想法。所以,我要开婚庆公司的话,就以创意为特色,吸引众多的年轻人。有钱的,我会替她们操办一场别开生面、豪华热闹的婚礼,让她们过足童话中王子与公主的瘾。没有钱的,经济上差一点的,我会为她们量身定做特别而又花费不高的婚礼。这类客户的婚礼,我会在创意上力求浪漫,经济上花费较少。"

"不错,看来你真是花了一番心思。"肖乔爸说,"看在你做事这么认真的分上,老爸决定投资你。说吧,要多少钱?"

"就看您准备给我投资多少了?"肖乔笑,"我是来者不拒,越多越好。"

"先前你结婚我们为你花了不少钱,现在你拍拍屁股走人,那十万元可是我和你爸辛苦挣来的,就这样让你打了水漂,想想我都心疼。"肖乔妈直冲老伴使眼神,抢着说,"我们哪有多少钱?就算要支持你,我们也没有多少。我们总不能把养老的钱都拿出来给你,要是你赔了,我和你爸以后要怎么办?"

"装修房子那十万元我明天就去找周斌说,让他凑齐了给我。"肖乔不乐意了,嘟着嘴说,"什么嘛,钱都还没有拿出来,就开始说会赔的事。哪有您这样当妈的,不盼着女儿的好,不盼着女儿发财,倒先想着赔钱的事。"

"你去找周斌说钱的事,好好说,好好商量。"肖乔爸说,"你们离婚时又没有写协议,现在去说那钱就要看周斌有无良心了。他若是有良心,记得你和我们的好,会把钱给你。他要是那没有良心的,你嘴皮说破了也没有用。就算你拿难听的话骂他,他也不会把钱给你。"

"他敢?"肖乔柳眉倒竖,"我俩离婚时,存折上有五六万元,他让我拿走,我没要。先前我不和他计较,是因为我不等着钱用。现在我急等着钱,他敢说半个不字。"

"哦,有这回事?"肖乔妈妈说,"周斌主动让你拿走存折,证明他是有良心的男人。你呀,我就不明白了,过得好好的干吗要离婚?"

"别拿我离婚的事说事,以后咱们家谁也别再跟我提这个,谁再提我和谁急。"肖乔有些恼怒,"事情都过去那么久了,您还提这个,您烦不烦?"

"我不烦!"肖乔妈说,"我这样说还不是为了你好?"

"为我好就把钱拿来,让我做事。"肖乔说,"现在我就需要钱,其他的我不会再想,你也别再拿什么男人的照片给我看。您要是再这样翻过去翻过来地提这事,我可真跟您急了。"

肖乔妈正欲说话,肖乔爸用眼神制止,然后对女儿说:"你也别用这样的口气和你妈说话,你妈她也是为你好。你不爱听,以后我让你妈别再唠叨这些。乔乔,你要明白,你妈再啰唆,她的出发点是好的,是希望你幸福。你要是过得幸福,我和你妈也就满足了。你现在要自己做事,我和你妈在能力允许的情况下,我们会倾其所有去帮助你。我们这样做,不是指望你将来找钱了报答我们,而是觉得你的生活有了明确的奋斗目标,日子过得忙碌充实,我和你妈也就放心一些,担心得少一些。"

肖乔轻声说:"这次我会好好干的,您和妈放心。"

"好,那你说说打算让我们支持你多少?"肖乔爸说,"只要你干正事,爸会支持你。要是家里的钱不够,爸再把手里的股票卖了。"

"我原计划是找周斌拿回以前装房子的十万元,再找你和妈借十万元。"肖乔说,"我和朋友核计了一下,她那有二十多万元,但她只能拿出二十万元,因为她还有个女儿要抚养,不能把钱一下全部拿出来投资。我这边拿二十万元,凑齐四十万元作启动资金。不过,我和朋友又合计了一下,开一家小型的婚庆公司三十万元也就够。我们想再筹十万元开一家宠物殡仪馆。"

"宠物殡仪馆?"肖乔爸觉得新鲜,"这是做什么的?"

"为宠物办后事。"肖乔说,"我们开这个宠物殡仪馆是为那些经济较宽裕又喜欢养宠物的人物开办的。有钱人的宠物死后,我们帮着他们为宠物办后事,他们需要埋葬宠物,我们帮忙;他们需要火化宠物,我们出力;总之,他们对所养宠物的后事有什么要求,我们都替他们完成。"

"这个听着倒是新鲜,不过,有生意吗?"肖乔爸问。

"与我合伙的朋友以前在殡仪馆干过一段时间,据她说,有这样的消费群体。有些人因为不方便,还跑到殡仪馆要求帮着火化。"肖乔说,"现在开宠物店的很多,但做这个的很少。只要我们做得好,应该会有生意。"

"你还有朋友在殡仪馆干过?"肖乔妈惊叹,"你们这一代人还真是奇怪,从事的工作五花八门。你在婚庆行业当伴娘,她却在殡仪馆工作。啧啧!"

"这有什么可奇怪的。"肖乔笑,"老妈,现在社会发展了,增添了很多新工种,您没有听说过的多着呢。"

"那倒是。"肖乔妈笑,"你看你开这公司,一会儿要给人策划婚礼,一会儿要给宠物办后事。给人办喜事,我听说过,给宠物办丧事,那还真叫新鲜。"

"养的宠物时间长了,自然就有感情了。没钱的人草草地埋了,有钱的人却要好好地办一场,能表达哀思。只要让他们满意,他们不在乎钱。"肖乔说。

"明天我让你妈把家里的钱全取出来,也就二十来万吧。"肖乔爸说,"你再去和周斌说说,他要是能给你最好。他若不给你,爸再把手头的股票卖了,还能凑个十来万。再多的钱,爸也就没有了。"

"你也还真舍得,一下子把钱都拿出来给你这个宝贝女儿。"肖乔妈说,"我看你老了怎么办?"

"老了我养你们。"肖乔说,"你们就我一个女儿,老了不靠我靠谁?爸,妈,等我赚到钱了,我重新买个大房子让你们住。"

"大房子我不稀罕,我这房子住着挺好的。"肖乔妈又老话重提,"你呀,找个好男人,恩恩爱爱地过一辈子,比什么都强。"

"等我成功了,我再慢慢挑,慢慢选。"肖乔笑,"一要心疼我,二要体贴我老爸老妈,这两条少了哪条都不成。"

"你这丫头,嘴甜起来能甜死人。发起脾气来,嘴就像刀一样,句句不饶人。"肖乔妈说,"以后做事,可不能再依着性子来,做什么事一定要多想想。你妈和你爸可就这点棺材本了,你要好好地做,可别赔了。"

"妈,您放心!"肖乔说,"我比您还怕赔呢,我那朋友比我更怕赔。这会儿,她在家仔细地考虑我们要遇到的各种风险。我那朋友,人能干,做事比我仔细。我和她在前面冲锋陷阵,你和老爸就当我们的智囊团,保准没问题。"

第二日,肖乔找到周斌,说了自己创业的事。周斌倒是爽快,说:"家里存折上还有五六万元,剩下的我再找我爸妈凑点,过两天我给你送过来。"

肖乔没有想到周斌这么爽快,想想以前做得过分的地方,对他的恨倒减了不少。

周斌笑问:"怎么着,现在一个人还是单身?"

"单身。"肖乔说,"我不像你那么风流,短发妹妹、长发妹妹的一大堆。"

"短发妹妹?"周斌笑,"她对我倒是很喜欢,正催着我和她结婚呢。"

"你呢,也打算结婚?"肖乔酸酸地说,"也是,现在婚也离了,以前咱们住的房子正好当你们的婚房。"

周斌笑呵呵地说:"我结婚,你来吗?"

"看吧,有时间就来,没时间就算了。"肖乔说,"有了新人,旧人来不来有什么关系?"

"那不成,你当然得来啦。"周斌说,"本来我也是说不请你,免得到时大家尴尬,可她非说要请你,说要让你看看她和我的幸福。"

"我呸!姑奶奶不让位,她结什么婚?"肖乔怒了,"你又不是钻石男,她找个二手男人,有什么可炫耀的?"

"对呀,我也是这么跟她说,和我这二手男人结婚就不怕别人笑话她?"周斌说,"你猜她怎么说？她说嫁人就要嫁我这种牛粪男。"

"牛粪男？"肖乔笑,"她的意思是鲜花插在牛粪上？"

"嗯,她说鲜花插在牛粪上才有营养。"周斌说,"她说与其幻想找个钻石王老五,不如嫁给我这种男人踏实。"

"笑话,就她那样也算是鲜花？狗尾花吧。"肖乔不屑一顾。

周斌一本正经地说:"情人眼里出西施,别人看着不美自己看着美就行了。我现在才明白,女人不是因为美丽而可爱,而是因为可爱才美丽。"

"你要觉得好,就好好和你的那朵狗尾巴花过日子吧。"肖乔站起来就走。

"这就信了？你还真好玩,一逗就上当。"周斌笑。

"你神经病呀!"肖乔转身拿起包就打。

"怎么着,吃醋了？看来你对我还是有感情的嘛,我对你也念念难忘,不如咱俩复了吧。"周斌笑着说,"我和那短发妹什么事都没有,我俩离婚后我和她就分开了。那天,她送我回来,我也是存心气你的。谁让你以前老是不肯在外人面前承认我们的关系,我也想那样气气你,让你尝尝夫妻关系被人当成兄妹关系的滋味。"

"你少跟我提以前,我做得不对,你也好不到哪儿去。"肖乔说,"你结不成婚也别拿我当借口呀,不会是她看不起你这二手男人吧？"

"二手男人？"周斌说,"是,她和我不匹配。我考虑来考虑去,觉得还是咱俩配。我是二手男人,你是二手女人,咱俩谁也不嫌谁。"

"我呸,二手女人怎么了？"肖乔火大,"周斌,我告诉你,不管我是二手、三手还是四手,我都不会和你复婚。我一定会找个比你强的男人,我是鲜花,但不稀罕你这牛粪。要找牛粪男,满大街随便挑,我也不会再和你复婚,让你耻笑。"

"别呀,你要找牛粪男,不如就是我。外面去找多浪费时间,也浪费精力。"周斌说,"咱俩也磨合这么久了,彼此都熟悉了。再走到一起,也就省了磨合的程序,这样风险更小一些。"

"我呸!谁稀罕你!"肖乔说,"我偏要去外面找,我偏要重新磨合。"

周斌是真有心想和肖乔在一起,只是他用漫不经心、吊儿郎当的口气说出来时,却没有料到肖乔不但不吃这一套,反倒惹恼了她。

"把钱准备好,过两天我来拿。"肖乔扔下这句话,转身离去。

周斌没有食言,将钱凑齐给了肖乔。肖乔爸妈又拿了二十万元,加上柳青的二十万元,资金问题解决了。柳青去家政公司找了一个约摸三十多岁农村来的中年女人,让她吃住在家里,照看女儿。接下来,柳青、肖乔跑注册等手续,然后找房子、谈租金、请人装修、培训新招的工作人员、上街发传单、上网发帖子,用尽可能少的宣传费用来宣传公司。

第二十三章
女儿受虐

你们是给俺工资了,可俺也没闲着,该俺做的俺都做了。俺是来做事的,又不是马戏团专逗人笑的小丑。

很长一段时间,柳青早出晚归,早上出门和晚上回家时孩子多半在睡觉。柳青很疲倦,每日向保姆问问"孩子今天好不好"之类的话,保姆都回答"很好"、"没有生病",她也就放了心。公司创业之初,柳青很忙,根本抽不出时间来陪女儿或给予女儿更多的关爱。

一年过去了,柳青和肖乔开的公司步入正轨。她松了一口气,决定多抽些时间陪陪女儿。这时,她发现一岁大的妞妞有些异样。通常一岁多的孩子正是咿咿呀呀学说话的时候,说话说得早的孩子能简短地喊爸爸、妈妈等简单的词语。妞妞不但不能发出这些简短的音节,根本就没有说话的欲望,而且也不像别的小孩子那样满屋子地爬,攀着沙发或扶着墙壁沿学走路。

妞妞怕生,胆子很小,说话声音稍大就会吓得发抖,哭个不停。让柳青更为吃惊的是,妞妞不像其他的孩子特别依恋母亲。

柳青向女儿张开双手,叫着女儿的小名:"妞妞,来,妈妈抱抱!"

女儿妞妞不像别的小孩那样表现出迫不及待、伸手要她抱的期待,却是一脸木讷的表情。妞妞的呆滞、胆小、说话迟缓让柳青很是不解,她决定抽出时间带女儿去医院检查。

儿科心理医生诊断并详细了解妞妞的生长情况和生长环境后,说:"你女儿虽然没有患上自闭症,但是她长期没有和爸爸妈妈在一起,缺少亲子互动,导致她说话迟缓。另外,这孩子胆子小、爱哭,可能是受到惊吓所致,所以她没有安全感,对外面的世界特别惧怕。"

柳青很是着急,问:"她这样要怎样才能恢复呢?"

儿科医生解释道:"小孩子理解语言的关键期在 7~24 个月,如果在关键期缺少语言环境刺激,过期训练很困难。婴儿出生后,随时都应该注意有目的地给她创造丰富的语言环境,哺乳、喂饭、穿衣等都应结合具体的情况用与情境相符合的语言与她交流。你长期将孩子交给保姆带,或许是因为保姆与孩子缺乏交流,所以导致孩子现在说话迟缓。你要想让孩子恢复正常,像其他小孩那样天真活泼,必须多抽时间和你女儿在一起,平时与她多说话,多逗逗她,多与孩子做亲子交流,这样你女儿的情况才会一天天好起来。"

"谢谢你,我一定会照着你说的那样去做的。"柳青说,"你看我女儿这样,用不用另外换一个活泼、爱说话的保姆?"

"你女儿这样的情况,不适合频繁地更换保姆。重新换保姆,不一定合适。你女儿胆小,换了新的、陌生的保姆,或许更会增加她的不安全感。"儿科医生语重心长地说,"你一定要抽时间陪陪你女儿,不能把女儿全权交给保姆打理。挣钱固然重要,但没有你女儿的健康重要吧?你女儿这样的情况,一定要及早治疗和干预,再晚可就麻烦了。"

柳青回到家,对保姆简短地说了女儿在医院检查的情况,让她以后多和妞妞说说话,多逗逗她,早上和晚上要带妞妞到楼下小区去和其他的孩子一起玩。

保姆嘟囔着说:"她一个小屁孩,俺和她能说什么呀?再说了,俺和她说,她也听不懂呀。"

"小屁孩?"柳青生了气,"平时我很少在家,也不知道你怎样带妞妞。但我把妞妞交给你,是希望你把她带得健健康康的。"

"她怎么不健康了?"保姆辩解,"不生病、不发烧的,怎么就不健康了?"

"不生病、不发烧那是身体健康,可是她现在心理有了问题,她需要大人和她多交流,多关心她。"柳青说,"你和孩子怎么就不能说话了?难道你在家乡带你自己的孩子,也不和你的孩子说话?"

"俺自己的孩子俺当然有话说了。"保姆说,"俺来你家做保姆,说好了是负责小孩子的吃喝拉撒,俺只要保证她的身体健康就行了。再说了,你们城里孩子就这么金贵?俺在乡下农活忙碌时,有谁有耐心天天变着花样逗孩子呀?还不是背上背着,能跑能动时就放她自己满地跑,让她自己玩。"

"你,你……"柳青气极,"你还有道理了?我说一句,你倒有十句话等着我。"

"要俺多和孩子说说话可以,抱到小区去玩也可以,多逗孩子、让孩子笑也可以。"保姆话锋一转,"那你得给俺涨工资,俺以前的工资可没有包括这些内容。"

"你的工资不算低了,我包你吃、包你住,每个月还给你一千多元。"柳青说。

"那怎么了,广州保姆都是这个行情。再说了,俺住在你家,专门带这个孩子,也不能像其他钟点工那样还可以兼职。"保姆说,"要不,你每个月给俺加三百元,俺照你的话做。要是你不同意,就当俺什么话都没说,一切照旧。"

"行,我每个月再给你加三百元,只要你把妞妞给我照顾好!"柳青无奈,医生也说了,现在换保姆对妞妞只怕更加不好。

保姆喜笑颜开,马上伸出手,"妞妞,来,到阿姨这来,阿姨带你去楼下和其他的小朋友玩。"

妞妞也不伸手,只是惊恐地往柳青怀里钻。柳青轻拍着女儿的后背,说:"妞妞乖,妈妈要上班,你先和阿姨去玩。妈妈一会儿早点下班,带妞妞去买玩具。"

柳青把妞妞交给保姆,妞妞在保姆怀里不安分地扭动着身子,小声地哭着。柳青虽是心痛,却是无奈。她不能整日里守在家里陪妞妞,只能尽量多抽时间。

柳青上班后心神不宁,肖乔见状问:"怎么了?"

"我有点担心妞妞,"柳青说,"她好像不太喜欢和保姆在一起,刚才我来时她还在家里哭呢。"

"小孩子都这样,都喜欢和妈妈在一起。"肖乔笑,"你和妞妞在一起的时间少,妞妞当然特别依赖你。"

"你错了,她也不依赖我。"柳青皱着眉,"只是和保姆相比,她更喜欢我而已。我看妞妞的样子,似乎很惧怕保姆,就连哭时都只敢小声哼哼。"

"妞妞以前可不这样,我记得她以前哭时嗓门特别大,哭起来不依不饶的。"肖乔笑,"这段时间太忙了,好久都没有和妞妞一起玩了。咱们今天早点下班,我们接妞妞出来好好玩玩。"

"嗯,我也有这个打算,今天带她出来玩玩。"柳青说,"妞妞变成这样,也只能怪我忽略妞妞了。我今天带她去医院看过了,医生说让我以后一定多抽时间陪妞妞,否则她以后不但说话会有障碍,长大后与人交流也有障碍。"

"啊?这么严重?"肖乔惊呼。

"是,医生是这么说的。"柳青很是郁闷,"让我多和孩子做亲子交流,多和孩子说话,陪她做游戏。你也知道我哪有那么多时间陪妞妞玩,我今天给保姆说了,让她多和妞妞说话。保姆说她没有这个义务,加钱她就做,不加钱她就照旧。"

"你答应了?"肖乔问。

"嗯,我答应了,不答应不行呀。"柳青说。

"她不答应,咱重找保姆,找个年轻爱说话的小姑娘。"肖乔叫道,"反了她了,你家那保姆是看你一个人带着孩子好说话,她才敢跟你这么叫板。"

"我也考虑过给妞妞重新找保姆。但医生说的话也对,重新找保姆也不一定满意,况且妞妞现在特别惧怕生人,再换保姆我怕她不适应。"柳青说,"算了,她要加钱我给她就是。每个月三百元,我节约点给她,只要她对妞妞好,也值得。"

"唉!"肖乔叹了一声,"你也真够难的,没有人帮你带孩子,只能指着保姆。以后公司的事我多盯着点,你有时间就多陪陪妞妞吧,孩子要紧。"

"嗯,谢谢你,还是你理解我。"柳青答应着,"秦杰走后,要是没有你一直陪着我,我真怕自己挺不过来。"

"你也是,说这些干吗?"肖乔笑,"朋友是拿来干吗的?朋友就是拿来利用的。嘻嘻,以后,我有用得着你的地方,我会毫不客气地用,好好地利用一回。"

"瞧你,明明是好意,说出来的话却让人听着不舒服。"柳青嗔怪,"好在我了解你,别人听了还不定会怎么想你呢。"

"我管别人做什么?别人我才不会帮忙呢。"肖乔笑。

"好,好,我就等着你什么时候需要我时,好好地'利用'我一回。"柳青轻笑,

"我欠你太多,你不'利用'我一回,我反倒良心不安。"

两人提早下了班,来到柳青住处。肖乔伸手抱保姆怀里的妞妞,"妞妞,我是你肖乔干妈。干妈这段时间太忙了,没有时间来看你,你不要怪罪干妈。干妈今天来接妞妞上街玩,咱们去动物园看动物,去海洋馆看鱼,然后干妈再带你去玩具店,给你买玩具。"

妞妞哇的一声大哭起来,把肖乔弄得是不知所措。柳青抱过妞妞,解释道:"这孩子胆小,对你不熟悉才这样的。"

"平常她都这样吗?"肖乔问,"除了你和保姆,她从来没有和外人接触过?"

"我也不知道。"柳青说,"我看见她的时候都是在家里。"

肖乔叫过保姆,问:"你从来不带妞妞下楼去玩?"

保姆说:"她太小,下去能玩什么?俺很少带她下楼,俺要是下楼买菜,都是等她睡着了,俺才去买的。俺每次都是快去快回。"

"妞妞是小,可她有感觉。"肖乔生气地说,"她能感觉到谁对自己好,谁对自己凶。她现在胆子这样小,总是有原因的吧。"

保姆变了脸,说:"听你的意思,是说俺对这孩子不好。俺伺候她吃、伺候她拉、伺候她睡,她亲妈没有做的,全是俺在做。你说说,俺怎么对她不好了?"

"那些都是你应该做的,我们给你工资就是请你来照顾她的。"肖乔说,"孩子醒时,你总该多和她说说话、多逗逗她。总不能孩子醒了,你像木头人似的坐在那儿吧。"

"你们是给俺工资了,可俺也没闲着,该俺做的俺都做了。"保姆说,"俺是来做事的,又不是马戏团专逗人笑的小丑。"

"你,你还真挺能说的。"肖乔气坏了,"你信不信我开了你?"

"你开了俺也没关系,俺是凭力气吃饭。你开了俺,俺再找份工作就是。"保姆一点也不畏惧,"俺正好干这伺候小孩的活干腻了。"

柳青拉过肖乔,对保姆说:"好啦,你去干你的家务事吧,这里没你什么事了。"

保姆昂着头进了厨房。肖乔气呼呼地说,"你家这保姆也太刁了,我看妞妞这毛病就出在她身上。"

"当初我找她时,觉得她三十多岁,生过孩子,带孩子有经验,便挑了她。"柳青苦笑着说,"我哪料到会这样?"

肖乔和柳青出了门,边走边说:"我给你说,你家这保姆绝对不能再用了。你悄悄地重新去家政市场找,另外好好地挑一个。这保姆我都吃不消,何况妞妞一个不会说话的孩子。你想,她当着大人的面都这么嚣张,不定在你背后对妞妞做什么?"

"她态度是凶了点,可是她不至于对妞妞做什么吧?"柳青犹疑着说,"妞妞一个小孩子,也不会说话,她不至于拿妞妞为难吧。"

"别的保姆或许不会,这个保姆说不准。"肖乔说,"我觉得这个保姆不可信,没有找到新保姆之前你最好防着点,找时间中途偷偷地回家看看她到底干些什么?"

"我平时回家也没发现她的异常呀。"柳青说,"她应该不至于虐待孩子吧。"

"你平时回家都是有规律的,她掐准你回家的时间,你当然看不到什么。"肖乔说,"害人之心不可有,防人之心不可无。你听我的,多长个心眼。这个保姆你要是不抓到她虐待妞妞的证据,她死都不会承认。"

"我以后多注意点,"柳青说,"妞妞这样,我也觉得不对劲。"

肖乔陪柳青母女俩逛动物园。柳青怀里的妞妞虽然不肯说话,小脸也没有笑模样。不过,从妞妞目不转睛的眼神能看得出她喜欢这样出来玩,喜欢看小动物。在动物园里,妞妞也没有再哭闹,肖乔尝试着要抱她,她扭动着身子不肯。但肖乔拿了玩具,慢慢地哄她,再抱妞妞时,她虽然不肯配合却没有再哭闹。但妞妞的胆子太小,任何异样的稍大的声音,都会吓她一跳,躲进大人的怀里。

柳青听了肖乔的话后多了个心眼,她开始去家政公司寻找新的有经验的保姆。家政公司告诉她,负责而称职的保姆,往往都很抢手,需要提前预约。主人家用着觉得好的保姆,一般都会用两三年,直至孩子入幼儿园。家里经济条件好的,还会继续请下去。柳青无奈,只得预约,说有了好的保姆一定马上与她联系。

一时之间找不到好保姆,柳青只能对家里的保姆多加留意。自从答应给保姆加工资后,保姆看起来似乎变了一些。柳青在家时,也能看到保姆笑着拿玩具逗女儿,教她喊妈妈。可是妞妞却似乎很害怕保姆,眼里满是恐惧,扭动着身子不肯配合。是女儿生性内向胆小,不肯配合?还是保姆恐吓过女儿,女儿才会如此胆小?柳青心里的疑团越来越重。

这天,柳青上班后心神不定,老是觉得妞妞在哭。她耐着性子忙碌着,心却是越来越烦躁。想起肖乔说过的话,柳青有些心慌,难道保姆真敢在家虐待孩子?柳青拎着包,打了车直奔家里。上到四楼,柳青掏出钥匙正准备进屋,却听到屋里保姆大声呵斥:"不准动,你给俺老老实实地待着,爬来爬去的看着就让人烦!"

"哇!"妞妞大声哭起来。

"闭嘴,要是再敢哭,俺用针把你嘴缝起来。"保姆越发地大声。

妞妞的哭声变小,保姆继续骂道,"一天到晚哼唧唧的,烦死人!你这个小孩子,说到底就是没有打得好,才敢哭闹。"

柳青气得发抖,但她强忍着不进去,站在门口细听保姆到底还会说些什么继续威胁女儿。保姆的威胁果然有效果,妞妞的哭声没有了。柳青又在门口站了十几分钟,虽没有听到保姆再骂人,但更没有听到保姆逗女儿说话的声音。两人在屋里干什么呢?面对面坐着干瞪眼?柳青轻轻地开了门,见保姆坐在沙发上嗑着瓜子,津津有味地看着电视剧。沙发上没有女儿,女儿到哪儿去了?

"你,你怎么回来了?"保姆见到柳青,吓得连忙站起来。

柳青也不理保姆,冲进屋子找寻女儿。卧室里,眼前的一幕让柳青惊呆了,女儿妞妞的脚被保姆用宽的布带绑住,布带的另一头套在床头。妞妞眼里满是泪水,手指放在嘴里吮吸着。柳青冲过去,解开绳子。

保姆站在后面,小声地说:"这孩子太调皮,放在沙发上到处爬,俺怕她摔下来,就把她搁在这儿了。"

"你刚才什么家务事都没有做,孩子太皮,你就不能抱着她?她这样的年纪,正是学说话、学走路的时候,你怎能大声呵斥她,不让她出声,不让她动?你太过分了,不但不陪孩子玩,而且还把她像狗一样拴着。"柳青怒目圆睁,"你,你在家就是这样带孩子的?"

保姆辩解道:"俺,俺也是人,俺也有累的时候。俺总不能除了做家务,分分钟都把孩子抱在手里吧。"

"这大清早的你做了什么?"柳青大声说,"你碗没洗、地没扫、衣服没洗,你看这家里乱得像什么?敢情你每天都是这样过日子的,每天吃饱了饭就在这看电视,每日里估摸着我快回来了,才开始做家务。我女儿你喂她吃饱后,就把她拴着,不准她哭,不准她动。"

"以前,以前我可没拴她。"保姆小声说,"现在她大了,放在床上到处爬,我这不是没办法才用带子拴住她吗?"

"你浑蛋!"柳青一只手抱着女儿,一只手指着保姆的鼻子骂道。

"你要是不满意俺,俺可以走!"保姆满不在乎,"不过,你得把工钱给俺算清。"

"好,你把钥匙交出来,我给你算工钱。"柳青说,"你等我把女儿放好,我就给你工钱。"

保姆放了心,把房门钥匙还给了柳青,收拾着自己的东西。柳青转身敲开邻居的门,邻居老太太打开门探出头来,柳青赔着笑说:"我有点事要耽搁一会儿,能不能麻烦您帮我照看半个小时。就半个小时,谢谢您啦。"

老太太看着满脸泪水、鼻涕的妞妞,接过去叹道:"你家孩子也真够可怜的,经常听到你家保姆骂她。"

柳青铁青着脸说:"以后再也不会了。"

柳青转身回了房间,将正在收拾衣服的保姆反锁在她的房间里,掏出手机拨通肖乔的电话,让她马上过来一趟。柳青又拨通了110,说家里有人虐待小孩,请他们马上过来一趟。柳青再拨通家政公司的电话号码,让他们马上派人到小区来。

保姆欲开房门,却发现打不开,有些慌了,连说:"你快把工钱给俺,俺还有事。"

保姆大声地叫着,柳青也不理她,只是铁青着脸坐在沙发上。

肖乔正好在附近办事,十分钟后赶到。肖乔进门听到保姆在房里不停地喊叫,问:"怎么回事?妞妞呢?"

"我回家时正好碰见她虐待妞妞,把妞妞绑在床上,我怕抱着妞妞不方便,就把妞妞送到隔壁去了。我回来时,趁她收拾东西不注意,就把她反锁在房里了。

否则,她要是动起手来,执意要走,我还真拦不住她。"柳青说,"我去抱过来,你帮我盯着这保姆。"

"干得好,对付这种人就要这样!"肖乔说,"你通知家政公司的人没有?"

"通知了,家政公司和110警察一会儿就到。"柳青咬牙说,"这次我绝不能轻易放过她。"

柳青去邻居家抱过妞妞,邻居老太太说:"这孩子看来是吓怕了,特别怕生人,在我这儿哭个不停。"

柳青谢过老太太,回了家。

保姆在房间大声说:"你这是干什么,你把俺扣在这是非法的。俺要告你!"

肖乔冷笑道:"你也知道违法?我今天倒要看看,你虐待妞妞是不是违法?"

"我,我没有虐待她。"保姆说,"我怕她摔了,把她绑在床上,这走到哪儿都说得通。"

肖乔按捺不住,准备冲过去打开房门教训保姆。柳青拦住她,说:"算了,要动手你不是她的对手。再说,我们要是动了手,有理也变成无理。"

110警察赶到后,柳青说了她看到的情况,让警察看了卧室里绑在床头的宽布带,再让她看女儿脚脖子上的淤痕。妞妞看到陌生人,越发哭得厉害。柳青难过地拍着女儿的后背,说:"我要告她,告她虐待我女儿。"

保姆见事情闹大,在房间里面放声大哭:"这家人太不讲道理了,把我锁在房间里,控制我的人身自由。警察同志,我冤枉,你们可要给我做主呀。"

警察问柳青怎么回事,柳青说:"她见我发现了她虐待我女儿,便让我结了工钱要走人。我不能因为她虐待我女儿,我就打她一顿出气。但我也绝不能就这样让她走,两人在一起难免会厮打。为了不让有理变成无理,为了防止她诬告我,我只能这样把她反锁在房间里,等你们来处理。"

警察示意柳青打开房门。门刚打开,保姆就一步窜了出来,指着柳青的鼻子骂道:"你这个死女人,俺平时看着你不多言不多语,没想到你还会来这一套。"

"有事说事,别骂人!"警察皱着眉。

"说事就说事。警察同志,你们可别听她瞎说。我没有虐待孩子,是她家孩子太皮,我怕孩子摔了才绑在床上的。"保姆大着嗓门替自己辩解。

"你要是在做事,怕孩子摔了,把她绑在床上,我虽然生气也情有可原。"柳青恨恨地说,"我在门外就听到你不停地骂我女儿,并威胁她如果再哭就拿针把她嘴缝上。我进屋后,看见你根本就没有做家务事,坐在沙发上嗑瓜子、看电视,却把我女儿绑在床上。我请你来是照顾我女儿的,只要把女儿照顾好,其他的我不会跟你计较。要是怕摔就把我女儿双脚系上、绑在床上,让她像狗一样不能动弹,我还请你干吗?事到如今,你还不知悔改,我一定要告你!"

家政公司负责人匆匆赶到。保姆索性不认账:"你哪只眼睛看到我虐待你女儿?我是打她了还是掐她了?是不给她吃还是不给她穿?"

"那么小的孩子,你经常用脏话骂她,恐吓她,这就是虐待。"肖乔拿着布带说,"警察同志,你也看到了,我朋友的孩子被她吓成这样,她还敢抵赖!"

"你不承认也没关系,我这有医生的诊断证明,证明我孩子胆小一定是受到过惊吓。"柳青说,"刚才我将孩子交给邻居照看时,她也有说经常听到你打骂孩子。"

"邻居老太太?"保姆不屑道,"那个老太太眼花耳聋的,她能听见什么?"

肖乔敲开邻居家的门,对老太太说:"对不起,我是您邻居的朋友,打扰您了。我朋友家保姆虐待孩子被我朋友抓住现行还不认账,我朋友说您老人家也听见过她骂孩子。她非但不认账,还骂您老人家耳聋眼花瞎说。您看您方便帮我们作个证吗?她太刁恶了,就算我们不要她带孩子,也不能让她再去害别的小孩。"

"什么?说我耳聋眼花?我老太太年纪虽大,耳却不聋眼也不花。"老太太大着嗓门说,"你说得对,不能再让她害别人家的小孩了。"

当下,老太太去柳青家向警察和家政公司的人说明了她平时听到的和看到的。保姆狡辩道:"我,我那样,还不是这孩子太爱哭了。"

"你还在这狡辩,你还嫌你丢脸丢得不够。"家政公司负责人呵斥道,"你把我们公司的脸丢尽了,早知道你是这样的人,当初就不该用你。"

肖乔上前一步,大声说:"这人是从你们家政公司找的,现在她把孩子吓成这样,总得给我们个说法吧。"

"我们马上重新为你们物色一个好的保姆。"家政公司的负责人连忙保证,"这次,我一定亲自替你们好好挑选,保证让你们满意,绝不会再发生这样的事。"

"你们还要告她吗?"110警察问,"若要告她,我们会带她回去做笔录。"

柳青正欲说话,保姆猛地跪在地上:"求求你,饶了俺吧。俺也是有小孩的人,俺为了多挣点钱,放着家里的孩子不管,跑来帮别人照看孩子。看着别人的孩子都有人照顾,俺心里不平衡。想到自家孩子在家里没人管,俺心情烦躁,俺才没有心思好好管你家小孩的。俺寻思着只要不让这孩子饿着、冻着,不让她生病就行了。俺不是故意要这么对你的小孩,俺和这孩子又没有仇,俺怎么能成心虐待她呢?"

肖乔恨恨地说:"你现在知道错了?刚才你不是挺厉害的吗?我看你是不见棺材不掉泪。"

家政公司负责人也帮忙求情:"请你们就原谅她这一次吧。她也不容易,家里也有小孩,扔下家里的孩子不管,就是为了给孩子挣点钱。她现在知道错了,下次绝不敢再这样了。"

柳青看着跪在地上的保姆鼻涕一把、泪一把,心软了下来:"看在你也有孩子的分上,这次我饶了你。你也是个做母亲的人,你这样对待我的孩子,你就不怕遭报应?我不明白,妞妞这么小,你怎么就忍心这样对她?"

保姆哭着不说话。肖乔恨恨地说:"这是我朋友心软,要是我的小孩被你这样虐待,我绝对不会放过你,一定会告到你坐牢为止。"

110警察看柳青不再追究,便告辞出了门。

妞妞显然是受到了惊吓,仍然低声地哭着,小脸涨得通红。柳青叹了一口气:"你们走吧,我不再追究她了。"

"那,那我这个月的工资呢?"保姆问。

"你,你还有脸要工资,我们没找你和你们公司要精神损失费就不错了。"肖乔气得提高嗓门。

家政公司负责人恨恨地瞪了保姆一眼,说:"你把事情搞成这样,还有脸要工资?你还不说声谢谢,马上给我走人!"

保姆虽想要钱,但见事态严重,低声说:"谢谢你们。"

一行人散去,柳青坐下低声哄妞妞,好不容易才将妞妞哄睡着。肖乔皱着眉说:"我说这保姆不是个省油的灯,你还不信,这下你信了吧。"

"唉,"柳青轻叹,"我真没有想到她会这样干。"

"现在你要怎么办?"肖乔说。

"这几天,只怕我不能去上班了。我要在家陪妞妞,等她情绪稳定了,我再去找个合适的保姆。"柳青说,"公司那边,请你多担待点。"

"只能这样了,公司的事你放心,我会盯紧点。"肖乔说,"这次你可得睁大眼找了。"

"嗯,我会小心的。"柳青说,"妞妞再也经受不起折腾了。"

"妞妞也太可怜了,"肖乔说,"你这样长期靠保姆也不是办法,说到底孩子还是要由自己的亲人带才放心。"

"我没办法,"柳青说,"但我以后会尽量多抽时间陪孩子。"

"唉,也只能这样了。"肖乔叹道。

柳青重新寻找保姆,按钟点计算。每天上午八点到下午六点,其他时间柳青自己带妞妞。公司有事需要加班,都由肖乔带着员工忙碌。有了肖乔的体谅和大力支持,柳青得以抽出时间来陪孩子。

为了让妞妞尽快恢复正常,柳青上网搜集了很多相关资料,尽一切可能地帮助女儿。半年后,妞妞脸上有了笑意,不再害怕陌生人,开始咿咿呀呀学话了。

肖乔晚上无事时,也溜到柳青住处帮着照看妞妞,柳青便腾出手来做家务事。

"妈——妈"妞妞含混不清地叫着。

"柳青,快来,妞妞叫妈妈了。"肖乔激动得大喊。

柳青出来,正好听到女儿又在喊:"妈——妈。"柳青喜极而泣,这声妈妈,她等了很久。

肖乔嗔怪道:"瞧你高兴得,赶快把眼泪擦了,别把妞妞吓着。她要是看到你这样,还以为你不高兴呢。"

柳青连忙擦掉泪水,抱着女儿,笑着说:"妞妞,再喊'妈妈'。"

"妈——妈"妞妞欢快地叫着。

肖乔抱过妞妞,说:"妞妞,快喊干妈。"

妞妞还是叫着"妈——妈",柳青笑,"妞妞叫得没错,你就是妞妞的妈妈。以后把干字去掉了,就让她叫你妈妈。以后咱妞妞有两个妈。"

肖乔笑着让柳青把围裙解了,说要出去吃饭。柳青说,"我都快做好了,就在家吃吧。"

"不行,今天这么高兴的日子,咱们要出去吃。"肖乔高兴地说,"咱们要去庆祝一下。一来庆祝妞妞能喊妈妈了;二来要替我庆祝,我有女儿了。"

"好,好。"柳青笑,"不过,先说好了,我请客。你对妞妞这么好,我要替妞妞谢谢你。"

"咱们还是不是朋友?"肖乔说,"妞妞是我女儿,我就该照顾。今天我请客,以后你再请我,但不能拿妞妞说事。"

第二十四章
藕断丝连

一个男人若给不了女人物质上的承诺,就要给女人温暖。让女人跟着他,觉得心里踏实。

肖乔吃罢饭回家,却见周斌妈坐在自家客厅。肖乔换鞋时想:她来干吗?

"乔乔,你总算回来了。"肖乔妈打着圆场,说,"周斌他妈等你好半天了,我说打电话让你回来,她拦着不让,说不能耽误你工作,等你忙完了再说。"

再喊周斌妈"妈"不妥,若称"阿姨"彼此难免尴尬,肖乔索性什么也不称呼,径直问道:"您来找我一定有什么事吧。"

"我来是想请你去劝劝周斌这孩子的。"周斌妈眼圈红了。

"他怎么了?"肖乔奇怪,"上次我见他不是好好的?"

"或许是你们离婚他受了刺激,老在家里嚷嚷着'男人没钱,女人不爱'之类的话题。我们劝他想开点,他却不听。"周斌妈说。

"他要嚷嚷就由着他嚷嚷就是了,过段时间就好了。"

"他要是只这样嚷嚷就好了,他现在迷上了博彩。他买各种各样的彩票,说谁谁就是中了几百万后从此翻了身。"周斌妈抹着眼泪说,"我们说他他不听,他自己手里的钱没了不说,还三天两头找我们要钱。最初他骗我们说,他和别人做生意,后来我去替他收拾屋子,看到到处乱扔的彩票才知道他把钱拿去买彩票了。"

"买彩票?"肖乔惊呼,"他想靠中奖来发财?以此来转变命运?"

"就是!"周斌妈哭着说,"他现在都走火入魔了,我们不给他钱,他就去找同事借。那天,我还碰到他同事上门来催他还钱。我又气又急,取了钱把他同事打发走。可是,他却不肯缩手,到处借。再有人上门来让他还钱,我也不敢替他还了,怕他这样下去家都要让他败了。"

"这个不争气的东西!"肖乔恨恨地说道,"他现在到底借了别人多少钱?"

"具体数目我也不知道,怎么着也有几万吧。"周斌妈哭哭啼啼,"不是我这当妈的狠心,我是替他还债还怕了。我都已经替他还了三四万,要是再这样替他还下去,我和他爸迟早得被他拖垮。"

"我去找他说说吧。"肖乔沉吟道,"不过,我不能保证他会听我的。"

"能,他一定会听你的。"周斌妈连忙说,"你们以前日子过得好好的,都怪我每天过去干涉得太多。我这当老人的,只盼着你们好,我没有料到你们会离婚。你们离婚后,周斌的状态很是不好,老是说是自己没本事,才留不住老婆。我以为他是一时的难过,过段时间就好了。"

"可不,过段时间就都好了。"肖乔说。

"不,不是那样的。"周斌妈说,"你走后,你挂在墙上的照片、搁在床头的照片,他都原样放着。我劝他摘了,说是以后若再有女人进门看着不好,他不理我。"

肖乔的心里酸酸的。周斌是惦记着她的,只是当初,他为什么不肯多担一些,不肯包容自己一时的糊涂,偏要找别的女人来报复自己?

周斌妈继续说:"我替你们收拾屋子时,看见你们结婚时拍的几大本影集,沙发上有两本,床上有两本。这些分明是他想你才拿出来看。"

"离都离了,还有什么可看的?"肖乔小声说。

"你是这么想,可这孩子他不这么想。"周斌妈说,"我没有想到离婚对他的打击这么大。打小我就没看见他这样沮丧过,他也真是傻,既然这么难过,干吗就不能找你,和你好好说说,说不定你俩还能走到一起。"

肖乔想到了周斌上次找自己说复婚的事,上次周斌嬉皮笑脸地说,肖乔以为他是拿自己玩笑。现在看来,周斌无非是脸薄,用玩笑来表达自己的想法。不过,周斌也太小看她肖乔了,几句玩笑话就能复合?

"我们已经分开了。"肖乔说,"不过,我会试着劝劝他,让他不要再做傻事。"

"你们分开了就不能复合吗?"周斌妈说,"现如今有好多孩子也像你们这样一时冲动就离了婚,等气消了又复婚。你再好好想想,你们就不能重新做夫妻吗?"

"对呀,我也是这样劝乔乔的。"肖乔妈搭讪,"她和周斌又没多大的矛盾,离婚时也不像别的夫妻那样为财产问题打得你死我活。"

"妈,我的事你不懂。"肖乔说,"你别跟着瞎插话,我自己会处理的。"

周斌妈很是失望,只得说:"那我就拜托你了,你一定要尽快找到周斌,好好地说说他。"

"嗯,今天天不早了,明天我再去吧。"肖乔说。

周斌妈告辞着走了,肖乔妈正欲重复着周斌妈的话劝劝肖乔,可肖乔却转身进了卧室。

第二日,肖乔拨通周斌的电话。周斌没有接电话,肖乔很是奇怪,又拨打了周斌公司的电话,得知周斌请假没有上班。

肖乔来到周斌家,拍打房门却不见有人答应。肖乔拿出钥匙打开房门,这钥匙当初她拿钱时要退给周斌,周斌不要,让她拿着。

周斌和衣躺在沙发上,茶几上乱七八糟地放着些啤酒瓶。周斌旁边果然如他妈说的那样摆着她和他结婚时拍的婚纱照。肖乔很是感慨,当初两人曾发誓不论贫穷、困苦都要一起担当,永不分离,可结婚没多久,她和他却各奔东西。

"哎哎,太阳都晒到屁股了,你怎么还在睡?"肖乔拍了拍周斌的脸,周斌没有动。

肖乔觉得奇怪,按理说周斌不会睡得这么沉。难道是病了?她摸周斌的额头,很是烫手。

肖乔连忙掏出手机,拨通了医院的急救电话,救护车赶到将周斌送到医院。经医生诊断,周斌生活没有规律,又爱喝酒,导致免疫力低下,引起感冒发烧。

周斌醒过来,睁眼见肖乔,再看周围的环境,问:"我怎么到医院来了?你怎么在这儿?"

"我怎么在这儿?要不是我发现你发烧,你这样一直烧下去只怕小命都会玩完。"肖乔心里虽是关心周斌,说出来的话却像刀子一样"嗖嗖"的。

"你来找我干吗?"周斌疲惫地说。

"没事我还不能来看看你?"肖乔没有说周斌妈找她的事。

"能,当然能。"周斌说,"给你留钥匙就是希望你来,可是这么久了,你却一直都没有来。"

"我来干什么?"肖乔说,"要是撞上你和别的女人约会,岂不是要让别人说闲话?我怕别人误会,说我缠着你不放。"

"缠着不放,你会吗?"周斌冷笑,"别的女人或许会,你肖乔不会。你肖乔是谁呀,长得美,自己又会找钱,还愁没人追?怎会惦记我这么个又窝囊又没本事的男人?"

"没本事?从前我不敢说你窝囊没本事,现在我却敢这样说你。"肖乔说。

"凭什么?"周斌不服气,"就凭你开了一家小小的婚庆公司,你就敢看不起我?"

"我的婚庆公司小怎么了?只要能赚钱就行。"肖乔说,"我不像有些人一样净做美梦,不脚踏实地挣钱,专拣那投机的事干。"

"你说谁投机?"周斌的脸变了色。

"说的就是你。我前些日子碰到你公司的同事,听他们说你现在可有本事了,每天工作不好好干,净琢磨彩票的号码去了。"肖乔说,"他们还说,要是像你这样买彩票就能发财,大家还做什么工作?干脆全国人民什么都不用做,就买彩票得了。"

周斌泄了气,低声说:"他们那是忌妒我,等我有一天发了财,我要让他们看看。"

"你发财他们看得到看不到我不敢保证,"肖乔冷笑着说,"但我敢保证,你现在在单位人缘极差,没人敢和你在一起。因为他们怕你找他们借钱,怕你借了钱不还。"

"他们狗眼看人低。"周斌说,"我是那样的人吗?只要中了奖,我立马加倍还他们。"

"别做梦了!"肖乔厉声说,"你也是读过书的人,你也知道买彩票中奖的概率。"

"万一我要是中了呢?"周斌说,"我就不信了,人家说情场失意,赌场得意。我情场失了意,买彩票的手气就应该不差。我最初买彩票也中过奖,有次我花二十元中了五百元,有次我买三百元中了五千元。"

"你总共中了五千五百元,但你算过没有,你前前后后花在彩票上面的钱有多少?"肖乔肺都气炸了,甩手给了周斌一耳光,"你不但把自己的钱用来买彩票,还找你家里人要。你家里人不给,你就去外面借。借了难道不用还?我看你拿什么还同事?"

周斌捂着脸:"你,你打我!"

"我打你怎么着,谁叫你做了该打的事,还不知悔改。你爱钱没有错,想找钱把日子过好更没有错。可是,君子爱财,取之有道。你一个大男人,你不寻思着怎样用自己的本事、用手中的技艺找钱,反倒寻思起这些投机的事?"肖乔一不做二不休,也不顾周斌正在输液,大声说:"你这样糊涂的人,我就不该拉你到医院来。把你医好了又有什么用?难不成让你好后又着魔似的去到处借钱买彩票?"

"我变成这样,全都是拜你所赐。"周斌恨恨地说。

"我?与我有什么相干?我又没让你买彩票。"肖乔说,"我俩早离婚了,你买彩票可是在我们离婚后买的。"

"当我知道你和那有钱的男人有暧昧时,我的心就凉了。"周斌说,"你在外看见有钱男人就眉开眼笑,在家不是抱怨我没有出息,就是抱怨日子没意思。怪我不能像有钱男人那样,带着老婆到处旅游,给老婆买好吃、好穿的,买各种首饰。"

"我在外面对别人笑那不是应酬需要吗?"肖乔嘀咕,"要是咱家底子硬实,还用得着我出去抛头露面吗?我自然会像贵妇人那样矜持而优雅地笑,一般的人,我都懒得理。"

"底子硬实?要怎样才底子硬实?有大别墅、有豪华车、有用不完的钱?你看看我们周围,有几个男人拥有这些?"周斌冷笑着说,"那样的日子你当我不想,可是以我的工资不吃不喝,也达不到你的要求。"

"哎,怎么说着说着又绕回来了?"肖乔觉得不对,"我俩都离婚了,我喜欢什么样的生活与你无关。以前的事咱们都别再提,今天就说你买彩票的事。"

"我买彩票是不对,但我说了,是因你而起。"周斌固执地说。

"小样,你还跟我干上了!"肖乔一咬牙说,"好,我认栽,因我而起就因我而起。说吧,你到底找别人借了多少钱?"

"加起来有三万。"周斌垂着头说。

"这三万我帮你还。"肖乔爽快地说,"不过,我可有言在先,要是再让我听说你还在买彩票,休怪我不客气。"

周斌也不生气,眼前的肖乔怒目圆睁,分明是在乎自己的。

"你听见没有?"肖乔叫道,"你盯着我看什么?"

周斌答非所问:"老婆,你怎么还是这么漂亮呢?我倒宁愿你和我离婚后变丑一点,没人要。然后我吃点亏收了你,我也不用再担心别人打你的主意。"

"我呸,我这样帮你,你还不安好心眼!"肖乔涨红着脸说,"谁是你老婆,少在这胡说八道。"

"老婆,咱们复婚吧。"周斌哀求道,"你要是答应和我复婚,我保证以后不再买彩票,踏踏实实地干工作、过日子。"

"你又不是未成年人,让你不买彩票你还要提要求?我跟你实说了吧,你妈来找过我,哭哭啼啼地我看着都不忍心。你以前不是挺孝顺你妈,你现在怎么忍心让她用养老钱替你还债,怎么忍心看她为你担惊受怕?"肖乔忍不住说,"周斌,你但凡是一个有担当的男人,你就不该这样对你妈。即便你想复婚,你也不能威胁,你要做给我看。"

"我以后绝不会再买彩票,再买我就把这手剁了。你说得对,我不能再伤我妈的心了。"周斌咬牙,"我欠的债我会想法还。你说,你要我怎么做给你看?"

"首先你不能再买彩票,其他的你自己琢磨。"肖乔说,"有些话,有些事,只能意会不能言传,说出来也就没了意思。"

周斌受了刺激,情绪激动。肖乔说:"明天我拿三万给你,你把欠别人的钱还了。"

"我不要你的钱。"周斌一口回绝,"我自己欠的钱我会想办法。"

"我不是送给你,是借给你,你听清楚了。"肖乔说,"我还没有那么大的实力,拿着三万白白送人。再说了,这三万也不白借给你,到时你按银行利息还给我。"

"行,我按银行最高利息还给你。"周斌咬牙,"我一定会尽快还你。"

"行,还钱的时候顺便请我吃一顿好的。"肖乔笑。这个傻子,她既然借给他,又怎会计较他什么时候还?都不计较了还要什么利息?她那样说给他听,无非是顾全他的面子,让他安心接下钱。

肖乔这一招果然见效,周斌出院后拿着肖乔给他的钱将外面的欠债还了,并寻思着用自己的技艺赚点外快,好尽快地还肖乔的钱,挽回他的面子。

儿子的改变让周斌妈越发地坚定了想要肖乔与儿子重新复合的决心。再见到儿子时,周斌妈又开始不停在儿子面前念叨着肖乔的好。

周斌哭笑不得,说:"以前她在家时,您不是看不惯她吗?现在她走了,您反倒念起她的好来了。"

"我现在说肖乔好,又不是说她没有缺点。"周斌妈说,"这孩子不也有一大堆优点吗?"

"什么优点,还一大堆,值得您这样惦记?"周斌说。

"这孩子有情有义,就冲她这次这样帮你,妈觉得这孩子不错。"周斌妈说,"妈以前看她讲吃讲穿的,怕她能跟你共富贵,却不能共患难。妈没想到这孩子与你离了婚,还肯这样帮你。你俩要是能再走到一起,妈也就放了心。"

"她身上那些毛病呢?"周斌故意说,"我看她现在还是喜欢吃、喜欢穿,不肯做家务事。就上次我在医院吧,我都烧成那样了,她不但不给我做点好吃的,反倒拿难听的话损我,急了还给了我一巴掌。我长这么大,就没见过她这么刁蛮的女人。"

"该!谁让你做了该打的事。我现在也算是看明白了,一物降一物。你这样的,就得找个她那样的管着你。"周斌妈说,"至于她会不会做家务事,喜不喜欢干家务事,妈也想通了。这日子是你们自己过,你看得惯就成。这家里你们收拾也好,不收拾也好,都是你们的事。往后你们复了婚,有了孩子。我要是身子硬朗就帮着带,身子不硬朗咱就请人带。"

"您也想得太远了,她和我复不复婚还难说呢。"周斌笑,"怎么又扯到孩子身上去了?"

"她肯不肯复婚,那就要看你自己有没有本事了。"周斌妈说,"妈喜不喜欢她不重要,我又不和她过一辈子。关键是你自己,你要是觉得离不开她,你就去找她,一直到她回心转意为止。"

周斌觉得自己还喜欢和在乎肖乔,当初他只是恼恨肖乔的精神出轨,才匆匆离了婚。他上次嬉皮笑脸地借用玩笑向肖乔提出复婚的请求,却被一口拒绝。这次在医院用不再博彩胁迫肖乔想让她答应复婚,可肖乔还是不肯答应。肖乔对自己,分明是在乎的,可她为什么就不肯答应和自己复婚呢?

周斌鼓足了勇气重新追求肖乔。周斌买来玫瑰,每日里送往肖乔的公司。肖乔花照收,却不会按照上面写好的时间赴周斌的约。

玫瑰打动不了肖乔,周斌便换了招数,买好铂金手链,送给肖乔。肖乔打开看后,当着周斌的面放进了抽屉里。

"晚上到我那儿去怎么样?"周斌厚着脸皮问。

"去你那?然后留下来陪你过夜?"肖乔妩媚地笑,"周斌,你也太小看我肖乔了。你以为凭着玫瑰和手链就能让我这样跟你回去?"

"那你要怎么样?"周斌失了面子,气鼓鼓地说,"你明说,能办我就办,不能办我趁早退了。"

"这样就打了退堂鼓?"肖乔叹,"这样,你也用不着再来了,咱们也没必要复婚。"

眼见着周斌垂头丧气地离去,柳青问肖乔:"人家花也送了,礼物也买了。浪漫和决心都有了,你还要怎样?"

"若是以前,送我花我会感动,可是我现在不喜欢这些虚的东西。他想和我复婚,拿束玫瑰、买根手链以为我就会跟着他回去,他这样的招数也太滥了。"肖乔说。

"那你要怎样才肯和他复婚?"柳青说,"你心里明明有他。"

"我心里没有将他放下不假,但我不会就这样复婚。正因为是复合,我更得慎重。"肖乔看着桌上的玫瑰轻笑,"我是喜欢花,比起玫瑰,我更喜欢有钱花、尽量花。"

"你也真是的,你明明知道他满足不了你这些。"柳青说,"再说,你现在又不是不能挣钱,你自己挣的钱就够你花的了。"

"我挣的钱和他挣的钱能一样吗?"肖乔说,"他不能给我这些实在的东西,就要让我感觉到我在他心里面是最珍贵的。不论我任性还是刁蛮,不论我是否温柔贤惠,他都能包容我的一切。若能做到这些,即便他周斌一无所有,拿着用野草野花扎的花冠,用拉环充当戒指,我都会义无反顾地嫁给他。"

"他要怎样做,你才会觉得你是他心底最珍贵的呢?"柳青说,"即便他心里把你当成最珍贵的,你也不一定能感觉得到。"

"我当然能感觉得到,他对我至少要像秦杰对你一样,肯付出、肯担当。"肖乔说,"一个男人若给不了女人物质上的承诺,就要给女人温暖。让女人跟着他,觉得心里踏实。"

面对事业做得顺风顺水的肖乔,周斌很是沮丧,觉得与肖乔的差距越来越大,以自己的实力根本不能满足肖乔。周斌找到柳青,希望能从她口中了解到肖乔的真实态度。

咖啡厅里,周斌郁闷地说:"你也知道我和肖乔的种种纠葛,我原本以为和她离了婚,就不会再为她烦恼。可是现在,我还想着她,我想和她复婚,可她就是不答应。"

"你们俩的关系我也奇怪,两人见面就吵,分开了又想。"柳青说,"你心里有她,她心里还有你,可你们俩就是走不到一块儿。"

"她心里还有我吗?"周斌眼睛一亮。

"有没有你自己不知道?"柳青笑,"要不然她怎会为你的事那么上心?"

"我的事你都知道了? 不好意思,让你见笑了。"周斌说,"不过,我现在不会再做那样的傻事了。"

"这样就对了。挣钱不容易,偶尔买个十块、二十块玩玩,试试手气也无妨,可你把赚来的钱都拿去买彩票就可惜了。"柳青说,"她是真为你着急,还说你要是再不听她的话,她以后就不管你了。"

"你说,我们俩复婚还有希望吗?"周斌问。

"我看有希望,只是你不能太过着急。"柳青说,"她那样的人,心里热、说话冷,说出来的与心里想的往往不一样。"

"就是呀,挺难懂的。"周斌说,"我就不明白到底要怎样,她才肯答应复婚。"

"你要是不想失去这次机会,就应该为你们的爱情做点什么。"柳青笑着说,"肖乔喜欢敢于担当、肯包容、有安全感的男人。"

"她就在乎这些,我还以为她更在乎钱呢。"

"说到底,你还是不太了解她。"柳青说,"肖乔是喜欢钱,可她有自己的原则。况且,她现在自己挣的钱够她自己花,她不用太在乎男人的钱。"

"可是怎样才算敢于担当、肯包容、有安全感?"周斌不明白。

"你自己好好想想吧,你们俩相处了那么久,你应该明白她在乎什么?应该知道她为什么明明心里有你,却不肯轻易复婚?"柳青笑着说。

"她名堂就是多。"周斌嘀咕,"想当初秦杰和你在一起时,还不是什么都没有?你还不是一样死心塌地地跟着他?并且他不负责任地走了,你还是为他生了个孩子。"

"你说错了,秦杰是一个敢担当的男人。他丢弃了他以前的生活和身份,执意要和我在一起。虽然我们很穷,但能感到对方的温暖,觉得对方就是自己的依靠。"柳青不再笑,正色道,"秦杰不是不负责任地走了,而是他失去了记忆。我不愿连累他,希望他过上幸福的生活,我没有告诉他以前的事,所以他没法负责任。"

"对不起,是我说错了话。"周斌道歉。

柳青告辞着出了咖啡厅,暖暖的太阳倾泻而下。周斌的话勾起了柳青的满腹心事,女儿妞妞渐渐长大,会喊妈妈,也会喊爸爸。看见别人都有爸爸陪着,会问:"妈妈,我爸爸呢?"

柳青总是笑着对女儿说:"爸爸到很远的地方去了,要很久很久才能回来。"

"很远吗?"妞妞认真地问。

"嗯,很远。"柳青苦笑。广州到成都能有多远?她和秦杰的距离岂是地域上的差距?当初,她答应离开秦杰,就是希望他能过上幸福的生活。现在,他还好吗?过得幸福吗?

第二十五章
缘尽人散

> 你爱我,我也喜欢过你。可是,当我看到我妈像一条垂死的老狗一样爬在地上喘着粗气,你站在不远处哈哈大笑时,我还会再喜欢你吗?

秦杰以为生活中倒霉的一页已经翻过。妈妈的身体慢慢地康复着,老婆陈恬不仅懂得体贴自己,而且还陪着妈妈去治疗。失火的服装厂在陈恬爸的大力帮助下,已经开始重新建设,马上就要投入生产。

秦杰妈的话越来越少。儿子上班前和下班后进屋问候时,总有陈恬不离左右。陈恬小心地防范着,不让秦杰与她有单独相处的机会。秦杰妈心中暗自冷笑,知道陈恬怕她在儿子面前告状。为了让儿子好好打理公司的事,秦杰妈也不揭穿。

自从婆婆因为她而尿了裤子,陈恬很是担心了一段时间,怕秦杰知道后和自己翻脸。陈恬见秦杰妈并无告自己的意思,悬着的心方才落了地。想到秦杰对自己的好,陈恬决定不再计较婆婆以前对自己的态度,以后好好地和她相处。陈恬想:要是自己能帮助婆婆恢复健康,能让婆婆站起来行走,秦杰一定会更爱自己。

陈恬翻阅了大量书籍和向医生请教,知道若想让秦杰妈早日恢复健康,除了针灸以外,还必须靠后期的康复治疗。针灸和康复治疗已进行了一段时间,但秦杰妈的功能恢复并不明显。每日里除了去治疗外,秦杰妈基本上都是赖在床上和轮椅上,不肯下来再走动。平日里的吃喝拉撒都有保姆伺候着,也用不着秦杰妈动手。陈恬担心,这样下去,只怕秦杰妈的功能恢复会越来越困难。

陈恬决定亲自出马,督促婆婆多走走、多动动。第二日,陈恬回家,见秦杰妈坐在沙发上,喊着"水,水"。保姆听后立马端了一杯水过来,正准备递给秦杰妈。陈恬伸手端过杯子,搁在茶几上,说:"妈,我搁在这儿,您自己尝试着端。"

秦杰妈恨恨地盯着陈恬,陈恬也不恼,仍笑着说:"妈,我这样是为了您好,你要多活动,这样才能早日恢复健康。"

秦杰妈无奈,挪动着身子去端水。刚要端到水,陈恬又把杯子挪远了一些,说:"妈,您再试试。"

无奈,秦杰妈又挪动着身子去拿水杯。这次,她没有拿到,一旁的保姆正欲帮忙,陈恬说:"让她自己拿,这里没你的事,你去忙吧。"

保姆转身离去,秦杰妈喘着粗气说:"你到底想干什么?"

"妈,我只想您早点恢复健康。"陈恬笑着说,"我查过资料,说这样对您有好处。"

秦杰妈不太相信陈恬说的话,想着去医院的路上陈恬让自己丢丑,便不肯再端杯子。

"妈,您不口渴?"陈恬笑着说,"您若想喝水,必须自己端。"

两人僵持了一会儿,保姆也不敢过来。秦杰妈无奈,努力了几次终于端住水杯,将水一饮而尽。

陈恬笑着说:"妈,您今天是不是坐很久了?这样对您身体不太好,要不,我扶您起来走走。"

"用——不——着。"秦杰妈一字一句地说。

"妈,用不用得着我心里明白。"陈恬笑着说,"我知道走着费力,您不爱走。但您老这样坐着也不是办法,要想恢复健康,还得多走走才行。"

陈恬走过去扶秦杰妈站起来,秦杰妈不明白陈恬葫芦里装的什么药。自从瘫痪后,陈恬除了在儿子面前装装样子,平日里儿子不在家时,基本上都不答理自己。今天这是怎么了?秦杰妈下意识地与陈恬对抗着,身体僵硬着不肯动。

陈恬叫来保姆,用力将秦杰妈扶起,让她下地走路。可秦杰妈在客厅里没走几步,却已是大汗淋漓。

"你,你放开我,让我坐坐。"秦杰妈喘着气说。

"不行。您这样,怎么能恢复健康?"陈恬固执地说,"妈,您的腿关节得多活动,您要是老坐着,以后就真不能走路了。"

"我,我愿意。"秦杰妈说。

"您愿意,我还不愿意呢。"陈恬笑着说,"秦杰那么盼您恢复健康,我要是帮您恢复了健康,他该多高兴呀。"

保姆为难地帮腔道:"歇歇吧。"

"你少插嘴,这里有你说话的地方吗?"陈恬骂道,"她是我婆婆,用得着你来心疼?我这样是为我婆婆好,你知道吗?"

保姆不敢再说话,陈恬让她扶着秦杰妈再走走。陈恬也累了,坐在沙发上指挥。又走了二十多分钟,陈恬看秦杰妈实在支撑不住了,便让保姆扶着秦杰妈坐下。秦杰妈要喝水,陈恬仍然将水搁在茶几上,让秦杰妈自己拿。秦杰妈累得上气不接下气,见儿媳陈恬不但不端水给自己喝,也不让保姆给自己,偏要让她自己够着身子端水喝,秦杰妈生了气。

秦杰妈指着保姆,怒声说:"你给我端过来!"

"不行!"陈恬大声说。

保姆左右为难,不知道该听谁的。

"你不用怕她!"秦杰妈简短地说。

"怕不怕你自己看着办。"陈恬说,"你也看到了,这个家如今是我在主事。你要是不听我的,我立马就可以开除你。"

秦杰妈脸黑得像锅底一样,不再说话,很是口渴却不伸手端水。陈恬心想:我这样还不是为您好,生什么气呀。陈恬见好心得不到理解,便不再笑脸相迎、好言劝说。

秦杰妈怒不可遏,陈恬觉得委屈,两人坐在沙发上无声对抗。

秦杰回来了,见客厅里气氛不对,忙笑着问:"妈,您哪儿不舒服了?脸色怎么这么差?"

"她,她想气死你妈。"秦杰妈结结巴巴地说,"她不让我喝水,还变着法子折腾我。"

"你,你少在这乱说!"陈恬跳了起来,一着急用手指着秦杰妈的鼻子说,"我好心帮你拟了一套康复训练计划,是想让你能早日恢复健康。你不领情也就算了,怎么能乱告状呢?"

"你怎么能这样和妈说话?"秦杰说,"我妈是病人,她要做什么你就依着她吧。"

"儿子,你妈没有这福气呀。"秦杰妈老泪纵横,"妈现在这样,有人不嫌弃就不错了,哪还敢让别人依着我。"

"妈,您别这么说,她是你儿媳,服侍您还不是应该的?"秦杰难过地说,"恬恬哪儿做得不对,您跟我说,一会儿我说她。"

陈恬气坏了,这母子眼里完全就没有她。秦杰妈不但不领自己的情,还瞎告状。秦杰也是,不给自己机会解释,就这样信了。

"我为妈拟了一套康复训练计划,就是要让妈试着手多活动活动,脚也多下地走走,这样才能最大限度地恢复肢体功能。"陈恬连珠炮似的说,"我是看在你的面子上,才这么做的。我想,妈要是恢复了健康,你也会高兴。我要是早知道你们娘俩会这样指责我,我绝不会自作多情。"

见妈妈眼泪汪汪的,秦杰忍不住怒火中烧,大声呵斥陈恬:"你能不能少说两句?你没见妈这会儿正难过吗?你要是真为我好,以后就多顺着妈的心思,她说怎么做你就怎么做。你把我妈哄高兴了,比什么都强。"

陈恬不再说话,转身上了楼。秦杰在楼下劝哄了妈妈半天,待其睡去后才上了楼。陈恬躺在床上,身子背着秦杰,也不理他。

秦杰坐在床边,疲倦地说:"我妈她是有病的人,你能不能不和她计较。"

"我这是和她计较吗?我是真心为她好,她却把我的好心当成驴肝肺。不理解也就罢了,还向你乱告状,挑拨我们夫妻关系。"陈恬坐起来,撅着嘴说。

"好啦,好啦,我知道你那样做是为了我好。"秦杰说,"不过,你不能着急,慢慢来。先哄她开心,等她开心了自然就明白你是为她好,才会和你配合。"

我这样做,你妈不理解,保姆不理解,你怎么也不理解?也不说夸夸我,倒好

说好的幸福　260

像我这样做是多余的。陈恬恨恨地想,我才懒得再干这种费力不讨好的事。

"我妈生病后,脾气是不太好,你多担待着点。"秦杰打着呵欠,"我知道你是为我好,可你要是真为我好,就别再惹她生气了。"

陈恬不再说话,心里却是发誓绝不再干傻事。自己花了心思拟订了复康计划,到头来却是孔雀开屏,自作多情。

此后,除非秦杰在家,陈恬绝不和秦杰妈多说一句话。若是秦杰有应酬,陈恬便溜出去与朋友吃饭、K歌、泡吧,秦杰若是问起,陈恬便谎称回娘家了。

没有人陪自己说话,加上与儿媳相处不愉快,秦杰妈的心情越来越糟。秦杰发觉妈越来越沉默,陈恬在家陪妈的时间也越来越少。秦杰叮嘱陈恬多抽时间陪陪妈,陈恬不肯,推辞着说:"你妈和我又合不来,我与她在一起,只能惹她不高兴。"

"合不来你不会想办法呀?"秦杰不乐意了,"你和我妈都是我最亲的人,总不能一个屋檐下住着,不说话、不相处吧!"

陈恬想起上次夫妻二人闹僵的事,便不再说话,心里却是恼恨秦杰妈老是在二人中间影响夫妻关系。陈恬不再方便出去玩耍,留在家里陪秦杰妈却又不甘心和不高兴。

周末晚上,保姆家里有事请假了。陈恬心不在焉地坐在楼下客厅的沙发上看电视。陈恬在外面,秦杰妈懒得与她碰面,待在自己的卧室里靠在床头上看电视。

陈恬的手机铃响,她拿起电话,懒洋洋地说:"喂,谁呀?"

"你这段时间怎么不出来玩了?"陈恬好友在电话里说,"今晚你来不来?"

"我最近不能出来玩了。"陈恬说。

"为什么不能出来了?你又没有小孩子拖累。"

"我家有病人,我走不开。"

"谁生病了,用得着你伺候?你家不是有保姆吗,你让保姆伺候不就完了。"

"是我老公的妈瘫在床上了。"陈恬说,"我也想让保姆伺候她、陪她,叫不行呀。"

"怎么就不行了?我又不是不知道你,你会做什么呀?"

"我虽然什么都不会做,但我还得像泥菩萨似的坐在这儿。"陈恬说,"我婆婆人虽然瘫了,嘴却刁得很。我要是稍有闪失,她就会向我老公告状,挑拨我们夫妻的关系。"

"这么可怕呀。你也真够倒霉的,遇到这么个刁蛮的婆婆。"

"可不是嘛,遇到她我真是倒了八辈子血霉了。"陈恬说,"这死老太婆,专门和我过不去。"

"你和她合不来,你就搬出来住呀。"陈恬闺密说,"你妈以前不是另外给你买了房子吗,你和你老公可以搬到那儿去住。"

"我也想,可不行呀。"陈恬说,"我老公特别孝顺他妈,平时什么都听我的,可就是在他妈的问题上没得商量。我每天对着他妈烦都烦死了,老太婆也不吭声,整天耷拉着个脸,好像我欠她什么似的。她也不想想,她家服装厂要不是我出面找我爸帮忙,能这么快恢复生产吗?"

"你既然这么烦她,你就不会想办法让她自己提出来分开和你们过?"

"老太婆才不会同意。没瘫之前就嚷嚷着家里冷清,让我快点生个孩子。"陈恬说,"现在她虽然瘫了,不就盼着这事吗?她当我不知道她在我老公面前老念叨这些事。"

"你就快点生个孩子,有了孩子她就不会整日念你了。"陈恬闺密说,"你家有保姆,有了孩子也用不着你操什么心。"

"不行,我现在还不想生。"陈恬说,"服装厂那边都没有稳定下来,谁知道以后怎么样?"

陈恬声音很大,每句话都清晰地传进秦杰妈的耳里。秦杰妈不敢相信自己的耳朵,这个女人明知道自己在家竟敢这么明目张胆地数落自己。

秦杰妈按捺不住,将床头边的茶杯、电视摇控器等用力向地上砸去。陈恬听到秦杰妈屋里传出的巨响,吓了一跳,冲进屋内。

见到陈恬,秦杰妈骂道:"我从来没见过你这样胆大妄为的儿媳妇,我当初真是瞎眼了,怎么让我儿子娶了你?"

这死老太婆哪根筋不对了,我又没招惹她,怎么老和我过不去。陈恬心里暗骂,嘴上也不闲着:"您这是干吗呀?又摔东西又骂人的?"

"你说什么?"秦杰妈咬牙道,"以前的事我都忍了下来,可你今天太过分了。"

"我怎么就过分了?"陈恬说,"为了怕你儿子不高兴,我不能出去玩,每日里要像守菩萨一样守着你。你在里面看你的电视,我说我的话,与你有什么相干?"

"你和你朋友说话只要不聊到家里人,我自然管不着。"秦杰妈说,"可你听听你刚才说那些,那是你一个做人老婆、做人儿媳妇该说的话吗?"

"做人儿媳妇怎么了?难不成做了人家儿媳妇就要低人一等?"陈恬毫不客气,"我和你本就没有什么关系,是因为秦杰,我老公、你儿子,我们才走到一起的。我嫁给秦杰,那是因为我爱他,他让我做什么,尽管我不想做但我会忍。我又没占你什么便宜,凭什么要看你的脸色行事?"

"看脸色行事?你是那种看人脸色行事的人吗?"秦杰妈骂道,"倒是我,自从你进了这家门以后,每日揣摸着你的心意过日子。为了哄你高兴,让你早点生个孙子,我是煞费苦心,对你就像对亲生女儿一样。可你呢,打掉了孩子不说,还把这家里闹得鸡犬不宁。"

"我怎么就闹得鸡犬不宁了?你说呀?"陈恬不依不饶,"我看倒是你,几次三番挑拨我们夫妻关系,我一和你理论你就晕倒进了医院。你现在人虽然不能动了,可你的嘴却仍是不歇着。逮着机会就在你儿子面前说我的不是。上次,我好心为你进行康复训练,你还哭哭啼啼地在你儿子面前告状,说我虐待你。"

"你,你……"秦杰妈颤抖着。

"我,我怎么了?正是我这个你看不惯的儿媳帮了你家的大忙。要不是我,你家那烧掉的服装厂能这么快恢复生产吗?"陈恬不屑道,"我要不是看在秦杰的面上,就冲你,我都懒得管理。"

"你这个死女人,要不是你太自私,打掉孩子,让我儿子心神不宁,公司怎么会出事?我又怎么会瘫?这一切都是你这个扫把星造成的。"秦杰妈说,"你在我面前一个样,我儿子回来后你又换了一副嘴脸。看看都恶心。"

"你看着我恶心,我看着你也恶心!我现在只要听到你说话就恶心。"陈恬怒向胆边生,"我倒宁愿你中风后哪儿都能动,就是嘴不能动。你说老天怎么就不长眼,偏让你的嘴吧嗒吧嗒地说个不停。"

秦杰妈气极,用力挪动着身子,欲爬起来打陈恬。

"怎么着,看你这样,还想打我?你有本事,你就过来呀。"陈恬冷笑,"我就站在这儿不动,我要是动一步,我就不是父亲生娘养的。"

秦杰妈咬牙,慢慢将脚放下地,用力挪动着身子,试着站起来。

"哎呦,不错嘛,不用人扶也能站起来。"陈恬说,"敢情你以前赖着不动,原来是装的呀。我还寻思康复训练都这么久了,怎么没有效果?原来,你是装的啊。"

秦杰妈涨红着脸,试着向前走动。一步,两步,秦杰妈摔倒了。陈恬也不扶,仍自笑道,"你有本事你就过来打呀,我说过我不会动的。"

秦杰妈咬牙站起,又向前走,走了几步又摔倒。陈恬仍然不伸手扶,秦杰妈咬牙切齿地说:"我今天就是拼了这条老命,我也不能饶了你。"

怒气冲冲的陈恬失去了理智,她看着秦杰妈在地上一步一步地艰难地挪动着。不过十几平方米的卧室,秦杰妈爬起来却很是吃力。她的手刚刚要够到陈恬,陈恬一闪身,后退了几步。

"你,你?"秦杰妈怒斥。

"你当真以为我不动?"陈恬大笑,"死老太婆,你对我藏着掖着的,我为什么要对你信守诺言?你当我傻呀!"

秦杰妈爬动着,陈恬放声大笑。

"啪"的一声,陈恬的脸上火辣辣地疼。

"陈恬,你太过分了!"秦杰站在陈恬面前大声喊道。

秦杰流着泪,蹲下身子,将母亲抱进了卧室。

"你……她……"陈恬急忙跟进去,结结巴巴,"事情不是你想象的那样,你听我解释!"

"事实摆在眼前,你还要怎样解释?"秦杰冷冷地说,"你走吧,我再也不想看到你。"

"是,是你妈先骂我的,她用最难听的话骂我,我才还嘴的。"陈恬意识到事情的严重性,冷静下来连忙解释,"你妈她要打我,我总不能站在那让她打吧。我只能向后退。"

"今天的事情我亲眼看到,我不想再听你多说一个字。"秦杰说,"你走吧,我们俩完了。"

"你,你明知道我是爱你的,你不能对我这样。"陈恬哭着说。

"或许你是爱我的,但是你给我听清楚了,你要是只爱我,不能接受我妈,我们俩迟早玩完。"秦杰说。

"我爱你怎么要和你妈扯在一起?我承认我和她合不来。秦杰,我们和你妈分开住吧。"陈恬说,"这样我和你妈就减少了摩擦,我保证再也不会发生今天这样的事。"

"现在不可能了。"秦杰说,"你和我妈合不来我心里明白,要是我妈恢复了健康,不再用我们照顾,或许我会考虑你的建议。但现在发生了这样的事,我没有信心和你再在一起生活。"

"你不能把责任全部推到我的身上。"陈恬说,"我……"

秦杰不待陈恬把话说完,用力拉着她的手来到别墅院子里。

"你走吧,别逼我再动手。"秦杰冷漠地说。

陈恬无奈,捂着脸转身离去。

秦杰进屋,见母亲两眼发直躺在床上。秦杰吓坏了,哭着说:"都是儿子不孝,都是儿子无能,您别再生气了。"

秦杰妈喃喃地说:"作孽啊,作孽啊!"

"妈,她走了,您别再生气了。"秦杰劝说,"您要是气坏了身子,我可怎么办?"

打从娘胎出来起,秦杰妈哪受过这样的屈辱。秦杰妈突然号啕大哭,捶胸顿足。秦杰手足无措,不知要怎样安慰母亲。

十多分钟后,秦杰妈哭声渐小。她从枕头下掏出钥匙,示意儿子打开保险柜。秦杰不明白母亲想干什么,他接过钥匙,打开保险柜。见里面放着一些房契、存折什么的。

秦杰疑惑,转身问:"您要我拿什么给您?"

"你翻翻最下面,那是一张照片。你拿来给我。"秦杰妈哽咽道。

秦杰拿起照片,上面竟是他和一个女孩的合影。那女孩不是陈恬,秦杰细看,觉得那女孩很是熟悉。他想起来了,那女孩是在医院里照看他的那个"护工"。

"妈,这是怎么回事?"秦杰不解地问,"您不是说她是护工吗?我怎么会和她一起照相?我以前是不是和她认识?您怎么会有这张照片?"

"你把照片拿来,听妈慢慢地给你说。"秦杰妈说。

秦杰顺从地坐在床边,秦杰妈说:"这个女孩叫柳青,她不是妈给你请的护工,她是你以前的老婆。这张照片原本放在你的钱夹里,妈背着你将这张照片换成我们母子的合影了。我怕被你发现,就放进保险柜里了。"

"老婆?以前的老婆?我以前真结过婚?"秦杰惊呼,"妈,您为什么要骗我说她是护工?她为什么也要那样说?她既然是我老婆,为什么不跟我一起回来?"

"是妈对不起你,是妈骗了你!"秦杰妈淌着泪,"妈以前太自私了,总觉得她家里太穷,她会拖累你。妈觉得她配不上你,坚决不同意你俩交往。你不顾妈的反对,大学一毕业就和她结了婚。你和她在广州租了一间小房子住,妈劝过你,让你跟我回来。可是你不肯,后来你出了车祸,她告诉了妈。妈利用她对你的爱,说服她离开了你。"

"她既然爱我,为什么会轻易答应和我分开?"秦杰问,"您是不是给了她什么好处?让她动了心,她才在医院装作不认识失忆后的我。"

"妈是想给她好处,妈对她说过,只要她肯离开你,她要什么妈都答应。可是,她不要,她也不同意离开你。"秦杰妈哭着说,"是妈说她太穷,负担不了你。是妈说她拖累了你,才让你发生车祸。妈说,她给不了你幸福。她听妈这样说后,她才答应离开你的。"

"妈,您太过分了,也太残忍了!"秦杰提高声音,"我和她之间的事应该由我和她来决定,你凭什么在我失忆后,在我什么都不记得时,逼着她离开我?您说她不能给我幸福,您凭什么断言我和她不会幸福?就因为她穷?我现在明白了,您为什么要撮合我和陈恬在一起?就因为陈恬她爸是银行行长?"

"妈当初认为陈恬她爸是银行行长,陈恬人长得漂亮,工作也好。你娶了她,有她爸的帮助,事业还不如日中天?"秦杰妈说,"妈以为你们俩的条件都好,互不拖累;妈以为你娶了陈恬,百利而无一害;妈以为,你和她一定会生活幸福,我们一家人一定会生活得很幸福!"

"可您看现在,我和她幸福吗?"秦杰悲伤地叫道,"您和她在一起,您觉得幸福吗?我们一家人的生活幸福吗?您和陈恬,好起来如同母女;闹起脾气来,如同水火,互不相容。您和她越闹越厉害,越闹越生分,我夹在中间两头为难。看着你们俩这样,我会幸福吗?"

"妈错了,都怪妈看走了眼。我有今天,都是自作自受;秦家有今天,也是我造成的。"秦杰妈哭着说,"当初妈以为陈恬家境好,不过就是脾气差了点也无大碍。妈原以为她进了门,慢慢调教就行了。妈对她原本就没有过多的要求,只希望你俩感情好,她能早点怀上你的孩子。你们好好干你们的工作,陈恬爸又是银行行长,对咱们家的企业又有帮助。可是妈千算万算,妈没有算到陈恬太自私,凡事都以自己为中心,不肯吃一点亏。她背着咱们娘俩打掉孩子,妈气不过,也想不通,我对她那么好,她咋就不知道好歹,不知道珍惜呢。妈怕陈恬以后再干傻事,就去找她妈妈,希望她妈妈给她说一下以后不要再这样,可她因此恨上了妈。妈没有想到娇生惯养的她不但牙尖口利,我说一句,她有十句等着我。你们俩和好后,她彻底变了样。你在家时,她笑容满面,你不在家时,她看到妈要么像没有看到一样,要么冷脸冷言冷语。"

"该死的!"秦杰恨恨地说,"她怎么敢对您这样?她在我面前对你不是很好吗?"

"她那都是装的,她怕你知道后找她算账。"秦杰妈说,"我瘫后,陈恬陪妈去治疗,妈有一次尿急,让她停下。她根本不听我的,继续开车往前走,妈憋不住尿在了裤子上。妈恨死她了,她对我太残忍了,她对妈的残忍让妈明白妈以前对柳青也太残忍了。"

"您为什么不早点给我说?"秦杰说,"要不然,也不会发生今天的事!"

"陈恬这丫头她明白,咱家如今要靠着她家。要是没有她爸帮你,工厂不会这么快恢复生产。陈恬她爸从小就疼她,把她当心肝似的。你要是和陈恬翻了脸,她爸还会帮你吗?"秦杰妈说,"妈权衡了很久,妈不能告诉你,不能因此影响你。

妈现在后悔呀,妈不该让你和柳青分开,让这个扫把星进门。她进门后,闹得家里鸡犬不宁,要不是她这么闹腾,咱家也不会成现在这样。"

"我要和她离婚!"秦杰咬牙切齿地说,"就算她爸以后会为难我,我也要和她离婚!妈,资金方面您不用担心,我们和保险公司的官司也有了眉目,一审我们赢了,法院判决保险公司赔偿我们的全部损失。"

"老天有眼呐,天不绝咱们秦家。"秦杰妈说,"儿子,妈现在谁都不怪,只是觉得对不起柳青那个孩子。妈要她离开你时,她肚子里已经有了你的孩子。妈怕她以后找你麻烦,让她打掉。可她说什么也不肯,说决不会因此找我们麻烦。"

"什么,我出院时她已经有我的孩子?"秦杰不敢相信,"我出院时,那孩子有多大?"

"你出院时,孩子还在她的肚子里,有三四个月吧。"秦杰妈叹道,"我对不起柳青,对不起她肚子里的孩子。也不知道柳青现在怎么样了?她肚子里的孩子打掉没有?"

"妈,您太过分了!"秦杰叫道,"她有了我的孩子,您还忍心让她离开我独自生活?她一个人要怎样养活孩子?没有我,她和孩子怎么办?"

"妈给柳青钱,她不要。妈给了她朋友三十万元,也就是你出院前在医院里看到的那个来找柳青的漂亮女孩,我让她在柳青最困难的时候把钱给她。否则,以柳青的个性,妈妈知道她不会要妈妈的钱。"秦杰妈说,"我再不能瞒你了,你有权知道事情的真相。妈知道错了,妈现在后悔莫及。要是柳青改变了主意,打掉了那孩子,妈就是秦家的罪人啊!"

"我要去找她们母子,我一定要找到她们母子!"秦杰说,"您告诉我,我要怎样才能找到她?我和她以前是怎么在一起的?我和她在广州哪里租房住?她曾经从事什么工作?越详细越好!"

秦杰妈将自己知道的情况全部说出。第二日,秦杰将陈恬约到茶楼。陈恬忐忑不安地坐下后,心虚地说:"昨天,昨天的事是我欠考虑,我太不冷静了。"

"我俩结婚后,我对你如何?"秦杰也不接话茬儿,只冷冷地问。

"你对我很好!"陈恬说。

"我俩结婚后,我有没有做过对不起你或者你家的事?"秦杰又问。

"没有!"陈恬说。

"我想问你,你是不是真心喜欢我?还是因为到了结婚的年纪,彼此的条件相当,才决定嫁给我?"

"我是真心喜欢你的,"陈恬说,"我嫁给你,是准备和你好好地过日子,幸福地生活。"

"好好地过日子?"秦杰轻叹,"你看咱们把日子过成这样,能幸福吗?"

"日子过成这样,也不是我一个人的错。"陈恬辩解道,"我没有想到嫁给你,不是和你一个人过日子,而是和你的家庭过日子。我原来以为我对你好,你对我好,这样就够了。可是……"

"可是什么?"秦杰说,"你把话说完。"

"可是你妈老在咱们中间使乱。"陈恬索性把话挑明,"我俩的感情本来很好,可就因为你妈,咱们老吵架。要是没有你妈,我俩一定过得比现在好。"

"陈恬,这就是我俩的分歧。"秦杰说,"都是父母亲生父母养的,总不能一结婚就和父母撇清关系吧。我爸死得早,我妈一个人把我带大。你认为我一结婚就和我妈分开过,这合适吗?"

"有什么不合适的,"陈恬小声嘀咕,"现在很多年轻人结婚后都不和父母住一起。"

"他们是他们,我是我。"秦杰说,"你刚才说得对,事情闹到现在这样,也不是你一个人的错。我承认我妈也有错,她在你打掉孩子后,对你的态度一下子变了,从热情到冷淡。从前她老是夸你、捧你、宠着你,后来她冷淡你、训斥你,甚至找你妈告状。你和我妈因此一下子变得水火不容。我们俩和好后,我以为你懂事了,不再与我妈计较。可是你不是这样的,你将对我妈的不满藏在心里,我不在家时再和我妈对着干。"

"她骂我,我也不能站在那任她骂吧。"陈恬说。

"我妈骂你是不对,可你是她的儿媳,你不觉得你将你的不满变为报复,有些过分吗?"秦杰恨恨地说,"你对我妈的怨恨快速升级,你让她尿湿裤子,在众人面前出丑,你不觉得你过分吗?你明知道我妈腿脚不便,你还让她满屋子地爬着追打你,你不觉得你太残忍了吗?"

"我……"陈恬一时语塞。

"你爱我,我也喜欢过你。可是,当我看到我妈像一条垂死的老狗一样爬在地上喘着粗气,你站在不远处哈哈大笑时,我还会再喜欢你吗?"秦杰很激动,提高了嗓门,"你以为发生了昨夜的事后,我们俩还能在一起生活吗?"

"我,我错了。"陈恬绝望地叫道,"我们总不能因此就分手吧?"

"事到如此,无所谓谁对谁错了。"秦杰轻叹,"陈恬,我们离婚吧。"

"不!"陈恬的眼泪流了下来。

"我累了,不想再纠缠下去。"秦杰疲倦地说,"若我们俩真爱过,就别再互相伤害了。"

"不,我不同意离婚!"陈恬尖叫,"我爸妈也不会同意的!"

"你若是不同意,我会亲自上门向你爸你妈说明我们之间的纠葛。"秦杰硬下心肠,冷冷地说,"我也会把你和我妈的事一一向他们说明。我妈纵有千错万错,你不该在她瘫痪后报复她,让她尿湿裤子,让她满地爬。你爸妈就算再喜欢你,知道你干的这些事也不能再偏袒你。你若还是不肯离婚,我会到法院起诉离婚,将离婚理由一一说明,你若不想将事情闹大,自己权衡吧。"

陈恬见秦杰再无回心转意的可能,也不想将事情闹大。说到底,昨天是自己做得过分了,若传出去因此离婚只会让人笑话和不齿。事已至此,离婚成了唯一的结局,成了没有退路的悬崖。

陈恬无奈,轻声说:"我同意离婚。"

两人办过离婚手续,陈恬惨白着一张脸回了家。陈恬妈见女儿面色难看,连忙扶女儿在沙发上躺下,问,"你这是怎么了?身体不舒服?"

陈恬闭上眼,轻声说:"妈,我离婚了!"

"什么?"陈恬妈惊呼,"你俩过得好好的,为什么要离婚?"

"过得好不好,我自己知道。"陈恬说,"我和秦杰没法再生活下去了,所以我们分手了。"

"你,你抽什么疯?"陈恬妈骂道,"前段时间,你们俩闹得那么厉害也没有说要离婚。这段时间,你们俩也没有吵架、打架,怎么说离就离了?"

"吵架那是因为还在乎,还有感情,所以才吵架才闹腾。不吵架就分手,说明已经不在乎,没有再吵架的必要。"陈恬冷冷地说,"婚已经离了,你再说什么都晚了。你若觉得我住在这丢了你的面子,我立马就搬走。"

"你,你……"陈恬妈恨恨地不敢再说下去。她知道女儿说一不二,倘若再唠叨下去,女儿真会转身就走。

陈恬爸回家后,陈恬妈也不敢当着女儿的面说她离婚的事。待陈恬进她的屋休息了,陈恬妈将陈恬爸拉进书房,将两人离婚之事说与他听。

陈恬爸听后,只道是女儿铁了心要和秦杰离婚。他长叹一声,说:"唉,这丫头都是我惯的!事到如今,说什么也晚了,离了就离了吧。"

第二十六章
风经雨过

真正的婚姻正如这满桌的菜肴一样,花样再多却离不开味道。表面的绚丽和光鲜,不过是浮在婚姻表面的浅浅点缀,它们的下面才是我们的生活。

秦杰安排妥了公司和家里后,来到广州寻找柳青母子。他直奔他和柳青以前的租住房,开门的却是一个陌生的中年妇女。秦杰向她打听柳青的下落,中年妇女摇摇头说,她也是租住户,以前的人搬到哪儿去了她不知道。秦杰找到房东,房东也不知道柳青搬走后去了哪儿。医院里见过一面的肖乔,柳青的好朋友,秦杰也不知道要到哪里去找寻?秦杰决定登报寻找柳青和肖乔的下落。

经过柳青的努力,妞妞没有了心理障碍,越来越活泼。这天,肖乔坐在办公室里,笑着对柳青说:"妞妞越来越漂亮了,她是我见过最好看的小孩子。"

"你是她妈,当然是越看越好看了。你也太宠妞妞了,每次带她出去玩,大包小包地买回来。妞妞在家耍你给她买的玩具时会说'这是我肖乔妈妈专门给我买的,只能妞妞玩'。穿你给她买的裙子也说'这是我肖乔妈妈专门给我买的,只能妞妞穿!'"柳青笑,"这孩子现在和你越来越亲了。"

"哈哈,这就是我想要的效果呀!"肖乔得意地笑,"怎么样,孩子和我亲,你心里不是滋味吧。"

"我才不会呢,孩子这样不是挺好的吗?有两个妈妈爱她、疼她,妞妞挺幸福的。"柳青说,"你也太宠她了,她要什么你给她买什么。我担心这样会把她宠坏的。"

"这你就不懂了吧。"肖乔一本正经地说,"我看过有本书上说,男孩要穷着养,不然不晓得奋斗。女孩要富着养,不然人家一块蛋糕就哄走了。"

"嗯,有点道理。"柳青笑。

"妞妞这么漂亮,咱们可不能让她长大后,被男孩子一块蛋糕就哄走了。"肖乔笑,"妞妞长大后要交男朋友,我帮她挑,你帮她把关。"

"行,"柳青笑,"不过,妞妞还早着呢。"

"哎,说真的,秦杰回成都那么久了,你难道就没有想过要重新开始?"肖乔说,"妞妞现在一天天大了,看到别的小朋友都有爸爸,找你要爸爸时,我看你怎么说?"

"她问过我,我说她爸出差了。"柳青平静地说。

"可这也不是办法呀,"肖乔说,"哄得了一时,哄不了一世。妞妞总要长大,她会明白你在说谎骗她。"

"哄得了多久就哄多久吧。"柳青说。

"那你就不想重新找一个?"肖乔问。

"不想,"柳青说,"我现在只想再多挣一点钱,买套房子,然后把我爸和弟弟接来。"

"你呀,脑子就想着这点事。"肖乔说,"你怎么就不想想你自己?难不成你一辈子就这样过?"

"走一步看一步吧,现在我还不想考虑其他的。"柳青说。

"你是不是还在等秦杰呀?等他恢复记忆后来找你?都过去这么久了,他也没有恢复记忆,他还能想起你吗?"肖乔说,"就算秦杰能恢复记忆,想起了你,可是他那个妈能让他来找你吗?他妈会不会用你当初的承诺来阻碍你们。"

"我对他妈的承诺是离开他,但我没有答应他妈别的什么。"柳青说,"要是秦杰恢复了记忆来找我,我绝不会再放弃自己的幸福。我需要他,妞妞也需要爸爸。"

"秦杰回去,他妈肯定会给他介绍别的女人。他要是结了婚,你们俩重新走在一起的可能性就更小了。"肖乔叹了口气,"你们的事说起来还真复杂,我想着都

273 · 第二十六章/风经雨过

头大。"

"有些东西，不能强求。命里注定是你的终究是你的，逃也逃不掉。不是你的，得到也会失去。我相信缘分，若我和他有缘，我们就还会再见面。"柳青说，"得之，我幸；不得，我命。"

"有道理。就是不知道你和秦杰还有没有缘分。"肖乔若有所思，"你和秦杰相爱却不能在一起。我和周斌算什么呢？在一起时整日吵吵，分开后又彼此挂念。"

"你俩就是一对欢喜冤家。"柳青笑，"放不下，不如复了吧。两个人过日子，总比一个人好。"

"我在网上看到一则论自由与婚姻的帖子，说是结婚就是给自由穿件棉衣，活动起来可能会不方便，但冬天来时会觉得挺暖和的。"肖乔说，"青，你说这人怎么这么奇怪呢？有了婚姻向往自由，真自由了又觉得孤单。真是挺矛盾的，自由与婚姻怎么就不能两全呢？"

"婚姻本来就是这样的，两个人互相搀扶时又互相约束。"柳青说，"家给人的感觉是自在而不是自由。图自在者安居，求自由者折腾。"

"求自由者折腾？我就是这样的人吧，折腾来折腾去，落了单。"肖乔轻笑，"图自在者安居？我和周斌以前的家也不自在，我俩的小世界，周斌妈老插上一脚，不是唠叨这样就是唠叨那样，谁受得了啊？"

"落了单？你要不想落单那还不容易，赶紧给自由穿件棉衣，虽然活动起来不方便，周斌他会约束你，但冬天来临时，会觉得暖和哦。"柳青调侃，"你就是这样的人，父母亲身边长大，宝贝似的宠着，不懂得隐忍一些。你要绝对自在的婚姻生活，这世上有吗？"

"隐忍？我才不想过隐忍的生活。"肖乔说，"我又不是不能挣钱的小女人，指着老公的收入养家糊口。在那些小女人眼里，老公就是天，她们即使有不满，也只能隐忍地生活着。我不要过这样的日子，我不想委曲求全。谁要是干涉我的生活方式，我会明确地告诉对方，我喜欢，你管得着吗？"

"你呀，江山易改，禀性难移。"柳青说，"我看以后周斌有得受了。"

"我就这样，他要受不了他别理我呀。"肖乔得意地说。

"你俩最近怎么样?"柳青问,"有好一阵没见他到公司来,也不见他送花送礼物到公司了?"

"他现在改策略了。每天下班后就溜到我家里去,不是陪着我爸聊股市、下棋,就是帮我妈做饭。"肖乔笑,"他这两下对我没用,可对付我爸妈真是管用极了。周斌每晚走后,我爸我妈轮番轰炸,反复地说他的好话。"

"他这样也真难得,"柳青劝道,"你就别折腾了,答应和他复婚,也满足了你爸你妈的心愿。"

"我也想过,可总觉得就这样和他复了,有些不甘心。"肖乔说。

两人正说着话,公司里负责婚礼策划的一个女孩子手拿一张报纸,笑着走进来说,"这是今天的报纸,上面登了一则大的寻人启事。寻人启事上面提到的名字与你们的名字相同,照片上的女孩子我看着觉得像柳总,所以拿来你们看看。"

"什么寻人启事,什么照片?"肖乔莫名其妙,"你都把我说糊涂了。"

柳青不以为然,笑道,"或许是同名同姓吧,你看看不就明白了吗?"

肖乔从女孩手里拿过报纸,定睛细看:柳青,你在哪里？速与我联系！肖乔,你在哪里？速与我联系！

寻人启事上的联系人署名秦杰,后面附有手机号码。启事下面的照片是柳青与秦杰的合影。虽然照片不是很清晰,但肖乔一眼就能认出,这张二人合影照,柳青也有,她把它放在钱夹里。

"柳青,是秦杰。"肖乔很激动,扬着手中的报纸惊呼道,"这是他登的寻人启事,他,他来找你来了！"

"秦杰?"柳青不敢相信。虽然她盼着秦杰能够想起以前,虽然她和肖乔刚才还在谈他,可这世上哪有这么凑巧的事?

"照片上的女孩子真是柳总?"负责婚礼策划的女孩子惊奇地问。

"这里没你的事了,你出去吧。"肖乔说。

等女孩子出了办公室,肖乔大声笑道:"柳青,是真的,你自己看看！这下你终于熬出头了,他终于来找你了。"

柳青接过报纸,启事上的二人合影映入眼帘。柳青的眼角有泪涌出,是他,这张照片她太熟悉了。秦杰走后,她想他时会拿出钱夹细看。妞妞问爸爸时,柳青也会指着钱夹上的秦杰说,"你看,这就是爸爸。爸爸出差了,办完事就会回来看妞妞。"

"你还愣着干什么?赶快打电话给他呀。"肖乔说。

柳青颤抖着按报纸上的电话号码拨过去,手太抖,拨了几次都没有成功。肖乔抢过电话,利落地拨通了秦杰的电话。

"秦杰,我是肖乔。"肖乔欢快地叫着。

"肖乔,我在医院里见过一次面的肖乔?"秦杰说,"柳青呢?"

肖乔有些疑惑,秦杰怎么只记得她和他在医院里见过的那一次面,难道秦杰没有想起以前?可他怎么会登报纸寻她们呢?

"你说话呀,你是不是那个肖乔?"秦杰见没有回应,着急地说:"你是不是有个朋友叫柳青?柳青在哪?我要见她。"

肖乔回过神来,说:"她就在我旁边。"

"你让她接电话。"秦杰说。

柳青接过话筒,凝神细听。

"你还好吗?我们的孩子还好吗?"秦杰说,"我听我妈妈说起我们以前的事,我要见你们。"

"我们,我们都很好。"柳青哽咽着说。

肖乔抢过话筒,说:"她现在太激动了,估计一时半会儿平静不下来。你要是想见她,立马过来。"

"你们在哪儿?我马上过来。"秦杰说。

肖乔说了公司所在的位置,秦杰打车快速赶到。

秦杰望着美丽而瘦削的柳青,觉得陌生而熟悉。柳青看着秦杰,喜极而泣。这一天,她等得太久了。

肖乔轻轻地走出办公室,带上了门。

"你,你真是我老婆?我们真有一个孩子?"秦杰握着柳青的手,"当初我在医院醒来时,睁开眼看到的第一个人就是你。我虽然不记得你,但总觉得你很亲切,如同亲人。你怎么那么傻呢？我妈趁我没有了记忆,她让你离开我,你就真离开了我。你怎么不问问我的想法,就答应了她的要求？我妈一直瞒着我,要不是前几天她受了刺激告诉我,或许我一辈子都不会知道这些事。"

"我是你老婆,我们有个女儿,叫妞妞。"柳青哭着说,"当初你发生车祸后昏迷不醒,生命垂危。我用光了我们的积蓄,还找肖乔借了一些,可这些远远不够支付你的医疗费用。我告诉了你妈,你妈承担了所有的费用。但她一直都反对我们的事,躺在床上的你更是让她断言我不会给你幸福。她说,以你的状况,以我们当时的条件,根本就没法生存下去。我虽然不肯和你分开,可你妈有一句话打动了我,我不能自私地把重伤后的你带回我们那间租来的简陋的小屋子。你有你的生活,你有权利过回以前的舒适生活,你妈能给你的一切,我都不能给。我不能给你幸福就不能自私地占有着你,所以,我选择了离开你。"

"你真傻！日子过得幸不幸福不是我妈说了算。"秦杰说,"我们俩的生活应该由我们自己做主。你不给我机会选择,你怎么知道你离开我以后,我就一定会幸福？"

"你不幸福吗？"柳青含泪道,"你重新回到豪华的别墅里,过着舒适的生活,拥有自己的公司,怎么会不幸福？"

"公司出了问题,服装厂被烧了。"秦杰说,"我回去后在我妈的安排下,认识了另外一个女孩。我妈很中意她,我和她结了婚。"

柳青闻言,将手从秦杰的双手里抽出:"你既已结婚,还来找我干什么？"

秦杰将柳青揽入怀里:"我的事情很复杂,一句两句也说不清楚。你先带我看我们的女儿,回头我慢慢给你说。"

"不行,我和女儿等了你这么久,不差这一会儿。"柳青推开秦杰,正色说,"我不能这样不清不楚地把你介绍给妞妞。"

"我离婚了。"秦杰点燃一支烟,将自己婚后的生活向柳青说了个大概。

"你妈瘫了？"柳青很是感慨。那样一个美丽要强的女人,竟然也如此脆弱,说瘫就瘫了,还被亲手挑选的儿媳欺辱。

"嗯,现在正做康复治疗。"秦杰说,"不过,进展不大。"

"慢慢来,总会有办法的。"柳青安慰道。两人牵手出了办公室,去幼儿园接妞妞。

肖乔看到再次走到一起的秦杰、柳青,很是感慨。秦杰和柳青,她和周斌,大学毕业后一前一后结了婚,进了围城。秦杰、柳青终因敌不过现实,无奈分手,她和周斌,互相挑剔、不肯包容也离了婚。如今,柳青等到了她想要的幸福,可自己呢,自己的幸福在哪儿?人生有了明确的人生奋斗目标,靠着努力,经济上比以前宽裕了许多。可是,夜深人静时,她的心怎么老是觉得空空的?

肖乔早早地回到家,只见开放式的厨房里,周斌在里面忙碌着。

肖乔妈拉着肖乔坐下,轻声说:"他说今天是你的生日,他要亲自为你做一桌好吃的。"

"他能做什么?"肖乔不屑道,"我和他在一起时,他可是油瓶倒了都不扶的人。和他在一起那么久,他从来都没有做过一顿饭。他说结婚之前,都是他妈做给他吃的。结婚后,有老婆,用不着他下厨房。妈,您还真放心让他进厨房?"

"你呀,不要拿老眼光看人!"肖乔妈说,"他以前懒是真,现在勤快也不假。这段时间,他天天下班后就奔咱们家,帮着妈做这做那、嘘寒问暖的。"

"他这是黄鼠狼给鸡拜年,没安好心!"肖乔撇撇嘴。

"他这样不就是想和你复婚吗?"肖乔妈说,"乔乔,你也别太任性啦,如今像周斌这样的可不多。你要是老端着,吓跑了他,那可真就是过了这个村没有这个店了。"

"他有什么好的?值得您这样为他说话吗?"肖乔说,"他这样做,不过就是做做样子。"

两人正说着,周斌笑着出来说:"开饭啰,今儿尝尝我的手艺!"

餐桌上,周斌拿出一本书递给肖乔,笑容满面地说:"今天是你的生日,除了给你做一顿好吃的,再送你一本书作为生日礼物。"

"书?"肖乔疑惑地接过来细看,却是一本菜谱。

"你这是什么意思?"肖乔沉下脸,"你明明知道我不喜欢做饭,买这个送给我干吗?"

"我知道你肖乔聪明,股票、期货什么都敢炒,唯独对炒菜不感兴趣。"周斌笑,"几个月前我买了这本书,天天勤学苦练。今天这一桌子菜就是按着这上面的方法做的,你们尝尝。"

"来,我来尝尝。"肖乔妈捅了女儿一下,连忙夹了菜打圆场。

"怎么样?"周斌小心翼翼地问。

"嗯,不错,不错!"肖乔妈由衷地称赞。

肖乔半信半疑地看了老妈一眼,也尝了尝。

"菜的味道如何?"周斌满心期待地问。

肖乔转怒为喜,笑嘻嘻地说:"还真不错。"

"那就好!"周斌放下心,端着一杯饮料站起来说:"肖乔,祝你生日快乐!"

肖乔直乐,她端起杯子和周斌碰了一下,说:"谢谢你做的菜。"

"肖乔,咱们这婚离得有些冲动。离婚后,我没有将你放下,你心里也还有我。"周斌喝完饮料,却不坐下,继续说,"我想和你复婚,你一直不肯答应。现在我当着爸妈的面,再次向你提出复婚,希望你能好好考虑。"

肖乔也不说话,她心里虽然还有周斌,但她一直都没有信心要再和他生活在一起。她和他,再走到一起就能幸福吗?

"既然周斌说得这么诚恳,那我也说两句。"肖乔爸说话了,"乔乔,你和周斌以前为什么离婚你不想说,爸也没有问过。你和周斌谁对谁错那都是过去的事了,咱们不提。周斌这些日子老往家里跑,爸也明白他的心思。你要不要和周斌复婚,你仔细想好了。若不想复婚,你今晚也得给周斌一个明确的答复,咱们不能老这么不明不白地拖着人家。若要复婚,以后就得好好过,不要动不动就发脾气。过日子,得互相谦让才行。"

肖乔仍不吭声。周斌走到肖乔面前,拿起桌上的菜谱书说:"我在事业上没有你成功,在物质上不能给你想要的。但是,我会从生活上关心你。这本书是我特意为你买的,不是让你学炒菜,而是要让你吃我亲手做给你的菜。"

肖乔内心最柔软的地方突然被触动,周斌为她改变这么多,是她没有想到的。

"我不能给你最好的物质生活,但我会给你一个温暖的家。"周斌继续说,"或许,在你眼里我不够浪漫,也不够成熟,更算不上成功。可是,我会在今后的生活中给你最细小的怜惜和疼爱。"

肖乔的泪涌出,开成晶莹的花朵。她终于明白,真正的婚姻正如这满桌的菜肴一样,花样再多却离不开味道。表面的绚丽和光鲜,不过是浮在婚姻表面的浅浅点缀,它们的下面才是我们的生活。

"说得好!就凭这句话,妈支持你们复婚。"肖乔妈。

"我也支持!"肖乔爸紧跟着说。

"你呢?"周斌满脸的期盼。

"这儿四个人,三比一,我还有选择的余地吗?"肖乔轻笑。

肖乔终于有决心和周斌再走到一起。她想,婚姻的姿式多种多样,呈现的方式或许不为自己喜欢。只是一个男人愿意为她每日做饭、烧菜,给她以细小的怜惜,用这样一种姿态站在身边,却是婚姻最踏实的姿势,也是女人最需要的爱情姿势。

周斌高兴得一把抱住肖乔,肖乔爸妈开心地笑着。肖乔不好意思,推开周斌,羞红着脸说:"爸妈在呢。"

周斌傻笑着,肖乔拉着他坐下,替他夹了菜放进碗里,"你今天最辛苦,多吃点。"

"哎,哎。"周斌连声应着。

肖乔轻笑,她和周斌就像豆浆油条,每天吵吵闹闹的,可是谁也离不开谁。

吃罢了饭,肖乔妈起身收拾,周斌欲帮忙。肖乔爸笑说:"让你妈忙,你累了一天,回去休息吧。"

肖乔陪着周斌下了楼,周斌揽过她,声音有些哽咽:"老婆,我不该用赌气来解决我们之间的事,我错了。以后咱们互相包容一点,别再吵架了,咱们好好过!"

"不全是你的错,起因在我,我也有很多不对的地方。"肖乔说,"你能保证咱们不会再吵吗?你见过不吵架的夫妻吗?"

周斌仔细地想了想,没有说话。肖乔撒娇道:"以后吵架可以,但你得让着我。我生气了,你得哄我,直到我气消为止。"

"行,我让着你、哄着你。"周斌连忙保证。

周斌低下头,轻吻着肖乔。肖乔闭上眼,热烈地回应着。

"今晚跟我回去吧。"周斌低声说。

"不,"肖乔轻声回应,"要回去我也要正大光明地回去,我不想这样草草了事。"

"那你要怎样?"周斌摸着肖乔蛋白似的光滑脸蛋。

"你得重新娶我。"肖乔轻笑,"就是复婚,咱也要明媒正娶。"

"好。"周斌一口应道。

"哎,给你说个事。"肖乔惊呼,"我刚刚忘了给你说,秦杰回来了,他今天去我们公司了,他和柳青又在一起了。"

"啊?"周斌很吃惊,"他恢复记忆了?"

"好像没有。他只记得我和他在医院里见过一次。但我看他那样,对柳青一点都不陌生,好像认识千百年似的。"肖乔说,"我真替柳青高兴,这些年她太辛苦了,她终于等来了想要的生活。"

"是值得高兴,明天咱们把她和秦杰叫上一起聚聚,好好庆贺一下。"周斌笑,"她和秦杰重新走到一起值得庆贺,我们俩能重新复合也要好好庆贺一下。"

肖乔送周斌出了小区,回到家后,拨通了柳青的电话。

接电话的是妞妞,肖乔笑道:"妞妞,这么晚还不睡在干吗?"

"肖乔妈妈,我爸爸出差回来了。"妞妞兴奋地叫着,"爸爸给我买了好多玩具和漂亮的衣服。"

"那你高不高兴呀?"

"高兴。"妞妞说,"爸爸回来了,我高兴,妈妈也高兴。肖乔妈妈,你明天过来看我爸爸给我买的新衣服,可漂亮了。"

"好,我明天就过来。"肖乔笑着说,"你让妈妈来接电话。"

"妈妈,肖乔妈妈让你接电话。"妞妞奶声奶气地喊道。柳青笑着接过电话,"喂,是我,什么事?"

"你那边怎么样了? 秦杰他恢复记忆了吗?"肖乔迫不及待地问。

"没有,"柳青说,"他是从他妈那里听说我和妞妞的,他按着他妈给的地址找去,没找到我们,所以才去报社登了寻人启事。"

"他妈以前那么反对你,怎么肯告诉他这些?"肖乔很奇怪,"不会有什么阴谋吧。"

"你想象力也太丰富了。"柳青笑道,"这中间的事一句两句说不清楚,改天我再告诉你。"

"明天吧,我把周斌也叫上,咱们聚聚。"肖乔笑问,"怎么样,现在挺幸福的吧。"

"嗯,我现在很幸福。"柳青的声音甜甜的。

"青,我真替你高兴。"肖乔由衷地说,"希望你和妞妞从此以后就这样一直幸福地生活。"

"你也是,我也希望你幸福。"柳青说。

第二天,肖乔、周斌、柳青、秦杰又聚在了一起。说起往事,四人感慨万千,欷歔不已。未经风雨,哪知幸福怎样?如今,风经雨过,幸福又回来了。

秦杰带着柳青、妞妞回了成都。刚进别墅,便看到坐在轮椅上的妈妈早已望眼欲穿地等在门前。

"妈,我们回来了。"秦杰笑着说。

"回来了就好,回来了就好!"秦杰妈连连应着。

"柳青,妈以前对你太过分了。"秦杰妈歉疚地对柳青说,"这些年,辛苦你了。"

"妈,过去的都过去了,以后咱们谁也别再提。"柳青笑着说。

"妞妞,这是奶奶,快向奶奶问好。"柳青对女儿说。

"奶奶好!"妞妞嫩声嫩气地叫道。

"哎!"秦杰妈高兴地应着,"妞妞,快到奶奶这来,让奶奶好好看看。"

秦杰放下妞妞,妞妞走到秦杰妈面前:"奶奶,你怎么坐在轮椅上呀?"

"奶奶病了,腿不方便才坐在轮椅上。"柳青笑着对女儿说。

"你不舒服吗?妞妞给你按按。"妞妞说,"以前妈妈不舒服时,妞妞也替妈妈按。"

"妞妞乖,妞妞来了奶奶的病就都好了。"秦杰妈一把搂过孙女,笑着说。

秦杰妈扬着头对儿子说:"以后你没事时多扶着妈走走,妈想早点恢复健康。等妈腿脚有劲了,走路不用人扶了,我就带妞妞出去玩。"

柳青笑着接过话:"妈,以后秦杰要是忙的话,我陪您。您做康复训练的时候,我陪着您去,您的腿慢慢会好的。"

"我也要扶奶奶,我也要陪奶奶。"妞妞说,"等奶奶能走路了,就可以陪妞妞玩了。"

"好,好,等奶奶好了就陪妞妞到处玩。"秦杰妈大笑。

秦杰笑着看眼前这和谐的一幕,幸福像花儿一样静静开放。